EDIÇÕES BESTBOLSO

# *O misterioso caso de Styles*

Agatha Mary Clarissa Miller (1890-1976) nasceu em Devonshire, na Inglaterra. Filha de um norte-americano e de uma inglesa, foi educada dentro das tradições britânicas, severamente cultuadas por sua mãe. Adotou o sobrenome do primeiro marido, o coronel Archibald Christie, com quem se casou em 1914, pouco antes da Primeira Guerra Mundial. Embora já tivesse se aventurado na literatura, a escritora desenvolveu sua primeira história policial aos 26 anos, estimulada pela irmã Madge. Com a publicação de *O misterioso caso de Styles*, em 1917, nascia a consagrada autora de romances policiais Agatha Christie.

Com mais de oitenta livros publicados, a escritora criou personagens marcantes, como Hercule Poirot, Miss Marple e o casal Tommy e Tuppence Beresford. Suas obras foram traduzidas para quase todas as línguas, e algumas foram adaptadas para o cinema. Em 1971, Agatha Christie recebeu o título de Dama da Ordem do Império britânico.

CB011276

# Agatha Christie

# O misterioso caso de Styles

LIVRO VIRA-VIRA 1

Tradução de
A.B. PINHEIRO DE LEMOS

2ª edição

EDIÇÕES
BestBolso

RIO DE JANEIRO – 2010

CIP-BRASIL. CATALOGAÇÃO-NA-FONTE
SINDICATO NACIONAL DOS EDITORES DE LIVROS, RJ

C479m  Christie, Agatha, 1890-1976
2ª ed.  O misterioso caso de Styles / Agatha Christie; tradução de
        A. B. Pinheiro de Lemos. – 2ª edição – Rio de Janeiro: BestBolso, 2010.

Tradução de: The Mysterious Affair of Styles
Obras publicadas juntas em sentido contrário
Com: O caso do hotel Bertram / Agatha Christie; tradução de
Raquel de Queiroz e Enquanto houver luz/ Agatha Christie;
tradução de Jaime Rodrigues
ISBN 978-85-7799-262-1

1. Ficção policial inglesa. I. Lemos, A. B. Pinheiro de
(Alfredo Barcellos Pinheiro de), 1938-2008. II. Título.

10-3063
                                CDD: 823
                                CDU: 821.111-3

*O misterioso caso de Styles*, de autoria de Agatha Christie.
Título número 192 das Edições BestBolso.
Segunda edição vira-vira impressa em setembro de 2010.
Texto revisado conforme o Acordo Ortográfico da Língua Portuguesa.

Título original inglês:
THE MYSTERIOUS AFFAIR AT STYLES

AGATHA CHRISTIE™ Copyright © 2010 Agatha Christie Limited, a Chorion company. All rights reserved.
*The Mysterious Affair at Styles* © 1920, 1948 Agatha Christie Limited, a Chorion company. All rights reserved. Translation intitled *O misterioso caso de Styles* © 1977 Agatha Christie Limited, a Chorion company. All rights reserved.

A logomarca vira-vira (vira-vira) e o slogan 2 LIVROS EM 1 são marcas registradas e de propriedade da Editora Best Seller Ltda, parte integrante do Grupo Editorial Record.

*O misterioso caso de Styles* é uma obra de ficção. Nomes, personagens, fatos e lugares são frutos da imaginação da autora ou usados de modo fictício. Qualquer semelhança com fatos reais ou qualquer pessoa, viva ou morta, é mera coincidência.

www.edicoesbestbolso.com.br

Ilustração e design de capa: Tita Nigrí

Todos os direitos reservados. Proibida a reprodução, no todo ou em parte, sem autorização prévia por escrito da editora, sejam quais forem os meios empregados.

Direitos exclusivos de publicação em língua portuguesa para o Brasil em formato bolso adquiridos pelas Edições BestBolso um selo da Editora Best Seller Ltda. Rua Argentina 171 – 20921-380 Rio de Janeiro, RJ – Tel.: 2585-2000.

Impresso no Brasil

ISBN 978-85-7799-262-1

# 1
# Vou para Styles

O grande interesse público despertado pelo que se tornou conhecido na ocasião como "O caso Styles" já se desvaneceu um pouco. Mesmo assim, tendo em vista a notoriedade mundial que adquiriu, foi-me pedido, tanto pelo meu amigo Poirot como pela própria família, que escrevesse um relato a respeito. Esperamos que isso possa silenciar os rumores sensacionalistas que ainda persistem.

Por isso vou descrever rapidamente as circunstâncias que me levaram a envolver-me no caso.

Eu havia voltado da frente de batalha em consequência de graves ferimentos. Depois de passar alguns meses em convalescência numa casa de saúde um tanto deprimente, ganhei um mês de licença. Estava tentando decidir o que iria fazer, já que não tinha parentes ou amigos a quem visitar, quando me encontrei com John Cavendish. Eu não o havia visto muito nos últimos anos. Para dizer a verdade, nunca chegara a conhecê-lo muito bem. Entre outras coisas, porque ele era pelo menos 15 anos mais velho do que eu, embora não aparentasse os 45 anos que tinha. Mas, quando menino, eu havia passado várias temporadas em Styles, a propriedade da mãe dele em Essex.

Conversamos bastante sobre os velhos tempos e ele acabou me convidando para passar meu período de licença em Styles.

– Tenho certeza de que mamãe terá o maior prazer em vê-lo, depois de tantos anos – acrescentou ele.

– Sua mãe está bem?

– Está, sim. Sabe que ela casou de novo, não é mesmo?

Creio que deixei transparecer claramente minha surpresa. A Sra. Cavendish, que casara com o pai de John quando ele enviuvara, com dois filhos, era uma mulher bonita, de meia-idade, na época em que a conheci. Não podia ter menos de 70 anos agora. Recordava-me dela como uma personalidade vigorosa e autoritária, um tanto inclinada à notoriedade beneficente e social, com um entusiasmo patente pela abertura de bazares e por representar o papel de pródiga. Diga-se de passagem que era de fato uma mulher generosa e possuía uma considerável fortuna pessoal.

A propriedade familiar, Styles Court, fora comprada pelo Sr. Cavendish pouco depois de se casarem. Ele se encontrava de tal forma sob a ascendência da esposa que, ao morrer, deixara-lhe a propriedade, bem como grande parte de seus rendimentos, o que era uma injustiça para seus dois filhos. Mas a madrasta sempre fora generosa com os dois. Na verdade, eles eram tão jovens na época do segundo casamento do pai que sempre tinham pensado nela como sua própria mãe.

Lawrence, o mais jovem, tinha saúde frágil. Começara a estudar medicina, mas não demorara a abandonar os estudos, indo viver em casa, dedicando-se a arroubos literários. Seus versos jamais tiveram sucesso algum.

John, o mais velho, estudara por algum tempo para tornar-se advogado, mas por fim acomodara-se à vida mais amena e tranquila de proprietário rural. Casara-se havia dois anos e fora morar com a esposa em Styles. Tive a impressão de que ele teria preferido que a mãe lhe aumentasse a mesada, a fim de que pudesse ter sua própria casa. A Sra. Cavendish, no entanto, era uma mulher que gostava de fazer as coisas à sua maneira e, neste caso, estava com a faca e o queijo nas mãos. Ou melhor, com os cordões da bolsa nas mãos.

John percebeu minha surpresa com a notícia de que sua mãe casara novamente e sorriu tristemente.

– E o homem é um patife miserável, Hastings! Tornou a vida de todos nós muito difícil. E quanto a Evie... você se lembra de Evie?

– Não.

– É verdade. Ela deve ter surgido somente depois que você deixou de aparecer lá em casa. É uma espécie de factótum, a companheira pau para toda obra da mamãe. Ah, a velha Evie, sempre tão prestativa! Não chega a ser jovem e bonita, mas é esperta como ela só!

– Você ia falar...

– Ah, sim, do tal sujeito! Ele apareceu de repente, alegando ser primo em segundo grau ou algo assim de Evie, embora ela não parecesse muito disposta a reconhecer qualquer parentesco. Não havia a menor dúvida de que o sujeito não passava de um intruso. Qualquer um podia ver isso. Ele tem uma imensa barba negra e usa botas pretas de couro envernizado, não importa a estação do ano! Mas mamãe gostou dele imediatamente e contratou-o como secretário... Lembra-se de como ela sempre administrou várias associações, não é?

Limitei-me a assentir.

– A guerra multiplicou essas associações. Não resta dúvida de que o sujeito foi-lhe muito útil. Mas podia-se ter derrubado a todos nós com um sopro, de tão aparvalhados que ficamos, quando ela anunciou três meses depois que tinha ficado noiva de Alfred! O sujeito deve ser pelo menos vinte anos mais jovem que ela! Está na cara que é simplesmente um caça-dotes. Mas mamãe sempre fez o que bem quis e acabou casando com ele!

– Deve ser uma situação extremamente difícil para todos.

– Difícil? É terrível! É odiosa!

E foi assim que, três dias depois, desci do trem em Styles St. Mary, uma estaçãozinha absurda, sem qualquer razão aparente para existir, no meio de campos verdes e estradinhas rurais. John Cavendish estava à minha espera na plataforma e levou-me até o carro, comentando:

– Ainda conseguimos arrumar um pouco de gasolina, graças sobretudo às atividades de mamãe.

A aldeia de Styles St. Mary ficava a cerca de 3 quilômetros da estação. Styles Court ficava do outro lado, a menos de 2 quilômetros. Era um dia tranquilo e ameno, no início do mês de julho. Contemplando-se a planície de Essex, tão verde e pacífica ao sol da tarde, parecia quase impossível acreditar que, não muito longe, uma guerra terrível estava seguindo o seu curso. Tive a súbita sensação de que viera parar em outro mundo. Ao atravessarmos o portão da propriedade, John disse:

– Receio que vá achar isso aqui tranquilo demais, Hastings.

– É justamente o que estou querendo, meu prezado companheiro.

– É bastante agradável, para quem gosta de levar uma vida sossegada. Eu treino voluntários duas vezes por semana e ajudo um pouco nas fazendas. Minha esposa trabalha regularmente na terra. Ela levanta às 5 horas para ordenhar as vacas e trabalha até a hora do almoço. É uma vida bastante agradável... se não fosse por Alfred Inglethorp!

John olhou para o carro e consultou o relógio.

– Talvez ainda tenhamos tempo de pegar Cynthia... Não, ela já deve ter saído do hospital a esta hora.

– Cynthia? Não é sua esposa, não é mesmo?

– Não. Cynthia é uma protegida de mamãe, filha de uma antiga colega de escola, que se casou com um advogado patife. Ele acabou se arruinando e a pobre moça ficou órfã e sem um vintém. Mamãe foi quem lhe estendeu a mão. Cynthia está morando conosco há quase dois anos. Trabalha no Hospital da Cruz Vermelha em Tadminster, a cerca de 12 quilômetros daqui.

Paramos diante da casa, antiga e muito bonita. Uma mulher vestida com uma saia de *tweed*, que estava debruçada sobre um canteiro de flores, empertigou-se quando nos aproximamos.

– Olá, Evie! Este é o nosso herói ferido! Sr. Hastings... Srta. Howard.

A Srta. Howard apertou-me a mão, um aperto efusivo, quase doloroso. Percebi olhos muito azuis em um rosto queimado de sol. Era uma mulher simpática, com cerca de 40 anos, a voz profunda, quase masculina em seus tons retumbantes, o corpo grande e quase quadrado, os pés combinando, metidos em botas de couro grosso. Não demorei a perceber que a conversa dela se processava em um estilo quase telegráfico.

– As ervas daninhas estão crescendo sem parar. Não consigo acabar com elas. Costumo recrutar ajuda. É melhor tomar cuidado.

– Terei o maior prazer em ajudá-la – comentei prontamente.

– Não diga isso. Nunca adianta. Vai se arrepender de ter falado isso.

– Você é uma cínica, Evie – disse John, rindo. – Onde vai ser o chá hoje... aqui dentro ou lá fora?

– Lá fora. Dia muito bonito para ficar dentro de casa.

– Pois então vamos indo, Evie. Já chega de jardinagem por hoje. O trabalhador fez jus à sua paga, como costumam dizer. Vamos tomar um chá e descansar.

Tirando as luvas de jardinagem, a Srta. Howard disse:

– Estou inclinada a concordar com você, John.

Ela seguiu na frente, contornando a casa, até o lugar em que o chá estava servido, à sombra de um sicômoro. Uma mulher levantou-se de uma das cadeiras de vime e avançou alguns passos para receber-nos.

– Minha esposa, Hastings – disse John.

Jamais esquecerei aquela primeira visão de Mary Cavendish. O corpo alto e esguio delineado contra a claridade da tarde; a nítida sensação de fogo adormecido que parecia encontrar alguma expressão apenas nos olhos, maravilhosos, extraordinários, castanho-amarelados, diferentes dos olhos de qualquer outra mulher que já conheci; a força intensa da serenidade que ela possuía, que apesar disso transmitia a impressão de um espírito rebelde e indomável, em um corpo cuidadosamente civilizado... tais imagens ficarão gravadas para sempre em minha memória. Jamais as esquecerei.

Ela me deu as boas-vindas em uma voz baixa, mas nítida. Sentei-me em uma das cadeiras de vime, bastante satisfeito por ter aceitado o convite de John. A Sra. Cavendish serviu-me chá, e os poucos comentários que fez aumentaram minha impressão de estar na presença de uma mulher extremamente fascinante. Uma ouvinte atenta é sempre estimulante. Relatei, em tom divertido, alguns incidentes ocorridos na Casa de Saúde, durante minha convalescença. Senti-me lisonjeado ao perceber que minha anfitriã estava se divertindo. John, apesar de ser um bom sujeito, não podia ser considerado uma pessoa sociável.

Nesse momento, uma voz de que eu me recordava muito bem chegou até nós, através das portas francesas ali perto:

– Vai escrever para a princesa depois do chá, Alfred? Convidarei pessoalmente lady Tadminster para o segundo dia. Ou será que deveremos esperar até recebermos uma resposta da princesa? No caso de uma recusa, lady Tadminster poderia ficar para o primeiro dia, cabendo o segundo à Sra. Crosbie. E precisamos também escrever para a duquesa... para a festa escolar...

Houve um murmúrio de voz de homem e depois a Sra. Inglethorp voltou a falar:

– Mas claro que sim! Vamos deixar para depois do chá. Você é sempre tão atencioso, Alfred querido!

As portas francesas se abriram mais um pouco e uma velha senhora, de cabelos brancos, bonita, com ar autoritário, saiu para o gramado. Um homem a seguiu, com uma atitude de total deferência.

A Sra. Inglethorp cumprimentou-me calorosamente.

– Ora, mas que prazer vê-lo novamente, depois de tantos anos, Sr. Hastings! Alfred, querido, este é o Sr. Hastings.

Contemplei "Alfred querido" com curiosidade. Parecia um homem estranho. Não eram de admirar as objeções de John à barba dele. Era uma das mais compridas e mais pretas que eu já conhecera. Usava um pincenê de aros de ouro e a expressão era curiosamente impassível. Ocorreu-me que ele podia parecer muito natural em um palco, mas ficava estranhamente deslocado na vida real. A voz era um tanto profunda, untuosa. A mão que apertou a minha era rígida.

– Prazer em conhecê-lo, Sr. Hastings.

Depois, virando-se para a esposa, acrescentou:

– Emily, minha cara, acho que essa almofada está um pouco úmida.

Ela fitou-o com uma expressão radiante, enquanto ele trocava a almofada com uma demonstração de extremo cuidado. Estranha fascinação em uma mulher que sempre se mostrou tão sensata!

Com a presença do Sr. Inglethorp, uma sensação de constrangimento e hostilidade velada pareceu dominar o grupo. A Srta. Howard, em particular, não se dava ao trabalho de esconder seus sentimentos. A Sra. Inglethorp, contudo, parecia não perceber nada de anormal. Sua loquacidade, de que eu me lembrava tão bem, nada diminuíra com a passagem dos anos. Ela falou sem parar, sobretudo do bazar beneficente que estava organizando e que seria inaugurado em breve. De vez em quando perguntava ao marido uma data qualquer ou outra informação similar. A atitude atenta e atenciosa dele jamais variava. Desde o início, antipatizei com ele... e tenho o orgulho de dizer que meus julgamentos iniciais são em geral procedentes.

Pouco depois, a Sra. Inglethorp virou-se para dar algumas instruções a Evelyn Howard, a respeito de algumas cartas a serem despachadas. Seu marido dirigiu-me a palavra, em sua voz meticulosa:

– É militar de carreira, Sr. Hastings?
– Não. Antes da guerra eu trabalhava no Lloyd's.
– E vai voltar para lá quando a guerra terminar?
– Talvez. Ou então vou começar tudo de novo, em outra carreira.

Mary Cavendish inclinou-se.

– Qual a profissão que escolheria, se pudesse agir apenas de acordo com as suas inclinações?
– Isso depende.
– Não possui algum hobby secreto? Não se sente atraído por alguma coisa? Todo mundo se sente... e em geral por algo absurdo.
– Irá rir do que me atrai.

Ela sorriu.

– É possível.
– Sempre acalentei um desejo secreto de tornar-me um detetive!
– Um detetive de verdade... da Scotland Yard? Ou ao estilo de Sherlock Holmes?
– Como Sherlock Holmes, é claro. A verdade é que o trabalho de detetive me atrai intensamente. Conheci na Bélgica um detetive famoso que me impressionou muito. Ele costumava dizer que todo o seu trabalho é simplesmente uma questão de método. Meu sistema é baseado no dele... embora, é claro, o tenha desenvolvido um pouco mais. Ele era um homenzinho engraçado, um verdadeiro dândi, mas terrivelmente inteligente.
– Também gosto de uma boa história de detetive – comentou a Srta. Howard. – Mas escrevem muita bobagem. O criminoso descoberto no último capítulo. Todo mundo confuso. Num crime de verdade, todo mundo sabe imediatamente.
– Há muitos crimes reais sem solução – argumentei.
– Não estou me referindo à polícia, mas às pessoas envolvidas. A família. Não se pode enganá-los. Eles sabem.

Divertido, indaguei:

— Acha então que se estivesse envolvida num crime de verdade, um homicídio, por exemplo, seria capaz de descobrir imediatamente o criminoso?

— Claro. Podia não ser capaz de provar para um bando de advogados. Mas tenho certeza de que saberia. Sentiria na ponta dos dedos se o assassino chegasse perto de mim.

— Poderia ser "uma" assassina.

— Poderia. Mas homicídio é um crime violento. Mais ligado a um homem.

— Não num caso de envenenamento.

A voz clara da Sra. Cavendish causou-me um sobressalto.

— O Dr. Bauerstein estava dizendo ontem que, pela ignorância dos médicos a respeito dos venenos menos conhecidos, é bem provável que tenha havido incontáveis casos de envenenamento dos quais ninguém jamais desconfiou.

— Mas que conversa horrível, Mary! – interveio a Sra. Inglethorp. – Chega a me dar arrepios. Ei, lá está Cynthia!

Uma jovem de uniforme aproximava-se pelo gramado.

— Está atrasada hoje, Cynthia. Este é o Sr. Hastings... Srta. Murdoch.

Cynthia Murdoch era uma jovem de aparência saudável, cheia de vida e vigor. Tirou o boné e pude admirar os cabelos castanho-avermelhados, soltos, compridos, ondulados. A mão pequena e muito alva estendeu-se para pegar a xícara de chá. Se ela tivesse os olhos e as pestanas negras teria sido uma beldade espetacular.

Sentou-se na grama, perto de John. Sorriu-me quando lhe estendi um prato com sanduíches.

— Sente-se também aqui na grama. É muito mais agradável.

Sentei-me, obedientemente.

— Trabalha em Tadminster, não é mesmo, Srta. Murdoch?

Ela assentiu.

— Por meus pecados.

— Quer dizer que é maltratada por lá? – indaguei, sorrindo.

— E como!

— Tenho uma prima que também é enfermeira. E ela tem verdadeiro pavor das "irmãs".

– O que não é de admirar. As irmãs são simplesmente terríveis, Sr. Hastings. Mas não sou enfermeira, graças a Deus. Trabalho na farmácia.

– Quantas pessoas já envenenou? – perguntei, sorrindo outra vez.

– Centenas!

A Sra. Inglethorp interrompeu a conversa:

– Cynthia, poderia escrever alguns bilhetes para mim?

– Mas claro, tia Emily!

Ela levantou-se prontamente. Algo em sua atitude recordou-me que sua posição era de dependente e que a Sra. Inglethorp, por mais generosa que pudesse ser, jamais a deixava esquecer isso.

Minha anfitriã virou-se para mim:

– John irá levá-lo a seu quarto. O jantar é servido às 19h30. Já faz algum tempo que deixamos de jantar mais tarde. Lady Tadminster, a esposa do nosso membro do Parlamento, filha do falecido lorde Abbotsbury, faz a mesma coisa. Ela concorda comigo que devemos dar o exemplo de economia. Nossa casa está totalmente empenhada no esforço de guerra. Nada aqui é desperdiçado. Chegamos mesmo a juntar todos os papéis usados e os despachamos em sacos.

Manifestei minha apreciação e depois acompanhei John até o interior da casa. A escadaria larga se bifurcava no meio, seguindo para a esquerda e para a direita, dando acesso às diversas alas da casa. Meu quarto ficava na ala esquerda e dava para o parque.

John deixou-me. Alguns minutos depois, avistei-o caminhando lentamente pelo gramado, de braço dado com Cynthia Murdoch. Ouvi a Sra. Inglethorp gritar "Cynthia!", impacientemente. A moça estremeceu e voltou apressadamente para dentro da casa. No mesmo momento, um homem saiu de trás de uma árvore e avançou lentamente na mesma direção. Parecia ter cerca de 40 anos, o rosto era moreno e bem barbeado, dava uma impressão de profunda melancolia. Parecia dominado por uma emoção violenta. Levantou o rosto ao passar por minha janela e reconheci-o imediatamente, apesar de ter mudado bastante nos 15 anos que se haviam passado desde a última vez que nos encontramos. Era o irmão mais jovem de John, Lawrence

Cavendish. Fiquei procurando imaginar o que poderia ter provocado aquela expressão singular que ele demonstrava.

Mas tratei de afastar o pensamento e voltei a concentrar-me em meus próprios problemas.

O restante da tarde e a noite transcorreram de maneira agradável. Naquela noite, sonhei com aquela mulher enigmática, Mary Cavendish.

A manhã seguinte começou clara e ensolarada, e senti-me dominado por uma expectativa de prazer.

Não vi a Sra. Cavendish até a hora do almoço, quando ela se ofereceu para levar-me a dar um passeio. Passamos uma tarde bastante agradável passeando pelos bosques. Voltamos para a casa por volta das 17 horas.

Ao entrarmos, John chamou-nos no mesmo instante para o salão de fumar. Percebi imediatamente, pela expressão dele, que algo perturbador acontecera. Nós o seguimos e ele fechou a porta.

— Estamos metidos numa encrenca dos diabos, Mary. Evie teve uma briga com Alfred Inglethorp e vai embora.

— Evie vai embora?

John assentiu, com um ar sombrio.

— Isso mesmo. Ela foi falar com mamãe e... Mas a própria Evie pode contar tudo!

A Srta. Howard entrou na sala. Os lábios estavam pressionados e ela carregava uma pequena valise. Parecia agitada e decidida, embora um pouco na defensiva. E explodiu abruptamente:

— Mas eu disse tudo o que pensava!

— Isso não pode ser verdade, minha querida Evelyn! – gritou a Sra. Cavendish.

A Srta. Howard assentiu, taciturna.

— É verdade, sim! Disse algumas coisas a Emily que ela não vai esquecer nem perdoar tão cedo. Não tem importância se minhas palavras não causaram muito efeito agora. Tenho certeza de que Emily ainda vai acabar vendo a verdade. Eu fui logo dizendo: "Você é uma velha, Emily, e não existe ninguém mais tolo que uma velha tola. O homem é vinte anos mais jovem que você. Não fique pensando que ele casou com você por amor. Foi simplesmente por dinheiro! Pois não o deixe tomar todo o seu dinheiro. O fazendeiro Raikes tem uma esposa jovem e bonita. Pergunte ao seu Alfred onde ele passa boa parte de seu tempo!" Ela ficou furiosa, o que era natural. Mas continuei: "Vou avisá-la de tudo, gostando ou não! Aquele homem é capaz de matá-la na cama, se tiver certeza de que vai ficar com seu dinheiro. Ele não presta. Pode me dizer o que bem quiser, mas não se esqueça de que eu a avisei: ele não presta!"

– E o que ela disse?

A Srta. Howard fez uma carranca das mais expressivas.

– "O querido Alfred"... "meu adorado Alfred"... "calúnias indesculpáveis"... "mentiras maldosas"... "mulher perversa"... "acusando meu querido marido"? Quanto mais cedo eu deixasse a casa dela, melhor. E por isso estou indo embora.

– Agora?

– Neste minuto!

Por um momento, ficamos todos a encará-la em silêncio. Por fim, compreendendo que sua tentativa de persuasão de nada adiantaria, John Cavendish foi verificar o horário dos trens. A esposa também saiu da sala, murmurando algo sobre tentar fazer a Sra. Inglethorp mudar de ideia.

Assim que ela se retirou, a expressão da Srta. Howard mudou. Ela se aproximou de mim, visivelmente ansiosa.

– Parece-me um homem honesto, Sr. Hastings. Posso confiar no senhor?

Fiquei um pouco aturdido. Ela pôs a mão em meu braço e baixou a voz para quase um sussurro:

– Tome conta dela, Sr. Hastings. Minha pobre Emily! São um bando de tubarões... todos eles! Não existe um só que não esteja querendo arrancar o dinheiro dela. Tenho procurado protegê-la o máximo possível, mas agora não estarei mais no caminho. Eles poderão fazer o que quiserem com ela.

– Claro que farei tudo o que estiver ao meu alcance, Srta. Howard. Mas tenho a impressão de que diz isso porque está nervosa e cansada.

Ela interrompeu-me, sacudindo lentamente o dedo indicador.

– Confie em mim, meu jovem. Estou neste mundo há muito mais tempo. Tudo o que lhe peço é para ficar com os olhos bem abertos. E irá compreender o que estou querendo dizer.

O barulho do motor do carro entrou pela janela aberta. A Srta. Howard foi até a porta. A voz de John soou lá fora. Com a mão na maçaneta, ela virou a cabeça para trás e me disse:

– Acima de tudo, Sr. Hastings, vigie aquele demônio... o marido dela!

Não houve tempo para dizer mais nada. A Srta. Howard foi envolvida por um coro de protestos e despedidas. Os Inglethorp não apareceram.

Quando o carro começou a afastar-se, a Sra. Cavendish subitamente separou-se do grupo e atravessou o gramado na direção de um homem alto e barbado que evidentemente se dirigia para a casa. Ela ficou ruborizada ao estender a mão para o homem.

– Quem é aquele homem? – indaguei de forma abrupta, antipatizando instintivamente com o desconhecido.

– Aquele é o Dr. Bauerstein – respondeu John.

– E quem é o Dr. Bauerstein?

– Ele está passando uma temporada na aldeia, fazendo repouso, depois de um colapso nervoso. É um especialista de Londres, um dos maiores conhecedores de venenos do mundo, se não me engano.

– E é muito amigo de Mary – acrescentou Cynthia, impensadamente.

John Cavendish franziu o rosto e tratou de mudar de assunto.

– Vamos dar uma volta, Hastings. Foi um dia horrível. Ela sempre teve a língua afiada, mas não existe em toda a Inglaterra uma amiga mais leal que Evelyn Howard!

Seguimos pela plantação, em direção à aldeia, entrando logo depois pelos bosques em um dos lados da propriedade. Na volta, ao nos aproximarmos do portão, uma jovem bonita, parecendo uma cigana, vinha caminhando na direção oposta. Acenou com a cabeça e sorriu.

– Uma jovem muito bonita – comentei.

O rosto de John se contraiu.

— Aquela é a Sra. Raikes.
— A que a Srta. Howard mencionou...
— Exatamente! — interrompeu-me John, com uma aspereza desnecessária.

Pensei na velha senhora de cabelos brancos que estava na casa e naquele rostinho lindo e malicioso que acabara de sorrir para nós. Senti um calafrio de mau presságio, mas tratei de afastá-lo.

— Styles é realmente uma propriedade maravilhosa, John.

Ele assentiu, sua expressão mais sombria do que nunca.

— Tem razão. Será minha algum dia... ou deveria ser por direito, se meu pai tivesse feito um testamento decente. E eu não estaria agora numa situação tão difícil.

— Está numa situação difícil?

— Não me importo de confessar-lhe, meu caro Hastings, que estou precisando desesperadamente de dinheiro.

— E seu irmão não pode ajudá-lo?

— Lawrence? Ele gastou todo o dinheiro que tinha publicando seus versos horríveis em edições de luxo. Devo reconhecer que mamãe sempre foi bastante generosa conosco. Isto é, até há pouco tempo. Desde o casamento, no entanto, ela...

John interrompeu a frase no meio, franzindo o rosto.

Pela primeira vez, senti que algo indefinível desaparecera da atmosfera, junto com Evelyn Howard. A presença dela representava segurança. E agora que tal segurança desaparecera, o ar parecia impregnado de desconfiança e suspeita. Recordei-me, inquieto, do rosto sinistro do Dr. Bauerstein. Uma vaga suspeita de tudo e de todos invadiu-me. Apenas por um instante, tive uma premonição de todo o mal que estava para acontecer.

# 2
## Os dias 16 e 17 de julho

Eu havia chegado a Styles no dia 5 de julho. Relatarei agora os acontecimentos de 16 e 17 de julho. Para conveniência do leitor, procurarei reconstituir os incidentes desses dias da maneira mais exata possível. Posteriormente, esses acontecimentos foram esmiuçados durante o julgamento, em longos e tediosos interrogatórios.

Recebi uma carta de Evelyn Howard dois dias depois da partida dela, informando que estava trabalhando como enfermeira em um grande hospital em Middlingham, uma cidade industrial a cerca de 25 quilômetros de distância dali. Pedia-me que a informasse caso a Sra. Inglethorp manifestasse o desejo de uma reconciliação.

Para mim, a única contrariedade naqueles dias tranquilos foi a extraordinária e inexplicável preferência da Sra. Cavendish pela companhia do Dr. Bauerstein. Não podia compreender o que ela via naquele homem, a ponto de convidá-lo com frequência a visitar a casa e sair com ele para longos passeios.

O dia 16 de julho era uma segunda-feira. Foi um dia de bastante agitação. O famoso bazar fora inaugurado no sábado. Naquela noite, deveria haver uma reunião, relacionada com a mesma obra de caridade, na qual a Sra. Inglethorp iria recitar um poema sobre a guerra. Passamos a manhã inteira ocupados, arrumando e decorando o salão na aldeia em que a reunião se realizaria. Almoçamos tarde e fomos descansar no jardim. Percebi que o comportamento de John era um tanto estranho. Ele parecia muito agitado e inquieto.

Depois do chá, a Sra. Inglethorp foi deitar-se a fim de descansar antes dos seus afazeres noturnos. Desafiei Mary Cavendish para uma partida de tênis.

A Sra. Inglethorp chamou-nos por volta das 18h45, e avisou que tínhamos de correr para não nos atrasarmos para o jantar, que seria servido mais cedo naquela noite. Tivemos que nos apressar ao máximo para conseguirmos chegar a tempo. Antes de o jantar terminar, o carro já estava esperando à porta.

A noite foi um sucesso. A Sra. Inglethorp foi bastante aplaudida. Cynthia também fez parte de alguns quadros vivos. Ela não voltou conosco, pois fora convidada para cear e passar a noite com amigas que haviam participado dos mesmos quadros.

Na manhã seguinte, a Sra. Inglethorp ficou na cama até a hora do café, pois sentia-se bastante cansada. Mas já estava novamente animada e ativa por volta das 12h30 e levou Lawrence e eu a um almoço para o qual fora convidada.

– Um convite tão simpático da Sra. Rolleston! Ela é irmã de lady Tadminster. Os Rolleston chegaram aqui com Guilherme, o Conquistador... uma das nossas mais antigas famílias.

Mary não foi, alegando que já tinha assumido um compromisso com o Dr. Bauerstein.

O almoço foi muito agradável. Na volta, Lawrence sugeriu que passássemos por Tadminster, que ficava a pouco mais de um quilômetro de nosso caminho, a fim de fazermos uma visita a Cynthia no trabalho. A Sra. Inglethorp disse que achava a ideia excelente, mas precisava escrever várias cartas urgentes. Ela nos deixaria lá e poderíamos voltar com Cynthia na charrete.

O porteiro do hospital impediu nossa entrada com uma expressão desconfiada, até que Cynthia apareceu para nos receber, parecendo muito serena e meiga em seu macacão branco. Levou-nos à sua sala, apresentando sua companheira de trabalho, de aparência um tanto assustadora, a quem Cynthia se dirigiu jovialmente como "Nibs".

– Mas quantos vidros! – exclamei, correndo os olhos pela pequena sala. – Sabe realmente o que há em todos eles?

– Pense em alguma coisa original para dizer – resmungou Cynthia. – Toda pessoa que entra aqui diz isso. Estamos até pensando em dar um prêmio à primeira pessoa que não disser "Mas quantos vidros!" E já sei o que você irá dizer em seguida: "Quantas pessoas já envenenou?"

Declarei-me culpado, soltando uma risada.

– Se vocês soubessem como é fácil envenenar alguém por engano, não brincariam com isso. Vamos tomar um chá. Temos todas as variedades naquele armário. Não, Lawrence, esse é o armário dos venenos. O armário grande... esse mesmo.

Tomamos o chá conversando animadamente e depois ajudamos Cynthia a lavar tudo. Tínhamos acabado de guardar a última colher de chá quando bateram à porta. Cynthia e Nibs ficaram apreensivas no mesmo instante.

– Entre – disse Cynthia, em voz áspera, profissional.

Uma enfermeira ainda jovem, parecendo amedrontada, entrou e estendeu um vidro para Nibs, que acenou para Cynthia e fez um comentário um tanto enigmático:

– Não estou aqui de verdade hoje.

Cynthia pegou o vidro e examinou-o, com a seriedade de um juiz.

– Isso deveria ter sido enviado para cá esta manhã.

– A irmã lamenta muito. Ela esqueceu.

– A irmã deveria ler os regulamentos afixados no lado de fora da porta.

Percebi, pela expressão da enfermeira, que não haveria a menor possibilidade de ela transmitir tal recado à temível "irmã".

– E agora não poderemos despachar até amanhã – concluiu Cynthia.

– Não poderia dar um jeito de providenciar isso para esta noite?

– Estamos muito ocupadas, mas vamos ver se será possível, caso sobre algum tempo.

A enfermeira se retirou. Cynthia apanhou imediatamente um jarro em uma prateleira, encheu o vidro e colocou-o na mesa do lado de fora da porta.

Soltei uma risada, comentando:

– A disciplina deve ser mantida a qualquer custo?

– Exatamente. Vamos até a nossa sacada. De lá poderá ver todas as enfermarias.

Segui Cynthia e sua amiga e elas me apontaram as diversas enfermarias do hospital. Lawrence ficou para trás. Pouco depois, Cynthia virou a cabeça e chamou-o. Em seguida, olhou para o relógio.

– Mais alguma coisa para se fazer, Nibs?

– Não.

– Neste caso, acho que podemos fechar tudo e ir embora.

Naquela tarde, vi Lawrence sob uma luz inteiramente diferente. Em comparação a John, era uma pessoa extremamente difícil de se relacionar. Era o oposto do irmão, sob quase todos os aspectos, sendo extremamente tímido e retraído. Contudo, possuía um certo charme. Imaginei que, se fosse possível conhecê-lo bem, podia-se até sentir alguma afeição por ele. Tive também a impressão de que a atitude dele para com Cynthia era de certo constrangimento. E ela, por sua vez, ficava visivelmente inibida com Lawrence. Mas naquela tarde ambos se mostraram bastante alegres e conversaram sem parar, como crianças.

Ao passarmos pela aldeia, lembrei-me de que precisava comprar selos. Por isso, paramos diante da agência de correios.

Quando saí, esbarrei em um homenzinho que ia entrando. Afastei-me e pedi desculpas. Subitamente, soltando uma exclamação sonora, o homenzinho pegou-me em seus braços e beijou-me efusivamente.

– *Mon ami* Hastings! É realmente *mon ami* Hastings!

– Poirot!

Virei-me para a charrete.

– Este é um encontro muito agradável para nós, Srta. Cynthia. Este é o meu velho amigo, Monsieur Poirot, a quem eu não via há anos.

– Já conhecemos Monsieur Poirot – disse Cynthia jovialmente. – Mas eu não tinha a menor ideia de que era um amigo seu.

– É isso mesmo – disse Poirot, muito sério. – Conheço Mademoiselle Cynthia. É por causa da caridade daquela boa Sra. Inglethorp que aqui estou.

Fitei-o com uma expressão inquisitiva e Poirot explicou:

– Ela ofereceu hospitalidade a sete dos meus conterrâneos, que aqui estão como refugiados, meu amigo. Nós, belgas, haveremos de recordá-la para sempre com profunda gratidão.

Poirot era um homenzinho de aparência extraordinária. Devia ter pouco mais de 1,60 metro de altura, mas exibia uma imensa dignidade. A cabeça tinha exatamente o formato de um ovo e ele sempre a inclinava ligeiramente para o lado. O bigode estava sempre bem aparado, com uma rigidez militar. A impecabilidade de suas roupas chegava a ser quase inacreditável. Tenho a impressão de que um pouco de poeira o teria feito sofrer mais que um ferimento à bala. Contudo, aquele dândi exótico, que agora coxeava visivelmente – algo que me entristeceu –, tinha sido um dos mais destacados elementos da polícia belga. Como detetive, demonstrara um talento extraordinário, alcançando triunfos espetaculares, conseguindo deslindar vários casos desconcertantes e misteriosos.

Ele indicou-me a casinha em que estava morando juntamente com seus conterrâneos e prometi que iria visitá-lo o mais breve possível. Depois, levantou o chapéu com um floreio para Cynthia, como despedida. Fomos embora.

– Ele é um homenzinho maravilhoso – comentou Cynthia. – Não tinha a menor ideia de que o conhecia.

– Vocês estão hospedando uma celebridade sem saber.

E pelo restante da viagem até a casa, fiz um relato das façanhas e triunfos de Hercule Poirot.

Estávamos bastante animados quando entramos em casa. A primeira pessoa que avistamos foi a Sra. Inglethorp, saindo de seu *boudoir*. Ela parecia corada e transtornada.

– Ah, são vocês!

– Há algum problema, tia Emily? – indagou Cynthia.

– Claro que não! – respondeu a Sra. Inglethorp, asperamente. – Por que deveria haver?

Avistando Dorcas, a criada, seguindo para a sala de jantar, a Sra. Inglethorp chamou-a e pediu que levasse alguns selos ao *boudoir*.

– Está bem, senhora.

A velha criada hesitou por um momento, antes de acrescentar, timidamente:

– Não acha que seria melhor ir para a cama, senhora? Parece muito cansada.

– Talvez você tenha razão, Dorcas... mas não vou agora. Ainda tenho que terminar algumas cartas, antes de o carteiro passar. Já acendeu a lareira em meu quarto, como mandei?

– Já, senhora.

– Pois então irei direto para a cama assim que terminar o jantar.

Ela voltou para o *boudoir*. Cynthia ficou olhando em sua direção.

– Santo Deus! – exclamou ela, perguntando em seguida a Lawrence: – O que estará acontecendo?

Aparentemente Lawrence não a ouviu, pois virou-se bruscamente e saiu de casa, sem dizer uma só palavra.

Sugeri uma partida de tênis antes do jantar. Cynthia aceitou, e subi correndo as escadas para pegar a raquete.

A Sra. Cavendish estava descendo. Talvez tenha sido mera fantasia da minha parte, mas tive a impressão de que ela também parecia estranha e perturbada.

– O passeio com o Dr. Bauerstein foi agradável? – indaguei, procurando parecer o mais indiferente possível.

– Não fui – respondeu ela, bruscamente. – Onde está a Sra. Inglethorp?

– No *boudoir*.

Ela apertou o corrimão. Depois, fez um esforço para controlar-se e reunir forças para o embate. Passou por mim, desceu o restante da escadaria, atravessou o corredor e entrou no *boudoir*, fechando a porta.

Alguns momentos depois, quando saí para a quadra de tênis, passei pela janela aberta do *boudoir* e não pude deixar de ouvir uma parte da conversa que se travava lá dentro. Mary Cavendish estava dizendo, no tom de uma mulher que procurava desesperadamente se controlar:

– Quer dizer que não vai me mostrar?

Ao que a Sra. Inglethorp respondeu:

– Minha cara Mary, isso nada tem a ver com o problema.

– Pois então me mostre.

– Posso lhe garantir que não é o que está imaginando. Nada tem a ver com você.

Havia uma amargura crescente na voz de Mary Cavendish quando ela respondeu:

– Eu já devia esperar por isso. Podia ter adivinhado que iria protegê-lo.

Cynthia já estava me esperando e foi logo dizendo:

– É a briga mais horrível que já houve! Dorcas me contou tudo!
– Que briga?
– Entre tia Emily e *ele*! Espero que ela tenha finalmente descoberto quem ele realmente é!
– Quer dizer que Dorcas estava presente?
– Claro que não! Ela "por acaso estava simplesmente passando pela porta". Foi uma briga terrível. Eu bem que gostaria de saber qual foi a causa.

Pensei no rosto de cigana da Sra. Raikes e nas advertências de Evelyn Howard. Mas, sensatamente, preferi guardar tudo para mim, enquanto Cynthia esgotava todas as hipóteses possíveis. Ao fim, esperançosa, ela previu:

– Tia Emily agora vai mandá-lo embora e nunca mais voltará a falar com ele.

Eu estava ansioso por ter uma conversa com John, mas não o vi em parte alguma. Era evidente que algo muito grave acontecera naquela tarde. Tentei esquecer as poucas palavras que ouvira ao passar pela janela aberta do *boudoir*. Por mais que tentasse, no entanto, não consegui. Qual seria o motivo da preocupação extrema de Mary Cavendish?

O Sr. Inglethorp estava na sala de visitas quando desci para o jantar. Seu rosto continuava impassível como sempre, e a estranha irrealidade que o cercava impressionou-me mais uma vez.

A Sra. Inglethorp desceu finalmente. Ainda parecia muito nervosa. Durante toda a refeição, reinou um silêncio bastante constrangedor. Inglethorp estava um tanto quieto. Como regra, ele cercava a esposa de pequenas atenções, sempre colocando uma almofada em suas costas, representando o papel do marido devotado. Logo depois do jantar, a Sra. Inglethorp retirou-se novamente para o *boudoir*.

– Mande servir o meu café aqui, Mary – disse ela, ao entrar. – Só me restam cinco minutos antes da passagem do carteiro.

Cynthia e eu fomos nos sentar junto à janela aberta da sala de visitas. Mary Cavendish foi servir-nos o café. Parecia bastante agitada.

– Preferem o café fraco ou mais ou menos? – perguntou ela. – Cynthia, pode levar o café da Sra. Inglethorp? Eu mesma irei servi-lo.

– Não precisa se preocupar, Mary – interveio Inglethorp. – Pode deixar que eu mesmo levo o café de Emily.

Ele serviu o café e saiu da sala, carregando-o com todo o cuidado. Lawrence também saiu da sala, atrás dele. A Sra. Cavendish sentou-se ao nosso lado.

E ficamos os três sentados ali, em silêncio, por algum tempo. Era uma noite gloriosa, quente e tranquila. A Sra. Cavendish abanava-se lentamente com um leque de folha de palmeira.

– Está fazendo muito calor – murmurou ela. – Acho que vamos ter uma tempestade.

Infelizmente, esses momentos de intensa harmonia jamais perduram por muito tempo. Meu paraíso foi bruscamente abalado pelo som de uma voz – que eu tão bem conhecia e da qual não gostava – a soar no corredor.

– Dr. Bauerstein! – exclamou Cynthia. – Mas que hora estranha para fazer uma visita!

Lancei um olhar carregado de ciúme para Mary Cavendish. Mas ela parecia imperturbável, a palidez de sua face não se alterava.

Momentos depois, Alfred Inglethorp trouxe o médico para a sala. O Dr. Bauerstein ria, constrangido, protestando por não estar em condições de apresentar-se em uma sala de visitas. Na verdade, o estado dele era lamentável, coberto de lama da cabeça aos pés.

– O que aconteceu, doutor? – perguntou Mary Cavendish.

– Antes de mais nada, gostaria de apresentar minhas desculpas. Eu realmente não queria entrar aqui, mas o Sr. Inglethorp insistiu.

– Ora, Bauerstein, você bem que está precisando se recuperar, a julgar pelo estado em que se encontra – disse John, aparecendo à porta. – Tome um café e depois conte-nos o que aconteceu.

– Obrigado.

Ele riu tristemente, enquanto contava como havia descoberto uma espécie muito rara de samambaia, num lugar inacessível. Em seus esforços para alcançá-la, acabara perdendo o equilíbrio e caíra de maneira infame num charco.

– O sol secou-me, mas lamento que minha aparência esteja um tanto desabonadora.

Nesse momento, a Sra. Inglethorp chamou Cynthia, do corredor. Ela saiu correndo da sala.

– Pode levar minha pasta até lá em cima, querida? Vou deitar-me agora.

A porta para o corredor era bem grande. Eu me levantara no mesmo momento em que Cynthia. John estava ao meu lado. Portanto, havia pelo menos três testemunhas que podiam jurar que a Sra. Inglethorp estava levando a xícara de café nas mãos, ainda sem tê-lo servido.

O restante da minha noite foi inteiramente estragado pela presença do Dr. Bauerstein. Eu tinha a impressão de que o homem jamais iria embora. Mas ele por fim levantou-se e deixei escapar um suspiro de alívio.

– Irei acompanhá-lo até a aldeia – disse o Sr. Inglethorp. – Preciso conversar com o nosso agente a respeito de algumas contas da propriedade.

Ele virou-se para John e acrescentou, antes de sair:

– Ninguém precisará se incomodar quando eu voltar. Levarei a chave.

3
## A noite da tragédia

Para deixar bem clara esta parte da história, estou acrescentando uma planta do segundo andar de Styles. O acesso aos aposentos dos criados é pela porta B. Não possuem qualquer comunicação direta com a ala direita, onde ficam os aposentos dos Inglethorp.

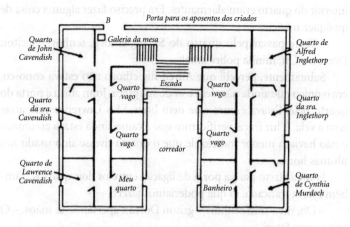

Tive a impressão de que a noite já ia bem alta quando fui acordado por Lawrence Cavendish. Ele tinha uma vela na mão e seu rosto conturbado fez-me compreender imediatamente que acontecera algo muito grave.

– O que houve? – indaguei, sentando-me na cama e tentando clarear os pensamentos.

– Receamos que mamãe esteja muito doente. Ela parece estar tendo um ataque. Mas, infelizmente, a porta do quarto está trancada.

– Vamos até lá!

Saltei da cama, vesti um chambre e segui Lawrence pelo corredor, e depois pela galeria até a ala direita da casa.

John Cavendish juntou-se a nós. Notei alguns criados parados nas proximidades, parecendo nervosos e assustados. Lawrence virou-se para o irmão e indagou:

– O que acha que devemos fazer?

A indecisão do caráter dele nunca fora mais patente, pensei naquele momento.

John sacudiu de forma violenta a maçaneta da porta do quarto da Sra. Inglethorp, em vão. Estava evidentemente trancada. Àquela altura, todo mundo na casa já havia acordado. Os ruídos que se ouviam no interior do quarto eram alarmantes. Era preciso fazer alguma coisa de qualquer maneira.

– Tente passar pelo quarto do Sr. Inglethorp, senhor! – gritou Dorcas. – Oh, minha pobre ama!

Subitamente, percebi que Alfred Inglethorp não estava conosco, era o único que ainda não dera o ar de sua graça. John abriu a porta do quarto dele. Estava escuro que nem breu. Mas Lawrence veio atrás com a vela. À luz fraca, verificamos que a cama ainda estava arrumada e não havia o menor indício de que o quarto tivesse sido usado nas últimas horas.

Fomos direto para a porta de ligação entre os dois quartos. Também estava trancada. O que poderíamos fazer?

– Oh, meu caro senhor! – gritou Dorcas, apertando as mãos. – O que vamos fazer?

– Acho que teremos de arrombar a porta. Mas não será fácil. Mande uma das criadas descer e acordar Baily. Quero que ele vá buscar o Dr. Wilkins imediatamente. E agora vamos tentar arrombar esta porta... Ei, um momento! Não há outra porta de ligação com o quarto da Srta. Cynthia?

– Há, sim, senhor. Mas está sempre trancada. Creio que nunca foi aberta.

– Vamos verificar.

John atravessou o corredor com muita rapidez até o quarto de Cynthia. Mary Cavendish estava lá dentro, sacudindo a moça para acordá-la. Cynthia devia ter um sono muito pesado para ainda não ter despertado com todo aquele barulho.

John não demorou a voltar.

– A porta está trancada também. Vamos tentar arrombar a porta do quarto de Inglethorp, que me parece um pouco menos resistente que a do corredor.

Tentamos juntos. A estrutura da porta era firme e resistiu por muito tempo aos nossos esforços. Mas, por fim, acabou cedendo, abrindo-se com um estrondo.

Entramos no quarto cambaleando, Lawrence ainda empunhando a vela. A Sra. Inglethorp estava deitada na cama, o corpo sacudido por violentas convulsões, durante uma das quais ela devia ter derrubado a mesinha ao lado da cama. No momento em que entramos, contudo, as pernas dela se relaxaram e o corpo repousou sobre os travesseiros.

John atravessou rapidamente o quarto e foi acender o bico de gás. Virando-se para Annie, uma das criadas, ele ordenou que descesse correndo para buscar a garrafa de conhaque. Depois correu para junto da mãe, enquanto eu fui destrancar a porta que dava para o corredor.

Virei-me para Lawrence, a fim de sugerir que era melhor eu me retirar, já que não havia mais necessidade de meus serviços. Mas as palavras não chegaram a sair de meus lábios. Nunca, antes, eu vira uma expressão tão horrível no rosto de homem algum. Lawrence estava pálido que nem giz, a vela em sua mão trêmula pingava no tapete. Os olhos, dominados pelo terror ou alguma outra emoção parecida, fixavam-se num ponto qualquer da parede, acima da minha cabeça. Era como se ele tivesse visto alguma coisa que o houvesse transformado em pedra. Instintivamente, segui a direção de seu olhar, mas nada avistei de anormal. As cinzas na lareira ainda luziam debilmente e os enfeites na cornija eram certamente inofensivos.

A violência do ataque da Sra. Inglethorp parecia estar passando. Ela conseguiu balbuciar algumas palavras, aos arrancos:

– Estou melhor agora... foi de repente... estupidez da minha parte... trancar-me assim...

Uma sombra estendeu-se sobre a cama. Levantando a cabeça, avistei Mary Cavendish parada perto da porta, com o braço em torno de Cynthia. Parecia estar sustentando a moça, que dava a impressão de se achar inteiramente atordoada, o que não era o seu estado normal. O rosto de Cynthia estava ruborizado e ela bocejava sem parar.

– A pobre Cynthia está apavorada – comentou a Sra. Cavendish, em voz baixa, mas nítida.

Percebi que ela estava vestindo um avental branco próprio para o trabalho no campo. Devia ser bem mais tarde do que eu imaginara. Só naquele momento constatei que a primeira claridade do dia se insinuava pelas cortinas e que o relógio na lareira estava se aproximando das 5 horas.

Um grito estrangulado, partindo da cama, fez-me estremecer. A dor novamente acometia a pobre Sra. Inglethorp. As convulsões eram de uma violência terrível. A confusão se instalou no quarto. Todos nos agrupamos em torno da cama, impotentes para ajudar ou aliviar aquele sofrimento. Uma convulsão final levantou da cama a Sra. Inglethorp. Por um momento ela pareceu ficar apoiada somente na cabeça e nos calcanhares, o corpo arqueado de maneira extraordinária. Mary e John tentaram em vão fazê-la engolir mais um pouco de conhaque. O tempo ia passando. Novamente o corpo arqueou-se daquela maneira estranha.

Nesse momento, o Dr. Bauerstein entrou no quarto. Parou por um instante, olhando para o corpo estendido na cama. A Sra. Inglethorp balbuciou, em sua voz estrangulada, com os olhos fixos no médico:

– Alfred... Alfred...

E depois ela recostou-se novamente nos travesseiros e ficou imóvel. O Dr. Bauerstein aproximou-se rapidamente da cama. Segurou os braços dela e começou a movimentá-los energicamente. Eu sabia que aquela era uma das técnicas de respiração artificial. Ele deu algumas ordens bruscas aos criados. Um aceno autoritário fez com que todos recuássemos para a porta, de onde ficamos a observá-lo, fascinados. Mas creio que, no fundo, todos sabíamos que era tarde demais, que nada mais poderia ser feito agora. Percebi, pela expressão do Dr. Bauerstein, que ele próprio não acalentava muitas esperanças.

Por fim ele abandonou a tarefa, sacudindo a cabeça gravemente. Nesse momento, soaram passos no corredor, e um instante depois entrava no quarto o próprio médico da Sra. Inglethorp, o Dr. Wilkins, um homenzinho atarracado e bastante nervoso.

Em poucas palavras, o Dr. Bauerstein explicou que estava passando pelo portão da propriedade e vira o carro sair. Correra para a casa o mais depressa possível, enquanto o carro ia buscar o Dr. Wilkins. Com a mão, num aceno desanimado, ele indicou o corpo estendido na cama. O Dr. Wilkins murmurou:

– Muito triste... muito triste... Pobre Sra. Inglethorp! Sempre trabalhou muito... até demais... contra o meu conselho. Bem que a avisei. O coração dela estava longe de ser forte. E eu bem que lhe disse, vá com calma, não exagere. Mas não... o empenho dela pelas boas ações era grande demais. A natureza acabou se rebelando. A natureza acabou se rebelando...

Percebi que o Dr. Bauerstein observava o médico local com os olhos semicerrados. E ainda o fitava fixamente quando falou:

– As convulsões foram de uma violência enorme, Dr. Wilkins. Lamento que não tenha chegado a tempo para testemunhá-las. Eram de uma natureza... tetânica.

– Ah!... – murmurou o Dr. Wilkins, com uma expressão de quem havia compreendido tudo.

– Gostaria de falar-lhe em particular – disse o Dr. Bauerstein, virando-se em seguida para John: – Faz alguma objeção?

– Mas claro que não!

Saímos todos para o corredor, deixando os dois médicos sozinhos. Ouvi a chave girando na fechadura.

Descemos lentamente as escadas. Eu estava bastante agitado. Possuo um certo talento para a dedução, e a atitude do Dr. Bauerstein havia me provocado as suposições mais incríveis. Mary Cavendish pôs a mão em meu braço.

– O que está havendo? Por que o Dr. Bauerstein agiu de maneira... tão estranha?

Fitei-a.

– Sabe o que estou pensando?

– O que é?

– Preste atenção!

Olhei ao redor. Os outros estavam longe, não poderiam nos ouvir. Baixei a voz para um sussurro:

– Acho que ela foi envenenada! E tenho certeza de que o Dr. Bauerstein também desconfia disso!

– *O quê?*

Ela se encostou à parede, toda encolhida, com as pupilas dilatadas. Depois, subitamente, deixando-me aturdido, ela gritou:

– Não! Não! Isso não! Isso não!

E afastando-se de mim, ela subiu correndo a escadaria. Segui-a, receando que pudesse desmaiar. Encontrei-a apoiada no corrimão, extremamente pálida. Fez um aceno para que eu me afastasse, impacientemente.

— Deixe-me, por favor... Prefiro ficar sozinha. Deixe-me aqui por alguns minutos. Vá se juntar aos outros lá embaixo.

Obedeci, relutante. John e Lawrence estavam na sala de jantar. Juntei-me a eles. Ficamos calados por um longo tempo. Quando resolvi romper o silêncio, creio que formulei o que todos estavam pensando:

— Onde está o Sr. Inglethorp?

John sacudiu a cabeça.

— Ele não está na casa.

Nossos olhos se encontraram. Onde estaria Alfred Inglethorp? Sua ausência era estranha e inexplicável. Recordei-me das últimas palavras da Sra. Inglethorp. O que havia por trás delas? O que mais ela poderia ter-nos dito se tivesse mais tempo?

Finalmente, ouvimos os médicos descendo a escadaria. O Dr. Wilkins parecia sentir-se importante e inquieto, procurando disfarçar uma exultação interior sob a capa de uma tranquilidade decorosa. O Dr. Bauerstein permaneceu em segundo plano, o rosto barbado continuava impassível. O Dr. Wilkins foi o porta-voz dos dois e dirigiu-se a John:

— Sr. Cavendish, quero pedir-lhe autorização para realizar uma autópsia.

— E isso é mesmo necessário? – indagou John, o rosto contraindo-se numa expressão de angústia.

— É absolutamente necessário – declarou o Dr. Bauerstein.

— Está querendo dizer...?

— Que nem eu nem o Dr. Wilkins podemos passar o atestado de óbito nas atuais circunstâncias.

John baixou a cabeça.

— Neste caso, não tenho alternativa senão concordar.

— Obrigado – disse o Dr. Wilkins. – Propomos que a autópsia seja realizada amanhã à noite... ou melhor, esta noite.

Ele olhou pela janela, para o dia que já raiava, antes de acrescentar:

— Tendo em vista as circunstâncias, receio que não será possível evitar um inquérito... tais formalidades são indispensáveis. Mas peço que não se preocupem demais.

Houve uma pausa. Depois, o Dr. Bauerstein tirou duas chaves do bolso e entregou-as a John.

– São as chaves dos dois quartos. Tranquei-os. E acho que devem continuar trancados, por enquanto.

Os dois médicos foram embora.

Eu tivera uma ideia e a estava remoendo. Achei que era chegado o momento de expô-la. Mas ainda estava um pouco receoso. Sabia que John tinha horror a qualquer tipo de publicidade e era um otimista incurável, preferia nunca enfrentar os problemas. Talvez fosse difícil convencê-lo do acerto do meu plano. Por outro lado, tinha a impressão de que Lawrence, sendo menos convencional e tendo mais imaginação, poderia tornar-se meu aliado. Seja como for, aquele era o momento de tomar a dianteira.

– Gostaria de perguntar-lhe uma coisa, John.

– O que é?

– Lembra-se daquele amigo de quem falei... Poirot? Aquele belga que está aqui? Ele era um detetive famoso.

– Lembro-me, sim.

– Quero que me dê permissão para chamá-lo... a fim de investigar o que aconteceu.

– Mas... agora? Antes da autópsia?

– Exatamente. O tempo poderá ser extremamente útil, se... se houve um crime.

– Isso tudo é bobagem! – gritou Lawrence, furioso. – Na minha opinião, tudo isso não passa de uma mistificação de Bauerstein! Wilkins não estava pensando em nada de anormal, até que Bauerstein meteu a ideia na cabeça dele! Mas, como todos os especialistas, Bauerstein tem um parafuso frouxo. Os venenos são o seu hobby e por isso tem a mania de vê-los em toda parte!

Confesso que fiquei surpreso com a reação de Lawrence. Ele raramente se mostrava veemente em qualquer circunstância.

John hesitou, antes de finalmente dizer:

– Não posso concordar com você, Lawrence. Sinto-me propenso a deixar Hastings agir, embora prefira esperar mais um pouco. Não queremos nenhum escândalo desnecessário.

– Não precisa temer qualquer escândalo – apressei-me em esclarecer. – Poirot é a discrição em pessoa.

– Se é assim, Hastings, faça como achar melhor. Deixo o caso em suas mãos. É verdade que, como todos desconfiamos, se houve algum crime parece que o culpado é óbvio. Que Deus me perdoe se estou cometendo uma injustiça!

Olhei para o relógio. Eram 6 horas. Decidi que não deveria perder tempo.

Mas permiti-me pelo menos cinco minutos de atraso. Passei esse tempo vasculhando a biblioteca, até encontrar um livro de medicina que continha uma descrição de envenenamento por estricnina.

# 4
# Poirot investiga

A casa ocupada pelos belgas na aldeia ficava perto dos portões do parque. Podia-se ganhar tempo seguindo por uma trilha estreita, no meio do mato alto que margeava o caminho sinuoso. Resolvi seguir pela trilha. Já estava quase chegando ao meu destino quando avistei um homem que vinha em sentido contrário, quase correndo. Era o Sr. Inglethorp. Onde será que ele estivera? Como poderia explicar sua ausência?

Ele me abordou, de maneira ansiosa.

– Oh, Deus! É terrível! Minha pobre esposa! Acabei de saber do infausto acontecimento!

– Onde é que estava?

– Denby me manteve ocupado até tarde. Já passava de 1 hora quando acabamos de examinar tudo. E descobri, no final das contas, que tinha me esquecido de levar a chave. Não queria acordar a casa inteira e por isso decidi aceitar a cama que Denby me ofereceu.

– Como soube do que aconteceu?

– Wilkins passou pela casa de Denby para avisá-lo. Minha pobre Emily! Estava sempre disposta a se sacrificar pelos outros... um caráter tão nobre! Acabou se matando de tanto trabalhar!

Uma onda de repulsa me invadiu. Aquele homem era um hipócrita consumado!

– Tenho que me apressar – murmurei, satisfeito por ele não me haver perguntado para onde eu estava indo.

Alguns minutos depois, bati à porta do Leastways Cottage.

Como não obtive resposta, bati de novo, com mais força, impacientemente. Uma janela acima de mim foi entreaberta de forma cautelosa. E o próprio Poirot apareceu.

Ele deixou escapar uma exclamação de surpresa ao ver-me. Em poucas palavras expliquei-lhe a tragédia que acabara de ocorrer e disse que precisava de sua ajuda.

– Espere um pouco, meu amigo, vou descer para abrir-lhe a porta. Poderá contar o caso em detalhes enquanto me visto.

Momentos depois, Poirot abriu a porta e subimos para o seu quarto. Ali, ele instalou-me em uma cadeira e começou a arrumar-se, meticulosamente. Contei toda a história, não omitindo nenhuma informação ou qualquer circunstância, por mais insignificante que pudesse parecer.

Contei como tinha sido acordado, as últimas palavras da Sra. Inglethorp, a ausência do marido dela, a discussão no dia anterior, a conversa que ouvira entre Mary e a sogra, a briga entre a Sra. Inglethorp e Evelyn Howard, e as insinuações desta última.

Não consegui ser tão objetivo quanto desejava. Repeti-me por diversas vezes e ocasionalmente tive de voltar atrás no relato para contar algum detalhe esquecido. Poirot sorriu para mim, bondosamente.

– Está um tanto confuso, não é mesmo? Não precisa se apressar, *mon ami*. Sei que está bastante nervoso. Nada mais natural. Daqui a pouco, quando estivermos mais calmos, colocaremos os fatos em ordem, cada coisa no seu lugar. Os que forem importantes poremos de um lado; os que não forem... puf! – ele contraiu o rosto de querubim e soprou, comicamente, antes de acrescentar: – Os sopraremos para longe!

– Tudo isso é muito bom, mas como poderá decidir agora o que é importante e o que não é? Isso sempre me pareceu a coisa mais difícil.

Poirot sacudiu a cabeça vigorosamente, enquanto arrumava o bigode, com extremo cuidado.

– Não chega a ser tão difícil assim. *Voyons*! Um fato leva a outro... e assim por diante. Será que o fato seguinte se ajusta aos anteriores? Uma *merveille*! Podemos seguir adiante. O próximo fato... não! Ah, é estranho! Alguma coisa está faltando... um elo da corrente não se encontra onde deveria. Tratamos de examinar, investigamos com cuidado. Até, por fim, encontrarmos o fato mínimo e curioso, o pequeno detalhe aparentemente insignificante, que não estava se ajustando ao todo. Ei-lo que surge!

Ele fez um gesto extravagante com a mão e arrematou:

– É bastante significativo! É de tremenda importância!

– Mas...

Poirot sacudiu o dedo indicador de forma tão veemente que me encolhi todo, intimidado.

– É preciso tomar todo cuidado, *mon ami*! O perigo está à espreita do detetive que diz: "Isso é insignificante, não tem qualquer importância. Não se ajusta aos fatos, é melhor esquecer." É justamente aí que começa a confusão. Tudo é muito importante!

– Sei disso. É o que sempre me falou. E foi por isso que procurei contar-lhe todos os detalhes, quer me parecessem relevantes ou não.

– E estou satisfeito. Tem uma boa memória, *mon ami*, e esforçou-se em me relatar os fatos fielmente. Já não posso dizer o mesmo sobre a ordem em que os relatou. Na verdade, foi lamentável. Mas dou o devido desconto. Afinal, ficou bastante abalado. E é justamente a isso que atribuo a circunstância de haver omitido um fato de suprema importância.

– E que fato é esse?

– Não me disse se a Sra. Inglethorp comeu muito na noite passada.

Fiquei aturdido. Não restava a menor dúvida de que a guerra afetara o cérebro do pequeno detetive. Ele estava empenhado em escovar com cuidado o casaco, antes de vesti-lo. Parecia inteiramente compenetrado na tarefa.

– Não me lembro. Além do mais, não vejo...
– Não está percebendo? Isso é da maior relevância!
Eu estava começando a me sentir exasperado.
– Não vejo que importância isso pode ter. Seja como for, pelo que me recordo, ela não comeu muito. Estava visivelmente aborrecida e isso lhe havia tirado o apetite. O que era perfeitamente natural.
– Tem razão – comentou Poirot, pensativo. – Era perfeitamente natural...
Ele abriu uma gaveta e tirou dela uma pequena valise, virando-se em seguida para mim.
– Já estou pronto. Vamos seguir agora mesmo para o *château* e investigaremos tudo no próprio local. Com licença, *mon ami*. É evidente que se vestiu às pressas e sua gravata está fora do lugar. Permita que eu a ajeite.
Rapidamente, Poirot endireitou minha gravata.
– *Ça y est*! E agora... vamos indo?
Atravessamos correndo a aldeia e cruzamos o portão do parque. Poirot parou por um momento, a contemplar o parque que ainda faiscava ao orvalho da manhã, com uma expressão pesarosa.
– É tão bonito... e, no entanto, a pobre família está mergulhada no pesar, prostrada pela dor.
Ele me fitava atentamente enquanto falava. Senti-me enrubescer sob seu olhar prolongado.
Será que a família estava de fato prostrada pela dor? Será que o pesar pela morte da Sra. Inglethorp era tão grande assim? Compreendi que havia uma carência de emoção no ambiente. A falecida não tivera a capacidade de merecer o amor das pessoas que a cercavam. Sua morte era um choque, a causa de uma terrível aflição. Mas não seria lamentada com paixão.
Poirot parecia estar lendo meus pensamentos. Assentiu, com uma expressão solene.
– É isso mesmo, *mon ami*. Seria diferente se houvesse um laço de sangue. Ela era boa e generosa com os Cavendish, mas não podemos esquecer que não era a verdadeira mãe deles. É preciso lembrar sempre que o sangue faz muita diferença.

– Poirot, poderia explicar-me por que quis saber se a Sra. Inglethorp havia comido muito ontem à noite? Estive pensando a respeito, mas não consegui descobrir nenhuma relação.

Ele ficou em silêncio por um ou dois minutos, enquanto caminhávamos.

– Está bem. Não me importo de dizer-lhe, embora, como já sabe, eu não tenha o hábito de explicar qualquer coisa antes de haver esclarecido tudo. No momento, a suspeita é de que a Sra. Inglethorp tenha morrido envenenada por estricnina, presumivelmente ministrada no café.

– E daí?

– A que horas o café foi servido?

– Por volta das 20 horas.

– Portanto, ela deve ter tomado o café entre este momento e 20h30... não muito depois. Ora, a estricnina é um veneno bastante rápido. Seus efeitos teriam sido sentidos em pouco tempo, provavelmente cerca de uma hora depois. Contudo, no caso da Sra. Inglethorp, os sintomas não se manifestaram até as 5 horas da manhã seguinte. Ou seja, nove horas depois. No entanto, é possível que uma refeição pesada, ingerida na mesma ocasião que o veneno, possa retardar seu efeito, embora jamais por tanto tempo. Não obstante, é uma consideração que não pode deixar de ser levada em conta. Mas, segundo o seu relato, ela comeu muito pouco no jantar. Apesar disso, os sintomas só surgiram na manhã seguinte. O que é um tanto estranho, *mon ami*. Talvez a autópsia possa proporcionar alguma explicação. Até lá, não devemos nos esquecer desse fato.

Ao nos aproximarmos da casa, John saiu para receber-nos. Sua expressão era cansada e angustiada.

– É uma história lamentável, Monsieur Poirot. Hastings já lhe explicou que não desejamos nenhuma publicidade?

– Posso compreender perfeitamente.

– Até agora, existem apenas suspeitas. Ainda não há nada concreto.

– Sei disso. É apenas uma questão de precaução.

John virou-se para mim, retirou a cigarreira do bolso, pegou um cigarro e acendeu-o.

– Já sabe que Inglethorp voltou?
– Já, sim. Encontrei-o no caminho.

John jogou o fósforo num canteiro de flores próximo, o que era demais para Poirot. Ele foi pegar o fósforo e enterrou-o cuidadosamente.

– É muito difícil saber como tratá-lo – comentou John.
– Essa dificuldade irá deixar de existir – declarou Poirot, calmamente.

John ficou perplexo, sem compreender o sentido do comentário enigmático. Entregou-me as duas chaves que o Dr. Bauerstein deixara consigo e disse:

– Mostre tudo o que Monsieur Poirot desejar ver.
– Os quartos estão trancados? – indagou Poirot.
– O Dr. Bauerstein achou que era uma medida aconselhável.

Poirot assentiu, pensativo.

– O que significa que ele tem certeza absoluta. Bom, isso simplifica as coisas para nós.

Subimos para o quarto da tragédia. Por uma questão de conveniência, estou incluindo neste relato uma planta do quarto e os principais móveis nele encontrados.

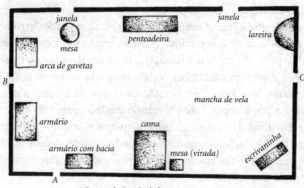

Quarto da Sra. Inglethorp
A – Porta para o corredor
B – Porta para o quarto do Sr. Inglethorp
C – Porta para o quarto de Cynthia

Poirot tornou a trancar a porta depois que entramos e começou a examinar o quarto meticulosamente. Ia de um lado para o outro, com a agilidade de um gafanhoto. Fiquei parado à porta, receando apagar alguma pista. Poirot, no entanto, não pareceu ficar satisfeito com meus cuidados.

– O que há, meu amigo? Por que está parado aí como... como é mesmo que vocês costumam dizer?... ah, sim, como um dois de paus?

Expliquei que receava apagar possíveis pegadas.

– Pegadas? Mas que ideia! Já passou por este quarto quase um exército! Que pegadas poderão ser encontradas? Esqueça isso e trate de me ajudar na busca. Vou largar minha valise até precisar dela.

Poirot colocou a valise sobre a mesa redonda perto da janela – o que foi uma ideia infeliz, porque o tampo da mesa estava solto, inclinou-se ligeiramente e jogou a valise ao chão.

– *En voilà une table*! Ah, meu amigo, isso mostra como se pode viver numa casa grande e mesmo assim não se ter o menor conforto.

Depois do comentário edificante, Poirot retomou a busca.

Por algum tempo, sua atenção foi atraída por uma pequena valise púrpura que estava na escrivaninha, com a chave no fecho. Ele tirou a chave e pediu que eu a examinasse. Mas nada vi de estranho nela. Pareceu-me uma chave comum, do tipo Yale, com um pedaço de arame torcido na alça.

Em seguida, Poirot examinou a porta que havíamos arrombado, assegurando-se de que o trinco estivesse realmente fechado. Depois, foi até a porta do outro lado do aposento, a que dava para o quarto de Cynthia. Aquela porta também estava trancada, como eu já lhe havia informado. Mas Poirot fez questão de destrancá-la, abrindo-a e fechando-a por diversas vezes, tomando cuidado para não fazer qualquer barulho. De repente, uma pequena partícula no ferrolho atraiu-lhe a atenção. Examinou-a cuidadosamente, depois foi buscar uma pequena pinça em sua valise, tirou-a do ferrolho e guardou-a dentro de um envelope.

Sobre a cômoda havia uma bandeja, com uma lamparina de álcool e uma pequena caçarola. Havia um resto de líquido escuro no fundo da caçarola. Ao lado, havia uma xícara vazia e um pires.

Fiquei aborrecido ao constatar que fora tão pouco observador e que ignorara a existência daquilo. Era uma pista que podia ter a maior importância. Poirot mergulhou cuidadosamente um dedo no líquido e provou-o, cautelosamente.

– Chocolate... com... se não me engano... rum...

Ele passou para os objetos espalhados pelo chão, no local onde a mesa ao lado da cama tinha sido virada. Havia um lampião de leitura, livros, fósforos, um molho de chaves e fragmentos de uma xícara de café quebrada.

– Mas que coisa curiosa... – murmurou Poirot.

– Devo confessar que não estou percebendo nada que possa ser considerado particularmente estranho.

– Não está vendo nada? Observe o lampião. A capa de vidro quebrou-se em dois lugares, ao cair, mas não se fragmentou. Já a xícara de café ficou totalmente espatifada.

– Ora, alguém deve ter pisado nela.

– Exatamente – disse Poirot, com uma voz estranha. – Alguém deve ter pisado nela.

Ele tinha se ajoelhado para examinar o que havia no chão. Levantou-se então e dirigiu-se lentamente até a lareira, endireitando distraidamente os enfeites que estavam em cima dela – um dos seus hábitos quando estava agitado. Depois, virou-se para mim e disse:

– *Mon ami*, alguém pisou naquela xícara, triturando-a. E pode ter feito isso porque continha estricnina ou porque – o que é ainda mais grave – não continha estricnina!

Não falei nada, porque estava aturdido demais para responder. Além disso, sabia que não adiantaria pedir qualquer explicação a Poirot. Um momento depois, ele recomeçou as investigações. Pegou o molho de chaves que estava no chão e girou-o entre os dedos. Então separou uma chave muito brilhante. Enfiou-a na fechadura da valise púrpura. O encaixe foi perfeito e ele abriu a valise. Mas, depois de um momento de hesitação, tornou a fechá-la e trancou-a. Meteu em seu próprio bolso o molho de chaves, assim como a chave que encontrara originalmente na fechadura da valise.

– Não tenho autoridade para examinar os documentos que estão aí dentro. Mas é algo que precisa ser feito... e imediatamente!

Poirot foi examinar as gavetas do lavatório. Atravessando o quarto na direção da janela à esquerda, foi atraído por uma mancha redonda, quase imperceptível, no tapete marrom escuro. Ficou de joelhos, examinando-a meticulosamente, chegando inclusive a cheirá-la.

Depois, despejou algumas gotas do chocolate em um tubo de ensaio e fechou-o. Em seguida, tirou do bolso um caderninho de anotações. Começou a escrever rapidamente, enquanto falava:

– Encontramos neste quarto seis coisas do maior interesse. Devo enumerá-las ou prefere fazê-lo?

– Pode enumerá-las você – apressei-me em dizer.

– Está certo. Um: a xícara de café foi esmigalhada; dois: uma valise com a chave no fecho; três: uma mancha no chão...

– Pode ter sido feita antes – comentei, interrompendo-o.

– Não é possível, pois ainda está úmida e cheira a café. Mas vamos adiante. Quatro: um fragmento de algum tecido verde-escuro, apenas alguns fios, mas perfeitamente reconhecíveis.

– Ah, então foi isso que guardou no envelope!

– Exatamente. É possível que seja de um dos vestidos da Sra. Inglethorp e que não tenha a menor importância. Mas veremos. Cinco: *isto*!

Com um gesto dramático, Poirot apontou para uma mancha grande de cera de vela no chão, ao lado da escrivaninha.

– Só pode ter sido feita ontem, caso contrário a empregada a teria removido, com um mata-borrão e um ferro quente. Certa ocasião, um dos meus melhores chapéus... mas isso nada tem a ver com o caso.

– Pode ser que esta mancha de vela tenha sido feita ontem. Estávamos todos muito nervosos. Mas é possível também que a própria Sra. Inglethorp tenha deixado uma vela pingar no chão.

– Vocês entraram no quarto só com uma vela?

– Isso mesmo. Lawrence Cavendish é que a estava segurando. Mas ele estava bastante transtornado. Deu a impressão de ter visto alguma coisa ali...

Apontei para o consolo da lareira e acrescentei:

– ...que o deixou inteiramente paralisado.

– Muito interessante... – murmurou Poirot. – Devo mesmo dizer que é bastante sugestivo...

Ele correu os olhos por toda a parede daquele lado.

– Mas não foi a vela dele que produziu esta mancha. Como pode verificar, esta mancha é de uma vela branca, enquanto que a vela de Monsieur Lawrence, que ainda está na penteadeira, era rosa. E a Sra. Inglethorp não tinha nenhuma vela no quarto, apenas um lampião de leitura.

– O que deduz então?

Poirot limitou-se a dar uma resposta irritante, recomendando-me que usasse as minhas próprias faculdades naturais.

– E qual é o sexto ponto importante, Poirot? Suponho que seja a amostra de chocolate.

– Não – respondeu Poirot, mais pensativo que nunca. – Eu poderia tê-la incluído como o sexto ponto importante, mas não o fiz. Pelo menos por enquanto, não vou revelar o sexto ponto.

Ele correu os olhos rapidamente pelo quarto.

– Acho que nada mais há para se fazer aqui, a menos...

Olhando com uma expressão estranha para as cinzas na lareira, há muito apagadas e frias, Poirot acrescentou:

– O fogo queima... e destrói. Mas por acaso... sempre pode ter ficado... vamos verificar!

Ficando de quatro, ele pôs-se a remexer cuidadosamente as cinzas. Subitamente, exclamou baixinho:

– A pinça, Hastings!

Entreguei-lhe rapidamente a pinça. Lentamente, Poirot tirou do meio das cinzas um pequeno pedaço de papel chamuscado.

– Aqui está, *mon ami*! O que acha que é isto?

Examinei o fragmento. Aqui está uma exata reprodução do que Poirot havia encontrado:

Fiquei perplexo. O papel era grosso, muito diferente do papel usado normalmente para anotações. De repente, ocorreu-me uma ideia.

– Poirot! Este é o fragmento de um testamento!
– Exatamente.
– Não está surpreso?
– Não. Eu já esperava por isso.

Devolvi-lhe o fragmento de papel e fiquei observando-o guardá-lo em sua valise, com o mesmo cuidado metódico com que fazia tudo. Minha mente era um turbilhão. Quais as implicações daquele misterioso testamento? Quem o teria destruído? A mesma pessoa que deixara uma mancha de vela no tapete? Era óbvio. Mas como alguém teria conseguido entrar no quarto? Afinal, todas as portas estavam trancadas por dentro.

– E agora, *mon ami*, vamos sair deste quarto. Eu gostaria de fazer algumas perguntas à criada... Dorcas, não é esse o nome dela?

Passamos pelo quarto de Alfred Inglethorp. Poirot demorou-se o suficiente para examiná-lo de maneira meticulosa, embora rápida. Trancamos as portas, deixando-as como as havíamos encontrado.

Levei-o para o *boudoir*, que ele manifestara o desejo de conhecer, e fui procurar Dorcas.

Mas o *boudoir* estava vazio quando voltei com ela.

– Onde é que você está, Poirot? – gritei.
– Estou aqui, meu amigo.

Ele saíra pela porta francesa e estava parado, aparentemente perdido em intensa admiração, diante de canteiros de flores de formatos variados.

– Admirável! – murmurou ele. – Admirável! Que simetria! Observe aquele crescente! Veja estes losangos! Tamanha perfeição é um regozijo para os olhos. E o espacejamento dos canteiros, também é impecável. Foram feitos recentemente, não é mesmo?

– Foram, sim. Se não me engano, foram concluídos ontem à tarde. Mas vamos entrar. Dorcas está esperando.

– *Eh bien, eh bien*! Não me negue um momento de satisfação para os olhos.

– A conversa com Dorcas é mais importante.

– Como pode ter certeza de que essas lindas begônias não possuem a mesma importância?

Dei de ombros. Não adiantava tentar argumentar com Poirot, quando ele decidia enveredar-se por tal caminho.

– Não concorda comigo? Pois saiba que tais coisas já aconteceram. Mas está certo, vamos conversar com Dorcas.

Dorcas estava parada no meio do *boudoir*, as mãos cruzadas na frente, os cabelos grisalhos erguendo-se em ondas irregulares sob a touca branca. Era a própria imagem de uma criada ao estilo antigo.

Ela mostrou-se de início receosa com relação a Poirot, mas ele rapidamente rompeu-lhe as defesas. Puxou uma cadeira e disse:

– Sente-se, por favor, senhorita.

– Obrigada, senhor.

– Está há bastante tempo nesta casa, não é mesmo?

– Há dez anos.

– É bastante tempo, e demonstra ser uma servidora fiel. Era bastante afeiçoada a ela, não é mesmo?

– Ela era uma patroa muito boa para mim, senhor.

– Neste caso, espero que não faça qualquer objeção a responder-me algumas perguntas. Tenho a autorização do Sr. Cavendish para perguntar-lhe qualquer coisa.

– Não há problema, senhor.

– Está certo. Vamos começar pelo que aconteceu ontem à tarde. Sua patroa teve uma discussão?

– Teve, sim, senhor. Mas não sei se devo...

Dorcas hesitou. Poirot fitou-a com um olhar penetrante.

– Minha boa Dorcas, é necessário que eu saiba de todos os detalhes dessa discussão, com o máximo de exatidão possível. Não pense que estará traindo os segredos de sua patroa. Não se esqueça de que sua patroa está morta e precisamos saber de tudo... se desejamos vingá-la. Nada que façamos poderá trazê-la de volta à vida. Mas, se por acaso houve um crime, precisamos descobrir tudo para podermos levar o assassino à justiça.

– Amém! – disse Dorcas, com toda a veemência. – E sem falar nomes, há *alguém* nesta casa que ninguém jamais conseguiu suportar! Foi um dia fatídico aquele em que *ele* atravessou o limiar da porta desta casa!

Poirot esperou calmamente que a irritação dela se dissipasse, antes de retomar o tom profissional e indagar:

– Voltemos à discussão. Foi a primeira que ouviu?

– Ontem eu estava passando por acaso pela porta...

– A que horas?

– Não sei dizer exatamente, senhor. Mas ainda faltava bastante para a hora do chá. Talvez fossem 16 horas... ou um pouco mais tarde. Como eu disse, senhor, estava passando e ouvi vozes muito altas e furiosas aqui dentro. Não queria ficar escutando, mas... a verdade é que parei. A porta estava fechada, mas a patroa falava alto e de forma estridente, e pude ouvir perfeitamente quando disse: "Você mentiu e enganou-me!" Não deu para ouvir a resposta do Sr. Inglethorp. Ele falava bem mais baixo. A patroa disse em seguida: "Mas como se atreve? Eu lhe dei abrigo, vesti-o, alimentei-o! Deve tudo a mim! É assim que me paga, desgraçando o nosso nome!" Ele falou novamente, mas não consegui ouvir. E a patroa continuou: "Nada que você diga poderá fazer qualquer diferença! Sei muito bem qual é a minha obrigação. Já tomei uma decisão. E não pense que o receio de publicidade ou de um escândalo entre marido e mulher irá deter-me!" Nesse momento, pensei que os dois fossem sair daqui e tratei de afastar-me depressa.

– Tem certeza de que era o Sr. Inglethorp quem estava aqui dentro?

– Tenho, sim, senhor. Quem mais poderia ser?
– O que aconteceu em seguida?
– Voltei depois ao corredor, mas já estava tudo quieto e não ouvi mais nada. Às 17 horas, a Sra. Inglethorp tocou o sino e pediu-me que lhe servisse uma xícara de chá, sem nada para comer, no *boudoir*. Ela estava com uma aparência horrível, muito pálida e transtornada. E me disse: "Tive um grande choque, Dorcas." Respondi: "Lamento muito, senhora. Mas tenho certeza de que irá sentir-se melhor depois de tomar uma xícara de chá quente." Ela estava com uma coisa na mão. Não sei se era uma carta ou apenas um pedaço de papel, mas tenho certeza de que tinha algo escrito. Ela ficou olhando para o papel, quase como se não pudesse acreditar no que estava escrito nele. E murmurou para si mesma, como se tivesse se esquecido da minha presença: "Umas poucas palavras... e tudo está mudado!" Depois, ela me fitou e disse: "Jamais confie num homem, Dorcas. Eles não são dignos da nossa confiança!" Retirei-me apressadamente. Voltei o mais rápido possível, com uma xícara de chá bem forte. Ela me agradeceu e disse que iria sentir-se melhor depois de tomar o chá. E acrescentou: "Não sei o que fazer. Um escândalo entre marido e mulher é uma coisa horrível, Dorcas. Eu preferia abafar tudo, se fosse possível." A Sra. Cavendish entrou nesse momento e ela não disse mais nada.

– Ela ainda estava com a carta ou o que quer que fosse na mão?
– Estava, sim, senhor.
– O que acha que ela pode ter feito depois com a carta?
– Não sei dizer com certeza, senhor. Provavelmente a guardou naquela valise púrpura.
– Era onde ela geralmente guardava os documentos importantes?
– Isso mesmo, senhor. Ela descia com a valise todas as manhãs e trazia-a para cá. De noite, levava-a de volta para seu quarto.
– Quando foi que ela perdeu a chave da valise?
– Foi ontem, na hora do almoço. Pediu-me que a procurasse. Ela ficou muito aborrecida com isso.
– Mas ela tinha uma duplicata da chave, não é mesmo?
– Tinha, sim, senhor.

Dorcas fitava Poirot com uma expressão de intensa curiosidade. Para dizer a verdade, eu também estava curioso. Como ele soubera da chave perdida? Poirot sorriu.

– Não pense mais nisso, Dorcas. Meu ofício é saber das coisas. É esta a chave que estava sumida?

Ele tirou do bolso a chave que encontrara no fecho da valise. Dorcas esbugalhou os olhos, dando a impressão de que iriam saltar das órbitas.

– É essa mesma, senhor! Onde foi que a encontrou? Procurei-a por toda parte!

– O problema é que esta chave não estava ontem no mesmo lugar em que a encontrei hoje. Mas vamos passar a outro assunto, Dorcas. Sua patroa tinha por acaso um vestido verde-escuro?

– Não, senhor.

– Tem certeza?

– Tenho, sim, senhor.

– Alguém mais nesta casa tem um vestido verde?

Dorcas pensou por um momento.

– A Srta. Cynthia tem um vestido verde.

– Verde-claro ou verde-escuro?

– Um vestido verde-claro. É o que costumam chamar atualmente de *chiffon*.

– Não é esse o que estou procurando. E ninguém mais tem uma roupa verde qualquer?

– Não, senhor... pelo menos não que eu saiba.

O rosto de Poirot não deixou transparecer se ele estava desapontado. Limitou-se a dizer:

– Está certo. Vamos seguir adiante. Tem algum motivo para acreditar que sua patroa possa ter tomado um remédio para dormir ontem à noite?

– Tenho certeza de que ontem à noite ela não tomou nada.

– E por que tem certeza?

– Porque a caixa estava vazia. Ela tomou o que restava há um ou dois dias e não mandou comprar mais.

— Tem certeza disso?
— Absoluta, senhor.
— Então este ponto está esclarecido. A sua patroa por acaso pediu-lhe ontem que assinasse algum documento?
— Assinar um documento? Não, senhor.
— Quando o Sr. Hastings e o Sr. Lawrence voltaram para casa ontem à tarde, encontraram sua patroa escrevendo cartas. Tem alguma ideia das pessoas às quais eram dirigidas essas cartas?
— Infelizmente, não, senhor. Tive folga ontem. Talvez Annie pudesse dizer, mas ela é uma moça por demais negligente para prestar atenção nas coisas. Nem mesmo recolheu e lavou as xícaras de café usadas à noite. É o que acontece quando não estou aqui para cuidar de tudo.

Poirot levantou a mão imediatamente.

— Como as xícaras ficaram sujas até agora, Dorcas, deixe-as assim mais um pouco. Eu gostaria de examiná-las.
— Está certo, senhor.
— A que horas saiu ontem?
— Por volta das 18 horas, senhor.
— Obrigado, Dorcas. Não tenho mais nada a perguntar-lhe.

Poirot levantou-se e foi até a janela.

— Estive admirando esses canteiros de flores. Por falar nisso, sabe quantos jardineiros trabalham aqui atualmente?
— Apenas três, senhor. Tínhamos cinco antes da guerra. Gostaria que tivesse conhecido o jardim nessa ocasião. Era então exatamente como deve ser. Mas agora temos apenas o velho Manning, o jovem William e uma dessas mulheres modernas, que trabalha como jardineira, usa calças e coisas assim. Ah, que tempos horríveis!
— Os bons tempos voltarão, Dorcas. Ou pelo menos é o que todos esperamos. Agora, pode fazer o favor de pedir a Annie para vir até aqui?
— Pois não, senhor. E obrigada.

Assim que Dorcas se retirou, perguntei a Poirot, com a maior curiosidade:

– Como descobriu que a Sra. Inglethorp tomava um remédio para dormir? E como soube da chave perdida e da duplicata?
– Uma coisa de cada vez, meu amigo. Quanto ao remédio para dormir, eu soube por causa disto.

Poirot exibiu uma caixinha de papelão, do tipo usado pelos farmacêuticos para guardarem os pós medicinais.

– Onde foi que a encontrou?
– Na gaveta do lavatório no quarto da Sra. Inglethorp. Era o sexto item da minha lista.
– Mas se a última dose foi tomada há dois dias, isso agora não tem mais tanta importância, não é mesmo?
– Provavelmente não. Mas não nota alguma coisa estranha nesta caixa?

Examinei-a atentamente.

– Não, não estou percebendo nada de anormal.
– Dê uma olhada no rótulo.

Li o rótulo lentamente:

– "Uma dose a ser tomada na hora de deitar, quando necessário. Sra. Inglethorp." Não, não vejo nada de estranho.
– Nem o fato de que não está indicando o nome do farmacêutico?
– É mesmo! Tem toda razão, é muito estranho.
– Já ouviu falar de algum farmacêutico que envia uma caixinha dessas para um paciente sem que seu nome esteja escrito no rótulo?
– Nunca soube que isso tivesse acontecido!

Eu estava bastante agitado, mas Poirot tratou de esfriar o meu ardor.

– Mas a explicação para isso é muito simples. Portanto, não precisa ficar tão intrigado, meu amigo.

Ouvimos um rangido, anunciando a aproximação de Annie. Assim, não tive tempo de dizer coisa alguma.

Annie era uma jovem robusta e estava visivelmente inquieta. Era óbvio que encontrava um prazer macabro na tragédia.

Poirot foi direto ao assunto, com uma brusquidão profissional:

– Mandei chamá-la, Annie, porque achei que poderia me dizer alguma coisa a respeito das cartas que a Sra. Inglethorp escreveu ontem à noite. Quantas cartas foram? E pode me dizer os nomes e endereços das pessoas a quem eram destinadas?

Annie pensou por um momento.

– Eram quatro cartas, senhor. Uma era para a Srta. Howard e outra para o Sr. Wells, o advogado. Não me lembro para quem eram as outras duas, senhor... Ah, é isso mesmo. Havia uma carta para o Ross's, o mercado em Tadminster que nos fornece o que precisamos. Não me lembro para quem era a outra.

– Pense um pouco, Annie.

Ela rebuscou a memória, mas em vão.

– Lamento, senhor, mas não consigo mesmo me lembrar. Talvez eu nem tenha reparado para quem era.

– Não tem importância – disse Poirot, sem deixar transparecer qualquer sinal de desapontamento. – Gostaria agora de perguntar-lhe outra coisa. Há uma caçarola no quarto da Sra. Inglethorp, com um pouco de chocolate dentro. Ela tomava chocolate todas as noites?

– Tomava, sim, senhor. Eu levava a bandeja com o chocolate para o quarto dela ao final da tarde e ela o esquentava à noite, quando estava com vontade de tomá-lo.

– E era chocolate puro?

– Era chocolate preparado com leite, uma colher de chá de açúcar e duas colheres de chá de rum.

– Era sempre você quem levava a bandeja para o quarto?

– Era, sim, senhor.

– E a que horas geralmente a levava?

– Em geral, senhor, quando ia fechar as cortinas.

– E a levava direto da cozinha para o quarto?

– Não, senhor. O fogão não é muito grande, e por isso a cozinheira sempre preparava o chocolate antes de pôr os legumes a cozinhar para o jantar. Eu costumava subir e deixar a bandeja na mesa junto à porta de vaivém, levando-a mais tarde para o quarto da Sra. Inglethorp.

– A porta a que se refere fica na ala esquerda, não é mesmo?
– É, sim, senhor.
– E a mesa fica neste lado da porta ou no outro, o que dá para os aposentos dos criados?
– Neste lado, senhor.
– A que horas subiu com o chocolate ontem à noite?
– Tenho a impressão de que deviam ser 18h45, senhor.
– E a que horas levou a bandeja para o quarto da Sra. Inglethorp?
– Quando fui fechar o quarto, senhor. Por volta das 20 horas. A Sra. Inglethorp veio deitar-se antes de eu terminar.
– Quer dizer que entre 19h15 e 20 horas o chocolate ficou na mesa da ala esquerda?
– Isso mesmo, senhor.

Annie estava ficando mais e mais vermelha e de repente explodiu inesperadamente:

– E se havia sal no chocolate, senhor, a culpa não foi minha! Jamais estive sequer com o sal perto do chocolate!
– O que a faz pensar que havia sal no chocolate? – indagou Poirot.
– Porque o vi na bandeja, senhor.
– Está querendo dizer que viu sal na bandeja?
– Isso mesmo, senhor. Parecia sal grosso de cozinha. Não notei nada quando subi com a bandeja. Mas reparei imediatamente quando a levei para o quatro da patroa. Acho que eu deveria ter descido e pedido à cozinheira para preparar outro chocolate. Mas estava com pressa, porque Dorcas tinha saído, e pensei que o chocolate podia estar em condições, havendo apenas caído um pouco de sal na bandeja. Assim, limpei-o com o avental e levei a bandeja para o quarto.

Tive a maior dificuldade para controlar meu entusiasmo. Sem saber, Annie acabara de nos fornecer uma pista da maior importância. Ela teria ficado inteiramente aturdida se soubesse que o seu "sal grosso de cozinha" era na verdade estricnina, um dos venenos mais mortais conhecidos pela humanidade. Admirei a calma de Poirot. O autocontrole dele era notável. Esperei pela pergunta seguinte, mas deixou-me desapontado:

— Quando entrou no quarto da Sra. Inglethorp, por acaso notou se a porta que dava para o quarto da Srta. Cynthia estava com o ferrolho passado?

— Estava, sim, senhor. Estava sempre trancada. Aquela porta nunca era aberta.

— E a porta que dava para o quarto do Sr. Inglethorp também estava com o ferrolho passado?

Annie hesitou.

— Não posso dizer com certeza, senhor. A porta estava fechada, mas não reparei se o ferrolho estava passado.

— Quando finalmente saiu do quarto, a Sra. Inglethorp trancou a porta do corredor?

— Não, senhor. Ou pelo menos não naquele momento. Mas deve tê-lo feito depois. Ela sempre trancava a porta à noite. Isto é, a porta que dava para o corredor.

— Por acaso notou algum pingo de vela no chão quando arrumou o quarto ontem?

— Pingo de vela? Não, senhor. A Sra. Inglethorp não tinha nenhuma vela no quarto, apenas um lampião de leitura.

— Quer dizer que se houvesse uma mancha grande de cera de vela no chão você certamente teria percebido?

— Claro, senhor! E a teria limpado imediatamente, com um mataborrão e um ferro quente.

Poirot repetiu então a pergunta que já fizera a Dorcas:

— Sua patroa tinha um vestido verde?

— Não, senhor.

— Não teria por acaso um manto ou um casaco verde?

— Não, senhor.

— E ninguém mais na casa tem uma roupa verde?

Annie pensou um pouco.

— Não, senhor.

— Tem certeza?

— Absoluta, senhor.

— *Bien!* É tudo o que eu desejava saber. Muito obrigado.

Com uma risadinha nervosa, Annie saiu da sala. A excitação que eu havia contido por tanto tempo finalmente irrompeu:

– Meus parabéns, Poirot! É uma grande descoberta!

– Que descoberta?

– Ora, a de que era o chocolate e não o café que estava envenenado! Isso explica tudo! Claro que o veneno só fez efeito pouco antes do amanhecer, porque só foi tomado no meio da noite!

– Acha então que o chocolate... e marque bem o que estou dizendo, Hastings, o *chocolate*... continha estricnina?

– Mas é claro! O que mais podia ser o sal na bandeja?

– Podia ser simplesmente sal – respondeu Poirot, placidamente.

Dei de ombros. Se Poirot preferia assim, não havia como argumentar com ele. Passou-me pela cabeça, não pela primeira vez, que o pobre Poirot estava envelhecendo. Achei que era muita sorte dele que tivesse a seu lado uma mente mais receptiva. Poirot me examinava com olhos que faiscavam. Então perguntou-me:

– Não está satisfeito comigo, *mon ami*?

Respondi friamente:

– Meu caro Poirot, não cabe a mim dizer-lhe como deve agir. Tem todo o direito de ter suas opiniões, assim como tenho direito às minhas.

– O que é uma atitude das mais admiráveis – comentou Poirot, levantando-se abruptamente. – Já não tenho mais nada a fazer nesta sala. Por falar nisso, de quem é aquela escrivaninha menor ali no canto?

– É do Sr. Inglethorp.

– Ah!...

Poirot tentou levantar o tampo corrediço.

– Está trancada. Mas talvez possa ser aberta com uma das chaves da Sra. Inglethorp.

Ele experimentou diversas chaves com habilidade de mestre, até deixar escapar uma exclamação de satisfação:

– *Voilà*! Não é a chave certa, mas dá para abrir a escrivaninha com um pouco de pressão.

Poirot levantou o tampo da escrivaninha e correu os olhos rapidamente pelos papéis arrumados com esmero. Para minha surpresa, ele não examinou os papéis, baixando o tampo e comentando:

– Decididamente, esse Sr. Inglethorp é um homem metódico!

Um "homem metódico", na opinião de Poirot, era o maior elogio que se podia conferir a uma pessoa.

Senti que meu amigo já não era mais o mesmo quando ele murmurou incoerentemente:

– Não havia selos na escrivaninha dele, mas bem que poderia haver, hein, *mon ami*? Bem que poderia haver, hein? Bom, este *boudoir* já não tem mais nada a nos oferecer. Na verdade, não descobrimos muita coisa aqui. Apenas isto.

Poirot tirou do bolso um envelope amassado e jogou-o para mim. Era um velho envelope comum, bastante sujo, com algumas palavras rabiscadas ao acaso. A seguir, está uma reprodução do que estava escrito no envelope:

*possuída*
*eu estou possuída*
*Ele está possuído*
*Eu estou possuída*
*possuída*

## 5
## "Não é estricnina, não é mesmo?"

— Onde foi que encontrou isso? – perguntei a Poirot, com a maior curiosidade.

– Na cesta de lixo. Reconhece a letra?

– Claro. É da Sra. Inglethorp. Mas o que significa?

Poirot deu de ombros.

– Não sei dizer... mas é bastante sugestivo.

Ocorreu-me uma ideia súbita. Seria possível que a Sra. Inglethorp estivesse mentalmente transtornada? Estaria sob influência de alguma sugestão demoníaca? Sendo este o caso, não seria também possível que ela tivesse acabado com a própria vida?

Eu já estava prestes a expor tal teoria a Poirot quando ele disse:

– Agora vamos examinar as xícaras de café.

– Ora, meu caro Poirot! De que adiantará isso, agora que já sabemos do chocolate?

– *Oh, là là*! – exclamou Poirot, em tom jovial. – Ah, esse miserável chocolate!

Ele riu, aparentemente se divertindo, levantando os braços para o céu em um gesto zombeteiro de desespero que eu não pude deixar de considerar de incrível mau gosto. Então falei, com voz ainda mais fria:

– Além do mais, como foi a Sra. Inglethorp quem levou a sua xícara de café para o quarto, não vejo o que pode esperar encontrar. Isto é, a menos que esteja esperando descobrir um pacote de estricnina na bandeja de café!

Poirot ficou sério no mesmo instante. Passando o braço pelo meu, ele disse:

– Ora, meu amigo, *ne vous fâchez pas*! Permita que eu me interesse por minhas xícaras de café e respeitarei seu chocolate. Negócio fechado?

A atitude dele era tão bem-humorada que não pude deixar de rir. Fomos para a sala de visitas, onde estavam a bandeja e as xícaras de café, exatamente como as havíamos deixado na noite anterior.

Poirot fez-me recapitular toda a cena da noite anterior, escutando-me atentamente e verificando as posições das diversas xícaras.

– A Sra. Cavendish ficou junto à bandeja... e serviu o café. Depois, foi até a janela, onde você estava sentado com Mademoiselle Cynthia. Aqui estão as três xícaras. A xícara que está no consolo da lareira, um pouco torta, deve ser a do Sr. Lawrence Cavendish, não? E de quem era a xícara que está na bandeja?

– De John Cavendish. Eu vi quando ele a deixou ali.

– Ótimo. Uma, duas, três, quatro, cinco... mas onde está a xícara do Sr. Inglethorp?

– Ele não toma café.

– Então todas as xícaras estão explicadas. Um momento, por favor, meu amigo.

Com extremo cuidado, Poirot tirou um pouco do que havia restado de café em cada xícara e guardou as amostras em pequenos tubos de ensaio, provando cada uma delas no processo. Houve uma curiosa transformação em sua fisionomia. Pode-se descrever a expressão em seu rosto como sendo ao mesmo tempo de perplexidade e alívio.

– *Bien*! – disse ele finalmente. – Mas é evidente! Tive uma ideia... mas estava enganado. Isso mesmo, estava redondamente enganado. Contudo, é muito estranho... Mas não importa!

Poirot deu de ombros, em um gesto característico, afastando dos pensamentos o que quer que o estivesse preocupando. Senti vontade de dizer-lhe que desde o início o avisara de que aquela sua obsessão pelas xícaras de café não levaria a parte alguma, mas preferi não fazer qualquer comentário. Afinal, apesar de estar velho agora, Poirot havia sido um grande homem.

– O café está servido – anunciou John Cavendish, entrando pela porta que dava para o hall. – Vai tomar o café da manhã conosco, Monsieur Poirot?

Poirot aquiesceu. Observei John. Ele já estava quase recuperado. O choque dos acontecimentos da noite haviam-no transtornado temporariamente, mas seu equilíbrio e serenidade haviam-lhe permitido voltar com rapidez quase ao estado normal. John era um homem de pouca imaginação, em comparação com o irmão, que talvez tivesse até imaginação demais.

Desde o início da manhã John estava bastante atarefado enviando telegramas – um dos primeiros tinha sido para Evelyn Howard –, escrevendo comunicados para os jornais e dedicando-se de um modo geral aos deveres melancólicos que a morte acarreta.

– Posso perguntar como estão as coisas? – disse John. – As investigações demonstram que mamãe sofreu de morte natural ou... ou devemos esperar o pior?

Poirot respondeu em tom sério:

– Acho que não deve acalentar falsas esperanças, Sr. Cavendish. Pode dizer-me quais são as opiniões dos outros membros da família?

– Meu irmão, Lawrence, está convencido de que estamos fazendo uma tempestade em um copo d'água. Diz que tudo aponta para a conclusão de que mamãe morreu de um ataque cardíaco.

– Ele pensa assim? Interessante, muito interessante... – murmurou Poirot, suavemente. – E o que pensa a Sra. Cavendish?

O rosto de John tornou-se sombrio por um momento.

– Não tenho a menor ideia da opinião de minha esposa a respeito do assunto.

A resposta permeou o ambiente de uma súbita tensão. Foi John quem rompeu o silêncio constrangedor, dizendo com algum esforço:

– Já falei que o Sr. Inglethorp voltou, não é mesmo?

Poirot limitou-se a assentir.

– É uma situação constrangedora para todos nós. É claro que temos de tratá-lo como de hábito... mas não podemos deixar de sentir um embrulho no estômago se pensarmos que podemos estar comendo ao lado de um possível assassino.

Poirot tornou a assentir, com uma expressão compreensiva.

– Posso compreender perfeitamente, Sr. Cavendish. É uma situação bastante difícil. Gostaria de fazer-lhe uma pergunta. Imagino que a explicação apresentada pelo Sr. Inglethorp para sua ausência ontem à noite foi o esquecimento da chave. Foi isso mesmo que ele disse?

– Foi, sim.

– Suponho que tem certeza de que ele realmente esqueceu a chave... que acabou não a levando.

– Não tenho a menor ideia se foi isso mesmo que aconteceu. Não me passou pela cabeça conferir. Sempre guardamos a chave na cômoda do hall. Vou verificar se está lá agora.

Poirot levantou a mão com um leve sorriso.

– Não há necessidade, Sr. Cavendish. Já é tarde demais agora. Tenho certeza de que encontrará a chave no lugar. Se o Sr. Inglethorp de fato a tiver levado, teve bastante tempo para colocá-la de novo no lugar.

– Mas acha então...

– Não acho nada. Se alguém por acaso tivesse dado uma olhada esta manhã, antes da volta dele, vendo a chave no lugar, isso teria sido um ponto favorável para o Sr. Inglethorp. Isso é tudo.

John ficou aturdido e Poirot acrescentou, suavemente:

– Não se preocupe. Posso assegurar-lhe de que não deve permitir que isso o atormente. E já que se mostra tão generoso, vamos logo tomar esse café da manhã.

Estavam todos reunidos na sala de jantar. Nas circunstâncias, era natural que não formássemos um grupo dos mais animados. A reação depois de um choque é sempre penosa, e creio que todos enfrentávamos o mesmo problema. O decoro e a boa educação impediam que deixássemos transparecer excessivamente o que sentíamos em nosso comportamento. Mas não pude deixar de me perguntar se tal autocontrole estava sendo de fato difícil. Não havia o menor indício de olhos vermelhos de muito chorar, nem qualquer sinal de que uma grande dor estivesse sendo encoberta a custo. Tive a nítida impressão de que acertara em cheio na opinião de que Dorcas era a pessoa mais afetada pelo lado pessoal da tragédia.

Contemplei Alfred Inglethorp, que representava o papel do viúvo inconsolável de forma extremamente repulsiva por sua hipocrisia. Será que sabia que desconfiávamos dele? É claro que não podia estar inteiramente alheio, por mais que disfarçássemos nossas suspeitas. Sentiria algum medo ou estaria confiante de que seu crime permaneceria impune? Uma coisa era certa: o ambiente constrangedor deveria ser um aviso de que ele era um homem marcado.

Mas será que todos desconfiavam dele? O que dizer da Sra. Cavendish? Observei-a, sentada na cabeceira da mesa, graciosa, controlada, enigmática. Usava um vestido cinza claro, com punhos brancos rendados caindo sobre as mãos esguias. Estava muito bonita. Mas, quando ela assim desejava, seu rosto podia tornar-se tão inescrutável quanto o de uma esfinge. Ela estava muito calada, mal abria a boca para dizer alguma coisa. Contudo, de uma maneira estranha, eu sentia que a grande força de sua personalidade estava dominando a todos nós.

E a pequena Cynthia? Será que também suspeitava dele? Parecia muito cansada, dava a impressão de não estar passando bem. Os gestos eram pesados, cansados. Perguntei-lhe se estava se sentindo mal e ela respondeu com toda franqueza:

– Estou sim. Tenho uma terrível dor de cabeça.

– Quer outra xícara de café, senhorita? – indagou Poirot, muito solícito. – Irá reanimá-la. Não há nada melhor para o *mal de tête*.

Ele levantou-se e pegou a xícara dela.

– Sem açúcar, por favor – disse Cynthia, ao vê-lo fazer menção de servi-la.

– Sem açúcar? Quer dizer que renunciou ao açúcar como uma contribuição ao esforço de guerra?

– Não. É que nunca tomo açúcar com o café.

– *Sacré*! – murmurou Poirot, ao trazer de volta a xícara de café cheia.

Apenas eu o ouvi. Fitei-o, curioso. O rosto dele estava dominado por uma excitação mal contida, os olhos brilhavam como os de um gato. Poirot vira ou ouvira alguma coisa que o afetara consideravelmente. Mas o que teria sido? Não costumo considerar-me um obtuso, mas devo confessar que nada de anormal me atraíra a atenção.

Um momento depois, a porta se abriu e Dorcas apareceu, dizendo para John:

– O Sr. Wells deseja falar-lhe, senhor.

Lembrei-me do nome. Era o advogado a quem a Sra. Inglethorp escrevera na noite anterior.

John levantou-se imediatamente.

– Leve-o para o meu gabinete, por favor.

Depois, virando-se para nós, explicou:

– É o advogado de mamãe.

E baixando a voz, John acrescentou:

– E é também o *coroner*.* Não gostariam de vir comigo?

Eu e Poirot assentimos e o seguimos para fora da sala. John ia à frente, e aproveitei a oportunidade para sussurrar a Poirot:

– Acha que haverá um inquérito?

Poirot assentiu, distraidamente. Parecia por completo absorto em seus pensamentos, o que me despertou a curiosidade.

– O que está havendo? Não está prestando atenção ao que eu digo.

– Tem razão, meu amigo. Estou bastante preocupado.

– Por quê?

– Porque Mademoiselle Cynthia não toma açúcar no café.

– Como? Está falando sério?

– Claro que estou! Há algo que não estou conseguindo entender. Meu instinto estava certo.

– Que instinto?

– O instinto que me levou a insistir em examinar aquelas xícaras de café. Mas não falemos mais nisso, por enquanto.

Entramos atrás de John no gabinete e ele fechou a porta. O Sr. Wells era um homem simpático, de meia-idade, olhos argutos, a boca típica de um advogado. John apresentou-nos e explicou o motivo de nossa presença.

– Espero que compreenda, Wells, que estamos agindo em caráter estritamente particular. Ainda temos a esperança de que não haja qualquer necessidade de uma investigação mais séria.

– Claro, claro... – disse o Sr. Wells, suavemente. – Gostaríamos que fosse possível poupar-lhes o sofrimento e a publicidade indesejável de um inquérito, o qual infelizmente será inevitável, na ausência de um atestado de óbito.

---

*Coroner* – na Inglaterra, magistrado encarregado de investigar as mortes suspeitas. (*N. do T.*)

– Acho que não há mesmo alternativa.
– O Dr. Bauerstein é um homem muito esperto. E pelo que me disseram, é uma grande autoridade em toxicologia.
– É verdade – comentou John, um tanto tenso, acrescentando logo em seguida, hesitante: – Teremos de comparecer como testemunhas... todos nós?
– Você terá que depor, é claro... e também o Sr. Inglethorp.

Houve uma ligeira pausa, antes que o advogado voltasse a falar, sempre suavemente:
– Iremos nos limitar às formalidades necessárias.
– Entendo...

Percebi uma ligeira expressão de alívio no rosto de John. O que me deixou espantado, pois não via motivo para isso.
– Se não tiver qualquer objeção, poderemos realizar o inquérito na sexta-feira – continuou o Sr. Wells. – Isso nos dará tempo suficiente para recebermos o relatório médico. A autópsia será realizada esta noite, não é mesmo?
– É, sim.
– Podemos então fazer o inquérito na sexta-feira?
– Está certo.
– Não preciso dizer-lhe, meu caro Cavendish, como me sinto desconsolado por esse trágico acontecimento.
– Não pode nos dar nenhuma ajuda para resolvê-lo, senhor? – indagou Poirot subitamente, falando pela primeira vez desde que entráramos na sala.
– Eu?
– Exatamente. Soubemos que a Sra. Inglethorp escreveu-lhe ontem à noite. Deve ter recebido a carta esta manhã.
– E recebi mesmo. Mas não contém nenhuma informação que possa ajudar a resolver o caso. Era apenas um bilhete, pedindo-me que viesse visitá-la esta manhã, pois desejava meu conselho num assunto de grande importância.
– Ela não disse que assunto era?
– Infelizmente, não.
– O que é uma pena – comentou John.

– É verdade – concordou Poirot, com uma expressão séria.

Houve silêncio. Poirot continuou imerso em seus pensamentos por mais alguns minutos, antes de dirigir-se mais uma vez ao advogado:

– Gostaria de perguntar-lhe uma coisa, Sr. Wells. Isto é, se não for contra a ética profissional. No caso da morte da Sra. Inglethorp, quem herdaria seus bens?

O advogado hesitou por um momento e depois disse:

– Tal informação será do conhecimento público dentro em breve. Contudo, se o Sr. Cavendish não faz nenhuma objeção...

– Pode falar – declarou John.

– Não há razão para que eu não responda à sua pergunta. Segundo o último testamento da Sra. Inglethorp – datado de agosto do ano passado –, depois de vários legados pequenos para os criados e outras disposições, ela deixa toda a sua fortuna para o enteado, o Sr. John Cavendish.

– Mas isso não seria... perdoe-me a pergunta, Sr. Cavendish... um tanto injusto para com o outro enteado, o Sr. Lawrence Cavendish?

– Não acho. Segundo o testamento do pai deles, John herdaria a propriedade, mas Lawrence receberia uma soma considerável com a morte da madrasta. A Sra. Inglethorp resolveu deixar seu dinheiro para o enteado mais velho, por saber que ele teria de manter Styles. Na minha opinião, foi uma distribuição justa e equitativa.

Poirot assentiu, pensativo.

– Entendo... Mas, pelas leis inglesas, esse testamento não ficou automaticamente revogado quando a Sra. Inglethorp casou-se novamente?

Foi a vez do Sr. Wells assentir.

– Era o que eu já ia dizer, Monsieur Poirot. Esse testamento agora é nulo.

– *Hein!* – exclamou Poirot.

Ele pensou por um momento, e depois perguntou:

– A Sra. Inglethorp sabia disso?

– Não sei. É possível que sim.

– Sabia, sim – disse John, inesperadamente. – Ainda ontem conversamos sobre a revogação de testamentos em decorrência de um novo casamento.

– Hum... Só mais uma pergunta, Sr. Wells. O senhor falou em "último testamento". A Sra. Inglethorp por acaso já tinha feito outros testamentos antes?

– Ela fazia em média um novo testamento a cada ano. Volta e meia mudava de ideia e alterava as disposições testamentárias, ora beneficiando a um ou outro membro da família.

– Suponhamos que, sem informá-lo, ela tivesse feito outro testamento, deixando tudo para uma pessoa que não pertencia à família... como a Srta. Howard, por exemplo. Isso o deixaria surpreso?

– De jeito nenhum.

– Hum...

Poirot parecia ter esgotado o seu estoque de perguntas. Aproximei-me dele, enquanto John e o advogado debatiam sobre a necessidade de examinar os documentos da Sra. Inglethorp. Em seguida, perguntei-lhe em voz baixa, com uma certa curiosidade:

– Acha que a Sra. Inglethorp fez um novo testamento deixando todo o seu dinheiro para a Srta. Howard?

Poirot sorriu.

– Não.

– Então por que perguntou?

– Pss...

John Cavendish virou-se para Poirot.

– Gostaria de nos acompanhar, Monsieur Poirot? Vamos examinar os papéis de mamãe. O Sr. Inglethorp concordou em deixar tudo aos nossos cuidados.

– O que nos facilita bastante – murmurou o advogado. – Legalmente, ele tinha o direito...

Ele não concluiu a frase. John explicou:

– Primeiro, examinaremos os papéis na escrivaninha que está no *boudoir*. Depois, iremos ao quarto dela. Mamãe guardava os documentos mais importantes numa valise púrpura, que está lá em cima.

– É possível que encontremos um testamento com data posterior àquele que se encontra em meu poder – comentou o advogado.

– Há realmente um testamento posterior.

Era Poirot quem falava.

– Como?

John e o advogado o fitaram, aturdidos. Poirot acrescentou, imperturbável:

– Ou melhor, havia.

– O que está querendo dizer com isso? Onde está esse testamento?

– Foi queimado.

– Queimado?

– Exatamente. Aqui está o que resta dele.

Poirot apresentou o fragmento de papel queimado que encontrara na lareira do quarto da Sra. Inglethorp. Entregou-o ao advogado, com uma breve explicação de quando e onde o encontrara.

– Mas não poderia ser um testamento antigo?

– Não creio que seja. Na verdade, tenho quase certeza de que foi feito ontem à tarde.

– O quê?

– Mas isso é impossível.

Os dois homens falaram quase ao mesmo tempo. Poirot virou-se para John:

– Se me permitir chamar seu jardineiro, vou provar o que disse.

– Claro, claro... Mas não entendo...

Poirot levantou a mão.

– Vamos fazer como estou pedindo. Mais tarde, poderá fazer todas as perguntas que desejar.

– Está bem.

John tocou o sino. Dorcas apareceu quase imediatamente.

– Dorcas, peça a Manning para vir até aqui.

– Sim, senhor.

Dorcas retirou-se.

Ficamos esperando, num silêncio tenso. Poirot era o único que parecia estar inteiramente à vontade, chegando inclusive a tirar a poeira de um canto esquecido da estante.

Ouvimos o barulho das botas ferradas no caminho de cascalho no lado de fora. Era Manning se aproximando. John olhou de maneira inquisitiva para Poirot, que assentiu.

– Entre, Manning – disse John. – Quero falar com você.

Manning entrou, devagar, hesitante, pela porta francesa que dava para o jardim. Parou um passo depois da porta, com o boné entre as mãos, revirando-o com nervosismo. As costas eram bastante encurvadas, embora provavelmente ele não fosse tão velho quanto parecia. Os olhos eram penetrantes e inteligentes, em desacordo com a fala lenta e cautelosa.

– Manning – disse John – este cavalheiro irá lhe fazer algumas perguntas e quero que as responda.

– Sim, senhor.

Poirot adiantou-se. Os olhos de Manning contemplaram-no de alto a baixo, com um ligeiro desprezo.

– Estava plantando um canteiro de begônias no lado sul da casa ontem à tarde, não é mesmo, Manning?

– Sim, senhor. Eu e Willum.

– E a Sra. Inglethorp apareceu na janela e chamou-o, não é verdade?

– Sim, senhor. Ela me chamou.

– Diga-me com suas próprias palavras o que aconteceu exatamente depois disso.

– Não aconteceu muita coisa, senhor. Ela apenas mandou Willum ir de bicicleta até a aldeia e trazer um formulário de testamento. Ou algo parecido, não sei dizer ao certo. Ela escreveu o que queria num pedaço de papel.

– E depois?

– E depois ele foi buscar o formulário, senhor.

– E o que aconteceu em seguida?

– Continuamos a plantar as begônias, senhor.

– A Sra. Inglethorp não voltou a chamá-lo?

– Voltou, sim, senhor. Ela chamou a Willum e a mim.

– Para quê?

– Ela pediu que entrássemos e assinássemos nossos nomes em um papel comprido... logo abaixo da assinatura dela.
– Viu o que estava escrito por cima do nome dela?
– Não, senhor. Havia um mata-borrão por cima dessa parte.
– E assinou onde ela mandou?
– Assinei, sim, senhor. Primeiro eu e depois Willum.
– E o que ela fez depois com o documento?
– Ela o colocou em um envelope grande e depois guardou-o numa valise púrpura que estava em cima da mesa.
– A que horas ela o chamou pela primeira vez?
– Deviam ser mais ou menos 16 horas, senhor.
– Não foi antes? Não poderia ter sido por volta das 15h30?
– Acho que não, senhor. É mais provável que tenha sido um pouco depois das 16 horas... não antes.
– Obrigado, Manning – disse Poirot, animado. – Não tenho mais nada a perguntar-lhe.

O jardineiro olhou para o patrão, que assentiu. Manning levou um dedo à testa, ao mesmo tempo em que soltava um resmungo baixo, ininteligível. Depois, recuou cautelosamente pela porta francesa.

Todos nos entreolhamos.

– Santo Deus! – exclamou John. – Mas que coincidência extraordinária!

– Que coincidência?

– O fato de mamãe ter feito um novo testamento no próprio dia em que morreu!

O Sr. Wells limpou a garganta e comentou secamente:

– Tem certeza de que foi mesmo uma coincidência, Cavendish?

– O que está querendo insinuar?

– Disse-me que sua mãe teve uma violenta discussão com... em algum momento ontem à tarde...

– O que está querendo insinuar? – repetiu John, alteando a voz.

Ele estava agora bastante pálido, a voz tremia ligeiramente.

– Em consequência dessa discussão, sua mãe decidiu, de forma súbita e apressada, fazer um novo testamento. Jamais saberemos o que dizia esse testamento, pois ela jamais revelou suas disposições a alguém. Esta manhã, sem a menor dúvida, ela teria me consultado a respeito... mas não teve a oportunidade. O testamento desaparece e ela leva o segredo consigo para o túmulo. Cavendish, receio que não haja nenhuma coincidência. Monsieur Poirot, tenho certeza de que concorda comigo que tais fatos são bastante sugestivos.

– Sugestivos ou não – interveio John – temos que ser gratos a Monsieur Poirot por ter esclarecido o problema. Se não fosse por ele, jamais teríamos sabido desse testamento. Permite que lhe pergunte, senhor, o que o levou a suspeitar da existência de tal testamento?

Poirot sorriu.

– Um velho envelope todo rabiscado e um canteiro de begônias recentemente plantado.

Creio que John teria insistido, se nesse momento não tivéssemos ouvido o ronco do motor de um carro. Viramos para a janela, no momento em que o carro passava.

– Evie! – gritou John. – Com licença, Wells.

Ele saiu apressadamente para o hall. Poirot olhou para mim com uma expressão inquisitiva e expliquei-lhe:

– É a Srta. Howard.

– Ah, sim! Estou contente que ela tenha vindo. Trata-se de uma mulher de inteligência e coração, Hastings. Embora, diga-se de passagem, o bom Deus não lhe tenha concedido qualquer beleza!

Segui o exemplo de John e saí para o hall, onde a Srta. Howard estava empenhada na tarefa complicada de livrar-se de uma massa volumosa de véus que lhe envolviam a cabeça. No momento em que seus olhos fixaram-se em mim, senti uma súbita pontada de culpa. Aquela mulher me alertara, mas eu, infelizmente, não dera qualquer importância às suas advertências. Sem qualquer demora e desdenhosamente, eu afastara os avisos de meus pensamentos. Agora que suas apreensões tinham se justificado de maneira tão trágica, eu me sentia envergonhado. Ela conhecia Alfred Inglethorp muito bem. Perguntei-me se a tragédia por acaso teria ocorrido se ela tivesse continuado em Styles. Será que o homem não teria temido os olhos vigilantes dela?

Fiquei aliviado quando ela me apertou a mão, com o aperto forte de que eu tão bem me recordava. Os olhos que se encontraram com os meus estavam tristes, mas não tinham qualquer expressão de censura. Ela andara chorando muito, o que se podia constatar pelas pálpebras vermelhas. Mas sua atitude continuava a ser tão rude quanto antes.

– Vim para cá no momento em que recebi o telegrama. Tinha acabado de sair do plantão noturno. Carro alugado. A maneira mais rápida de chegar.

– Já comeu alguma coisa esta manhã, Evie? – indagou John.

– Não.

– Era o que eu imaginava. Pois vamos comer. O café da manhã ainda está servido. Mandarei fazer mais chá para você.

Ele virou-se para mim e acrescentou:

– Pode cuidar dela por mim, Hastings? Wells está me esperando. Ah, este é o Monsieur Poirot. Ele está nos ajudando, Evie.

A Srta. Howard apertou a mão de Poirot, ao mesmo tempo em que lançava um olhar desconfiado para John.

– O que está querendo dizer com isso?

– Ele está nos ajudando a investigar.

– Não há nada para se investigar. Já o levaram para a prisão?

– Levaram quem para a prisão?

– Quem? Alfred Inglethorp, é claro!

– É melhor tomar cuidado, minha cara Evie. Lawrence está convencido de que mamãe morreu de um ataque cardíaco.

– Lawrence sempre foi um tolo! É claro que Alfred Inglethorp assassinou a pobre Emily... como eu sempre previ que iria acontecer!

– Não fale tão alto, minha cara Evie. Independentemente do que pensemos ou suspeitemos, o melhor é falar o mínimo possível, por enquanto. O inquérito só será realizado na sexta-feira.

– Mas quanta idiotice!

A Srta. Howard fez uma pausa, soltando uma exclamação de desdém que foi realmente magnífica.

– Vocês todos perderam o juízo! A esta altura, o homem já terá deixado o país. Se ele tiver um mínimo de bom-senso, não ficará esperando aqui, docilmente, até o momento de ser enforcado!

John Cavendish fitava-a com uma expressão desolada. Ela acrescentou, em tom de acusação.

– Já sei o que está acontecendo. Você deu ouvidos ao que os médicos disseram. Pois não deveria! O que os médicos sabem? Absolutamente nada... ou apenas o suficiente para torná-los perigosos. Sei disso, porque meu pai também era médico. Aquele pequeno Wilkins é o maior tolo que já conheci. Ataque cardíaco! Era o que se poderia esperar que ele dissesse! Qualquer pessoa com um mínimo de bom-senso pode perceber imediatamente que foi o marido quem a assassinou. Eu sempre disse que ele ainda acabaria matando a pobre coitada na cama. Agora isso aconteceu. E tudo o que sabe fazer é murmurar tolices sobre "ataque cardíaco" e "inquérito na sexta-feira". Devia envergonhar-se de si mesmo, John Cavendish!

– O que deseja que eu faça? – indagou John, incapaz de conter um leve sorriso. – Mas que diabo, Evie! Não posso levá-lo à força para a delegacia de polícia mais próxima!

– Mas poderia fazer alguma coisa! Descubra como foi que ele a matou. Aquele homem é um patife astucioso. Eu não ficaria surpresa de saber que ele usou veneno de rato. Pergunte à cozinheira se ela não deu falta de algum frasco!

Ocorreu-me nesse momento que abrigar a Srta. Howard e Alfred Inglethorp sob o mesmo teto e manter a paz entre ambos devia ser uma tarefa hercúlea. Não invejei a sorte de John. E pela expressão dele, compreendi que estava perfeitamente consciente da dificuldade de sua posição. Por ora, ele procurou refúgio na retirada, deixando apressadamente a sala.

Dorcas trouxe mais chá. Quando ela se retirou, Poirot deixou a janela onde estivera postado e foi sentar-se diante da Srta. Howard. Então disse seriamente:

– Gostaria de fazer-lhe uma pergunta, senhorita.

– Pois pergunte logo – disse ela, fitando-o com certa antipatia.

– Gostaria de poder contar com sua ajuda.

– Claro que terei o maior prazer em ajudá-lo a enforcar Alfred Inglethorp – respondeu ela, em tom ríspido. – Aliás, a forca é boa demais para ele. Devia ser esquartejado, como nos velhos tempos.

– Neste caso, senhorita, estamos de pleno acordo, pois também quero enforcar o criminoso.

– Alfred Inglethorp?

– Ele ou alguma outra pessoa que possa ter cometido o crime.

– Não pode ter sido mais ninguém! A pobre Emily nunca tinha sido assassinada até que *ele* apareceu! Não vou dizer que ela não estava cercada por tubarões... pois estava! Mas estavam querendo apenas arrancar-lhe a bolsa. Sua vida não estava ameaçada. Mas de repente aparece o Sr. Alfred Inglethorp e dois meses depois... *presto*!

– Pode estar certa, Srta. Howard, de que o Sr. Inglethorp não me escapará, se for o culpado. Juro, por minha honra, que irei levá-lo à forca!

– Assim é melhor – disse a Srta. Howard, um pouco mais entusiasmada.

– Mas tenho de pedir-lhe que confie em mim. Quero que saiba que sua ajuda poderá ser extremamente valiosa. E vou lhe explicar por quê. Durante toda a manhã que passei nesta casa, seus olhos foram os primeiros que encontrei que haviam chorado.

A Srta. Howard piscou os olhos rapidamente. Quando voltou a falar, havia um tom menos ríspido em sua voz:

– Se está querendo dizer que eu gostava dela... é verdade, gostava mesmo. À sua maneira, Emily era uma mulher egoísta. Era muito generosa, mas sempre queria uma retribuição. Jamais deixava as pessoas esquecerem o que tinha feito por elas. Com isso, ela perdia o amor dos outros. Não pense que ela não sabia disso, que não sentia a falta desse amor. Ou pelo menos é isso que eu penso. Minha situação era diferente. Finquei pé desde o início. "Valho tantas libras por ano para você, nem um centavo a mais. Pois muito bem. Não aceito um par de luvas nem um ingresso de teatro além disso." Ela não compreendia isso, e às vezes sentia-se ofendida. Dizia que eu era tola e orgulhosa. Não era isso... mas eu não podia explicar. Seja como for, mantive o autorrespeito. E assim, entre todos que viviam aqui, eu era a única que podia sentir afeição por ela. Velava por ela. Protegia-a dos outros. E de repente aparece um patife de fala macia e pronto! Todos os meus anos de devoção nada significam!

Poirot assentiu, com uma expressão de empatia.

– Compreendo perfeitamente, senhorita. Sei como se sente. É natural. Acha que somos indiferentes, que nos faltam paixão e energia. Mas confie em mim. Não é bem assim.

John apareceu nesse momento e convidou-nos a subir até o quarto da Sra. Inglethorp, já que ele e o Sr. Wells haviam terminado de revistar a escrivaninha do *boudoir*.

Ao subirmos a escadaria, John lançou um olhar para trás, na direção da sala de jantar, baixando a voz para um sussurro confidencial:

– O que será que vai acontecer quando os dois se encontrarem?

Sacudi a cabeça, impotente.

– Pedi a Mary que os mantivesse afastados, na medida do possível.

– E será que ela conseguirá?

– Só Deus sabe. Mas é provável, pois tenho certeza de que Inglethorp não deve estar muito ansioso em encontrá-la.

Chegamos à porta do quarto trancado e John perguntou:

– Ainda está com as chaves, Monsieur Poirot?

Poirot pegou as chaves e entregou-as a John, que abriu a porta. Quando entramos, o advogado foi direto para a escrivaninha e John seguiu-o, dizendo:

– Creio que mamãe guardava seus documentos mais importantes nesta valise.

Poirot tirou do bolso o molho de chaves.

– Com licença. Eu a tranquei esta manhã, como medida de precaução.

– Mas não está mais trancada.

– É impossível!

– Pode ver por si mesmo – disse John, abrindo a valise enquanto falava.

– *Milles tonnerres!* – gritou Poirot, aturdido. – E eu... estava com as duas chaves no bolso!

Ele se aproximou rapidamente da valise e examinou-a. De repente ficou imóvel.

– *En voilà une affaire!* A fechadura foi arrombada!

– O quê?

Poirot tornou a fechar a valise.

– Mas quem a arrombou? Por quê? Quando? Mas a porta do quarto não estava trancada?

Tais perguntas partiram de todos nós, quase simultaneamente. Poirot respondeu-as de forma categórica... quase mecanicamente.

– Quem? Eis a questão. Por quê? Ah, se eu soubesse... Quando? Depois que estive aqui, há cerca de uma hora. Quanto ao fato de a porta estar trancada, isso não é problema. Trata-se de uma fechadura antiga e provavelmente pode ser aberta com uma das chaves das outras portas desta ala.

Ficamos olhando um para o outro, aturdidos. Poirot tinha caminhado até o consolo da lareira. Aparentemente estava calmo, mas percebi que suas mãos, enquanto endireitavam por hábito os enfeites que estavam no consolo, tremiam violentamente.

– Havia algo nessa valise – disse ele por fim. – Era alguma pista, talvez sem grande importância por si mesma, mas ainda assim suficiente para ligar o assassino ao crime. Era vital para ele que essa pista fosse destruída, antes que a descobríssemos e compreendêssemos o seu significado. Por isso, ele assumiu o risco – um risco de fato muito grande – de entrar aqui. Descobrindo a valise trancada, teve que arrombá-la, denunciando assim sua presença. Para que ele assumisse tamanho risco, devia ser algo muito significativo.

– Mas o que poderia ser?

– Não sei! – exclamou Poirot, com um gesto de raiva. – Sem dúvida era algum documento, possivelmente o papel que Dorcas viu na mão da Sra. Inglethorp ontem à tarde. E eu...

Poirot respirou fundo, antes de dar vazão à raiva que sentia:

– ... não passo de um animal miserável! Não desconfiei de nada! Comportei-me como um imbecil! Jamais deveria ter deixado essa valise aqui! Deveria tê-la levado comigo! Ah, mas que imbecil! E agora desapareceu! O que quer que fosse, foi destruído... mas será que foi mesmo? Será que não há alguma possibilidade... devemos revistar tudo...

Ele saiu correndo do quarto, como um louco. Eu o segui, assim que me recuperei do espanto. Mas Poirot já tinha desaparecido quando cheguei ao alto da escadaria.

Mary Cavendish estava parada no ponto em que a escadaria se bifurcava, olhando para o corredor, na direção em que Poirot desaparecera.

– O que aconteceu com seu amigo, Sr. Hastings? Ele passou correndo por mim, como um touro furioso!

– Ele está um pouco perturbado com um problema – respondi.

Não quis esclarecer mais nada, pois não sabia o quanto Poirot gostaria que eu revelasse naquele momento. Notei um sorriso expressivo estampar-se no rosto da Sra. Cavendish e apressei-me em mudar de assunto:

– Eles já se encontraram?

– Eles quem?

– O Sr. Inglethorp e a Srta. Howard.

Ela me fitou com uma expressão desconcertante.

– Acha mesmo que seria um desastre tão grande assim se eles se encontrassem?

– Acha que não seria? – indaguei, aturdido.

– Acho que não – respondeu Mary Cavendish, sorrindo. – Eu gostaria de ver uma boa explosão por aqui. Serviria para clarear o ambiente. No momento, estamos todos pensando muito e falando pouco.

– John não pensa assim. Ele está procurando impedir que os dois se encontrem.

– Ora, John...

Algo no tom dela me irritou, e falei impulsivamente:

– O velho John é um ótimo sujeito.

Ela me estudou com a maior curiosidade por um ou dois minutos e depois disse, para minha surpresa:

– Estou vendo que é leal a seu amigo. Aprecio-o por isso.

– Não é minha amiga também?

– Sou uma péssima amiga.

– Por que diz isso?

– Porque é verdade. Sou encantadora com meus amigos um dia e esqueço-os inteiramente no dia seguinte.

Não sei o que me impeliu a falar, mas estava irritado e disse sem pensar, tolamente:

– Mas parece ser invariavelmente encantadora com o Dr. Bauerstein!

Arrependi-me de imediato de ter dito isso. O rosto dela subitamente ficou tenso. Tive a impressão de que uma cortina de aço baixara, ocultando por completo a verdadeira mulher que havia por trás dela. Sem dizer nada, ela virou-se e subiu rapidamente as escadas, enquanto eu fiquei estatelado no mesmo lugar, seguindo-a com os olhos, com uma expressão aparvalhada no rosto.

Fui despertado da letargia por uma gritaria infernal no piso inferior. Ouvi Poirot gritando e contando tudo o que acontecera. Fiquei irritado ao constatar que minha diplomacia fora em vão. O homenzinho parecia estar tomando todos os habitantes da casa como confidentes, uma atitude que me parecia insensata. Mais uma vez, não pude deixar de lamentar que meu amigo se mostrasse propenso a perder a cabeça, nos momentos de maior excitação. Desci correndo o restante da escadaria. Minha presença acalmou Poirot no mesmo instante. Chamei-o à parte e indaguei:

– Meu caro companheiro, acha que teve uma atitude sensata? Não está querendo que todos saibam o que aconteceu, não é mesmo? Agindo assim, está fazendo o jogo do criminoso.

– Pensa mesmo assim, Hastings?

– Claro!

– Neste caso, meu amigo, deixarei que me oriente.

– Ótimo. Só que, infelizmente, agora já é um pouco tarde.

– Também acho.

Poirot parecia tão abatido e envergonhado que não pude deixar de sentir pena dele, embora achasse que minha censura era mais do que justificada. Depois de um longo silêncio, ele disse:

– Acho que podemos ir embora, *mon ami*.

– Já acabou o que tinha de fazer por aqui?

– Por enquanto, sim. Pode me acompanhar de volta à aldeia?

– Claro!

Poirot pegou sua pequena valise e saímos pela porta francesa da sala de visitas. Cynthia Murdoch ia entrando nesse momento. Poirot ficou de lado, para deixá-la passar.

– Com licença, senhorita. Poderia dar-me um minuto do seu tempo?

– Pois não... – disse ela, virando-se para encará-lo.
– Alguma vez preparou os medicamentos da Sra. Inglethorp?
Cynthia ficou ligeiramente ruborizada e respondeu, um tanto constrangida:
– Não.
– Nem mesmo os pós que ela tomava?
Cynthia ficou ainda mais vermelha, antes de responder:
– Ah, sim, já tinha me esquecido. Certa vez misturei um preparado para tia Emily dormir.
– Os que estavam aqui dentro?
Poirot tirou do bolso a caixa vazia. Ela assentiu.
– Pode me dizer o que era, senhorita? Sulfonal? Veronal?
– Nada disso. Era apenas sal de brometo.
– Ah, sim... Obrigado, senhorita. Bom dia.

Ao sairmos da casa, olhei de novo para Poirot. Já tinha observado antes, muitas vezes, que os olhos dele ficavam brilhantes como os de um gato quando algo o excitava. E naquele momento estavam faiscando como esmeraldas.

Depois de caminharmos algum tempo em silêncio, Poirot voltou a falar:

– *Mon ami*, tenho uma pequena ideia. É uma ideia estranha, provavelmente impossível... mas ajusta-se perfeitamente...

Dei de ombros. Estava começando a pensar que Poirot se entregava demais a ideias fantásticas. Naquele caso, sem dúvida, a verdade era simples e óbvia.

– Então essa é a explicação para o rótulo sem a indicação do farmacêutico na caixa – comentei. – Uma explicação muito simples, como você mesmo tinha dito que deveria ser. Estou espantado de não ter pensado nisso antes.

Poirot parecia não estar me escutando. Sacudindo o polegar na direção de Styles, por cima do ombro, ele disse:

– Fizeram mais uma descoberta, *là-bas*. O Sr. Wells me contou quando estávamos subindo as escadas.

– E o que foi?

– Encontraram na escrivaninha do *boudoir* um testamento da Sra. Inglethorp, feito antes do casamento, deixando tudo para Alfred Inglethorp. Deve ter sido feito na ocasião em que os dois ficaram noivos. Foi uma surpresa e tanto para Wells... e também para John Cavendish. Estava escrito num desses formulários impressos e com a assinatura de duas criadas como testemunhas. Dorcas não era uma delas.

– O Sr. Inglethorp sabia desse testamento?

– Ele disse que não.

– Não se deve dar muito crédito a tal afirmativa – comentei, cético. – Toda essa história está muito confusa. Poderia me explicar como aquelas palavras rabiscadas no envelope o ajudaram a descobrir que a Sra. Inglethorp havia feito um testamento ontem à tarde?

Poirot sorriu.

– *Mon ami*, ao escrever uma carta, jamais ficou paralisado por não saber soletrar direito uma determinada palavra?

– Claro que sim. Creio que isso acontece de vez em quando com todo mundo.

– Exatamente. E quando isso aconteceu, não tentou escrever a palavra em uma ponta do mata-borrão ou num pedaço de papel para certificar-se de que parecia correta? Pois foi o que a Sra. Inglethorp fez. Deve ter percebido que escreveu a palavra "possuída" inicialmente com um só "s" e sem o acento. Depois, escreveu-a corretamente. Para ter ainda mais certeza, ela experimentou a palavra numa frase: "Eu estou possuída." O que isso me indicou? Ora, que a Sra. Inglethorp estivera escrevendo a palavra "possuída" naquela tarde. Pensando no fragmento de papel que encontrara na lareira, ocorreu-me naquele instante a possibilidade de um testamento, documento em que pode aparecer facilmente a palavra "possuída". Tal possibilidade foi confirmada por outra circunstância. Na confusão geral, o *boudoir* não havia sido varrido naquela manhã. Perto da escrivaninha, havia vestígios de terra escura. Há vários dias está fazendo bom tempo, e calçados comuns não teriam deixado ali aqueles fragmentos de terra. Fui até a janela e percebi imediatamente que os canteiros de begônias haviam sido recentemente plantados. A terra nos canteiros era exatamente igual à que se encontrava no chão do *boudoir*. Soube por seu intermédio que os canteiros foram plantados na tarde anterior. Assim, tive certeza de que um dos jardineiros – ou possivelmente os dois, já que eram dois pares de pegadas – havia entrado no *boudoir*. Se a Sra. Inglethorp desejasse apenas falar-lhes, teria ido até a porta francesa. Provavelmente eles não teriam entrado na sala. Como aconteceu justamente o contrário, não tive a menor dúvida de que ela acabara de fazer um novo testamento e chamara os dois jardineiros para assinarem como testemunhas. Os acontecimentos posteriores confirmaram que minha suposição estava absolutamente correta.

– Foi uma dedução brilhante – não pude deixar de reconhecer. – Confesso que as conclusões que tirei daquelas palavras rabiscadas foram totalmente errôneas.

Poirot sorriu.

– Dá muita rédea à imaginação, *mon ami*. A imaginação é uma boa serva, mas uma péssima mestra. A explicação mais simples é sempre a mais provável.

– Gostaria que me explicasse outra coisa, Poirot. Como soube que a chave da valise havia sumido?

– Eu não sabia. Foi apenas um palpite. Observou que havia um pedaço de arame torcido na chave? Isso me sugeriu imediatamente que a chave tinha sido arrancada de um aro de chaves muito fino. Se a chave tivesse desaparecido e sido posteriormente encontrada, a Sra. Inglethorp a teria colocado imediatamente em seu molho de chaves. Mas a chave que encontrei no chaveiro da vítima era obviamente uma duplicata, ainda nova e brilhando. O que me levou a formular a hipótese de que outra pessoa teria inserido a chave perdida no fecho da valise.

– E não resta a menor dúvida de que tal pessoa foi Alfred Inglethorp.

Poirot fitou-me com uma expressão curiosa.

– Está mesmo convencido de que ele é o culpado, não é?

– Claro que estou! Todas as pistas que temos descoberto apontam para ele.

– Pelo contrário – comentou Poirot, calmamente. – Há diversos fatos a favor dele.

– Essa não!

– Estou dizendo a verdade.
– Só vejo um ponto favorável a ele.
– E qual é?
– O fato de ele não estar em casa ontem à noite.
– Escolheu justamente a única coisa que, na minha opinião, depõe contra ele, meu amigo.
– Como assim?
– Se o Sr. Inglethorp soubesse que a esposa seria envenenada ontem à noite, certamente teria dado um jeito de permanecer longe de casa. O pretexto para isso não poderia deixar de ser forçado. Assim, temos apenas duas possibilidades: ou ele sabia o que ia acontecer, ou tinha um motivo pessoal para se ausentar.
– E que motivo poderia ter? – indaguei, ainda cético.
Poirot deu de ombros.
– Como posso saber? Certamente era um motivo indigno. Eu diria que o Sr. Inglethorp é um patife... mas isso não o transforma necessariamente num assassino.
Sacudi a cabeça. Ainda não estava convencido.
– Não estamos de acordo, hein, *mon ami*? Mas vamos deixar as coisas como estão. O tempo dirá qual de nós dois está certo. Vamos analisar agora outros aspectos do caso. O que acha do fato de todas as portas do quarto estarem trancadas por dentro?
– Devemos encarar isso de acordo com a lógica.
– Tem toda razão.
– Eu diria que as portas estavam realmente trancadas, como pudemos constatar quando entramos no quarto. Contudo, a presença dos pingos de vela no chão e a destruição do testamento provaram que alguém entrou no quarto durante a noite. Concorda?
– Claro. Expôs os fatos com uma clareza admirável. Continue, por favor.
– A pessoa que entrou no quarto não pode tê-lo feito pela janela ou por meios milagrosos. Portanto, a porta só pode ter sido aberta pelo lado de dentro, ou seja, pela própria Sra. Inglethorp. Isso reforça a minha convicção de que essa pessoa foi de fato o marido dela. Ela não deixaria de abrir a porta para o próprio marido.

Poirot sacudiu a cabeça.

– Por que ela faria isso? Havia trancado a porta que dava para o quarto dele, o que não é uma atitude normal. Não nos esqueçamos também de que naquela tarde ela havia tido uma discussão violenta com o marido. Tudo isso indica que ele seria a última pessoa para quem a Sra. Inglethorp abriria a porta de seu quarto.

– Mas não concorda que a porta deve ter sido aberta pela própria Sra. Inglethorp?

– Há outra possibilidade. Ela pode ter se esquecido de trancar a porta do corredor. Levantou-se mais tarde, quase ao amanhecer, e trancou-a.

– Acha que foi isso o que aconteceu, Poirot?

– Não estou afirmando que foi isso que aconteceu; estou apenas dizendo que pode ter sido assim. Mas vamos passar para outro fato. O que acha do trecho da conversa que ouviu entre a Sra. Cavendish e a sogra?

– Já tinha me esquecido disso. Para mim, é um mistério. Parece-me inacreditável que a Sra. Cavendish, sempre orgulhosa e retraída, pudesse interferir tão violentamente em algo que não era da sua conta.

– Exatamente. Foi uma atitude surpreendente para uma mulher de sua estirpe.

– Sem dúvida foi uma atitude bastante curiosa. Mesmo assim, acredito que isso não tenha qualquer importância e que não deva ser levado em consideração.

Poirot deixou escapar um resmungo.

– Está esquecendo o que sempre lhe digo, *mon ami*? Tudo deve ser levado em consideração. Se o fato não se ajusta à teoria... pior para a teoria.

– Veremos! – exclamei, irritado.

– Isso mesmo, meu amigo... veremos!

Chegamos ao Leastways Cottage e Poirot levou-me ao seu quarto no segundo andar. Ofereceu-me um dos pequenos cigarros russos que fumava de vez em quando. Achei graça ao notar que ele guardava os fósforos usados em um pequeno pote de porcelana. Minha irritação desvaneceu-se.

Poirot havia colocado duas cadeiras diante da janela aberta, da qual se podia avistar a rua principal da aldeia. Uma brisa agradável amenizava o calor do dia.

Subitamente, minha atenção foi atraída por um jovem mirrado que corria pela rua com uma expressão extraordinária no rosto, uma curiosa mistura de terror e agitação.

– Olhe, Poirot!

Ele inclinou-se para a frente.

– *Tiens!* É o Sr. Mace, da farmácia. E está vindo para cá.

O jovem parou diante do Leastways Cottage. Depois de um momento de hesitação, bateu vigorosamente à porta.

– Um minuto, por favor – gritou Poirot, da janela. – Já estou indo.

Fazendo um gesto para que eu o seguisse, Poirot desceu rapidamente as escadas e abriu a porta. O Sr. Mace começou a falar na mesma hora:

– Desculpe o incômodo, Sr. Poirot, mas soube que tinha acabado de chegar de Styles Hall.

– Isso mesmo, meu caro.

O rapaz passou a língua pelos lábios ressequidos. A expressão em seu rosto era cada vez mais estranha.

– Toda a aldeia já sabe que a velha Sra. Inglethorp morreu de repente. Estão dizendo...

O rapaz baixou a voz, cautelosamente, para acrescentar:

– ... que foi veneno.

Poirot permaneceu impassível.

– Só os médicos poderão nos dizer tal coisa, Sr. Mace.

– Claro... claro...

O rapaz hesitou, mas sua agitação era tamanha que não podia controlar-se. Segurou o braço de Poirot e baixou a voz para um mero sussurro:

– Diga-me uma coisa, Sr. Poirot... não é estricnina, não é mesmo?

Mal ouvi a resposta de Poirot. Certamente deve ter sido alguma frase neutra. O rapaz afastou-se. Poirot fechou a porta e fitou-me, assentindo gravemente:

– O rapaz terá informações a prestar no inquérito.

81

Subimos para o quarto. Eu já ia falar quando Poirot me deteve, com um gesto da mão:

– Agora não, *mon ami*. Preciso pensar um pouco. Meus pensamentos estão em desordem... o que não é nada bom.

Poirot permaneceu sentado durante cerca de dez minutos, no mais absoluto silêncio e perfeitamente imóvel, exceto por movimentos expressivos das sobrancelhas. Durante todo esse tempo, seus olhos foram se tornando cada vez mais e mais brilhantes e verdes. Por fim, ele deixou escapar um suspiro profundo.

– Está tudo bem. O pior já passou. Agora, está tudo ordenado e classificado. Jamais se deve permitir qualquer confusão. O caso, é verdade, ainda não está esclarecido. É extremamente complicado. O que me deixa perplexo... a mim, Hercule Poirot! Posso identificar, no entanto, dois fatos de suma importância.

– Quais são?

– O primeiro é o tempo que fez ontem. Isso é de extrema importância.

– Mas fez um dia glorioso, Poirot! Está querendo zombar de mim?

– De maneira alguma, *mon ami*. O termômetro marcou 27ºC à sombra. Não se esqueça disso. Esta é a chave de todo o enigma!

– E qual é o segundo fato?

– É que Monsieur Inglethorp usa roupas muito estranhas, uma barba preta e óculos.

– Não posso acreditar que esteja falando sério, Poirot.

– Pode ter certeza de que estou, meu amigo.

– Mas isso é infantil!

– Pelo contrário. É da maior importância.

– E o que será de suas teorias se o júri apresentar um veredicto de homicídio doloso contra Alfred Inglethorp?

– Minhas teorias não poderão ser abaladas só porque alguns homens estúpidos, por acaso, cometeram um erro! Mas tenho certeza de que isso não acontecerá. Por um lado, porque nenhum júri rural vai querer assumir tal responsabilidade. Não nos esqueçamos de que Monsieur Inglethorp praticamente ocupa a posição de *squire*\* local.

---

\*Nobre rural, fazendeiro de grande prestígio local. (*N. do R.*)

Poirot fez uma pausa, antes de acrescentar, calmamente:
– Além disso, eu não permitiria que isso acontecesse.
– *Você* não permitiria?
– Exatamente.

Contemplei aquele homenzinho extraordinário, que parecia ao mesmo tempo aborrecido e entretido pela conversa. Ele estava absolutamente seguro de si. Como se lesse meus pensamentos, Poirot acrescentou:

– Isso mesmo, *mon ami*, eu não o permitiria.

Ele levantou-se e pôs as mãos em meus ombros. Sua expressão mudou por completo, lágrimas afloraram em seus olhos.

– Acima de tudo isso, meu amigo, penso naquela pobre Sra. Inglethorp, que está morta agora. Sei que ela não era muito querida. Mas não posso deixar de reconhecer que foi muito boa para nós, belgas. Eu tenho uma dívida de gratidão para com ela.

Fiz menção de interrompê-lo, mas Poirot não o permitiu:

– Deixe-me dizer-lhe uma coisa, Hastings. Ela jamais me perdoaria se eu deixasse que seu marido, Alfred Inglethorp, fosse preso *agora*... quando uma palavra minha pode salvá-lo!

# 6
# O inquérito

Antes do inquérito, Poirot empenhou-se em um ritmo de atividade incansável. Por duas vezes, teve reuniões demoradas com o Sr. Wells. Saía também a passear pelos campos. Fiquei um pouco ressentido por ele não me revelar o que andava fazendo, ainda mais porque eu simplesmente não conseguia imaginar o que se passava por sua cabeça.

Ocorreu-me que ele podia estar fazendo investigações na fazenda de Raikes. Assim, na tarde de quarta-feira, quando fui ao Leastways Cottage e não o encontrei lá, resolvi ir até a fazenda caminhando pelos campos, na esperança de esbarrar com ele no trajeto. Mas não percebi o menor sinal de Poirot, e hesitei antes de entrar na fazenda propriamente dita. Ao me afastar, encontrei um camponês idoso, que me fitou com uma expressão astuta.

– É de Styles Hall, não é mesmo? – perguntou-me o velho.

– Sou, sim. Estou procurando um amigo meu que julgava ter vindo nesta direção.

– Um homenzinho pequeno? Que agita as mãos quando fala? Um daqueles belgas lá da aldeia?

– Esse mesmo. Ele apareceu por aqui?

– Esteve aqui sim. E apareceu mais de uma vez. É amigo seu, hein? Ah, os cavalheiros de Styles Hall... mas que bando!

Ele soltou uma risadinha.

– Os cavalheiros de Styles Hall costumam aparecer por aqui com frequência? – indaguei, procurando parecer o mais indiferente possível.

Ele me piscou com uma expressão mais astuta do que nunca.

– Há *um* que aparece sempre aqui. Mas não vamos falar em nomes, se não se importa. E devo dizer que é um cavalheiro dos mais liberais!

Afastei-me abruptamente. Evelyn Howard estava certa, pensei. Senti uma repulsa intensa por Alfred Inglethorp, mostrando-se liberal com o dinheiro da esposa! Será que aquela mulher provocante, com cara de cigana, seria o motivo do crime? Ou será que a causa fora apenas o dinheiro? Provavelmente uma mistura das duas coisas.

Recordei-me de uma curiosa obsessão de Poirot. Ele comentara comigo, por mais de uma vez, que Dorcas devia ter-se enganado ao indicar a hora da discussão. Chegara mesmo a sugerir a ela, insistentemente, que devia ter ouvido a discussão por volta das 16h30 e não às 16 horas.

Mas Dorcas mostrara-se obstinada: mais de uma hora havia-se passado entre o momento em que ouvira a discussão e as 17 horas, quando servira o chá à patroa.

O inquérito foi realizado na sexta-feira, no Stylites Arms, na aldeia. Poirot e eu sentamos juntos, já que não seríamos chamados para prestar depoimento.

As preliminares foram concluídas rapidamente. O júri examinou o corpo e John Cavendish fez a identificação formal.

Em seguida, ele relatou como tinha sido acordado de madrugada e as circunstâncias da morte da mãe.

Depois vieram os depoimentos médicos. Houve um silêncio de expectativa, todos os olhos fixando-se no famoso especialista de Londres, considerado uma das maiores autoridades em toxicologia do mundo.

Em poucas palavras, o Dr. Bauerstein resumiu os resultados da autópsia. Esquecendo a fraseologia médica e técnica, o que ele disse foi que a Sra. Inglethorp havia morrido em decorrência de envenenamento por estricnina. A julgar pela quantidade recuperada, ela devia ter ingerido pelo menos 50 gramas de estricnina, talvez mais.

– É possível que ela tenha ingerido o veneno por acaso? – indagou o *coroner*.

– Considero tal possibilidade improvável. A estricnina não é usada para finalidades domésticas, como alguns outros venenos. Há restrições à sua venda.

– Algum fato na autópsia indica como o veneno foi ministrado?

– Não.

– Chegou a Styles antes do Dr. Wilkins, não é mesmo?

– Isso mesmo. Eu estava passando pelo portão quando o carro saía, e corri no mesmo instante para a casa.

– Pode relatar-nos exatamente o que aconteceu em seguida?

– Entrei no quarto da Sra. Inglethorp. Ela estava tendo uma convulsão tetânica no momento. Virou-se na minha direção e balbuciou: "Alfred... Alfred..."

– A estricnina poderia ter sido ministrada no café que a Sra. Inglethorp tomou depois do jantar e que foi levado pelo marido dela?

– É possível. Mas devo ressaltar que a estricnina á uma droga de ação bastante rápida. Os sintomas aparecem cerca de uma ou duas horas depois da ingestão. O efeito pode ser retardado em determinadas circunstâncias. No entanto, parece que nenhuma delas existiu neste caso.

Presumo que a Sra. Inglethorp tenha tomado o café depois do jantar, por volta das 20 horas. Os sintomas só se manifestaram quase ao amanhecer. Assim, tudo indica que a droga foi ingerida muito mais tarde.

– A Sra. Inglethorp tinha o hábito de tomar uma xícara de chocolate no meio da noite. A estricnina poderia ter sido ministrada nesse chocolate?

– Não. Eu mesmo recolhi uma amostra do chocolate que havia ficado no fundo da panela e analisei-a. Não havia qualquer vestígio de estricnina.

Ouvi Poirot soltar uma risadinha baixa.

– Como soube? – sussurrei-lhe.

– Escute o resto.

O Dr. Bauerstein continuou:

– Eu diria que qualquer outro resultado teria me deixado bastante surpreso.

– Por quê?

– Simplesmente porque a estricnina tem um gosto extremamente amargo. Pode ser detectada numa solução de 1 por 70 mil, e só pode ser disfarçada numa substância de sabor bastante forte. O chocolate não conseguiria disfarçar o gosto amargo da estricnina.

Um dos jurados quis saber se a mesma coisa se aplicava ao café.

– Não. O café possui um gosto amargo que poderia disfarçar o gosto da estricnina.

– Acha então que é mais provável que a droga tenha sido ministrada no café, mas que sua ação tenha sido retardada, por alguma razão desconhecida?

– Isso mesmo. Mas como a xícara foi completamente esmagada, não há qualquer possibilidade de analisar o conteúdo.

Com isso, o Dr. Bauerstein concluiu seu depoimento. O Dr. Wilkins confirmou-o em todos os itens. Indagado quanto à possibilidade de suicídio, ele a refutou categoricamente. Declarou que a falecida tinha problemas de coração. Afora isso, no entanto, gozava de saúde perfeita, era uma mulher equilibrada e sempre bem disposta. Seria uma das últimas pessoas a acabar com a própria vida.

Lawrence Cavendish depôs em seguida. Seu depoimento não teve qualquer importância, consistindo basicamente na repetição do que o irmão já dissera. Quando já se preparava para deixar o banco das testemunhas, Lawrence disse, hesitante:

— Gostaria de fazer uma sugestão, se me permitem...

Ele olhou para o *coroner*, que disse rispidamente:

— Claro que pode, Sr. Cavendish. Estamos reunidos aqui para descobrir a verdade e aceitamos de bom grado qualquer sugestão que ajude a esclarecer os acontecimentos.

— É apenas uma ideia minha. Claro que posso estar enganado, mas ainda acho que a morte de minha mãe pode ser explicada por causas naturais.

— Por que pensa assim, Sr. Cavendish?

— Já havia algum tempo que mamãe vinha tomando um tônico contendo estricnina.

— Como? — disse o *coroner*, enquanto o júri se mostrava subitamente interessado.

— Creio que já houve casos em que o efeito cumulativo de uma droga, ingerida durante algum tempo, acabou causando a morte. E não é possível também que ela tenha tomado uma dose excessiva do medicamento por acidente?

— É a primeira vez que ouvimos falar que a falecida vinha ingerindo estricnina por ocasião de sua morte. Muito obrigado por sua colaboração, Sr. Cavendish.

O Dr. Wilkins foi chamado a depor novamente e ridicularizou a ideia.

— O que o Sr. Cavendish sugere é inteiramente impossível. Qualquer médico lhes diria a mesma coisa. Num certo sentido, a estricnina é um veneno cumulativo, mas seria impossível que resultasse numa morte súbita e inesperada como ocorreu. Teria havido um longo período de sintomas crônicos, que certamente atrairiam minha atenção. A hipótese é absurda.

— E quanto à segunda sugestão do Sr. Cavendish? A Sra. Inglethorp não poderia ter ingerido inadvertidamente uma dose excessiva?

— Três ou até mesmo quatro doses não teriam provocado a morte. A Sra. Inglethorp sempre mandava preparar uma grande quantidade do medicamento na Coot's, a farmácia de Tadminster. Mas teria que ingerir o vidro quase inteiro para que encontrássemos a quantidade de estricnina que apareceu na autópsia.

— Acha então que podemos descartar a possibilidade de o tônico ter sido o instrumento acidental da morte?

— Claro! A suposição é ridícula!

O mesmo jurado que o interrompera antes sugeriu nesse momento que o farmacêutico poderia ter-se enganado no preparo do remédio.

— É claro que isso é sempre possível – respondeu o Dr. Wilkins.

Mas Dorcas, que depôs em seguida, eliminou essa possibilidade. O medicamento não havia sido preparado recentemente. Ao contrário, a Sra. Inglethorp tomara a última dose no dia de sua morte.

A possibilidade de o tônico ter sido o agente da morte foi inteiramente descartada e o *coroner* prosseguiu no inquérito. Depois que Dorcas relatou os detalhes de como ela fora acordada pelo chamado insistente da patroa, despertando em seguida o restante da casa, ela abordou a discussão da tarde anterior.

O depoimento de Dorcas, nesse ponto, foi praticamente idêntico ao que já havia relatado a Poirot e a mim. Por isso, não vou repeti-lo.

A testemunha seguinte foi Mary Cavendish. Ela permaneceu muito rígida, falando em voz baixa, mas clara, aparentando um controle total. Em resposta a uma pergunta do *coroner,* contou como o despertador a acordara às 4h30, como sempre. Estava se vestindo quando fora surpreendida pelo barulho de algo pesado caindo no chão.

— Não teria sido a mesa que ficava ao lado da cama? – comentou o *coroner*.

Mary continuou o relato, sem responder:

— Abri a porta e fiquei escutando. Minutos depois, ouvi o barulho de um sino tocando freneticamente. Dorcas veio correndo e acordou meu marido. Fomos todos para o quarto de minha sogra, mas a porta estava trancada...

O *coroner* interrompeu-a:

– Não há mais necessidade de incomodá-la com relação a isso. Já sabemos tudo a respeito dos acontecimentos subsequentes. Mas gostaria que nos contasse tudo o que ouviu da discussão no dia anterior.

– Eu?

Havia um ligeiro tom de insolência na voz dela. Mary Cavendish levantou a mão para endireitar a gola do vestido, virando um pouco a cabeça ao fazê-lo. Subitamente ocorreu-me um pensamento: "Ela está procurando ganhar tempo!"

O *coroner* insistiu:

– Exatamente. Pelo que eu soube, estava sentada num banco perto da janela do *boudoir*, lendo, no momento em que a discussão começou. Estou certo?

Houve uma breve pausa, uma hesitação quase imperceptível, antes que ela respondesse:

– Está, sim.

– E a janela do *boudoir* não estava aberta?

O rosto dela ficou um pouco mais pálido.

– Estava...

– Então não pode ter deixado de ouvir as vozes das pessoas que se encontravam lá dentro, sobretudo se estavam alteradas. Na verdade, as vozes deviam ser mais audíveis no lugar em que se encontrava do que no hall.

– É possível.

– Pode repetir-nos o que ouviu da discussão?

– Não me lembro realmente de ter ouvido alguma coisa.

– Está querendo dizer que não ouviu vozes lá dentro?

– Ouvi, sim... mas não deu para entender o que estavam dizendo.

Mary Cavendish ficou ligeiramente ruborizada, antes de responder:

– Não tenho o hábito de prestar atenção a conversas particulares de outras pessoas.

O *coroner* insistiu:

– E não se lembra de nada, Sra. Cavendish? Não consegue recordar-se de uma única palavra isolada ou frase que a tenha feito compreender que se tratava de uma conversa particular?

Ela deu a impressão de que procurava se recordar. Exteriormente, continuava tão calma quanto antes.

– Estou me lembrando de uma coisa... A Sra. Inglethorp falou algo... não me recordo exatamente o quê... sobre provocar um escândalo entre marido e mulher.

– Ah – exclamou o *coroner*, recostando-se na cadeira, satisfeito. – Isso confirma o que Dorcas ouviu. Mas depois que percebeu que se tratava de uma conversa particular, Sra. Cavendish, não se afastou dali? Continuou onde estava?

Pelo brilho nos olhos fulvos de Mary Cavendish, compreendi que naquele momento ela teria experimentado a maior satisfação em poder arrasar o pequeno advogado e suas insinuações. Mas sua resposta foi dada com toda calma:

– Não. Estava me sentindo muito confortável no banco. Concentrei-me no livro.

– E isso é tudo o que pode nos contar?

– É, sim.

O interrogatório dela terminou, embora eu duvidasse de que o *coroner* estivesse satisfeito. Creio que ele desconfiava que Mary Cavendish poderia revelar mais detalhes, se assim o desejasse.

Amy Hill, balconista, foi chamada em seguida, e declarou que havia vendido um formulário de testamento na tarde do dia 17 para William Earl, o ajudante de jardineiro em Styles.

William Earl e Manning depuseram depois, relatando como haviam se tornado testemunhas de um documento. Manning disse que isso acontecera por volta das 16h30, enquanto William achava que tinha sido um pouco mais cedo.

Chegou a vez de Cynthia Murdoch. Ela não tinha muito o que dizer. Nada soubera da tragédia, até ser acordada pela Sra. Cavendish.

– Não ouviu a mesa cair?

– Não. Eu estava profundamente adormecida.

O *coroner* sorriu, comentando:

– Uma consciência tranquila permite um sono tranquilo. Obrigado, Srta. Murdoch. Isso é tudo.

Evelyn Howard foi chamada a depor. Ela apresentou a carta que lhe fora escrita pela Sra. Inglethorp, ao final da tarde do dia 17. Poirot e eu, é claro, já a tínhamos visto. Nada acrescentava ao que já conhecíamos da tragédia. A seguir, apresento uma reprodução da carta:

> Prezada Evelyn
>
> Será que não podemos fazer as pazes? É difícil para mim perdoar as coisas que me disse contra meu marido, mas sou uma mulher idosa e gosto muito de você,
>
> Atenciosamente
>
> Emily Inglethorp

A carta foi entregue aos jurados, que a examinaram atentamente. O *coroner* comentou, com um suspiro:

– Receio que essa carta não nos ajude muito. Não há qualquer alusão aos acontecimentos daquela tarde.

– Para mim, essa carta é clara como água – disse a Srta. Howard bruscamente. – Mostra que minha pobre amiga tinha acabado de compreender que estava bancando a tola.

– Não há qualquer insinuação a esse respeito na carta – ressaltou o *coroner*.

– Nem podia haver, porque Emily jamais seria capaz de reconhecer um erro. Mas eu a conhecia muito bem. Ela queria que eu voltasse. Mas não iria admitir que eu estava certa. Por isso, fez um rodeio. É o que quase todo mundo faz.

O Sr. Wells sorriu. Percebi que diversos jurados também sorriram. Evidentemente, a Srta. Howard era uma personalidade pública. Olhando para os jurados com uma expressão desdenhosa, ela acrescentou:

– Seja como for, todas essas tolices são apenas uma perda de tempo! Todo mundo fica falando e falando, quando sabemos perfeitamente quem...

O *coroner* apressou-se em interrompê-la, apreensivo:

– Obrigado, Srta. Howard. Isso é tudo.

Tive a impressão de que ele deixou escapar um suspiro de alívio quando a Srta. Howard afastou-se, sem dizer mais nada.

Em seguida, veio a sensação do dia. O *coroner* chamou Albert Mace, o assistente do farmacêutico.

Era o jovem nervoso, de rosto pálido, que havíamos visto antes na aldeia. Em resposta às perguntas do *coroner*, ele explicou que tinha um diploma de farmacêutico e que estava trabalhando na farmácia local há pouco tempo, desde que o antigo assistente fora convocado para servir ao Exército.

Encerradas as trivialidades, o *coroner* foi direto ao assunto:

– Sr. Mace, recentemente vendeu estricnina a alguma pessoa não autorizada a comprá-la?

– Vendi, sim, senhor.

– E quando foi isso?

– Na noite da última segunda-feira.

– Segunda-feira? Não terá sido na terça-feira?

– Não, senhor. Foi na segunda-feira, dia 16.

– E pode nos dizer quem a comprou?

O silêncio era total. Podia-se ter ouvido um alfinete caindo no chão.

– Posso, sim. Foi o Sr. Inglethorp.

Todas as cabeças viraram-se para o lugar em que Alfred Inglethorp estava sentado, impassível. Ele estremeceu ligeiramente. Tive a impressão de que ele iria levantar-se da cadeira. Mas permaneceu sentado, com uma expressão de espanto muito bem ensaiada estampada no rosto.

– Tem certeza do que acaba de dizer? – indagou o *coroner*, firmemente.

– Absoluta, senhor.

– Tem o hábito de vender estricnina indiscriminadamente a qualquer um que apareça no balcão?

O rapaz encolheu-se todo, angustiado, sob o rosto franzido do *coroner*.

– Oh, não, senhor! Claro que não! Mas como era o Sr. Inglethorp, de Styles Hall, achei que não havia mal algum nisso. Ele disse que o veneno era para um cachorro.

Não pude deixar de sentir pena do rapaz. Era da natureza humana procurar agradar à família mais importante do local, sobretudo quando tal costume era generalizado.

– Qualquer pessoa que compre um veneno não precisa obrigatoriamente assinar um livro de registros?

– Precisa, sim, senhor. E o Sr. Inglethorp o assinou.

– Trouxe o livro?

– Sim, senhor.

O livro foi apresentado. Com algumas palavras de censura, o *coroner* dispensou o pobre rapaz.

Depois, em meio a um silêncio opressivo, Alfred Inglethorp foi chamado a depor. Será que ele percebia que o laço do carrasco estava baixando sobre seu pescoço?

O *coroner* foi direto ao assunto.

– Comprou estricnina, na noite da última segunda-feira, para envenenar um cachorro?

Inglethorp respondeu com toda calma:

– Não, não comprei. Não existe nenhum cachorro em Styles, a não ser um cão pastor que nunca entra em casa e que goza de perfeita saúde.

– Quer dizer que nega haver comprado estricnina de Albert Mace na última segunda-feira?

– Claro que nego.

– E também nega *isto*?

O *coroner* estendeu-lhe o livro de registros, onde estava a assinatura.

– Claro que nego. A letra é inteiramente diferente da minha. Vou lhes mostrar.

Inglethorp tirou um envelope velho do bolso e assinou seu nome nele, entregando-o em seguida aos jurados. As duas assinaturas eram bastante diferentes.

– Então qual é a sua explicação para a declaração do Sr. Mace?

Alfred Inglethorp continuava imperturbável:

– O Sr. Mace deve ter-se enganado.

O *coroner* hesitou por um momento, antes de dizer:

– Sr. Inglethorp, como uma simples formalidade, poderia nos dizer onde esteve na noite de segunda-feira, 16 de julho?

– Não me lembro.

– Isso é um absurdo, Sr. Inglethorp! – disse o *coroner* rispidamente. – Pense novamente.

Inglethorp sacudiu a cabeça.

– Não posso dizer com certeza. Tenho a impressão de que saí para dar uma volta.

– Para que lado?

– Não me lembro.

A expressão do *coroner* era cada vez mais sombria.

– Estava na companhia de alguém?

– Não.

– Por acaso encontrou-se com alguém?

– Não.

– O que é uma pena – comentou o *coroner*, secamente. – Devo supor que se recusa a dizer onde estava na ocasião em que o Sr. Mace reconheceu-o positivamente como o homem que entrou na farmácia para comprar estricnina?

– Se prefere colocar a coisa desse jeito, é isso mesmo.

– Tome cuidado, Sr. Inglethorp!

Poirot remexia-se na cadeira, inquieto.

– *Sacré!* – murmurou ele. – Será que o imbecil está querendo ser preso?

Inglethorp realmente estava causando uma péssima impressão. Suas negativas não teriam convencido a uma criança. O *coroner*, no entanto, passou rapidamente a outro assunto. Poirot deixou escapar um suspiro de alívio.

– Teve uma discussão com sua esposa na tarde de terça-feira, Sr. Inglethorp?

– Peço licença para dizer que está redondamente enganado. Não tive nenhuma discussão com minha querida esposa. Toda essa história é absolutamente inverídica. Passei a tarde inteira fora de casa.

– Tem alguém que possa confirmar sua ausência?

– Tem a minha palavra de que estou dizendo a verdade – declarou Inglethorp altivamente.

O *coroner* não se deu ao trabalho de responder.

– Duas testemunhas já declararam que o ouviram discutir com a Sra. Inglethorp.

– Essas testemunhas se enganaram.

Eu estava perplexo. Inglethorp falava com tanta segurança que não pude deixar de hesitar. Olhei para Poirot. Havia uma expressão de exultação no rosto dele que eu não podia compreender. Será que ele finalmente se convencera da culpa de Alfred Inglethorp?

O *coroner* continuou:

– Sr. Inglethorp, o senhor ouviu aqui as testemunhas repetirem as últimas palavras de sua esposa. Pode explicá-las?

– Claro que posso.

– Pode?

– Parece-me evidente. O quarto estava fracamente iluminado. O Dr. Bauerstein é mais ou menos da minha altura e com o mesmo tipo físico. Além disso, também usa barba. À luz fraca e sofrendo como estava, minha pobre esposa pensou que fosse eu.

– É uma ideia! – murmurou Poirot para si mesmo.

– Acha que é verdade? – sussurrei-lhe.

– Não estou dizendo que seja. Mas é uma suposição engenhosa.

Inglethorp continuou:

– Encararam as últimas palavras de minha esposa como uma acusação, quando na verdade foi um apelo a mim.

O *coroner* pensou por um momento antes de dizer:

– Serviu pessoalmente o café e levou-o para sua esposa naquela noite, Sr. Inglethorp?

– Fui eu mesmo quem serviu o café, mas não cheguei a entregá-lo a minha pobre esposa. Pretendia fazê-lo, mas fui avisado de que uma pessoa amiga estava à minha procura, à porta. Por isso, deixei o café na mesa do corredor. Quando voltei, alguns minutos depois, o café não estava mais lá.

Tal declaração podia ou não ser verdadeira, mas não melhorava muito a situação de Inglethorp. Qualquer que fosse o caso, ele teria tido tempo suficiente para acrescentar o veneno ao café.

Nesse momento, Poirot cutucou-me gentilmente indicando dois homens que estavam sentados juntos, perto da porta. Um deles era baixo, magro, moreno, com rosto de fuinha. O outro era alto e louro.

Olhei para Poirot, com uma expressão inquisitiva. Ele quase encostou os lábios em meu ouvido e sussurrou:

– Sabe quem é aquele homem baixo?

Sacudi a cabeça.

– É o inspetor-detetive James Japp, da Scotland Yard... o famoso Jimmy Japp. O outro também é da Scotland Yard. As coisas estão evoluindo cada vez mais depressa, meu amigo.

Olhei atentamente para os dois homens. Nenhum deles parecia ser um policial. Eu jamais teria desconfiado disso se Poirot não o tivesse me contado.

E ainda estava olhando para os dois quando fui surpreendido pelo veredicto do júri:

– Homicídio doloso cometido por pessoa ou pessoas desconhecidas.

# 7
## Poirot cumpre a promessa

Ao sairmos do Stylites Arms, Poirot puxou-me para um lado, com uma leve pressão em meu braço. Percebi logo o objetivo dele. Estava esperando os homens da Scotland Yard.

Os dois saíram pouco depois, e Poirot logo adiantou-se e abordou o mais baixo.

– Receio que não se lembre de mim, inspetor Japp.

– Ora, mas é Monsieur Poirot! – exclamou o inspetor, virando-se em seguida para seu companheiro e acrescentando: – Já me ouviu falar de Monsieur Poirot? Trabalhamos juntos em 1904, no caso da falsificação de Abercrombie. O criminoso terminou sendo apanhado em Bruxelas. Ah, bons tempos aqueles, senhor! Lembra-se do "barão" Altara? Foi um patife difícil de se agarrar. Tinha conseguido livrar-se de metade das forças policiais da Europa. Mas nós o agarramos na Antuérpia... graças à ajuda de Monsieur Poirot!

Enquanto as reminiscências se sucediam, eu me aproximei e fui apresentado ao inspetor-detetive Japp, que por sua vez apresentou-nos a seu companheiro, o superintendente Summerhaye.

– Creio que não preciso perguntar-lhes o que estão fazendo aqui, cavalheiros – comentou Poirot.

Japp piscou-lhe um olho, intencionalmente.

– Não precisa mesmo. Mas estou achando o caso líquido e certo.

Poirot retrucou, em tom sério:

– Permita-me divergir nesse ponto.

– Essa não! – exclamou Summerhaye, falando pela primeira vez. – Está tudo tão claro quanto a luz do dia! O homem foi praticamente apanhado em flagrante! Não consigo entender como pôde ser tão idiota!

Japp, que estava observando Poirot com atenção, disse sabiamente ao companheiro:

– Suspenda o fogo, Summerhaye. Eu e monsieur já trabalhamos juntos antes... e se há um julgamento que eu respeito, sempre foi o dele. Se não estou enganado, ele tem algum trunfo escondido. Não é isso mesmo, monsieur?

Poirot sorriu.

– Tem razão, meu caro inspetor. Cheguei a algumas conclusões.

Summerhaye ainda parecia cético, mas Japp, ainda fitando Poirot atentamente, disse:

– Até agora, conhecemos o caso apenas por fora. E a Scotland Yard está sempre em desvantagem em tais circunstâncias, quando parece não haver qualquer dúvida sobre quem é o assassino, logo depois do inquérito preliminar. Muita coisa depende de se conhecer o caso por dentro. É justamente nisso que Monsieur Poirot leva vantagem sobre nós. Não teríamos aparecido aqui tão cedo assim, se um médico esperto não tivesse nos avisado, por intermédio do *coroner*. Mas parece que está investigando o caso desde o início, Monsieur Poirot. Talvez tenha descoberto algumas pistas que ignoramos. Pelos depoimentos, eu diria que não há a menor dúvida de que o Sr. Inglethorp assassinou a esposa. Se qualquer outra pessoa que não Monsieur Poirot me tivesse insinuado o contrário, eu teria me limitado a rir. E devo dizer que fiquei surpreso pelo fato de o júri não ter dado o veredicto de homicídio doloso diretamente contra ele. Acho que isso teria acontecido se não fosse pela atitude do *coroner*. Tive a impressão de que ele estava contendo os jurados.

– Mas posso apostar que tem neste momento uma ordem de prisão contra ele em seu bolso, inspetor – sugeriu Poirot.

O semblante impassível de Japp assumiu subitamente uma expressão fechada de autoridade e ele comentou secamente:

– Talvez sim, talvez não.

Poirot estava pensativo.

– Eu acharia melhor que ele não fosse preso.

– Grande ideia! – disse Summerhaye, com sarcasmo.

Japp olhava para Poirot com uma perplexidade cômica.

– Não pode explicar-me mais alguma coisa, Monsieur Poirot? Afinal, está investigando o caso desde o início... e a Scotland Yard não gosta de cometer erros.

Poirot assentiu.

– Era exatamente nisso que eu estava pensando, inspetor. No momento, porém, só posso dizer-lhe uma coisa: se prender o Sr. Inglethorp, isso não lhe trará qualquer proveito. O processo contra ele será imediatamente arquivado. *Comme ça!*

E Poirot estalou os dedos, expressivamente. O rosto de Japp deixou transparecer uma preocupação ainda maior, enquanto Summerhaye deixava escapar um resmungo incrédulo e desdenhoso.

Quanto a mim, confesso que estava totalmente aturdido. Só podia concluir que Poirot enlouquecera.

Japp tirou um lenço do bolso e começou a esfregar a sobrancelha, lentamente.

– Não posso prometer-lhe coisa alguma, Monsieur Poirot. Por mim, aceitaria sua palavra. Mas há outras pessoas que irão querer saber por que diabo estou agindo assim. Não pode adiantar alguma coisa?

Poirot refletiu por um momento, antes de responder:

– Está certo. Admito que teria preferido não dizer nada por enquanto, para não mostrar todos os trunfos de que disponho. É sempre melhor trabalhar na sombra. Mas o que diz é compreensível. A palavra de um policial belga, cujos dias de glória já pertencem ao passado, não é suficiente. E o importante é que Alfred Inglethorp não seja preso. Jurei que isso não aconteceria, como meu amigo Hastings bem sabe. Pretende seguir agora mesmo para Styles, meu caro Japp?

– Iremos dentro de meia hora. Primeiro vamos conversar com o *coroner* e com o médico.

– Ótimo. Quando estiver saindo, pode chamar-me. Estou residindo na última casa da aldeia. Irei com vocês. Em Styles, o Sr. Inglethorp poderá lhe fornecer as provas irrefutáveis que destroem inteiramente o caso contra ele. Se por acaso ele se recusar a fazê-lo, como provavelmente acontecerá, eu mesmo apresentarei tais provas. Negócio fechado?

– Negócio fechado! – disse Japp, efusivamente. – E, em nome da Scotland Yard, agradeço sua colaboração. Devo dizer, no entanto, que não vejo a menor falha nos depoimentos que apontam para a culpa de Inglethorp. Mas como sempre fez maravilhas, monsieur, nada mais poderia surpreender-me. Até a vista!

Os dois detetives se afastaram, Summerhaye ainda com um sorriso incrédulo.

Antes que eu pudesse dizer qualquer coisa, Poirot falou:

– E então, meu amigo, o que está achando? *Mon Dieu!*, houve alguns momentos angustiantes no tribunal. Jamais me passou pela cabeça que o homem pudesse ser tão obstinado a ponto de não dizer coisa alguma. Decididamente, foi a política de um imbecil!

– Há outras explicações além da imbecilidade, meu caro Poirot. Se as acusações contra ele forem verdadeiras, como poderia defender-se a não ser pelo silêncio?

– Ora, há mil e uma maneiras! Se eu, por exemplo, tivesse cometido o crime, poderia imaginar pelo menos sete histórias plausíveis. E muito mais convincentes que as negativas obstinadas do Sr. Inglethorp!

Não pude deixar de rir.

– Meu caro Poirot, tenho certeza de que poderia imaginar pelo menos setenta histórias! Mas, falando sério e apesar do que disse aos homens da Scotland Yard, não continua a acreditar realmente na possibilidade da inocência de Alfred Inglethorp, não é mesmo?

– Por que deveria deixar de acreditar? Nada mudou.

– Mas as provas são conclusivas!

– Tem toda razão. São até conclusivas demais – comentou Poirot, falando mais para si mesmo. – Em geral, as verdadeiras provas são vagas e insatisfatórias, precisam ser peneiradas, examinadas de forma meticulosa. Mas neste caso as provas são claras e óbvias. Não, meu amigo, foi tudo habilmente manipulado... e com tanta esperteza que o tiro acabou saindo pela culatra.

– E como chegou a essa conclusão?

– O fato é que, enquanto as provas contra ele eram vagas e intangíveis, tornava-se muito difícil refutá-las. Mas, em sua ansiedade, o criminoso apertou tanto a rede que um mero puxão basta para libertar Inglethorp.

Fiquei calado. Depois de um minuto de silêncio, Poirot acrescentou:

— Vamos analisar o caso por outro ângulo. Pensemos num homem que decide envenenar a esposa. Ele sempre viveu de expedientes, como se costuma dizer. Pode-se presumir que tenha alguma esperteza. Ou pelo menos que não seja totalmente tolo. O que ele faz para envenenar a esposa? Vai ao farmacêutico da aldeia e compra estricnina com seu próprio nome, inventando uma história qualquer obviamente falsa sobre um cachorro. Não usa o veneno na mesma noite. Espera até o dia seguinte, quando tem uma violenta discussão com a esposa, da qual todos na casa tomam conhecimento. E isso, evidentemente, faz com que as suspeitas recaiam nele. E ele não prepara qualquer defesa, não providencia um álibi, mesmo sabendo que o assistente do farmacêutico irá testemunhar sobre a compra da estricnina. Ora, não me peça para acreditar que algum homem possa ser idiota a esse ponto! Apenas um lunático, querendo suicidar-se na forca, agiria dessa maneira!

— Mesmo assim, não consigo compreender...

— Nem eu, meu amigo. Já lhe disse que este caso está me deixando perplexo... a mim, Hercule Poirot!

— Mas se acha que ele é inocente, como explica o fato de ter comprado estricnina?

— É muito simples. Ele não a comprou.

— Mas Mace o reconheceu!

— Ele apenas viu um homem de barba preta como o Sr. Inglethorp, usando óculos como o Sr. Inglethorp, vestindo roupas um tanto espalhafatosas como o Sr. Inglethorp. Não poderia reconhecer um homem a quem provavelmente só vira de longe, já que estava na aldeia há apenas 15 dias. E a Sra. Inglethorp fazia quase todas as suas compras na Coot's, em Tadminster.

— Acha então...

— Lembra-se dos dois pontos que lhe ressaltei, *mon ami*? Vamos deixar de lado o primeiro, por enquanto. Qual era o segundo?

— O fato importante de Alfred Inglethorp usar roupas peculiares, ter uma barba preta e óculos.

– Exatamente. Suponhamos agora que alguém desejasse passar por John ou Lawrence Cavendish. Seria fácil?

– Não – respondi, pensativo. – É claro que um ator...

Mas Poirot interrompeu-me bruscamente:

– E por que não seria fácil? Vou lhe dizer, *mon ami*: porque nenhum dos dois usa barba. Para se apresentar como qualquer um dos dois, em plena luz do dia, seria preciso ser um ator genial e ter um mínimo de semelhança facial com eles. Mas isso já não acontece no caso de Alfred Inglethorp. As roupas, a barba, os óculos que lhe escondem os olhos... esses são os pontos salientes na aparência pessoal dele. Qual seria o primeiro impulso do criminoso? Desviar as suspeitas de si, não é mesmo? E qual a melhor maneira de fazê-lo? Lançando as suspeitas sobre outra pessoa! Neste caso, havia um homem talhado para esse papel. Todo mundo estava predisposto a acreditar na culpa do Sr. Inglethorp. Já se sabia de antemão que ele seria considerado suspeito. Mas, para garantir tudo, era preciso haver uma prova tangível... como a compra do veneno. Não é difícil imitar a aparência peculiar do Sr. Inglethorp. Não se esqueça de que o jovem Mace jamais havia falado pessoalmente com o Sr. Inglethorp. Assim, como ele poderia duvidar que um homem com as roupas, a barba e os óculos de Alfred Inglethorp não fosse Alfred Inglethorp?

– É bem possível – murmurei, fascinado com a eloquência de Poirot. – Mas se foi isso mesmo o que aconteceu, por que ele se recusa a dizer onde estava às 18 horas de segunda-feira?

– Por quê? – repetiu Poirot, acalmando-se subitamente. – Se ele fosse preso, provavelmente contaria tudo. Mas não quero que a coisa chegue a esse ponto. Devo fazer com que ele entenda a gravidade de sua situação. É claro que há algo ignominioso por trás do silêncio dele. Mesmo que ele não tenha assassinado a esposa, não deixa de ser um patife. É evidente que tem algo a esconder, algo diferente de um homicídio.

– Mas o que poderia ser?

Por ora, eu fora persuadido pelos argumentos de Poirot, embora ainda conservasse uma débil convicção de que a dedução óbvia era a correta.

– Será que não pode adivinhar? – indagou Poirot, sorrindo.
– Não, não posso. E você pode?
– Claro que posso. Tive uma pequena ideia. Fui verificar e descobri que estava certo.
– Não me contou isso – comentei, em tom de censura.
Poirot abriu os braços, em um gesto de quem pedia desculpas.
– Perdoe-me, *mon ami*, mas não demonstrava apoiar-me na ocasião.
Ele fez uma pausa, virando-se para mim com uma expressão ansiosa:
– Concorda agora que ele não deve ser preso?
– Não sei...
Eu ainda estava em dúvida, porque era indiferente ao destino de Alfred Inglethorp e achava que um bom susto não lhe faria mal algum. Poirot, que me observava atentamente, deixou escapar um suspiro.
– Deixando de lado o Sr. Inglethorp, meu amigo, o que achou dos depoimentos?
– Foram mais ou menos o que eu estava esperando.
– Não achou nada estranho?
Pensei imediatamente em Mary Cavendish.
– Em que sentido?
– Não estranhou, por exemplo, o depoimento do Sr. Lawrence Cavendish?
Fiquei aliviado.
– O depoimento de Lawrence? Não, não achei nada estranho nele. Ele sempre foi um sujeito meio nervoso.
– Mas não achou estranha a sugestão dele de que a mãe talvez tenha sido envenenada acidentalmente pelo tônico que estava tomando?
– Não, não me pareceu estranha. Os médicos ridicularizaram a sugestão dele, mas era perfeitamente natural para um leigo.
– Mas acontece que Monsieur Lawrence não é um leigo. Você mesmo me contou que ele chegou a estudar medicina.

– Tem razão. Eu não me lembrava disso.

Fiquei um tanto surpreso. Pensei um pouco e depois acrescentei:

– É realmente estranho...

Poirot assentiu.

– Desde o início, o comportamento dele tem sido estranho. De todas as pessoas da casa, ele seria provavelmente o único capaz de reconhecer os sintomas de envenenamento por estricnina. No entanto, ele foi o único a defender de maneira obstinada a teoria da morte por causas naturais. Se tivesse sido Monsieur John, eu poderia compreender. Ele não possui conhecimentos técnicos, e é pouco imaginativo por natureza. Mas não é o caso de Monsieur Lawrence. E agora, hoje, ele apresenta uma sugestão que já devia saber de antemão que era ridícula. Tudo isso dá o que pensar, *mon ami*!

– Tem razão, Poirot. Está tudo realmente muito confuso.

– E há também o caso da Sra. Cavendish. É outra que não está dizendo tudo o que sabe. O que acha da atitude dela?

– Não sei o que pensar. Parece inconcebível que ela esteja tentando proteger Alfred Inglethorp. Contudo, é o que parece estar acontecendo.

Poirot assentiu, pensativo.

– É realmente muito estranho, meu amigo. Mas uma coisa é certa: ela ouviu muito mais daquela "conversa particular" do que quis admitir.

– Apesar disso, ela seria a última pessoa que alguém imaginaria escutando as conversas dos outros.

– Exatamente. O depoimento dela serviu para provar-me pelo menos uma coisa: eu tinha cometido um erro. Dorcas estava certa. A discussão de fato ocorreu por volta das 16 horas, como ela havia dito.

Fitei-o, curioso. Não havia entendido em nenhum momento a insistência dele nesse ponto.

– Muitas coisas estranhas foram expostas hoje, meu amigo. Veja, por exemplo, o caso do Dr. Bauerstein. O que ele estava fazendo perto de Styles àquela hora da manhã? É surpreendente que ninguém tenha comentado esse fato.

– Ele deve sofrer de insônia.

– O que é uma explicação muito boa ou muito ruim. Em outras palavras, justifica tudo, mas não explica nada. Ficarei de olho no nosso astuto Dr. Bauerstein.

– Não encontrou mais nenhuma falha nos depoimentos?

Fiz a pergunta em tom sarcástico e Poirot me respondeu em tom sério:

– *Mon ami*, quando se descobre que as pessoas não estão dizendo a verdade, é preciso tomar todo o cuidado possível. No inquérito de hoje, se não estou muito enganado, apenas uma pessoa... ou melhor, duas, estavam falando a verdade, sem reservas nem subterfúgios.

– Essa não, Poirot! Não vamos falar em Lawrence nem na Sra. Cavendish. Mas há John... e a Srta. Howard! Eles estavam contando toda a verdade, não é mesmo?

– Os dois, meu amigo? Um deles, eu ainda poderia admitir, mas os dois... jamais!

As palavras de Poirot foram um choque desagradável para mim. O depoimento da Srta. Howard, por menos importante que pudesse ser, fora prestado de maneira franca e objetiva. Jamais me ocorrera duvidar da sinceridade dela. Não obstante, eu continuava a ter um grande respeito pela sagacidade de Poirot. Isto é, exceto nas ocasiões em que ele se comportava, na minha opinião, como "um tolo cabeçudo".

– Está realmente convencido disso, Poirot? A Srta. Howard sempre me pareceu bastante sincera... a tal ponto que chega a ser constrangedor.

Poirot lançou-me um olhar curioso, que não consegui decifrar. Deu-me a impressão de que ia dizer algo, mas mudou de ideia.

– Mais uma coisa, Poirot: acho que também não há nada de falso na Srta. Murdoch.

– É o que parece. Mas acho estranho que ela não tenha ouvido qualquer barulho, dormindo no quarto ao lado, enquanto a Sra. Cavendish, na outra ala da casa, ouviu nitidamente a mesa cair.

– Ora, ela é jovem e tem um sono profundo!

– Hum, hum... Ela deve ser uma dessas famosas dorminhocas!

O tom de voz de Poirot não me agradou. Mas antes que alguém pudesse dizer qualquer coisa, ouvimos uma batida vigorosa à porta da rua. Olhamos pela janela e avistamos os dois detetives à nossa espera.

Poirot pegou o chapéu, deu uma torcida vigorosa no bigode e, espanando cuidadosamente uma poeira imaginária na manga, fez sinal para que eu descesse na frente. Juntamo-nos aos dois detetives e partimos para Styles.

Creio que o aparecimento dos dois detetives da Scotland Yard tenha sido um choque, especialmente para John. É claro que, depois do veredicto, ele devia ter imaginado que seria apenas uma questão de tempo até que uma investigação policial tivesse início. Mesmo assim, a presença dos detetives, mais do que qualquer outra coisa, obrigava-o a encarar tal realidade.

No caminho, Poirot foi conversando em voz baixa com Japp. Quando chegamos a Styles, Japp pediu que todos os moradores da casa, à exceção dos criados, se reunissem na sala de visitas. Logo pude perceber o significado disso. Era a oportunidade para Poirot cumprir o que prometera.

Eu não me sentia particularmente muito otimista. Poirot podia ter excelentes motivos para acreditar na inocência de Alfred Inglethorp, mas um homem como Summerhaye iria querer provas tangíveis, e eu duvidava que Poirot pudesse apresentá-las.

Não foi preciso muito tempo para que estivéssemos todos reunidos na sala de estar. Japp fechou a porta. Polidamente, Poirot indicou os lugares em que cada um deveria sentar-se. Os homens da Scotland Yard atraíam as atenções de todos. Tenho a impressão de que, pela primeira vez, todos descobríamos que a tragédia não era apenas um pesadelo, mas uma realidade tangível e terrível. Todos havíamos lido a respeito de tais coisas, mas agora éramos os protagonistas. No dia seguinte, os jornais de toda a Inglaterra divulgariam o acontecimento em suas manchetes:

## Tragédia misteriosa em Essex
## Senhora rica envenenada

Haveria fotografias de Styles e da família se retirando após o inquérito. O fotógrafo da aldeia não descansara um momento sequer. Era um acontecimento como aqueles que costumamos ler dezenas de vezes nos jornais... coisas que acontecem com os outros, jamais conosco. E agora, naquela casa, um homicídio havia sido cometido. À nossa frente, estavam "os detetives responsáveis pelo caso". Tudo isso me passou pela cabeça, no breve intervalo antes que Poirot começasse a falar. Creio que todos ficaram um pouco surpresos pelo fato de ter sido ele e não um dos homens da Scotland Yard quem assumiu o comando da reunião. Fazendo uma reverência, como se fosse uma celebridade prestes a dar início a uma conferência, Poirot pôs-se a falar:

– *Mesdames et messieurs,* pedi-lhes que se reunissem aqui tendo em vista um determinado objetivo. E tal objetivo diz respeito diretamente ao Sr. Alfred Inglethorp.

Inglethorp estava sentado a um lado, um pouco isolado. Creio que, de forma inconsciente, todos os demais haviam afastado suas cadeiras dele. Ele estremeceu ligeiramente quando Poirot pronunciou seu nome.

– Sr. Inglethorp, há uma sombra sinistra pairando sobre esta casa... a sombra de um homicídio.

Ao ouvir essas palavras de Poirot, Inglethorp sacudiu a cabeça, com uma expressão triste, murmurando:

– Minha pobre esposa! Minha pobre Emily! É terrível!

– Não creio que já tenha compreendido o quão terrível isto pode ser... para o senhor.

Como Inglethorp parecesse não entender o que dissera, Poirot acrescentou:

– Sr. Inglethorp, está numa situação muito difícil e perigosa.

Os dois detetives remexeram-se nas cadeiras, inquietos. Pude imaginar o aviso oficial sendo pronunciado pelos lábios de Summerhaye: "Tudo o que disser poderá ser usado como prova contra você." Mas ele ficou calado e Poirot continuou:

— Está compreendendo agora, senhor?
— Não. O que está querendo insinuar?
— Simplesmente que é suspeito de ter envenenado sua esposa.

Todos deixaram escapar uma exclamação de espanto diante da declaração objetiva de Poirot.

— Santo Deus! – gritou Inglethorp, estremecendo. – Mas que ideia monstruosa! *Eu*... envenenar minha querida Emily?

— Tenho a impressão de que não compreendeu a natureza desfavorável dos depoimentos no inquérito – disse Poirot, observando-o atentamente. – Sr. Inglethorp, depois do que acabei de dizer-lhe, ainda se recusa a informar onde estava às 18 horas de segunda-feira?

Soltando um gemido, Alfred Inglethorp afundou na cadeira, escondendo o rosto entre as mãos. Depois, lentamente, com visível determinação, sacudiu a cabeça. Poirot aproximou-se dele e gritou, ameaçadoramente:

— Fale!

Com tremendo esforço, Inglethorp levantou o rosto e sacudiu novamente a cabeça.

— Não vai falar?
— Não. Não acredito que alguém possa ser tão monstruoso a ponto de acusar-me de tal coisa.

Poirot assentiu, pensativo, como um homem que acabara de tomar uma decisão.

— *Soit!* Sendo assim, falarei em seu lugar.

Alfred Inglethorp levantou-se abruptamente.

— Como pode falar? Não sabe...

Ele interrompeu a frase no meio. Poirot virou-se para nós.

— *Mesdames et messieurs*, eu falarei! Prestem atenção! Eu, Hercule Poirot, afirmo que o homem que entrou na farmácia e comprou estricnina, às 18 horas de segunda-feira, não era o Sr. Inglethorp. Às 18 horas desse dia, o Sr. Inglethorp estava acompanhando a Sra. Raikes de volta à casa dela, vindos de uma fazenda vizinha. Posso apresentar pelo menos cinco testemunhas que viram os dois juntos, às 18 horas ou pouco depois. E como todos sabem, Abbey Farm, onde mora a Sra. Raikes, fica a pelo menos seis quilômetros de distância da aldeia. Assim, não pode haver a menor dúvida quanto ao álibi do Sr. Inglethorp.

# 8
## Novas suspeitas

Houve um momento de silêncio aturdido. Japp, que parecia estar menos surpreso que todos nós, foi o primeiro a falar:

– Maravilhoso, Monsieur Poirot! E essas testemunhas merecem confiança?

– *Voilà*! Preparei uma relação com os nomes e endereços. É claro que terá de procurá-las. Mas irá descobrir que merecem toda confiança.

– Não tenho a menor dúvida quanto a isso. Fico-lhe profundamente grato, Monsieur Poirot. Teria sido um erro lamentável se tivéssemos efetuado a prisão.

Japp virou-se para Inglethorp e acrescentou:

– Com licença, senhor, mas poderia explicar-me por que não contou isso durante o inquérito?

Foi Poirot quem respondeu:

– Eu posso explicar, inspetor. Havia um certo rumor...

– Extremamente maldoso e inverídico – interrompeu Alfred Inglethorp, bastante nervoso.

– E o Sr. Inglethorp não queria que nenhum escândalo fosse reavivado neste momento. Não foi isso?

– Foi, sim – confirmou Inglethorp. – Minha pobre Emily ainda nem havia sido sepultada, e era perfeitamente compreensível que eu não desejasse que se levantassem novamente rumores mentirosos.

– Aqui entre nós, senhor, eu teria preferido quaisquer rumores a ser preso sob a acusação de homicídio – comentou Japp. – E me arrisco a dizer que sua pobre esposa teria pensado a mesma coisa. Pode estar certo de que, se não fosse por Monsieur Poirot, teria sido preso.

– Fui um tolo, não resta dúvida – murmurou Inglethorp. – Mas não faz ideia, inspetor, de como fui perseguido e caluniado.

Ele lançou um olhar terrível para Evelyn Howard. Japp virou-se para John e disse:

– Agora, senhor, se não se incomoda, eu gostaria de examinar o quarto da Sra. Inglethorp. Depois, quero conversar com os criados. Mas não precisa se incomodar, o Sr. Poirot me mostrará o caminho.

No momento em que eles saíam da sala, Poirot fez-me um sinal para que os seguisse. Depois de subirmos, ele pegou-me pelo braço e levou-me para um lugar à parte.

– Vá depressa até a outra ala e fique lá, deste lado da porta de vaivém. E não saia do lugar até eu chegar!

Virando-se imediatamente, Poirot foi juntar-se aos outros dois detetives. Segui suas instruções, postando-me no lugar indicado, sem compreender por que Poirot me fizera tal pedido. Por que eu devia ficar de guarda naquele ponto específico? Pensativo, olhei para o corredor à minha frente. Ocorreu-me uma ideia. Com exceção do quarto de Cynthia Murdoch, os quartos de todos os outros ficavam na ala esquerda. Será que o pedido de Poirot tinha alguma relação com isso? Eu deveria informá-lo de todas as pessoas que aparecessem naquele lado? Permaneci fiel ao meu posto. Os minutos foram se passando. Ninguém apareceu. Nada aconteceu.

Pelo menos vinte minutos se passaram antes que Poirot aparecesse.

– Não saiu do lugar?

– Não. Fiquei pregado aqui. E nada aconteceu.

– Ah...

Poirot fez uma pausa. Estaria satisfeito ou desapontado?

– Não viu absolutamente nada?

– Não.

– Mas provavelmente ouviu alguma coisa, hein, *mon ami*?

– Não ouvi nada.

– Mas será possível? Ah, meu amigo, não sabe como estou irritado comigo mesmo! Em geral, não sou tão desajeitado, mas fiz um pequeno gesto...

Poirot fez uma pausa, imitando o gesto. – O que não teria sido necessário, pois eu já conhecia os gestos dele.

– ...e derrubei a mesa ao lado da cama!

Ele parecia tão aflito e desolado que me apressei em consolá-lo.

– Não se atormente, companheiro. Que importância tem isso? Seu triunfo lá embaixo deixou-me entusiasmado. Foi de fato uma surpresa para todos nós. Deve haver algo de verdadeiro nos rumores a respeito de Inglethorp e da Sra. Raikes. Caso contrário, ele não teria se calado de maneira tão obstinada. O que pretende fazer agora? Onde estão os detetives da Scotland Yard?

– Desceram para falar com os criados. Mostrei-lhes todas as nossas provas. E confesso que estou desapontado com Japp. Ele não tem nenhum método.

– Ei! – exclamei, ao olhar pela janela. – Lá vem o Dr. Bauerstein. Acho que está certo em relação a esse homem, Poirot. Não gosto dele.

– Mas não se pode negar que é um homem esperto.

– Esperto como o demônio! Devo dizer que senti a maior alegria quando o vi no estado em que estava na terça-feira. Garanto que você nunca assistiu a um espetáculo igual!

Relatei a desventura do médico e acrescentei:

– Ele parecia um verdadeiro espantalho! Estava coberto de lama da cabeça aos pés!

– Quer dizer que o viu nesse estado?

– Exatamente. Ele não queria entrar... foi logo depois do jantar... mas o Sr. Inglethorp insistiu.

– O quê? – gritou Poirot, agarrando-me bruscamente pelos ombros. – O Dr. Bauerstein esteve aqui na noite de terça-feira? E você não me contou isso? Por que não me disse? Por quê? Por quê?

Ele parecia totalmente frenético.

– Ora, meu caro Poirot, não pensei que isso pudesse interessá-lo. Não sabia que tal fato podia ter alguma importância.

– Alguma importância? Mas é da maior importância! O Dr. Bauerstein esteve aqui na noite de terça-feira... a noite do crime! Será que não percebe, Hastings? Isso muda tudo... tudo!

Eu nunca o tinha visto tão transtornado. Largando-me, Poirot mecanicamente endireitou um par de candelabros, ao mesmo tempo em que murmurava para si mesmo:

– É isso mesmo... muda tudo... tudo...

Subitamente, ele pareceu tomar uma decisão.

– *Allons!* Temos que agir neste exato momento. Onde está o Sr. Cavendish?

John estava na sala de fumar. Poirot foi direto a ele:

– Sr. Cavendish, tenho um assunto da maior importância a tratar em Tadminster. Pode emprestar-me seu carro?

– Claro. Vai precisar dele agora?

– Se não se incomoda...

John chamou um criado e determinou que o carro fosse aprontado. Dez minutos depois, estávamos na estrada para Tadminster.

– Pode me dizer agora o que está acontecendo, Poirot? – indaguei, indignado.

– Ora, *mon ami*, pode adivinhar uma boa parte por si mesmo. Já deve ter compreendido que a exclusão do Sr. Inglethorp altera inteiramente a situação. Estamos diante de um problema inteiramente novo. Sabemos agora que há uma pessoa que não comprou o veneno. As pistas fabricadas foram eliminadas. Agora, vamos verificar as pistas verdadeiras. Já apurei que qualquer pessoa da casa – com exceção da Sra. Cavendish, que na ocasião estava jogando tênis com você, poderia ter feito o papel do Sr. Inglethorp na segunda-feira. Outra pista é a declaração dele de que deixou o café na mesa do corredor. Ninguém deu muita importância a esse fato na hora do inquérito, mas agora sua importância é muito diferente. Precisamos descobrir quem levou o café para a Sra. Inglethorp. Ou quem passou pelo corredor enquanto o café estava ali. Pelo seu relato, há apenas duas pessoas que podemos ter certeza de que não chegaram perto do café: a Sra. Cavendish e Mademoiselle Cynthia.

– Tem razão.

Senti um alívio intenso. Mary Cavendish não poderia ser suspeita. Poirot continuou:

– Ao inocentar Alfred Inglethorp, fui obrigado a mostrar meus trunfos antes do momento desejável. Enquanto todos pensassem que eu estava concentrado em Inglethorp, o criminoso ficaria despreocupado. Agora, ele será duplamente cauteloso. Isso mesmo... duplamente cauteloso.

Poirot virou-se abruptamente para mim e indagou:

– Não suspeita de ninguém, Hastings?

Hesitei. Na verdade, uma ideia absurda me passara pela cabeça uma ou duas vezes naquela manhã. Havia rejeitado tal ideia, achando-a absurda demais. Mesmo assim, ela persistira.

– Não se pode sequer chamar isso de suspeita, Poirot. É uma tolice muito grande.

– Não precisa ficar com medo, meu amigo. Pode dizer o que está pensando. Deve sempre prestar atenção a suas intuições.

– Sei que é um absurdo, mas... desconfio que a Srta. Howard não está dizendo tudo o que sabe!

– A Srta. Howard?

– Isso mesmo... sei que vai rir de mim, mas...

– Claro que não vou rir. Por que deveria?

– Não posso deixar de pensar que a deixamos fora da lista de possíveis suspeitos apenas porque ela não estava em Styles na ocasião. Mas, afinal de contas, ela estava a apenas 25 quilômetros de distância. Um carro poderia percorrer essa distância em meia hora. Como podemos dizer, com absoluta certeza, que ela estava longe de Styles na noite do crime?

– Podemos, sim, meu amigo – disse Poirot inesperadamente. – Uma das minhas primeiras providências foi telefonar para o hospital onde ela estava trabalhando.

– E o que descobriu?

– A Srta. Howard estava escalada para o plantão da tarde na terça-feira, quando um comboio de feridos chegou inesperadamente, e ela se ofereceu para continuar a trabalhar no turno da noite. A oferta foi prontamente aceita. Assim, esse problema está resolvido.

Fiquei um tanto desconcertado.

– Para dizer a verdade, creio que foi a veemência dela contra Inglethorp que me deixou desconfiado. Não pude deixar de pensar que ela seria capaz de fazer qualquer coisa para prejudicá-lo. E também tive a impressão de que ela talvez soubesse alguma coisa a respeito da destruição do testamento. Ela poderia ter queimado o novo, pensando que fosse o antigo, a favor dele. Afinal, a Srta. Howard demonstra um ódio profundo por Inglethorp.

– E acha que tal reação é anormal?

– Acho. Ela se mostra violenta demais. Chego a duvidar de que seja realmente sã em relação a Inglethorp.

Poirot sacudiu a cabeça com vigor.

– Está seguindo por um caminho errado, meu amigo. Não há nada de degenerado ou qualquer imbecilidade na Srta. Howard. É um excelente exemplo de uma inglesa equilibrada e resoluta. Pode-se inclusive dizer que é a sanidade em pessoa.

– Contudo, o ódio dela por Inglethorp parece quase maníaco. A ideia que eu tive... ridícula, não resta a menor dúvida... foi de que ela pretendia envenená-lo, mas houve algum engano e a Sra. Inglethorp foi quem acabou sendo envenenada. Mas não tenho a menor ideia de como isso pode ter acontecido. Claro que a hipótese é inteiramente absurda e ridícula.

– Apesar de tudo, você está certo numa coisa, Hastings. Deve-se sempre desconfiar de todos, até se provar, de forma lógica e plenamente satisfatória, que são inocentes. Mas, em sua opinião, por que a Srta. Howard não teria envenenado de maneira deliberada a Sra. Inglethorp?

– Ela era totalmente fiel à Sra. Inglethorp!

Poirot ficou um tanto irritado.

– Está raciocinando como uma criança, meu amigo. Se a Srta. Howard fosse capaz de envenenar a velha senhora, também seria capaz de simular devoção. Mas vamos seguir adiante. Está perfeitamente correto na suposição de que a veemência dela contra Alfred Inglethorp é violenta demais para ser natural. Mas está inteiramente errado na dedução que fez. Tirei as minhas próprias conclusões e acho que são corretas. Mas, no momento, não lhe direi nada.

Ele fez uma pausa de um minuto, antes de acrescentar:

– Na minha opinião, há um argumento incontestável contra a possibilidade da Srta. Howard ser a assassina.

– Qual é?

– A morte da Sra. Inglethorp não iria beneficiar em nada a Srta. Howard. E não há crime sem motivo.

Pensei por um momento.

– A Sra. Inglethorp não poderia ter feito um testamento a favor dela?

Poirot sacudiu a cabeça em negação.

– Mas não sugeriu tal possibilidade ao Sr. Wells?

Poirot sorriu.

– Havia um motivo para isso. Eu não queria mencionar o nome da pessoa em que estava realmente pensando. A Srta. Howard ocupava praticamente a mesma posição e por isso preferi usar o nome dela.

– Ainda assim, a Sra. Inglethorp poderia ter feito isso. Aquele testamento que fez na tarde do dia em que morreu...

Poirot sacudiu a cabeça tão vigorosamente que parei de falar no mesmo instante.

– Isso não aconteceu, meu amigo. Tenho algumas ideias a respeito desse testamento, que prefiro não revelá-las agora. Mas uma coisa posso lhe garantir: não era a favor da Srta. Howard.

Aceitei tal afirmativa, embora não conseguisse entender como ele podia ter tanta certeza. Deixei escapar um suspiro e disse:

– Sendo assim, vamos inocentar a Srta. Howard. Foi em parte por sua culpa que comecei a suspeitar dela. Se não tivesse feito aquele comentário a respeito do depoimento dela no inquérito, eu jamais teria desconfiado dela.

Poirot pareceu ficar perplexo.

– O que eu disse a respeito do depoimento dela?

– Não está lembrando o que falou quando eu disse que ela e John Cavendish estavam acima de qualquer suspeita?

– Ah, sim...

Poirot parecia estar um pouco confuso, mas recuperou-se rapidamente.

– Por falar nisso, Hastings, gostaria que me fizesse um favor.

– Claro. O que é?

– Na primeira oportunidade em que ficar sozinho com Lawrence Cavendish, gostaria que lhe dissesse: "Tenho um recado de Poirot para você. Ele mandou dizer-lhe: encontre a outra xícara de café e poderá descansar em paz." Nada além disso.

– "Encontre a outra xícara de café e poderá descansar em paz." É isso?

Eu estava completamente aturdido.

– Exatamente.

– Mas o que isso significa, Poirot?

– Deixarei que você mesmo descubra. Afinal, teve acesso a todos os fatos. Diga apenas essa frase a ele e espere pela resposta.

– Está bem... mas continuo a achar que é tudo misterioso demais.

Chegamos a Tadminster e Poirot parou o carro diante do laboratório de análises químicas. Poirot entrou depressa e voltou alguns minutos depois.

– Podemos ir. Já resolvi tudo o que precisava.

– O que foi fazer no laboratório?

– Deixei uma amostra para ser analisada.

– Já imaginava. Mas o que era?

– A amostra de chocolate que recolhi no quarto da Sra. Inglethorp.

– Mas o chocolate já tinha sido analisado! O Dr. Bauerstein já o havia analisado e, além disso, você mesmo riu da possibilidade de a estricnina estar no chocolate.

– Sei perfeitamente que o Dr. Bauerstein já tinha analisado o chocolate.

– E por que mandou analisá-lo de novo?

– Porque me deu vontade. Só isso.

Não consegui arrancar mais nenhuma informação de Poirot a esse respeito.

A atitude de Poirot em relação ao chocolate deixou-me surpreso. Parecia inexplicável. Contudo, a minha confiança nele, que em determinado momento estivera bastante reduzida, fora inteiramente restaurada, desde que conseguira comprovar sua crença na inocência de Alfred Inglethorp.

O funeral da Sra. Inglethorp foi realizado no dia seguinte. Na segunda-feira, quando desci para tomar o café da manhã, um pouco tarde, John informou-me de que o Sr. Inglethorp partiria naquela manhã. Ele ficaria alojado no Stylites Arms, até que tudo estivesse resolvido.

– Sinto-me bastante aliviado ao pensar que ele vai embora, Hastings – confessou-me John, com toda franqueza. – Quando pensávamos que ele era o assassino, a atmosfera era bastante desagradável. Mas agora é pior ainda, porque nos sentimos culpados por termos suspeitado dele. A verdade é que o tratamos de maneira abominável. É claro que tudo estava contra ele. Ninguém pode nos culpar pelas conclusões a que chegamos. Mas estávamos enganados e agora sentimos que devemos nos desculpar. O que é muito difícil, pois continuamos a não gostar dele. A situação é bastante constrangedora! Por isso sinto-me satisfeito ao ver que ele teve o tato de perceber que sua presença nesta casa deixava todos constrangidos. Foi ótimo que mamãe não tenha deixado Styles para ele. Seria simplesmente insuportável ter Inglethorp mandando aqui. Que o dinheiro dela lhe faça bom proveito!

– E acha que terá condições de manter Styles, John?

– Claro! Haverá muitas despesas, é verdade, mas receberei metade do dinheiro de papai junto com a propriedade. E Lawrence continuará conosco, pelo menos por enquanto. Assim, poderemos recorrer também à parte dele. Não será muito fácil a princípio, porque ando pessoalmente com problemas financeiros, como já havia lhe dito.

Com o alívio geral pela partida iminente de Inglethorp, fizemos a refeição mais descontraída desde a tragédia. Cynthia, cuja animação juvenil voltava a prevalecer, estava naturalmente exuberante. Todos estávamos animados também, diante da perspectiva de um futuro novo e cheio de esperanças. A única exceção era Lawrence, que continuava taciturno e nervoso.

Os jornais, é claro, haviam noticiado amplamente a tragédia, com manchetes em letras garrafais, pequenas biografias de todas as pessoas da casa, insinuações sutis e as informações habituais de que a polícia tinha esta ou aquela pista. Nada nos foi poupado. Era um momento sem grandes notícias, com a guerra momentaneamente paralisada. Por isso, os jornais aproveitaram avidamente o crime. "O Misterioso Caso de Styles" era o assunto do momento.

Evidentemente, isso era um terrível transtorno para os Cavendish. A casa era a todo momento assediada por repórteres, aos quais a entrada era sistematicamente negada. Mas eles continuavam a circular pela aldeia e a rondar a propriedade, com as máquinas fotográficas prontas para entrar em ação. Vivíamos no inferno da publicidade. Os homens da Scotland Yard entravam e saíam, examinando, interrogando, com olhos atentos e línguas reservadas. Não tínhamos a menor ideia do que estava acontecendo. Será que a polícia tinha alguma pista ou o caso seria incluído na categoria dos crimes sem solução?

Depois do café, Dorcas veio procurar-me, um tanto furtivamente, indagando se poderia ter uma rápida conversa comigo.

– Mas é claro! O que deseja, Dorcas?

– Por acaso vai encontrar-se hoje com aquele cavalheiro belga, senhor?

Assenti.

– Lembra que ele me perguntou se a patroa ou alguma outra pessoa tinha um vestido verde?

– Lembro, sim. Por acaso encontrou algum?

– Não foi bem isso, senhor. Mas lembrei-me do que os jovens senhores – para Dorcas, John e Lawrence seriam sempre os "jovens senhores" – costumavam chamar de arca das fantasias. Está lá no sótão. É uma grande arca, cheia de roupas antigas e coisas assim. Pode ser que haja um vestido verde lá. Gostaria que desse essa informação ao cavalheiro belga.

– Pode deixar que direi isso a ele, Dorcas.

– Muito obrigada, senhor. Ele é um cavalheiro de primeira, muito diferente daqueles dois detetives de Londres, que vivem bisbilhotando por toda parte e fazendo perguntas. De um modo geral, não gosto muito dos estrangeiros. Pelo que dizem os jornais, posso compreender que esses bravos belgas não são como os outros estrangeiros. E aquele seu amigo é um dos cavalheiros mais bem-educados que já conheci!

Ah, a velha Dorcas! Contemplei-a, parada à minha frente, o rosto franco virado em minha direção, e pensei que pertencia à categoria antiquada de criadas exemplares, que está em extinção.

Decidi ir imediatamente até a aldeia, para falar com Poirot. Mas encontrei-o na metade do caminho, seguindo para Styles. Dei-lhe o recado de Dorcas.

– Ah, a admirável Dorcas! Vamos dar uma olhada nessa arca, embora... Não importa, vamos examiná-la de qualquer maneira!

Entramos na casa por uma das portas francesas. Não havia ninguém no corredor, e subimos direto para o sótão.

Deparamos imediatamente com a arca, um móvel antigo, com tachas de latão, transbordando com todos os tipos de trajes que se podia imaginar. Poirot espalhou tudo pelo chão, sem a menor cerimônia. Havia alguns trajes verdes, mas Poirot sacudiu a cabeça ao examiná-los. Ele se mostrava um tanto apático, como se não esperasse obter grandes resultados da busca. De repente, ele soltou uma exclamação de espanto.

– O que foi, Poirot?

– Olhe só!

A arca estava quase vazia. E bem no fundo, à direita, havia uma magnífica barba preta.

– *Ohó!* – exclamou Poirot. – *Ohó!*

Ele revirou a barba entre as mãos, examinando-a atentamente. E comentou:

– É nova...

Depois de um momento de hesitação, guardou a barba na arca e empilhou as roupas por cima, como estavam antes. Descemos rapidamente a escadaria e fomos para a copa, onde Dorcas estava polindo a prataria.

Poirot cumprimentou-a com a típica polidez gaulesa e depois disse:

– Estivemos examinando aquela arca, Dorcas. Agradeço muito por ter-se lembrado. É uma coleção magnífica de trajes. São usados com frequência?

– Não, senhor. Mas de vez em quando ainda temos o que os jovens senhores chamam de "noite de fantasia". E às vezes é realmente muito engraçado, senhor. O Sr. Lawrence é simplesmente maravilhoso. Jamais esquecerei a noite em que ele desceu como o Xá da Pérsia. Acho que foi assim mesmo que ele chamou o traje. Parece que é um rei oriental ou algo parecido. Ele tinha uma grande faca de papelão na mão e me disse: "Tome muito cuidado, Dorcas! Esta é a minha afiada cimitarra! Se me desagradar, pode ficar sem a cabeça!" A Srta. Cynthia estava vestida com um traje que eles chamaram de apache ou algo assim. Parece que é uma espécie de bandido francês. Ela era um espetáculo à parte. Ninguém podia imaginar que uma moça tão bonita fosse ficar tão parecida com um rufião. Ninguém a teria reconhecido.

– Devem ter sido noites muito divertidas – disse Poirot, em tom jovial. – O Sr. Lawrence usou aquela barba preta que está na arca quando se vestiu como o Xá da Pérsia?

– Ele usou realmente uma barba, senhor – respondeu Dorcas, sorrindo. – E eu bem que sei, pois ele me tirou dois novelos de lã preta para fazê-la! A distância, até que parecia natural. Mas eu não sabia que tinha uma barba lá em cima. Eles devem ter arrumado a arca mais tarde. Sei que havia nela uma peruca vermelha, mas não creio que houvesse mais nada em matéria de cabelos. Eles quase sempre usavam cortiça queimada, que depois dava um trabalho tremendo para tirar. A Srta. Cynthia uma vez se fantasiou de negra e depois sofreu um bocado na hora de se limpar.

Ao voltarmos para o corredor, Poirot comentou, pensativo:

– Dorcas nada sabe a respeito de uma barba preta...

– Acha que é a mesma barba que foi usada? – sussurrei, ansiosamente.

Poirot assentiu.

– Acho, sim. Notou que tinha sido aparada?

– Não.

– Foi cortada exatamente como a barba do Sr. Inglethorp. Encontrei inclusive alguns fios cortados. Hastings, este caso é muito mais profundo do que imaginávamos.

– Quem teria posto a barba na arca?

– Alguém muito inteligente. Percebe que ele escolheu justamente o único lugar da casa em que a barba poderia ficar escondida sem que sua presença despertasse muita atenção? É isso mesmo, ele é muito inteligente. Mas temos que ser ainda mais inteligentes. Temos de ser tão inteligentes que ele nem sequer desconfie que estamos sendo inteligentes!

Limitei-me a assentir.

– Poderá ser-me de grande valia nisso, *mon ami*.

Fiquei satisfeito com o elogio. Havia ocasiões em que tinha a impressão de que Poirot não apreciava meu verdadeiro valor. Fitando-me com uma expressão pensativa, ele acrescentou:

— Isso mesmo, poderá ser extremamente valioso...

Senti-me muito orgulhoso. Mas as palavras seguintes de Poirot já não foram tão agradáveis:

— Preciso ter um aliado nesta casa.

— Já tem a mim, Poirot.

— É verdade. Mas você não é suficiente.

Fiquei magoado e não me esforcei em disfarçá-lo. Poirot apressou-se em explicar:

— Receio que não me entendeu muito bem, *mon ami*. Todo mundo sabe que está trabalhando comigo. Preciso de alguém que não esteja ligado a mim.

— Boa ideia. O que me diz de John?

— Não, acho que não serve.

— Tem razão. O pobre John não é lá muito inteligente.

Subitamente, Poirot exclamou:

— Lá vem a Srta. Howard! Ela é a pessoa certa. Infelizmente, não estou nas boas graças dela, desde que inocentei o Sr. Inglethorp. Mesmo assim, podemos tentar.

Com um aceno brusco, que quase podia ser classificado como descortês, a Srta. Howard concordou com o pedido de Poirot depois de alguns minutos de conversa.

Fomos para uma saleta e Poirot fechou a porta. A Srta. Howard foi logo perguntando, em tom impaciente:

— O que deseja, Monsieur Poirot? Por gentileza, seja breve, pois estou muito ocupada.

— Lembra-se, senhorita, que certa ocasião pedi que me ajudasse?

— Lembro, sim. E eu respondi que o ajudaria com prazer... a enforcar Alfred Inglethorp.

— Só quero lhe fazer uma pergunta, Srta. Howard. E peço que me responda com toda sinceridade.

— Não costumo mentir.

– Ainda acredita que a Sra. Inglethorp foi envenenada pelo marido?

– O que está querendo dizer com isso? Não pense que suas lindas explicações me fizeram mudar de ideia. Admito que não foi ele quem comprou estricnina na farmácia. Mas... e daí? Ainda acho que ele pode ter usado veneno de ratos, como lhe disse desde o início.

– Mas o veneno de ratos é arsênico... e não estricnina.

– E que diferença faz isso? Arsênico teria acabado com a pobre Emily da mesma maneira que estricnina. Se estou convencida de que foi ele quem a matou, não me interessa absolutamente saber *como* o fez!

– Exatamente! Se está realmente convencida de que foi ele! Vou formular a pergunta de outra maneira. No fundo, sempre achou que a Sra. Inglethorp foi envenenada pelo marido?

– Santo Deus! Eu não disse desde o início que o homem é um vilão? Não disse sempre que ele ainda iria matar a pobre Emily na cama? Não disse sempre que eu o odiava?

– Exatamente. O que confirma plenamente a minha ideia.

– Que ideia?

– Srta. Howard, ainda se lembra de uma conversa que ocorreu no dia em que meu amigo chegou aqui? Ele a relatou para mim, e há uma frase sua que me impressionou bastante. Lembra-se de ter afirmado que, se um crime fosse cometido e alguém a quem amasse fosse assassinado, tinha certeza de que o instinto lhe diria quem era o criminoso, mesmo que não pudesse prová-lo?

– Claro que me lembro! E continuo a pensar assim. Acha que não passa de uma bobagem, não é mesmo?

– Absolutamente não!

– E continua a não dar importância ao meu instinto contra Alfred Inglethorp?

– Exatamente! E isso porque seu instinto não é contra o Sr. Inglethorp.

– Como?

– Gostaria de acreditar que ele cometeu o crime. Acha que ele é perfeitamente capaz de tê-lo cometido. Mas seu instinto diz que não é ele o culpado. E lhe diz também... Quer que eu continue?

Ela olhava para Poirot com uma expressão fascinada. Fez um ligeiro movimento afirmativo com a mão.

– Devo dizer por que tem se esforçado tanto para ir contra o Sr. Inglethorp? É porque está tentando acreditar naquilo que deseja acreditar. É porque está tentando abafar e sufocar seu instinto, que lhe diz outro nome...

– Não! Não! Não! – gritou a Srta. Howard, angustiada. – Não diga isso! Oh, por favor, não diga isso! Não é verdade! Não pode ser verdade! Não sei por quê... não sei como pôde ter essa ideia tão horrível!

– Estou certo, não é mesmo?

– Está, sim! Deve ser um bruxo para ter adivinhado. Mas não pode ser verdade... é monstruoso demais, é simplesmente impossível! Só pode ter sido Alfred Inglethorp!

Poirot sacudiu a cabeça, muito sério.

– Não me pergunte nada, senhor, porque não vou lhe dizer! Não quero admiti-lo nem para mim mesma! Eu devo estar louca para pensar numa coisa dessas!

Poirot assentiu, como se estivesse satisfeito.

– Não vou lhe perguntar de quem desconfia, senhorita. Para mim, é suficiente verificar que eu estava certo em minha suposição. Mas devo lhe dizer que eu também tenho uma intuição. Estamos trabalhando para alcançar um objetivo comum.

– Não me peça para ajudá-lo, porque não o farei. Não levantarei um dedo para... para...

– Irá me ajudar, mesmo não querendo. Nada lhe peço... mas será minha aliada. Não pode deixar de sê-lo. Fará a única coisa que desejo que faça para mim.

– E o que é?

– Quero que fique vigilante!

Evelyn Howard abaixou a cabeça.

– Tem razão. É algo que não posso deixar de fazer. Estou sempre atenta, vigiando, na esperança de descobrir que estou enganada...

– Se ambos estivermos enganados, será ótimo. Ninguém ficará mais satisfeito do que eu, senhorita. Mas... e se estivermos certos? Neste caso, de que lado ficará?

– Não sei... não sei...
– Vamos, tome uma decisão.
– Pode-se abafar...
– Não haverá a menor possibilidade.
– Mas a própria Emily...

Ela não continuou a falar. Poirot disse em tom bastante sério:
– Srta. Howard, está se comportando de maneira indigna de si mesma.

Subitamente, ela levantou a cabeça e disse, outra vez controlada:
– Tem razão. Não era Evelyn Howard quem estava falando!

Com uma expressão orgulhosa, a Srta. Howard acrescentou:
– *Esta* é Evelyn Howard! E ela está do lado da justiça! Custe o que custar!

E, com essas palavras, saiu da sala. Poirot comentou, pensativo:
– É uma valiosa aliada, Hastings. Aquela mulher tem cérebro e coração também.

Não respondi.

– O instinto é uma coisa maravilhosa, Hastings. Não pode ser explicado nem ignorado.

– Você e a Srta. Howard pareciam saber perfeitamente do que estavam falando – observei, friamente. – Talvez não lhe tenha passado pela cabeça que eu continuo no escuro.

– É mesmo, *mon ami*?

– É sim! Pode fazer a gentileza de esclarecer-me?

Poirot estudou-me com atenção por um momento. Depois, para minha imensa surpresa, sacudiu a cabeça firmemente.

– Não, meu amigo.

– Mas por que não?

– Duas pessoas conhecerem um segredo já é suficiente.

– Acho que está sendo muito injusto ao esconder-me os fatos.

– Não estou lhe escondendo nenhum fato. Sabe de tudo o que sei. Pode tirar as mesmas conclusões. Só precisa colocar a cabeça para funcionar.

– Mesmo assim, eu gostaria que me dissesse tudo.

Poirot tornou a sacudir a cabeça, comentando com tristeza:

– O problema, meu amigo, é que você não tem intuição.
– Um momento atrás, estava dizendo que era uma questão de inteligência.
– A inteligência e a intuição frequentemente andam juntas – disse Poirot, enigmaticamente.

O comentário me pareceu tão irrelevante que nem mesmo me dei ao trabalho de respondê-lo. Mas decidi que, se viesse a fazer quaisquer descobertas interessantes e importantes – como certamente acabaria acontecendo – iria guardá-las para mim e surpreender Poirot com o resultado final.

Há ocasiões em que devemos mostrar do que somos capazes.

## 9
## Dr. Bauerstein

Eu ainda não havia tido uma oportunidade de transmitir o recado de Poirot a Lawrence. Mas ao sair da casa, acalentando ainda um ressentimento contra o comportamento despótico de meu amigo, avistei Lawrence no gramado de críquete, batendo num par de bolas muito antigas, com um malho ainda mais antigo.

Era uma boa oportunidade para transmitir-lhe o recado. Se não o fizesse logo, o próprio Poirot acabaria tendo que encarregar-se disso. É verdade que eu não tinha a menor ideia do objetivo da pergunta. Mas lisonjeei-me pensando que, pela resposta de Lawrence e depois de fazer algumas hábeis perguntas adicionais, poderia perceber seu significado. Assim, fui direto a Lawrence e disse-lhe, faltando com a verdade:

– Estava à sua procura.
– É mesmo?
– É, sim. Tenho um recado para você... de Poirot.
– E qual é o recado?

– Ele me pediu que esperasse até poder ficar a sós com você.

Baixei a voz de maneira significativa, observando Lawrence pelo canto dos olhos. Sempre fui muito bom no que se costuma chamar de criar uma atmosfera.

– Pois então pode falar agora.

Não houve qualquer mudança de expressão no rosto melancólico. Será que Lawrence já imaginava o que eu ia dizer?

– O recado é o seguinte – sussurrei: – Encontre a outra xícara de café e poderá descansar em paz.

– Mas que diabo significa isso? – indagou Lawrence, parecendo genuinamente surpreso.

– Não sabe?

– Não tenho a menor ideia. E você sabe?

Não pude deixar de sacudir a cabeça.

– Que outra xícara de café é essa?

– Não sei.

– É melhor ele perguntar a Dorcas ou a alguma das criadas se estiver querendo saber alguma coisa a respeito de xícaras de café. Elas é que cuidam disso, não eu. Não sei nada a respeito de xícaras de café, a não ser que temos algumas que jamais são usadas. São realmente maravilhosas, de porcelana antiga de Worcester. Por acaso é um *connoisseur*, Hastings?

Sacudi novamente a cabeça.

– Pois não sabe o que está perdendo. É um jogo de porcelana perfeito: manuseá-lo ou tão somente contemplá-lo é uma fonte de raro prazer.

– O que devo dizer a Poirot?

– Diga-lhe que não tenho a menor ideia do que ele está falando. É um enigma para mim.

– Está bem.

Eu já estava me afastando, de volta à casa, quando Lawrence me chamou:

– Ei, qual é o final do recado? Poderia repeti-lo, por gentileza?

– Encontre a outra xícara de café e poderá descansar em paz. Tem certeza de que não sabe o que significa?

Lawrence sacudiu a cabeça e murmurou, pensativo:

– Não, não sei... mas gostaria de saber...

Soou o gongo na casa e entramos juntos. Poirot fora convidado por John a ficar para o almoço e já estava sentado à mesa.

Por consenso tácito, não se fez menção à tragédia durante o almoço. Conversamos sobre a guerra e outros assuntos distantes. Mas depois que o queijo e os biscoitos foram servidos e Dorcas deixou a sala, Poirot inclinou-se subitamente na direção da Sra. Cavendish e disse:

– Perdoe-me por trazer à tona recordações desagradáveis, senhora, mas tive uma pequena ideia – as "pequenas ideias" de Poirot já estavam se tornando proverbiais – e gostaria de fazer-lhe uma pergunta.

– A mim? Está certo, pode fazê-la.

– É muito gentil, senhora. A pergunta que quero fazer é a seguinte: a porta entre o quarto da Sra. Inglethorp e o quarto de Mademoiselle Cynthia estava realmente com o ferrolho passado?

– Claro que estava! – respondeu Mary Cavendish, visivelmente surpresa. – Eu disse isso no inquérito.

– O ferrolho estava mesmo passado?

– Estava, sim.

– Tem certeza de que o ferrolho estava passado ou a porta não estaria apenas trancada à chave?

– Ah, estou entendendo agora... Para dizer a verdade, não sei. Disse que estava aferrolhada querendo indicar que estava trancada e que não consegui abri-la. Mas creio que encontraram todas as portas com o ferrolho passado pelo lado de dentro.

– Mas, pelo que sabe, a porta poderia estar apenas trancada à chave, não é mesmo?

– É isso mesmo.

– Por acaso não reparou, ao entrar no quarto da Sra. Inglethorp, se aquela porta estava com o ferrolho passado?

– Eu... eu acho que estava.

– Mas não pode afirmar com certeza?

– Não. Na verdade, não reparei.

– Mas *eu* reparei – interveio Lawrence, abruptamente. – E a porta estava realmente com o ferrolho passado.

– Então não pode haver dúvida...

Poirot pareceu ficar abatido. Não pude deixar de regozijar-me pelo fato de que, para variar, uma de suas "pequenas ideias" tivesse dado em nada.

Depois do almoço, Poirot pediu-me que o acompanhasse de volta à aldeia. Concordei, um tanto constrangido. Ao atravessarmos o parque, Poirot perguntou-me, ansioso:

– Está aborrecido, não é mesmo?

– De modo algum – respondi, friamente.

– Isso é ótimo. Tira-me um grande peso da consciência.

Não era essa a reação que eu esperava. Queria que Poirot percebesse como eu estava rígido e formal. Mas o fervor das palavras dele teve um efeito apaziguador, e degelei rapidamente.

– Dei o seu recado a Lawrence, Poirot.

– E o que ele disse? Ficou muito espantado?

– Ficou, sim. Tenho certeza de que não tinha a menor ideia do que podia significar.

Eu esperava que Poirot se mostrasse desapontado. Mas, para minha surpresa, ele declarou que já imaginava tal reação e sentia-se contente. O orgulho impediu-me de fazer qualquer pergunta. Poirot mudou de assunto.

– Mademoiselle Cynthia não almoçou conosco hoje. Sabe o que aconteceu?

– Ela está no hospital. Recomeçou a trabalhar hoje.

– É uma *demoiselle* muito ativa. E bonita também. Parece com as gravuras que vi na Itália. Eu gostaria de conhecer o laboratório em que ela trabalha. Acha que ela me deixaria visitá-lo?

– Claro!

– Ela trabalha lá todos os dias?

– Tem folga às quartas-feiras e volta para casa, aos sábados, na hora do almoço. Nos demais dias, trabalha em horário integral.

– É bom saber disso. As mulheres estão fazendo um grande trabalho nestes dias difíceis. E Mademoiselle Cynthia é muito inteligente... uma moça que sabe usar o cérebro.

– Tem toda razão, Poirot. Ela deve ter passado em um exame rigoroso para poder trabalhar no laboratório.

– O que é muito necessário. Afinal, trata-se de um trabalho da maior responsabilidade. Não existem muitos venenos no laboratório onde ela trabalha?

– Claro que existem. E ela nos mostrou os venenos, que ficam trancados em um pequeno armário. Elas sempre tomam todo cuidado. Jamais deixam de levar a chave desse armário quando saem da sala.

– É uma precaução necessária. O armário fica perto da janela?

– Não. Fica do outro lado da sala. Mas por que pergunta?

Poirot deu de ombros.

– Eu apenas queria saber, nada mais. Vai subir?

Tínhamos chegado ao Leastways Cottage.

– Não, obrigado. Acho que vou voltar para Styles. E irei pelo caminho mais longo, dando a volta pelo bosque.

O bosque ao redor de Styles era muito bonito. Depois da caminhada pelo parque descampado, era muito agradável passear despreocupadamente à sombra das árvores. Quase não soprava nenhuma brisa, o canto dos passarinhos era fraco, abafado. Andei a esmo por algum tempo e acabei me sentando ao pé de uma faia grande e muito antiga. Meus pensamentos em relação à humanidade eram generosos e caridosos. Perdoei até mesmo a Poirot por se mostrar tão absurdamente misterioso. Estava em paz com o mundo. E bocejei.

Pensei no crime e tive a sensação de que era algo irreal e distante.

Bocejei mais uma vez.

Provavelmente, pensei, não acontecera de fato. Tudo não passava de um pesadelo. A verdade é que fora Lawrence quem assassinara Alfred Inglethorp com um malho de críquete. Mas era absurdo que John fizesse tamanho protesto e gritasse:

– Não vou admitir isso!

Despertei sobressaltado.

E descobri no mesmo instante que estava em uma situação extremamente constrangedora. A uns quatro ou cinco metros do lugar em que eu me encontrava, John e Mary Cavendish estavam se encarando, obviamente discutindo. E também era óbvio que desconheciam a minha presença, pois antes que eu pudesse me mexer, John repetiu as palavras que me haviam acordado:

— Estou lhe avisando, Mary! Não vou admitir isso!

Mary respondeu com frieza:

— Acha que tem algum direito de criticar meus atos?

— A aldeia inteira vai comentar! Mamãe foi enterrada no sábado e você está passeando por toda parte com aquele sujeito!

— Você se importa apenas com o que as pessoas possam dizer...

Mary deu de ombros.

— Não é isso! Já estou cansado de ver aquele sujeito rondar Styles! E ainda por cima ele é um judeu polonês!

— Um vestígio de sangue judeu não faz mal nenhum. Serve para temperar a estupidez inflexível do inglês comum.

Ela tinha fogo nos olhos e gelo na voz. Não me admirei que John ficasse com o rosto ruborizado.

— Mary!

— O que é?

O tom dela não se alterou. A súplica desapareceu da voz de John.

— Devo entender que continuará a se encontrar com Bauerstein apesar da minha proibição expressa?

— Se eu assim decidir...

— Está me desafiando?

— Não. Mas nego-lhe qualquer direito de criticar meus atos. Será que *você* não tem amigos que eu também desaprovo?

John recuou um passo. O rubor foi sumindo lentamente de seu rosto.

— O que está querendo dizer com isso? — indagou ele, a voz não muito firme.

— Sabe perfeitamente, John. E sabe também que não tem o menor direito de criticar a minha escolha de amigos, não é mesmo?

John fitou-a com uma expressão suplicante, visivelmente angustiado.

— Não tenho o direito? Acha mesmo que não tenho nenhum direito, Mary?

Com a voz trêmula, John estendeu a mão na direção dela e balbuciou:

– Mary...

Por um momento, tive a impressão de que Mary iria ceder. A expressão dela se atenuou um pouco. Mas no instante seguinte, abruptamente, voltou a ser como antes.

– Nenhum!

Ela começou a se afastar. John foi atrás e segurou-lhe o braço.

– Mary... está apaixonada por Bauerstein?

Ela hesitou por um instante. E subitamente, estampou-se em seu rosto uma expressão tão antiga quanto as colinas arredondadas pelos ventos ao longo dos milênios, mas que possuía também algo de eterna juventude. Uma esfinge egípcia poderia ter sorrido daquela maneira.

Mary desvencilhou-se de John, virou a cabeça para trás e murmurou:

– Talvez...

E ela se afastou depressa, enquanto John ficou parado onde estava, completamente imóvel, como se tivesse sido transformado em uma estátua de pedra.

Resolvi adiantar-me, de forma ostensiva, pisando deliberadamente em alguns gravetos secos. John virou-se. Felizmente, ele pensou que eu tinha acabado de me aproximar naquele momento.

– Olá, Hastings. Levou seu pequeno amigo em segurança até a aldeia? Mas que sujeitinho esquisito! Ele é realmente bom?

– Era considerado um dos melhores detetives de sua época na Europa.

– Então ele deve ser bom mesmo... Mas que mundo horrível!

– Acha mesmo?

– Mas é claro! Como se não bastasse a tragédia, agora os homens da Scotland Yard vivem entrando e saindo da casa a todo instante. Nunca sabemos o que eles irão fazer em seguida. E as manchetes em todos os jornais do país? Malditos jornalistas! Esta manhã havia uma pequena multidão no portão de Styles. Parece até que somos uma espécie de câmara de horrores de Madame Tussaud que eles podem ver de graça. Não acha tudo isso horrível?

– Anime-se, John. Isso não vai durar para sempre.

– Será que não? Mas pode durar tempo bastante para que nunca mais possamos levantar a cabeça!

– Acho que está sendo mórbido demais, John.

– Mas o que está acontecendo é suficiente para deixar qualquer um mórbido. Pensa que é agradável ser assediado por jornalistas abomináveis e ser visto como um monstro por idiotas boquiabertos onde quer que se vá? E isso ainda não é o pior!

– Como assim?

John baixou a voz:

– Por acaso já pensou, Hastings... e isso é um pesadelo para mim... em quem é o culpado? Não posso deixar de pensar de vez em quando que só pode ter sido um acidente. Porque, se não foi, quem poderia ser o culpado? Agora que Inglethorp está excluído, quem mais poderia ser o culpado? Ninguém... a não ser um de nós.

John estava certo. Era um pesadelo terrível para qualquer homem. Um de nós? Não podia deixar de ser, a menos que...

Uma nova ideia ocorreu-me. Examinei-a rapidamente. Os fatos começaram a se tornar mais claros. Os atos de Poirot, suas insinuações... tudo se ajustava. Eu era um tolo por não ter pensado antes em tal possibilidade, que representava um alívio para todos nós.

– Não, John, não foi nenhum de nós. Como poderia ter sido?

– Quem mais poderia ser?

– Será que não pode adivinhar?

– Não.

Olhei cautelosamente ao redor e sussurrei:

– O Dr. Bauerstein!

– Mas isso é impossível!

– Muito pelo contrário.

– Mas que interesse ele teria na morte de mamãe?

– Isso eu ainda não sei. Mas uma coisa posso lhe garantir: Poirot suspeita dele.

– É mesmo? E como sabe disso?

Relatei o intenso excitamento de Poirot ao saber que o Dr. Bauerstein estivera em Styles na noite fatídica e acrescentei:

– E ele chegou a dizer duas vezes que isso muda tudo. Desde então, comecei a pensar numa porção de coisas. Sabe que Inglethorp declarou que deixara o café no corredor? Foi justamente na hora em que Bauerstein apareceu. Não é perfeitamente possível que, quando Inglethorp o levou para dentro da casa, Bauerstein tenha jogado alguma coisa no café, ao passar pelo corredor?

– Teria sido muito arriscado, Hastings.

– Mas possível.

– E como ele poderia saber que era o café de mamãe? Não, meu caro, acho que essa hipótese é improvável.

Nesse momento, lembrei-me de outro fato.

– Tem toda razão. Não foi assim que o veneno foi ministrado. Vou lhe revelar um segredo.

E contei que Poirot levara uma amostra do chocolate a Tadminster para análise.

– Mas Bauerstein já não tinha analisado o chocolate?

– É justamente esse o problema. Eu não o havia percebido até agora. Não está compreendendo? Se Bauerstein for o assassino, pode facilmente ter trocado a amostra de chocolate antes de mandar analisá-la. Então não se encontraria qualquer vestígio de estricnina nela! Ninguém jamais pensaria em suspeitar de Bauerstein ou em recolher outra amostra do chocolate!

Fiz uma breve pausa e acrescentei, em um reconhecimento um tanto tardio:

– Isto é, ninguém a não ser Poirot!

– E como explica o gosto amargo da estricnina que o chocolate não consegue disfarçar?

– Ora, temos apenas a palavra dele quanto a isso. E há outras possibilidades. Não podemos esquecer que Bauerstein é um dos maiores toxicólogos do mundo e...

– Um dos maiores o quê?

– Ele conhece mais a respeito de venenos que qualquer outra pessoa. Talvez tenha encontrado uma maneira de fazer com que a estricnina se tornasse insípida. Ou talvez não tenha usado estricnina e sim alguma droga desconhecida, que produz os mesmos sintomas.

– É possível. Mas como ele teria chegado ao chocolate, se não subiu ao segundo andar?

— Tem razão – admiti, relutante.

Nesse momento ocorreu-me uma ideia terrível. Rezei para que John não pensasse na mesma coisa. Fitei-o de esguelha. Ele estava franzindo o rosto, perplexo. Deixei escapar um suspiro de alívio, pois a ideia que me ocorrera era de que o Dr. Bauerstein poderia ter usado uma cúmplice.

Mas isso era inteiramente impossível! Nenhuma mulher tão bonita quanto Mary Cavendish poderia ser uma assassina. Mas a história falava em mulheres lindas que haviam envenenado...

Lembrei-me daquela primeira conversa na hora do chá, no dia da minha chegada a Styles, no brilho nos olhos de Mary Cavendish ao dizer que o veneno era uma arma feminina. E como ela estava nervosa naquela fatídica noite de terça-feira! Será que a Sra. Inglethorp descobrira alguma coisa entre ela e Bauerstein e ameaçara contar tudo a John? O crime teria sido cometido para impedir uma denúncia?

Recordei-me em seguida da conversa enigmática entre Poirot e Evelyn Howard. Será que era essa a possibilidade monstruosa em que Evelyn Howard se recusava a acreditar?

Só podia ser isso. Tudo se ajustava.

Não era de admirar que a Srta. Howard tivesse sugerido que era melhor "abafar" o caso. Agora eu podia compreender a frase que ela deixara inacabada:

— A própria Emily...

Não pude deixar de concordar. A própria Sra. Inglethorp não teria preferido renunciar à vingança, para evitar que tamanha desonra se abatesse sobre Cavendish?

Subitamente, o surpreendente tom de sua voz fez-me sentir culpado:

— Há um outro fato, Hastings, algo que me faz duvidar da possibilidade do que acabou de dizer.

— E o que é? – indaguei, agradecido pelo fato de John não estar mais pensando na maneira como o veneno fora acrescentado ao chocolate.

— O fato de Bauerstein ter insistido na autópsia. Não precisaria fazê-lo. Wilkins teria se contentado em diagnosticar um ataque cardíaco.

– É possível. Mas não podemos ter certeza. Talvez Bauerstein tenha pensado que, a longo prazo, isso seria mais seguro. Alguém poderia levantar uma suspeita mais tarde e as autoridades determinariam a exumação. Descobrir-se-ia a presença do veneno e ele ficaria numa posição difícil, pois ninguém acreditaria que um homem como ele pudesse ter-se enganado tão facilmente, pensando que fosse um ataque cardíaco.

– Tem razão, Hastings. Mas continuo incapaz de imaginar um motivo qualquer para que Bauerstein matasse mamãe.

Estremeci.

– Talvez eu esteja inteiramente errado, John. Seja como for, gostaria de lembrar-lhe que tudo o que falei é estritamente confidencial.

– Claro! Nem precisava ter dito isso!

Havíamos andado na direção da casa enquanto falávamos, e agora estávamos quase chegando ao portão que levava ao jardim. Ouvimos vozes, pois o chá da tarde havia sido servido à sombra do sicômoro, como no dia da minha chegada.

Cynthia já havia voltado do hospital e puxei minha cadeira para perto dela, informando-a do desejo de Poirot de visitar seu local de trabalho.

– Mas é claro! O prazer será todo meu. Ele pode ir tomar chá conosco lá no hospital. Vamos combinar. Ele é um homenzinho tão simpático! Mas é um tanto esquisito. Outro dia fez-me tirar o broche da gravata e arrumar tudo de novo, só porque achou que estava torto.

Soltei uma risada.

– Poirot tem essa mania.

– Ele tem muitas manias, não é mesmo?

Ficamos em silêncio por algum tempo. Depois, olhando na direção de Mary Cavendish, Cynthia sussurrou:

– Sr. Hastings...

– Pois não?

– Depois do chá, eu gostaria de falar-lhe em particular.

O olhar dela para Mary deu-me o que pensar. Imaginei que havia muito pouca simpatia entre as duas. Pela primeira vez, pensei no futuro de Cynthia. A Sra. Inglethorp não lhe deixara coisa alguma no testamento. Mas provavelmente John e Mary insistiriam para que ela continuasse em Styles... pelo menos até o fim da guerra. Eu sabia que John gostava muito dela e não iria permitir sua partida.

John, que havia entrado na casa, voltou nesse momento. Seu rosto normalmente afável tinha agora uma surpreendente expressão de raiva.

– Malditos detetives! Não consigo entender o que eles estão procurando! Estiveram em todos os aposentos da casa, revirando tudo! Isso já é demais! Acho que eles se aproveitaram do fato de todos nós estarmos fora! Vou ter uma conversa muito séria com aquele tal de Japp na próxima vez em que o encontrar!

– Existem muitos bisbilhoteiros por aqui... – resmungou a Srta. Howard.

Lawrence opinou que eles deviam estar apenas querendo mostrar serviço.

Mary Cavendish não fez qualquer comentário.

Depois do chá, convidei Cynthia a dar um passeio e nos embrenhamos pelo bosque.

– O que queria me contar? – indaguei, assim que ficamos longe de olhos e ouvidos curiosos.

Com um suspiro, Cynthia sentou-se à sombra de uma árvore e tirou o chapéu. Os ramos de sol que penetravam pelas copas das árvores transformavam os cabelos castanho-avermelhados dela num ouro faiscante.

– Sr. Hastings... é um homem sempre delicado e sabe tanta coisa...

Percebi naquele momento que Cynthia era uma moça realmente encantadora. Muito mais do que Mary, que jamais dizia coisas assim.

– E...? – estimulei-a, vendo que hesitava.

– Queria pedir o seu conselho. O que devo fazer?

– Como assim?

– Tia Emily sempre disse que me deixaria garantida em seu testamento. Ela deve ter se esquecido, ou então não pensava que iria morrer tão cedo... Seja como for, o fato é que não fui contemplada no testamento. Acha que devo deixar Styles imediatamente?

– Mas é claro que não! Tenho certeza de que ninguém aqui deseja a sua partida.

Cynthia hesitou por um momento, arrancando um punhado de relva com a mãozinha delicada.

– A Sra. Cavendish me odeia...

– Odeia você? – balbuciei, atônito.

Cynthia assentiu.

– Isso mesmo. Não sei a razão, mas o fato é que ela não me suporta. E *ele* também não.

– Pelo menos nisso sei que está errada. Pelo contrário, John gosta muito de você.

– John realmente gosta de mim... mas eu estava falando de Lawrence. Não que eu me importe se Lawrence me odeia ou não. Mas não é nada agradável viver numa casa onde ninguém gosta da gente, não é mesmo?

– Mas eles gostam de você, minha cara Cynthia! Tenho certeza de que está enganada. John gosta de você... e tem também a Srta. Howard...

Cynthia assentiu, com uma expressão um tanto sombria.

– Tem razão, acho que John gosta de mim. E Evie também, apesar de toda a sua rudeza. Ela não seria capaz de fazer mal a uma mosca. Mas Lawrence jamais fala comigo se puder evitar, e Mary nem mesmo me trata com muita delicadeza. Ela quer que Evie continue em Styles, está até lhe suplicando que não vá embora. Mas não me quer e... e... Oh, não sei o que fazer!

Subitamente, a pobre moça desatou a chorar.

Não sei o que deu em mim. Talvez tenha sido a beleza dela, sentada ali, o sol formando uma auréola dourada em torno de sua cabeça. Talvez tenha sido o alívio de encontrar alguém que evidentemente não tinha qualquer relação direta com a tragédia. Talvez tenha sido uma compaixão sincera por sua juventude e solidão. Seja como for, inclinei-me e peguei a mãozinha dela, dizendo-lhe um tanto constrangido:

– Case comigo, Cynthia.

Inconscientemente, eu havia encontrado um remédio eficaz para as lágrimas dela. De repente, Cynthia ficou rígida, retirou a mão e disse em tom um tanto áspero:

– Não seja tolo!

Fiquei um pouco aborrecido.

– Não estou sendo tolo, mas apenas lhe pedindo que aceite ser minha esposa.

Para minha surpresa, Cynthia desatou a rir e me chamou de "doido querido".

– É maravilhoso da sua parte, mas sei perfeitamente que não está falando sério!

– Claro que estou, Cynthia! Eu...

– Sei que não quer realmente casar comigo... e eu também não quero casar com você.

– Se é assim que se sente, então não há mais o que dizer. Mas não vejo motivo para rir. Não há nada de engraçado num pedido de casamento.

– Tem toda razão. Mas deve tomar cuidado, pois na próxima vez alguém pode aceitar. Conseguiu me reanimar, meu caro. Até a vista!

E soltando uma risada final, Cynthia desapareceu entre as árvores.

Comecei a pensar na conversa e cheguei à conclusão de que fora bastante insatisfatória.

Ocorreu-me subitamente a ideia de ir até a aldeia e dar uma olhada em Bauerstein. Alguém precisava ficar de olho nele. Além do mais, seria bom fazer alguma coisa para dissipar as suspeitas que ele podia ter de que alguém desconfiava dele. Lembrei-me de que Poirot sempre confiara em minha diplomacia. Assim, fui até a pequena casa onde Bauerstein estava alojado e que tinha um cartaz com a inscrição "Apartamentos" na janela. Bati à porta.

Uma mulher já idosa veio abri-la.

– Boa tarde. O Dr. Bauerstein está?

Ela me fitou com uma expressão atônita.

– Ainda não sabe?

– Não sabe o quê?

– O que aconteceu?

– E o que foi que aconteceu?

– Ele foi levado daqui.

– Levado? Está querendo dizer que ele morreu?

– Não. Ele foi levado pela polícia.
– Está querendo dizer que ele foi preso?
– Isso mesmo. E...

Não esperei para ouvir mais nada, atravessei a aldeia o mais depressa possível para ir falar com Poirot.

## 10
## A prisão

Fiquei profundamente irritado ao descobrir que Poirot não estava em casa. O velho belga que abriu a porta informou-me de que achava que ele fora a Londres.

Fiquei aturdido. O que Poirot poderia ter ido fazer em Londres? Será que tomara uma decisão súbita ou já estava pensando na viagem quando nos despedíramos, algumas horas antes?

Voltei para Styles. Com Poirot longe, eu não sabia o que fazer. Será que ele previra a prisão? Ou teria mesmo sido, o que era bem provável, a causa dela? Eram perguntas para as quais não podia encontrar respostas. E o que deveria fazer até a volta de Poirot? Deveria anunciar a prisão em Styles? Embora eu me recusasse a admiti-lo, a possível reação de Mary Cavendish me deixava temeroso. Será que ela ficaria terrivelmente chocada? Pelo menos no momento, eu eliminara toda e qualquer suspeita contra ela. Se estivesse envolvida no crime, eu já teria sabido de alguma coisa.

Claro que seria impossível ocultar-lhe permanentemente a prisão do Dr. Bauerstein. Seria anunciada por todos os jornais no dia seguinte. Mesmo assim, eu receava dar a notícia. Se ao menos Poirot estivesse à mão, eu poderia pedir-lhe um conselho. O que dera nele para viajar assim para Londres, de forma inexplicável?

Contra a minha própria vontade, senti que aumentava consideravelmente meu respeito pela sagacidade de Poirot. Jamais me passaria pela cabeça desconfiar de Bauerstein, se Poirot não tivesse me incutido tal ideia. Não havia a menor dúvida de que meu pequeno amigo era realmente muito inteligente.

Depois de refletir um pouco, decidi dar a notícia a John, deixando-o resolver se achava conveniente ou não comunicá-la aos outros.

John deixou escapar um assovio de espanto quando o informei da prisão de Bauerstein.

– Deus do céu! Então você estava certo! E eu não pude acreditar!

– O que é perfeitamente compreensível. A ideia é de fato surpreendente, até que chegamos a nos acostumar com ela e percebemos que tudo se ajusta. Mas o que vamos fazer agora? Não podemos esquecer que amanhã todo mundo saberá da prisão, pois os jornais certamente irão noticiá-la.

John pensou por um momento.

– Mesmo assim, não vamos dizer nada a ninguém agora. Não há necessidade. Como você mesmo disse, todo mundo irá saber amanhã.

Mas na manhã seguinte, ao abrir os jornais, fiquei surpreso por não encontrar nenhuma notícia da prisão. Havia uma coluna de notícias já divulgadas sobre "O Caso de Envenenamento em Styles" e mais nada. Era inexplicável. Mas calculei que, por um motivo qualquer, Japp achara melhor evitar que os jornais divulgassem a notícia. Fiquei um pouco preocupado, pois isso parecia sugerir a ideia de que haveria outras prisões em breve.

Depois do café, decidi ir até a aldeia para verificar se Poirot já tinha voltado. Mas antes que partisse, um rosto bastante familiar apareceu em uma das janelas e a voz também conhecida disse em tom jovial:

– *Bonjour, mon ami!*

– Poirot! – exclamei, aliviado.

Agarrando-o pelas duas mãos, arrastei-o para dentro da sala.

– Nunca me senti tão contente em ver alguém! Escute, não o contei a ninguém, à exceção de John. Fiz bem?

– Confesso que não tenho a menor ideia do que está falando, meu amigo.

– Da prisão do Dr. Bauerstein, é claro! – respondi, impacientemente.

– Quer dizer que Bauerstein foi preso?

– Não sabia?
– Claro que não!

Depois de uma breve pausa, Poirot acrescentou:

– Mas isso não me surpreende. Afinal, estamos a apenas seis quilômetros da costa.

– Da costa? – repeti, atônito – E o que tem isso a ver com a prisão de Bauerstein?

Poirot deu de ombros.

– Eu diria que é óbvio.

– Não para mim. Não há dúvidas de que sou muito obtuso, mas não posso entender qual a relação entre nossa proximidade da costa e o assassinato da Sra. Inglethorp.

– É claro que não há nenhuma relação – respondeu Poirot, sorrindo. – Mas estávamos falando da prisão do Dr. Bauerstein.

– Ora, ele foi preso pelo assassinato da Sra. Inglethorp...

– O quê? – gritou Poirot, aparentemente atônito. – O Dr. Bauerstein foi preso pelo assassinato da Sra. Inglethorp?

– Isso mesmo.

– É impossível! Isso seria uma farsa inadmissível! Quem lhe disse isso, meu amigo?

– Ninguém me disse. Mas eu soube que ele foi preso.

– Isso já era de se esperar. Mas por espionagem, *mon ami*.

– Espionagem?

– Exatamente.

– Não por ter envenenado a Sra. Inglethorp?

– Não... a menos que nosso amigo Japp tenha perdido inteiramente o juízo.

– Mas... mas pensei que você suspeitasse dele!

Poirot lançou-me um olhar que era ao mesmo tempo de espanto e compaixão, deixando transparecer como julgava tal ideia absurda.

Comecei a me adaptar à nova situação, lentamente.

– Está querendo dizer que o Dr. Bauerstein é um espião?

Poirot assentiu.

– Não tinha desconfiado disso, meu amigo?

– Tal possibilidade nunca me passou pela cabeça.

– Não achou muito estranho que um famoso especialista de Londres viesse enterrar-se numa aldeia tão pequena como esta e adquirisse o hábito de passear sozinho em plena madrugada?

– Confesso que jamais parei para pensar nisso.

– O Dr. Bauerstein nasceu na Alemanha, mas está há tanto tempo neste país que todos só pensam nele como um inglês. Ele inclusive se naturalizou, há 15 anos. É um homem muito inteligente... um judeu, é claro.

– Ah, o traidor! – exclamei, indignado.

– Pelo contrário, meu amigo. Ele é um patriota. Pense em tudo que ele sabia que poderia perder por seus atos. Não posso deixar de admirá-lo.

Mas eu não podia encarar a questão pelo mesmo ângulo filosófico de Poirot e comentei, cada vez mais indignado:

– E esse é o homem com quem Mary Cavendish tem passeado por toda a região!

– Exatamente. Imagino que ele deve ter achado a companhia dela extremamente útil. Enquanto se fizessem comentários a respeito de ambos e outras fantasias, as verdadeiras atividades do Dr. Bauerstein poderiam passar despercebidas.

– Está querendo dizer que ele jamais deu qualquer importância à Sra. Cavendish? – indaguei, de forma um tanto ansiosa, talvez até demais, diante das circunstâncias.

– Quanto a isso, nada posso afirmar. Mas gostaria de saber qual a minha opinião, Hastings?

– Claro!

– Creio que a Sra. Cavendish jamais deu qualquer importância ao Dr. Bauerstein.

– Acha mesmo? – insisti, sem conseguir disfarçar minha satisfação.

– Eu diria até que tenho certeza. E posso lhe explicar por quê.

– E por quê?

– Porque ela está apaixonada por outra pessoa, *mon ami*.

– Oh!

O que Poirot estaria querendo dizer? Contra a vontade, senti-me invadido por uma onda de prazer. Não me considero um homem vaidoso em relação às mulheres, mas recordei-me de alguns pequenos indícios, que na ocasião me haviam parecido sem qualquer importância, mas que bem podiam indicar...

Meus pensamentos agradáveis foram interrompidos pela súbita entrada da Srta. Howard. Ela olhou ao redor rapidamente, para certificar-se de que não havia mais ninguém na sala. Depois, entregou um pedaço de papel pardo a Poirot, murmurando algumas palavras enigmáticas:

– Em cima do guarda-roupa.

E saiu da sala, tão apressadamente quanto entrara. Poirot desdobrou o papel, com uma expressão ansiosa. Soltou uma exclamação de satisfação, abrindo o papel sobre a mesa.

– Dê uma olhada aqui, Hastings. Esta inicial é um J ou um L?

Era um pedaço de papel não muito grande, um tanto empoeirado, como se estivesse esquecido em algum canto havia muito tempo. O cabeçalho era o que estava atraindo a atenção de Poirot. Em cima, estava impresso o logotipo de Messrs. Parkson's, os famosos fabricantes de trajes teatrais. Era dirigido a "... (a inicial controvertida) Cavendish, Esq., Styles Court, Styles St. Mary, Essex".

Depois de examinar a letra por um ou dois minutos, apresentei as minhas conclusões:

– Pode ser um T ou um L, mas tenho certeza de que não é um J.

– Ótimo! – exclamou Poirot, tornando a dobrar o papel. – Eu também penso assim. E creio até que podemos ter certeza de que se trata de um L.

– De onde veio esse papel? – indaguei, curioso. – Por acaso é importante?

– Não muito. Mas serve para confirmar uma suposição minha. Tendo deduzido sua existência, pedi à Srta. Howard que o procurasse. E, como pôde constatar, ela foi bem-sucedida.

– O que ela quis dizer com "em cima do guarda-roupa"?

– Apenas que o encontrou no alto de um guarda-roupa.

– Um lugar um tanto estranho para se guardar um papel...

— Nem tanto, meu amigo. O alto de um guarda-roupa é um lugar excelente para se guardar papéis e caixas de papelão. Eu mesmo costumo guardá-los assim. Quando está tudo bem arrumado, não há nada que possa se constituir numa ofensa à vista.

— Já chegou a uma conclusão a respeito do crime, Poirot?

— Já, sim... isto é, acho que sei como foi cometido.

— E como foi?

— Infelizmente, não tenho provas que confirmem minha suposição, a menos que...

Com um vigor súbito, ele agarrou-me pelo braço e quase me arrastou até o vestíbulo. Em seu entusiasmo, pôs-se a gritar em francês:

— *Mademoiselle Dorcas! Mademoiselle Dorcas! Un moment s'il vous plaît!*

Dorcas, visivelmente perturbada pela gritaria, veio correndo da copa.

— Minha boa Dorcas, tive uma ideia... uma pequena ideia... que pode ser uma oportunidade magnífica se for confirmada! Diga-me uma coisa: na segunda-feira, não na terça, minha boa Dorcas, mas na segunda-feira, o dia anterior à tragédia, houve algum problema com a campainha da Sra. Inglethorp?

Dorcas pareceu ficar bastante surpresa.

— Houve, sim, senhor. Agora que falou nisso, estou me lembrando. Só não sei como foi que soube. Um rato ou algum outro bicho roeu o fio e o homem veio consertar a campainha na manhã de terça-feira.

Soltando uma exclamação de puro êxtase, Poirot voltou à sala de onde tínhamos saído.

— Não se deve jamais buscar uma confirmação adicional, meu amigo... a própria razão dever ser suficiente. Mas a carne é fraca, e é sempre um consolo descobrir que se está no caminho certo. Ah, meu amigo, sinto-me como um gigante revigorado. Tenho vontade de correr, de pular!

E Poirot saiu correndo e pulando, como se fosse uma criança, pelo gramado além da porta francesa.

— O que está fazendo o seu extraordinário amigo?

Virei-me para descobrir Mary Cavendish ao meu lado. Ela sorriu, eu também.

– O que aconteceu?

– Para dizer a verdade, não sei direito. Ele fez uma pergunta a Dorcas sobre uma campainha e ficou tão satisfeito com a resposta que saiu correndo e pulando.

Mary soltou uma risada.

– Mas que atitude ridícula! Ele está passando pelo portão. Será que não pretende voltar hoje?

– Não sei. Há muito desisti de tentar adivinhar o que Poirot vai fazer.

– Ele é doido, Sr. Hastings?

– Sinceramente, não sei. Às vezes, tenho a impressão de que é um doido varrido. Mas no momento em que ele parece mais louco, descubro que há um método em sua loucura.

– Estou entendendo...

Apesar da risada jovial, Mary parecia pensativa demais naquela manhã. Muito séria, quase triste.

Achei que seria uma boa oportunidade para conversar com ela a respeito de Cynthia. Comecei com muito tato, em minha opinião, mas ela me interrompeu abruptamente, antes que eu tivesse tempo de ir muito longe:

– Não tenho a menor dúvida de que é um excelente advogado, Sr. Hastings. Mas, neste caso, seu talento de nada adiantará. Cynthia não corre o risco de esbarrar em qualquer indelicadeza da minha parte.

Comecei a balbuciar um tanto constrangido que esperava que ela não pensasse... Mas Mary Cavendish tornou a interromper-me. As palavras que me disse foram tão inesperadas que esqueci inteiramente de Cynthia e seus problemas:

– Sr. Hastings, acha que eu e meu marido formamos um casal feliz?

Fiquei bastante aturdido e murmurei uma evasiva, dizendo que isso não era da minha conta.

– Sendo ou não da sua conta, devo dizer-lhe que *não* somos felizes.

Fiquei calado, porque senti que ela não havia terminado.

Mary Cavendish começou a andar bem devagar, de um lado para o outro da sala, a cabeça baixa, o corpo esguio movendo-se graciosamente a cada passo. Parou subitamente e virou-se para fitar-me.

— Não sabe coisa alguma a meu respeito, não é mesmo? Não sabe de onde venho, quem eu era antes de casar com John... não sabe nada, não é mesmo? Pois vou lhe contar. Será o meu padre confessor. Creio que é um homem generoso e compreensivo... Tenho certeza disso.

Não fiquei tão exultante como deveria. Recordei-me de que Cynthia começara suas confidências da mesma maneira. Além do mais, um padre confessor é em geral um ancião. Não é um papel apropriado a um homem jovem como eu.

— Meu pai era inglês, mas minha mãe era russa.

— Ah, agora estou compreendendo...

— Está compreendendo o quê?

— Achei que tinha algo... diferente, alguma coisa de estrangeira.

— Pelo que me disseram, mamãe era uma mulher muito bonita. Não posso afirmar com certeza, pois não a conheci. Ela morreu quando eu ainda era muito pequena. Parece que houve uma tragédia qualquer ligada à morte de mamãe... ela teria tomado por engano uma dose excessiva de um remédio para dormir. Não importa o que tenha acontecido, o fato é que papai ficou desesperado. Pouco depois, ingressou no serviço diplomático. E eu o acompanhava aonde quer que fosse. Aos 23 anos, eu já conhecia quase o mundo inteiro. Era uma vida maravilhosa... eu adorava.

Havia um sorriso no rosto de Mary, a cabeça estava ligeiramente inclinada para trás. Ela parecia estar revivendo as recordações daqueles tempos felizes.

— E foi então que meu pai morreu. Ele me deixou numa situação muito difícil. Tive que ir viver com algumas tias idosas em Yorkshire.

Ela fez uma pausa, estremecendo visivelmente.

— Creio que poderá compreender se eu lhe disser que era uma vida horrível para uma moça criada como eu havia sido. A estreiteza e a monotonia daquela vida quase me levaram à loucura.

Após uma nova pausa, ela acrescentou, em tom diferente:

— E foi nessa ocasião que conheci John Cavendish.

– E...?
– Pode imaginar perfeitamente que, na opinião das minhas tias, John era um excelente partido para mim. Mas, para ser honesta, não posso dizer que tenha sido isso que me influenciou. Na verdade, acho que vi em John uma oportunidade de escapar da insuportável monotonia da minha vida.

Fiquei calado. Depois de uma breve hesitação, Mary continuou:

– Não me interprete mal. Fui sincera com John. Disse-lhe – o que era verdade – que gostava muito dele, que esperava vir a gostar ainda mais, mas que não sentia por ele o que se costuma chamar de "amor". Ele declarou que estava satisfeito com isso e acabamos nos casando.

Ela fez uma nova pausa, a testa ligeiramente franzida. Parecia estar fazendo um grande esforço para recordar-se daquele tempo.

– Acho... tenho certeza... de que John no início gostava de mim. Mas creio que não fomos feitos um para o outro. Quase imediatamente, começamos a nos afastar. John... e dizer isso não é nada agradável para o meu orgulho, mas é a verdade... cansou-se de mim muito cedo.

Devo ter deixado escapar algum murmúrio de desacordo, pois ela se apressou a acrescentar:

– É a pura verdade! John se cansou de mim. Não que isso agora tenha mais qualquer importância, pois está tudo acabado.

– Como assim?

– Não vou continuar em Styles.

– Quer dizer que você e John não vão viver aqui?

– John pode ficar, mas eu vou embora.

– Vai deixá-lo?

– Exatamente.

– Mas por quê?

Mary demorou bastante para responder:

– Talvez... porque eu queira ser... livre!

Tive uma visão súbita de espaços amplos, florestas virgens, terras inexploradas... e a compreensão do que a liberdade devia significar para uma mulher como Mary Cavendish. Tive a sensação de vê-la por um momento como realmente era, uma criatura orgulhosa e independente, que não se deixara domar pela civilização.

– Não tem a menor ideia de como esta casa detestável me faz sentir aprisionada!

– Compreendo perfeitamente. Mas acho que não deve tomar nenhuma atitude... precipitada.

– Precipitada?

A voz dela zombava de minha prudência. Em um súbito impulso, falei algo pelo qual tive vontade de morder a língua:

– Já sabe que o Dr. Bauerstein foi preso?

Uma frieza instantânea estampou-se em seu rosto, como se fosse uma máscara, apagando toda e qualquer expressão.

– John teve a bondade de dar-me a notícia esta manhã.

– E o que acha? – indaguei, receoso.

– Achar do quê?

– Da prisão.

– O que devo achar? Ao que parece, ele é um espião alemão. Ou pelo menos foi o que o jardineiro disse a John.

O rosto e a voz dela estavam absolutamente frios, destituídos de qualquer emoção. Ela se importava ou não com ele?

Mary Cavendish recuou alguns passos, e tocou em um vaso de flores, pensativa.

– Estas flores estão mortas. Vou ter que substituí-las. Incomoda-se de chegar um pouco para o lado?... Obrigada, Sr. Hastings.

Ela passou por mim e saiu da sala, com um aceno brusco de despedida.

Poirot não apareceu na manhã seguinte e também não houve qualquer sinal dos homens da Scotland Yard.

Mas, na hora do almoço, chegou a notícia de uma pista... ou melhor, de uma ausência de pista. Havíamos tentado em vão localizar a quarta carta que a Sra. Inglethorp escrevera na noite anterior à sua morte. Nada conseguindo, tínhamos abandonado a busca, na esperança de que um dia a carta aparecesse espontaneamente. E foi isso o que aconteceu, por meio de um comunicado de uns editores musicais franceses, acusando o recebimento de um cheque da Sra. Inglethorp e lamentando não terem conseguido localizar as partituras das canções populares russas que ela solicitara. Assim desvaneceu-se a última esperança de que o mistério pudesse ser resolvido por meio da correspondência da Sra. Inglethorp naquela noite fatídica.

Pouco antes do chá, fui até a aldeia, para informar a Poirot do novo desapontamento. Mas descobri, irritado, que ele havia saído novamente.

– Foi outra vez a Londres?

– Não, senhor. Ele pegou o trem para Tadminster, dizendo que ia visitar uma moça em seu local de trabalho.

– Mas que tolice! Eu disse a ele que quarta-feira era o único dia da semana em que ela não trabalhava! Pode fazer a gentileza de pedir a ele que nos procure amanhã de manhã?

– Claro, senhor.

Mas Poirot também não apareceu no dia seguinte. Comecei a ficar furioso. Ele estava nos tratando de maneira um tanto desdenhosa.

Depois do almoço, Lawrence perguntou se por acaso eu ia me encontrar com Poirot.

– Não, acho que não. Ele pode vir até aqui, se desejar falar-nos.

– Ah...

Lawrence parecia indeciso. A atitude dele, mais agitada e nervosa que o habitual, despertou-me a curiosidade.

– É algo importante? Posso ir até a aldeia procurá-lo, se for uma coisa muito especial.

– Não é nada demais, mas... se por acaso for à aldeia, poderia dizer a ele...

Lawrence fez uma pausa, baixando a voz a um sussurro quase inaudível ao acrescentar:

– ... que acho que encontrei a outra xícara de café!

Eu tinha quase me esquecido do recado misterioso de Poirot, mas naquele momento minha curiosidade foi reavivada.

Lawrence não quis dizer mais nada e acabei decidindo que estava na hora de descer do alto do meu orgulho e ir procurar Poirot no Leastways Cottage.

Desta vez, fui recebido com um sorriso. Monsieur Poirot estava em casa e perguntou-me se eu não gostaria de subir. Assenti.

Poirot estava sentado à mesa, a cabeça enterrada entre as mãos. Levantou-se de repente quando entrei.

– O que aconteceu, Poirot? – indaguei, preocupado. – Por acaso está doente?

– Não, não estou doente. Estou tentando tomar uma decisão sobre um assunto de suma importância.

– Se vai ou não agarrar o criminoso? – indaguei de forma jocosa.

Mas, para minha grande surpresa, Poirot assentiu, solenemente.

– Falar ou não falar, como disse Shakespeare, eis a questão.

Não me dei ao trabalho de corrigir a citação.

– Está falando sério, Poirot?

– Claro que estou! Afinal, é a coisa mais séria do mundo que está em jogo.

– E o que pode ser?

– A felicidade de uma mulher, *mon ami*.

Fiquei sem saber o que dizer. Depois de um momento, Poirot acrescentou, pensativo:

– O momento chegou e não sei o que fazer. Será preciso apostar muito alto. Ninguém, a não ser eu, Hercule Poirot, seria capaz de tentar algo assim!

E ele bateu no próprio peito, orgulhoso. Depois de deixar passar alguns minutos, de forma respeitosa, e para não estragar o efeito da cena, dei-lhe o recado de Lawrence.

– *Ohó!* – exclamou Poirot. – Então ele encontrou a outra xícara de café! Isso é ótimo! Esse Monsieur Lawrence de rosto fino é mais inteligente do que parece!

Eu não levava em alta conta a inteligência de Lawrence, mas preferi abster-me de contestar Poirot. Censurei-o gentilmente por ter esquecido o meu aviso sobre o dia de folga de Cynthia.

– Tem razão, *mon ami*. Ah, essa minha cabeça oca! Mas a outra moça mostrou-se muito delicada. Sentiu pena do meu desapontamento e fez questão de mostrar-me tudo.

– Então não foi tão ruim assim. E pode marcar outro dia para ir tomar um chá com Cynthia.

Em seguida, falei-lhe da carta.

— Lamento saber disso, Hastings. Eu acalentava esperanças de que aquela carta pudesse esclarecer alguma coisa. Mas infelizmente isso não aconteceu. Tinha que ser assim. Este caso deve ser deslindado de dentro para fora.

Subitamente, ele bateu na testa e exclamou:

— Ah, estas pequenas células cinzentas! Agora é por conta delas, como vocês costumam dizer por aqui.

Uma nova pausa, e ele me perguntou abruptamente:

— Por acaso sabe julgar impressões digitais, meu amigo?

— Não — respondi, surpreso. — Sei que não existem duas impressões iguais, mas meu conhecimento para por aí.

— Exatamente.

Poirot abriu uma gaveta e tirou dela algumas fotografias, pondo-as sobre a mesa.

— Chamemos as imagens de 1, 2 e 3. Pode dizer-me o que acha delas, meu amigo?

Estudei as fotografias atentamente.

— Estão bastante ampliadas. Eu diria que a fotografia 1 mostra as impressões de um homem, o polegar e o indicador. A 2 apresenta as impressões de uma mulher. São bem menores e diferentes sob todos os aspectos. Quanto à 3...

Fiz uma pausa, antes de acrescentar:

— Parece ser uma porção de impressões, um tanto confusas, mas entre as quais pode-se distinguir nitidamente as mesmas da fotografia 1.

— Sobrepondo-se às outras?

— Isso mesmo.

— Acha então que pode reconhecê-las sem a menor sombra de dúvida?

— Claro! As impressões são idênticas.

Poirot assentiu, recolheu as fotografias e tornou a guardá-las.

— Não pretende explicar, como já se tornou seu hábito?

— As impressões da fotografia 1 são de Monsieur Lawrence. Na 2, estão as de Mademoiselle Cynthia. Não são importantes. Tirei-as apenas para poder fazer a comparação. Já a 3 é um pouco mais complicada.

– Como assim?

– Como pode observar, a fotografia está consideravelmente ampliada. E pode observar também uma espécie de mancha que se estende por toda a fotografia. Não vou descrever os equipamentos especiais – os pós utilizados para tirar-se impressões digitais e outros recursos que usei. É um processo bastante conhecido pela polícia, por meio do qual se pode obter fotografias de impressões digitais em qualquer objeto num prazo relativamente curto. Já viu as impressões, meu amigo... agora só resta informá-lo do objeto em que foram deixadas.

– Continue, por favor. Estou extremamente interessado.

– *Eh bien!* A fotografia 3 representa a superfície, bastante ampliada, de um pequeno vidro no armário de venenos do Hospital da Cruz Vermelha em Tadminster.

– Santo Deus! Mas o que as impressões de Lawrence Cavendish estavam fazendo nesse vidro? Ele nem chegou perto do armário dos venenos no dia em que estivemos lá!

– Claro que chegou!

– É impossível! Estivemos todos juntos durante todo o tempo!

Poirot sacudiu a cabeça.

– Não, meu amigo, não estiveram. Houve um momento em que não estavam juntos, caso contrário não haveria necessidade de chamar Monsieur Lawrence para juntar-se a vocês na sacada.

– Eu tinha me esquecido disso. Mas foi apenas por um momento.

– Tempo suficiente.

– Tempo suficiente para quê?

O sorriso de Poirot foi um tanto enigmático.

– Tempo suficiente para um cavalheiro que estudou medicina satisfazer um interesse e uma curiosidade muito naturais.

Nossos olhos se encontraram. Os de Poirot eram joviais, mas vagos. Ele se levantou e começou a cantarolar uma melodia. Observei-o desconfiado.

– O que havia nesse vidro em particular, Poirot?

– Hidrocloreto de estricnina – respondeu ele, recomeçando a cantarolar logo em seguida, olhando pela janela.

– Santo Deus! – exclamei.

Mas não estava surpreso. Já esperava por aquela resposta.

– Raramente se usa hidrocloreto de estricnina puro... apenas de vez em quando, em algumas pílulas. Foi por isso que as impressões ficaram intactas por tanto tempo.

– E como conseguiu tirar a fotografia?

– Deliberadamente deixei o chapéu cair da sacada. Como não era horário de visitas, a colega de Mademoiselle Cynthia teve que descer para ir buscá-lo.

– Quer dizer que já sabia o que ia encontrar?

– Claro que não. Apenas achei que era possível – a julgar pela história que contou – que Monsieur Lawrence tivesse mexido no armário de venenos. A possibilidade tinha que ser confirmada ou eliminada.

– A sua aparente indiferença não me engana, Poirot. Sei que se trata de uma descoberta da maior importância.

– Ainda não posso afirmá-lo com certeza. Mas há algo neste caso que me deixa perplexo. Certamente já pensou nisso também.

– Do que está falando?

– Ora, há estricnina demais neste caso. Esta é a terceira vez que encontramos uma possível fonte do veneno. Havia estricnina no tônico da Sra. Inglethorp. Depois, há também a estricnina vendida por Mace em Styles St. Mary. E agora nos deparamos com mais estricnina, manuseada por alguém da casa. Está tudo muito confuso. E, como bem sabe, não gosto de confusão.

Antes que eu pudesse fazer qualquer comentário, um dos belgas abriu a porta e meteu a cabeça dentro do quarto.

– Há uma senhora lá embaixo querendo falar com o Sr. Hastings.

– Uma senhora?

Levantei-me num pulo. Poirot seguiu pela escadaria estreita. Mary Cavendish estava esperando à porta. Ela explicou:

– Vim visitar uma velha senhora na aldeia. Como Lawrence me disse que deveria estar com Monsieur Poirot, resolvi passar por aqui.

– *Ora*, senhora, pensei que tivesse vindo me fazer a honra de uma visita – disse Poirot.

– Algum dia virei, se me convidar – respondeu Mary, sorrindo.

– O prazer será todo meu. Se algum dia precisar de um padre confessor, senhora – e Mary estremeceu ligeiramente ao ouvir tais palavras – lembre-se de que *papa* Poirot estará sempre à sua disposição.

Ela fitou-o atentamente por alguns momentos, em silêncio, como se procurasse descobrir um significado mais profundo nas palavras dele. Depois, afastou-se abruptamente, perguntando a Poirot:

– Não gostaria de voltar conosco para Styles, Monsieur Poirot?

– O prazer será meu, senhora.

Durante todo o percurso, Mary falou rápida e avidamente. Tive a impressão de que, por algum motivo, ela se sentia nervosa na presença de Poirot.

O tempo havia mudado e o vento outonal era cortante. Mary estremeceu e abotoou o casaco preto. O vento soprando por entre as árvores tinha um som triste, como um gigante suspirando.

Ao nos aproximarmos da casa, percebemos imediatamente que alguma coisa estava errada.

Dorcas saiu correndo ao nosso encontro. Estava chorando, retorcendo as mãos nervosamente. Percebi os outros criados agrupados mais atrás, atentos.

– Oh, senhora! Oh, senhora! Não sei como contar-lhe...

– O que aconteceu, Dorcas? – indaguei, impacientemente. – Conte logo o que houve.

– Foram aqueles horríveis detetives! Eles o prenderam... prenderam o Sr. Cavendish!

– Prenderam Lawrence?

Percebi uma expressão de estranheza nos olhos de Dorcas.

– Não, senhora. Não foi o Sr. Lawrence... foi o Sr. John!

Com um grito de desespero, Mary Cavendish caiu por cima de mim. Quando me virei para ampará-la, descobri uma expressão de triunfo nos olhos de Poirot.

# 11
## O julgamento

O julgamento de John Cavendish pelo assassinato da madrasta foi realizado dois meses depois.

Não vou discorrer sobre as semanas que precederam o julgamento. Mas não posso deixar de dizer que minha admiração e simpatia por Mary Cavendish tornaram-se ainda maiores. Ela se colocou apaixonadamente ao lado do marido, desdenhando a possibilidade de que ele pudesse ser o culpado, defendendo-o com unhas e dentes.

Expressei minha admiração a Poirot, que assentiu, pensativo, comentando:

— Tem razão. Ela é uma dessas mulheres que mostram tudo de que são capazes na adversidade. É nesse momento que sobressai o que existe de mais meigo e sincero nelas. O orgulho e o ciúme são...

— Ciúme?

— Exatamente. Ainda não havia percebido que ela é uma mulher extremamente ciumenta? Como eu estava dizendo, ela esqueceu inteiramente o orgulho e o ciúme. Pensa exclusivamente no marido e no terrível destino que o ameaça.

Poirot falava com muita emoção, enquanto eu o fitava atentamente. Recordei a tarde em que ele tentava decidir se deveria ou não falar. Considerando sua ternura pela "felicidade de uma mulher", fiquei contente pelo fato da decisão ter sido retirada de suas mãos.

— Ainda não consigo acreditar, Poirot. Até o último instante, eu pensava que o culpado fosse Lawrence.

Poirot sorriu.

— Sei disso.

— Mas logo John, o meu velho amigo John!

— Todo assassino é provavelmente o velho amigo de alguém – comentou Poirot, em tom filosófico. – Não se pode misturar sentimento e razão.

— Não posso entender por que você não fez sequer a mínima insinuação.

– Talvez, *mon ami*, eu não o tenha feito porque ele era seu velho amigo.

Fiquei um tanto desconcertado, ao lembrar como tratara de transmitir imediatamente a John o que eu pensava serem as opiniões de Poirot a respeito de Bauerstein. De passagem, devo dizer que Bauerstein havia sido absolvido das acusações. Não obstante, embora tenha sido mais inteligente que a justiça naquela ocasião, conseguindo livrar-se das acusações de espionagem, suas asas estavam devidamente cortadas e dificilmente poderia vir a fazer qualquer coisa no futuro.

Perguntei a Poirot se achava que John seria condenado, e fiquei espantado quando ele respondeu que, ao que tudo indicava, era bem provável que fosse absolvido.

– Mas...

– Se está bem lembrado, meu amigo, eu sempre lhe disse que não dispunha das provas necessárias. Uma coisa é saber que um homem é culpado, outra coisa muito diferente é conseguir prová-lo. E, neste caso, há uma terrível escassez de provas. Eu, Hercule Poirot, posso saber exatamente o que aconteceu, mas falta um último elo na corrente. E a menos que eu consiga descobrir esse elo perdido...

Ele balançou a cabeça. Depois de um momento de silêncio, perguntei:

– Quando desconfiou pela primeira vez de John Cavendish?

– Jamais desconfiou dele, meu amigo?

– Não.

– Nem depois do trecho de conversa que ouviu entre a Sra. Cavendish e a sogra e da subsequente falta de sinceridade dela no inquérito?

– Não.

– É que não somos devidamente os fatos. Se o tivesse feito, teria chegado à conclusão de que não era Alfred Inglethorp quem estava discutindo tão violentamente com a esposa. O que, aliás, ele negou veementemente no inquérito. Só podia ser John ou Lawrence. Mas se tivesse sido Lawrence, o comportamento de Mary Cavendish seria igualmente inexplicável. Por outro lado, se tivesse sido John, tudo se encaixaria perfeitamente.

Senti a luz raiar dentro de mim.

– Quer dizer que era John quem estava discutindo com a mãe naquela tarde?

– Exatamente.

– E sabia disso o tempo todo?

– Claro. O comportamento da Sra. Cavendish não poderia ser explicado de outra maneira.

– E mesmo assim acha que ele pode ser absolvido?

Poirot deu de ombros.

– Acho que sim. Durante a fase preliminar do inquérito, conhecemos todos os argumentos e provas da acusação. Mas, provavelmente, os advogados de John Cavendish irão aconselhá-lo a reservar sua defesa para o julgamento propriamente dito. Por falar nisso, meu amigo, eu queria avisá-lo de que é importante que eu não figure no caso.

– Por quê?

– Oficialmente, nada tenho a ver com o caso. Até que eu encontre o elo que está faltando, devo permanecer nos bastidores. A Sra. Cavendish deve pensar que estou trabalhando a favor de seu marido e não contra ele.

– Mas isso é jogo sujo!

– Absolutamente. Estamos enfrentando um homem muito inteligente e inescrupuloso e devemos recorrer a todos os meios ao nosso alcance para que ele não consiga escapar. É por isso que devo tomar todo o cuidado e permanecer em segundo plano. Foi Japp quem descobriu tudo e Japp é quem receberá todo o crédito. Se eu for chamado a depor...

Poirot fez uma pausa, sorrindo ligeiramente antes de acrescentar:

– Provavelmente irei me transformar numa testemunha da defesa.

Mal pude acreditar em meus ouvidos.

– Por mais estranho que isso possa parecer, *mon ami*, meu depoimento derrubaria um dos principais argumentos da acusação.

– E que argumento é esse?

– O que se refere à destruição do testamento. Não foi John Cavendish quem o destruiu.

Poirot era um verdadeiro profeta. Não irei entrar em detalhes sobre o inquérito policial, já que envolve algumas repetições cansativas. Irei limitar-me a dizer que John Cavendish reservou-se o direito de apresentar sua defesa posteriormente, e o caso foi encaminhado a julgamento.

Em setembro, estávamos todos em Londres. Mary alugara uma casa em Kensington, e Poirot foi incluído no grupo da família.

Como eu fora designado para um cargo no Gabinete de Guerra, pude continuar a vê-los com frequência.

À medida que as semanas iam passando, o estado de nervos de Poirot foi se agravando cada vez mais. O "elo perdido" de que ele tanto falava continuava faltando. Particularmente, eu acalentava a esperança de que continuasse desaparecido. Afinal, que felicidade Mary poderia ter, se John não fosse absolvido?

Em 15 de setembro, John Cavendish foi levado ao banco dos réus no Old Bailey, acusado do "Homicídio Doloso de Emily Agnes Inglethorp", alegando inocência.

Sir Ernest Heavywether, o famoso advogado, havia sido contratado para defendê-lo.

Outro advogado famoso, o Sr. Philips, iniciou o caso como representante da Coroa.

O assassinato, disse ele, havia sido premeditado e cometido a sangue-frio. Fora, nada mais nada menos, que o envenenamento deliberado de uma mulher afetuosa e confiante pelo enteado, para quem fora mais que uma mãe. Desde a infância, ela sempre o sustentara. O enteado e a esposa viviam luxuosamente em Styles Hall, cercados pelos cuidados e atenções da velha senhora. Ela fora a benfeitora de ambos.

Ele se propôs a convocar testemunhas para provar que o acusado, um libertino e perdulário, estava em difícil situação financeira e vinha mantendo um relacionamento escuso com uma certa Sra. Raikes, esposa de um fazendeiro vizinho. Tal fato chegara ao conhecimento da madrasta, que o chamara para uma conversa na tarde anterior ao crime. Houve uma discussão entre os dois, parte da qual fora ouvida por terceiros. No dia anterior, o acusado comprara estricnina na farmácia da aldeia, usando um disfarce com a intenção de atribuir a culpa do crime a outro homem, o marido da Sra. Inglethorp, de quem sempre sentira um ciúme amargo. Felizmente para o Sr. Inglethorp, ele conseguira apresentar um álibi indiscutível.

Na tarde de 17 de julho, logo depois da discussão – continuou o advogado de acusação –, a Sra. Inglethorp fizera um novo testamento. Na manhã seguinte, descobriu-se na lareira do quarto dela vestígios daquele testamento, o qual havia sido destruído. Foi sugerido que esse testamento era a favor do marido da falecida. Outro testamento havia sido feito a favor dele antes do casamento – nesse momento o Sr. Philips sacudiu o dedo indicador em um gesto expressivo –, mas o acusado não sabia disso. Ele tampouco podia entender o que teria levado a falecida a fazer um novo testamento, quando o anterior ainda era válido. Mas ela era uma senhora idosa e poderia ter-se esquecido do testamento anterior. Ou, o que era mais provável, ela poderia ter pensado que o testamento anterior ficara automaticamente revogado com seu casamento, já que havia escutado algo a respeito disso. As mulheres não são muito versadas em assuntos legais.

O Sr. Phillips prosseguiu dizendo que, cerca de um ano antes, a Sra. Inglethorp fizera um testamento a favor do acusado, e prometeu apresentar provas de que fora o acusado quem acabara entregando o café à Sra. Inglethorp na noite fatídica. Mais tarde, ele conseguira penetrar no quarto da madrasta, encontrando uma oportunidade para destruir o testamento, achando que assim tornaria válido o anterior a seu favor.

O acusado fora preso em consequência da descoberta em seu quarto, pelo inspetor-detetive Japp – um dos detetives mais brilhantes da Scotland Yard – de um frasco de estricnina idêntico ao que fora comprado no dia anterior na farmácia da aldeia supostamente pelo Sr. Inglethorp. O júri deveria decidir se tais fatos constituíam provas conclusivas da culpa do acusado.

Depois de insinuar de maneira sutil que um júri que não chegasse a tal decisão estaria se comportando de maneira inadmissível, o Sr. Philips sentou-se, enxugando a testa.

As primeiras testemunhas de acusação foram basicamente as mesmas que já haviam prestado depoimento no inquérito preliminar. Os médicos depuseram primeiro.

Sir Ernest Heavywether, famoso em toda a Inglaterra pela maneira implacável como pressionava as testemunhas, fez apenas duas perguntas.

– Dr. Bauerstein, a estricnina não é uma droga que age rapidamente?
– É, sim.
– E não sabe explicar por que houve tanto atraso nos sintomas neste caso?
– Não, não sei.
– Obrigado.

O Sr. Mace identificou o frasco apresentado pelo advogado de acusação como sendo o mesmo que vendera ao "Sr. Inglethorp". Pressionado, admitiu que até aquele momento conhecia o Sr. Inglethorp de vista, mas nunca lhe falara. A testemunha não foi reinquirida por Sir Ernest.

Alfred Inglethorp foi chamado a depor e negou ter comprado o veneno. Negou também ter discutido com a esposa. Diversas testemunhas confirmaram a veracidade de tais declarações.

Houve os depoimentos dos jardineiros, declarando que haviam assinado um testamento como testemunhas. Em seguida, foi a vez de Dorcas.

Dorcas, fiel a seus "jovens amos", negou obstinadamente que tivesse ouvido a voz de John em uma discussão com a mãe, declarando de forma categórica, apesar de tudo, que o Sr. Inglethorp era quem estava no *boudoir* com sua patroa. Um sorriso ansioso estampou-se no rosto do acusado, sentado no banco dos réus. Ele sabia que a galante atitude de Dorcas seria inútil, já que a defesa não pretendia negar esse ponto. A Sra. Cavendish, é claro, não podia ser convocada a depor contra o próprio marido.

Depois de várias perguntas a respeito disso, o Sr. Phillips indagou:
– No último mês de junho, lembra-se de uma encomenda da Parkson's para o Sr. Lawrence Cavendish?

Dorcas sacudiu a cabeça.

– Não, senhor, não me lembro. É possível que tenha chegado, mas o Sr. Lawrence passou parte do mês de junho fora de casa.

– No caso de uma encomenda chegar durante a ausência dele, o que teria acontecido a ela?

– Teria sido guardada no quarto dele ou despachada para o lugar onde ele estivesse.

– Por você?

– Não, senhor. Eu teria deixado a encomenda na mesa do corredor e a Srta. Howard é quem se encarregaria de tomar as providências necessárias.

Evelyn Howard foi chamada a depor. Depois de interrogada sobre outras questões, o Sr. Philips perguntou-lhe a respeito da encomenda em questão.

– Não me lembro. Há sempre muitas encomendas chegando a Styles. Não me recordo de nenhuma em especial.

– Não sabe se foi enviada para o Sr. Lawrence Cavendish no País de Gales ou se foi guardada no quarto dele?

– Não creio que tenha sido despachada para ele. Se tivesse, eu me lembraria.

– Se chegasse uma encomenda para o Sr. Lawrence Cavendish e depois ela desaparecesse, teria notado a ausência?

– Não, senhor, acho que não. Pensaria que alguém a guardara.

– Foi a pessoa que encontrou isto, não foi mesmo, Srta. Howard? O Sr. Philips apresentou o papel pardo empoeirado que Poirot e eu examináramos em Styles.

– Fui eu, sim.

– E como foi que o encontrou?

– O detetive belga que estava trabalhando no caso pediu-me que o procurasse.

– E onde foi que acabou descobrindo-o?

– No alto de um... de um guarda-roupa.

– No alto do guarda-roupa do acusado?

– Eu... eu acho que sim.

– Não foi a pessoa que o encontrou?

– Fui, sim.

– Neste caso, deve saber onde o encontrou.

– Estava no guarda-roupa do acusado.

– Assim é melhor.

Um funcionário da Parkson's, uma firma fornecedora de trajes teatrais, declarou que em 29 de junho uma barba preta foi enviada ao Sr. L. Cavendish, a pedido. A barba fora encomendada por carta, com uma ordem de pagamento postal em anexo. Não, a carta não fora guardada. Todas as transações eram registradas nos livros da firma. A barba tinha sido despachada para "L. Cavendish, Esq., Styles Court".

Sir Ernest Heavywether levantou-se subitamente.

– De onde a carta foi despachada?
– De Styles Court.
– O mesmo endereço para onde enviou a encomenda?
– Isso mesmo.
– E a carta tinha vindo de lá?
– Tinha, sim.

Como um animal predador a se abater sobre a presa, Heavywether investiu sobre o homem:

– Como sabe?
– Eu... eu não estou entendendo...
– Como sabe que a carta tinha vindo de Styles? Por acaso notou o carimbo postal?
– Não... mas...
– Ah, então *não* notou o carimbo postal! E, no entanto, afirma com toda segurança que a carta veio de Styles Court. Tinha um carimbo postal, não é mesmo?
– Tinha, sim, senhor...
– A carta, embora escrita em papel timbrado, poderia ter sido enviada de qualquer lugar, não é mesmo? Do País de Gales, por exemplo?

A testemunha admitiu que isso poderia ter acontecido e Sir Ernest disse que estava satisfeito.

Elizabeth Wells, uma das criadas de Styles, declarou que, depois de ter ido deitar-se, recordou que passara o ferrolho na porta da frente, em lugar de deixá-la trancada apenas à chave, como o Sr. Inglethorp pedira. Por isso, descera novamente, a fim de corrigir o erro. Ouvindo um barulho na ala oeste, espiara pelo corredor e avistara o Sr. John Cavendish batendo à porta do quarto da Sra. Inglethorp.

Sir Ernest Heavywether interrogou-a com vigor. Sob o interrogatório implacável dele, ela acabou se contradizendo várias vezes. Sir Ernest sentou-se novamente, com um sorriso satisfeito no rosto.

Depois do depoimento de Annie a respeito da mancha de cera de vela no chão e do fato de ter visto o acusado levar o café para o *boudoir*, o julgamento foi suspenso até a manhã seguinte.

Quando voltamos para a casa, Mary falou em um tom amargo contra o advogado de acusação.

– Aquele homenzinho odioso! Está fazendo de tudo para incriminar meu pobre John! Como ele distorce os menores fatos, até ficarem parecendo o que não são!

Procurei consolá-la:

– Tenho certeza de que amanhã tudo será diferente.

– Também acho... – murmurou ela, pensativa, baixando depois a voz subitamente para acrescentar: – Sr. Hastings, não está pensando... não pode ter sido Lawrence... Oh, não, isso seria terrível!

Fiquei perplexo. Assim que me encontrei a sós com Poirot, perguntei-lhe o que achava das posições assumidas por Sir Ernest.

– Esse Sir Ernest é um homem muito inteligente! – comentou Poirot.

– Será que ele pensa que Lawrence é o culpado?

– Não creio que ele acredite ou se importe com o que quer que seja. Ele está apenas procurando semear a maior confusão na mente dos jurados, a tal ponto que o júri fique em dúvida sobre qual dos irmãos é o culpado. O objetivo dele é apresentar tantas provas contra Lawrence quantas existem contra John... e é bem possível que consiga fazê-lo.

Quando o julgamento recomeçou, a primeira testemunha a ser chamada foi o inspetor-detetive Japp, que prestou um depoimento objetivo e sucinto. Depois de relatar os acontecimentos preliminares, ele declarou:

– Agindo com base em informações recebidas, o superintendente Summerhaye e eu revistamos o quarto do acusado, durante uma ausência dele da casa. Em sua cômoda, encontramos este pincenê com aro de ouro, igual ao que é usado pelo Sr. Inglethorp, e este frasco.

O pincenê foi exibido. O frasco era o mesmo que já fora identificado pelo assistente do farmacêutico, um vidro pequeno, azulado, com alguns grãos de um pó branco e cristalino, e um rótulo onde se lia "Hidrocloreto de estricnina – VENENO".

Uma nova prova descoberta pela polícia era um pedaço comprido e quase novo de mata-borrão. Fora encontrado no talão de cheques da Sra. Inglethorp. Quando colocado diante de um espelho, podia-se ler nitidamente "... do o que por mim é possuído deixo para o meu amado marido Alfred Ing..." Assim, não restava mais a menor dúvida de que o testamento destruído era a favor do marido da falecida. Japp apresentou em seguida o fragmento de papel chamuscado que Poirot encontrara na lareira. Isso e mais a barba encontrada no sótão completavam as provas que ele tinha para apresentar.

Mas faltava a reinquirição de Sir Ernest.

– Em que dia revistou o quarto do acusado?

– Na terça-feira, 24 de julho.

– Exatamente uma semana depois da tragédia?

– Isso mesmo.

– Disse que encontrou esses dois objetos em uma das gavetas da cômoda. A gaveta não estava trancada?

– Não, não estava.

– Não acha improvável que um homem que tenha cometido um crime fosse guardar as provas do seu ato numa gaveta destrancada, onde qualquer um poderia encontrá-las?

– Ele pode tê-las guardado às pressas.

– Mas acabou de dizer que passou-se uma semana inteira antes que descobrisse os objetos apresentados. O acusado teria tido tempo suficiente para remover as provas incriminadoras e destruí-las.

– É possível.

– Não pode haver dúvidas, inspetor. Ele teria ou não teria tido tempo suficiente para remover as provas incriminadoras e destruí-las?

– Teria.

– A pilha de roupas íntimas sob a qual os objetos estavam escondidos era grande ou pequena?

– Grande.

– Sejamos mais objetivos: eram roupas íntimas de inverno. Obviamente, o detento não iria mexer naquela pilha tão cedo, não é mesmo?

– Talvez não.

– Por gentileza, responda à minha pergunta de maneira clara e objetiva. O detento, na semana mais quente do verão, teria possivelmente remexido numa gaveta com roupas íntimas de inverno? Sim ou não?

– Não.

– Sendo assim, não é possível que os referidos objetos tenham sido ali colocados por uma terceira pessoa e que o acusado ignorasse a presença deles?

– Não creio que isso tenha acontecido.

– Mas é ou não possível?

– É, sim.

– Isso é tudo.

Seguiram-se novos depoimentos. Foi comprovada a difícil situação financeira em que o detento se encontrava ao fim de julho. Houve depoimentos sobre sua ligação com a Sra. Raikes. Ouvir tudo isso deve ter sido uma tortura para a pobre Mary, uma mulher tão orgulhosa. Evelyn Howard acertara em suas suposições. Mas, em sua animosidade contra Alfred Inglethorp, chegara à conclusão errada sobre a pessoa envolvida.

Lawrence Cavendish foi chamado a depor. Em voz baixa, respondendo às perguntas do Sr. Philips, negou ter encomendado qualquer coisa na Parkson's, em junho. Na verdade, a 29 de junho ele estava longe de Styles, no País de Gales.

No mesmo instante, Sir Ernest ergueu o queixo em uma atitude belicosa.

– Nega ter encomendado uma barba preta na Parkson's em 29 de junho?

– Nego.

– No caso de alguma coisa acontecer a seu irmão, quem irá herdar Styles Court?

A brutalidade da pergunta coloriu de um rubor intenso o rosto pálido de Lawrence. O juiz deixou escapar um murmúrio de desaprovação, enquanto o acusado inclinava-se para frente, no banco dos réus, visivelmente furioso.

Mas Sir Ernest não deu a menor importância à ira de seu cliente.

– Responda à minha pergunta, por favor.

– Creio que serei eu – murmurou Lawrence.

– Ainda tem dúvidas? Seu irmão não tem filhos. Você é quem herdará tudo, não é mesmo?

– É, sim.

– Ah, assim está melhor! – disse Sir Ernest. – E irá herdar também muito dinheiro, não é mesmo?

O juiz protestou:

– Essas perguntas não são relevantes, Sir Ernest.

Sir Ernest fez um aceno com a cabeça. Já havia disparado sua flecha e podia seguir em frente:

– Na terça-feira, 17 de julho, foi visitar a farmácia do Hospital da Cruz Vermelha, em Tadminster, juntamente com outra pessoa, não é mesmo?

– É, sim.

– Durante um momento em que ficou fora do alcance dos olhos das outras pessoas, por alguns segundos, abriu o armário onde são guardados os venenos e examinou alguns vidros que ali estavam?

– Eu.. eu... é possível...

– Devo presumir que realmente fez isso?

– Fiz, sim.

Sir Ernest fez uma breve pausa, antes de disparar a pergunta seguinte, com uma pontaria certeira:

– Por acaso examinou algum vidro em particular?

– Não, acho que não.

– Pense bem, Sr. Cavendish. Estou me referindo a um vidro de hidrocloreto de estricnina.

Lawrence estava ficando esverdeado.

– Não... tenho certeza de que não fiz isso...

– Como explica então ter deixado duas impressões digitais no referido vidro?

A maneira arrogante e cruel como as perguntas eram formuladas era bastante eficaz, provocando o maior nervosismo em Lawrence.

– Eu... eu acho que peguei esse vidro...

– Acha? Tirou dele uma parte do conteúdo?

– Claro que não!

– Então por que pegou o vidro?

– Já estudei medicina. Tais coisas sempre me interessaram.

– Ah... Quer dizer que se interessa por venenos? E esperou um momento em que os outros não estavam olhando para satisfazer esse seu "interesse"?

– Foi por puro acaso. Mesmo que os outros estivessem olhando, eu teria pegado o vidro.

– No entanto, os outros não estavam olhando, não é mesmo?

– Não. Mas...

– Durante toda a tarde, encontrou-se sozinho por apenas um ou dois minutos. E foi justamente nesse momento que, por acaso... e repito, por acaso, demonstrou seu "interesse" por hidrocloreto de estricnina?

Lawrence gaguejou, completamente aturdido:

– Eu... eu...

Com um semblante satisfeito e expressivo, Sir Ernest arrematou:

– Não tenho mais nada a perguntar-lhe, Sr. Cavendish.

Essa parte do julgamento provocou grande agitação no tribunal. As cabeças de várias mulheres elegantemente vestidas se uniram, e seus cochichos se tornaram tão altos que o juiz, irritado, ameaçou esvaziar o tribunal caso não se fizesse silêncio imediatamente.

Houve mais alguns depoimentos. Técnicos em caligrafia foram convocados a expressar sua opinião sobre a assinatura de "Alfred Inglethorp" no livro de registros de venda de venenos da farmácia. Todos foram unânimes em declarar que decididamente a assinatura não era de Alfred Inglethorp, e opinaram que podia ter sido forjada pelo acusado. Reinquiridos, afirmaram novamente que aquela podia ser a letra do réu habilmente falsificada.

O discurso de Sir Ernest Heavywether, na abertura do caso da defesa, não foi longo, mas apoiou-se na plena força da oratória enfática que ele tão bem sabia manipular. Nunca, ao longo de sua considerável experiência – disse ele –, vira uma acusação de homicídio baseada em indícios tão superficiais. Não apenas as provas eram circunstanciais, como também a maioria delas não fora confirmada sem que restasse a menor sombra de dúvida. Que os jurados pensassem nos depoimentos ouvidos e analisassem-nos de forma imparcial. A estricnina fora encontrada em uma gaveta destrancada no quarto do acusado. Não havia qualquer prova incontestável de que fora o próprio detento quem escondera a estricnina ali. Tal ato fora, na verdade, uma tentativa da parte de uma terceira pessoa de incriminar o acusado. A acusação não conseguira comprovar a alegação de que fora o acusado quem encomendara a barba preta na Parkson's. A discussão do acusado com a madrasta de fato ocorrera, mas tanto isso como as dificuldades financeiras dele haviam sido muito exageradas.

Seu douto colega – e Sir Ernest sacudiu a cabeça na direção do Sr. Philips – declarara que, se o acusado fosse inocente, teria declarado no inquérito que fora ele e não o Sr. Inglethorp quem discutira com a falecida na tarde anterior ao crime. Mas os fatos haviam sido malinterpretados. Ao voltar para casa na noite de terça-feira, o acusado fora informado de que ocorrera uma violenta discussão entre o Sr. e a Sra. Inglethorp. Não lhe passara pela cabeça que alguém pudesse ter confundido sua voz com a do Sr. Inglethorp. Ele concluíra que a madrasta tivera duas discussões naquele dia.

A acusação afirmara que na segunda-feira, 16 de julho, o acusado entrara na farmácia da aldeia, disfarçado como o Sr. Inglethorp. Mas, nesse momento, o acusado estava em um lugar solitário chamado Marston's Spinney, aonde fora levado por um bilhete anônimo, em termos de chantagem, ameaçando revelar certos assuntos à sua esposa, caso não atendesse a determinadas exigências. O acusado fora ao local indicado no bilhete e esperara em vão durante meia hora, voltando em seguida para casa. Infelizmente, não encontrara ninguém, nem na ida nem na volta, para confirmar a veracidade de sua história. Mas, felizmente, guardara o bilhete, que seria apresentado como prova.

Quanto à alegação de que o acusado destruíra o testamento, cabia dizer que ele já praticara a advocacia e sabia perfeitamente que o testamento feito a seu favor, um ano antes, ficara automaticamente cancelado com o novo casamento da madrasta. Pretendia chamar testemunhas para mostrar quem destruíra o testamento, e era possível que isso lançasse nova luz no caso.

Por fim, Sir Ernest mostrou ao júri que havia também provas contra outras pessoas, além de John Cavendish. As provas contra o Sr. Lawrence Cavendish eram tão fortes, se não mais fortes, quanto as provas existentes contra seu irmão.

Em seguida, o advogado chamou seu cliente para prestar depoimento.

John praticamente garantiu a absolvição no banco das testemunhas. Sob a hábil orientação de Sir Ernest, contou sua história de maneira bastante objetiva e plausível. O bilhete anônimo foi apresentado e entregue ao júri para ser examinado. John admitiu com toda franqueza suas dificuldades financeiras e a discussão com a madrasta, o que aumentou o valor de suas negativas.

Ao fim do depoimento, John fez uma longa pausa, antes de dizer:

– Gostaria de deixar uma coisa bem clara: desaprovo de maneira categórica as insinuações de Sir Ernest Heavywether contra meu irmão. Estou absolutamente convencido de que meu irmão, assim como eu, nada tem a ver com esse crime.

Sir Ernest limitou-se a sorrir; seu olho atento percebia que o protesto de John produzira uma impressão extremamente favorável nos jurados.

Depois, começou a reinquirição.

– O nobre colega da defesa disse que nunca lhe passou pela cabeça que as testemunhas no inquérito poderiam ter confundindo sua voz com a do Sr. Inglethorp. Não acha que isso é surpreendente?

– Não, não acho. Fui informado de que teria ocorrido uma discussão entre minha mãe e o Sr. Inglethorp. Nunca me passou pela cabeça que pudesse estar havendo um equívoco.

– Mesmo depois que a criada Dorcas repetiu fragmentos da discussão... não pode ter deixado de reconhecê-los.

– Acontece que não os reconheci.

– Mas que memória curta!

– O problema não é esse. Estávamos ambos furiosos e creio que falamos mais do que gostaríamos. Não prestei muita atenção ao que minha mãe disse.

A exclamação de incredulidade do Sr. Philips foi um triunfo de habilidade forense. Ele abordou em seguida o problema do bilhete.

– Apresentou o bilhete no momento mais oportuno possível. Mas não acha que existe algo familiar na caligrafia?

– Não percebi nada de familiar nela.

– Não acha que há uma extraordinária semelhança com a sua própria letra... disfarçada um tanto descuidadamente?

– Não, não acho.

– Pois eu declaro que é a sua letra!

– Não é, não!

– Querendo arrumar um álibi, teve a ideia de promover um encontro fictício e um tanto inacreditável, escrevendo esse bilhete para si mesmo, a fim de comprovar suas alegações!

– Não foi isso que aconteceu!

– Não é verdade que, na ocasião em que alega que estava esperando alguém num lugar ermo e solitário, estava na realidade na farmácia de Styles St. Mary, onde comprou estricnina em nome de Alfred Inglethorp?

– Isso é mentira!

– Pois eu digo que estava usando as roupas do Sr. Inglethorp e uma barba postiça cortada de forma a parecer com a dele, comprando estricnina e assinando o registro com o nome dele!

– É mentira!

– Neste caso, deixarei que o júri julgue a extraordinária semelhança entre sua letra, o bilhete e a assinatura no livro de registros da farmácia!

O Sr. Philips sentou-se, com o ar de um homem que acabara de cumprir o seu dever, mas se horrorizava pelo fato de alguém ser capaz de cometer tamanho perjúrio de forma tão deliberada.

Como já estava ficando tarde, o julgamento foi suspenso até a segunda-feira.

Notei que Poirot parecia bastante desanimado. Havia uma ruga entre seus olhos, reação que eu conhecia muito bem.

– Qual é o problema, Poirot?

– Ah, *mon ami*, as coisas estão indo muito mal!

Embora não quisesse admiti-lo, senti o coração bater mais depressa... de alívio. Era evidente que havia uma grande probabilidade de que John Cavendish seria absolvido.

Quando chegamos a casa, meu pequeno amigo recusou a oferta de chá de Mary.

– Não, obrigado, senhora. Vou subir para o meu quarto.

Segui-o. Com a testa franzida, Poirot foi até a mesa e pegou um baralho. Sentou-se e, para meu espanto, começou a construir castelos de cartas!

Sem querer, fiquei boquiaberto. Poirot percebeu e apressou-se em dizer:

– Não, *mon ami*, não estou na segunda infância. Estou apenas procurando controlar os nervos. Esta diversão exige uma grande precisão dos dedos. O que por sua vez induz a uma precisão do cérebro. E nunca precisei tanto disso como agora!

– Qual é o problema?

Batendo na mesa com toda força, Poirot demoliu o castelo de cartas construído de maneira tão cuidadosa.

– É isso, *mon ami*! Posso construir castelos de cartas com sete andares, mas não consigo...

Outro murro na mesa.

– ... encontrar...

Mais um murro.

– ... aquele elo perdido de que lhe falei!

Como não sabia o que dizer, preferi ficar calado. Poirot recomeçou a construir o castelo de cartas, lentamente, falando aos arrancos enquanto o fazia:

– É feito... assim! Pondo... uma carta... em cima da outra... com precisão... matemática!

Fiquei observando o castelo de cartas começar a subir, um andar depois do outro. Poirot jamais hesitava. Parecia realmente um truque de mágica.

– Possui a mão extraordinariamente firme, Poirot. Creio que só a vi tremer uma vez.

– Só pode ter sido numa ocasião em que eu estava realmente furioso – comentou Poirot, placidamente.

– E realmente foi! Na ocasião, você estava sentindo uma raiva incontrolável. Lembra-se? Foi quando descobriu que a valise no quarto da Sra. Inglethorp tinha sido arrombada. Ficou parado junto à lareira, mexendo nas coisas que estavam no consolo, à sua maneira habitual, e sua mão tremia bastante. Devo dizer...

Parei de falar subitamente. Poirot, soltando um grito rouco, mais uma vez destruiu sua obra-prima de cartas. Pondo as mãos sobre os olhos, começou a balançar para frente e para trás, aparentemente sofrendo de uma extrema agonia.

– Santo Deus, Poirot! O que está acontecendo? Está passando mal?

– Não... não... é que... tive uma ideia!

– Ah! – exclamei, aliviado. – Uma das suas "pequenas ideias"?

– Ah, *ma foi,* não! – respondeu Poirot, de forma franca. – Desta vez é uma ideia gigantesca! Estupenda! E foi você, meu amigo, *você*, quem me deu tal ideia!

Poirot saltou da cadeira e abraçou-me, beijando-me efusivamente nas duas faces. Antes que eu me recuperasse do espanto, ele saiu correndo do quarto.

Mary Cavendish entrou nesse momento.

– O que aconteceu com Monsieur Poirot? Ele passou correndo por mim e gritou: "Uma garagem! Pelo amor de Deus, senhora, diga-me onde posso encontrar uma garagem!" Antes que eu pudesse responder, ele saiu correndo para a rua.

Corri até a janela. Lá estava Poirot, correndo pela rua, sem chapéu, gesticulando incessantemente. Virei-me para Mary, com uma expressão de desespero.

– Ele será detido por algum guarda, não demora muito. Acaba de virar a esquina.

Nossos olhos se encontraram e ficamos nos olhando em silêncio por um momento, desolados.

– O que será que deu nele? – ela indagou afinal.

Sacudi a cabeça.

– Não sei. Ele estava construindo um castelo de cartas, de repente disse que havia tido uma ideia e saiu correndo.

– Só espero que ele volte antes do jantar.

Mas a noite caiu sem que Poirot voltasse.

## 12
## O último elo

A súbita partida de Poirot deixou-nos a todos espantados. A manhã de domingo chegou ao fim sem que ele tivesse voltado. Por volta das 15 horas, ouvimos uma buzina tocando de forma insistente. Fomos até a janela e avistamos Poirot saindo de um carro, acompanhado por Japp e Summerhaye. Meu pequeno amigo estava totalmente transformado. Irradiava uma complacência absoluta. Fez uma mesura exagerada para Mary Cavendish.

– Madame, tenho sua permissão para realizar uma pequena *réunion* no *salon*? É indispensável que todos estejam presentes.

Mary respondeu com um sorriso triste:

– Sabe perfeitamente, Monsieur Poirot, que tem *carte blanche* em tudo.

– É muito gentil, senhora.

Ainda radiante, Poirot levou-nos a todos para a sala de visitas, providenciando as cadeiras necessárias.

– Srta. Howard... sente-se aqui, por favor. Mademoiselle Cynthia. Monsieur Lawrence. A boa Dorcas. E Annie. *Bien!* Teremos que esperar alguns minutos até a chegada do Sr. Inglethorp. Mandei-lhe um bilhete.

A Srta. Howard levantou-se bruscamente.

– Se aquele homem entrar nesta casa, eu vou embora!

– Não, por favor.

Poirot aproximou-se dela e argumentou rapidamente, em voz baixa. A Srta. Howard acabou concordando em permanecer na sala. Alfred Inglethorp apareceu poucos minutos depois.

Com todos finalmente reunidos, Poirot levantou-se com o ar de um conferencista popular e fez uma mesura polida para os presentes.

– *Messieurs, mesdames,* como todos sabem, fui chamado por Monsieur John Cavendish para investigar este caso. Assim que cheguei à casa, fui investigar imediatamente o quarto da falecida, o qual ficara trancado, por sugestão dos médicos. Assim, tudo estava exatamente como no momento em que ocorreu a tragédia. E descobri várias coisas. Primeiro, um fragmento de um tecido verde; segundo, uma mancha no tapete, perto da janela, ainda úmida; e terceiro, uma caixinha vazia de pó de brometo. Vamos começar pelo fragmento de tecido verde. Encontrei-o preso no ferrolho da porta que ligava o quarto da falecida ao contíguo, ocupado por Mademoiselle Cynthia. Entreguei o fragmento à polícia, que não considerou que tivesse muita importância. A polícia também não conseguiu descobrir de onde era aquele fragmento: um pedaço rasgado de uma braçadeira verde, usada pelas pessoas que trabalham no campo.

Houve uma pequena comoção na sala.

– Só havia uma pessoa na casa que trabalhava no campo: a Sra. Cavendish. Portanto, deve ter sido ela quem entrou no quarto da falecida pela porta que o ligava ao quarto de Mademoiselle Cynthia!

– Mas a porta estava trancada pelo lado de dentro! – gritei.

– Quando examinei o quarto, realmente estava. Mas cabe ressaltar que temos apenas a palavra dela de que o quarto estava realmente trancado, pois na ocasião em que se tentou entrar no quarto, a Sra. Cavendish foi quem tentou abrir a porta e informou aos demais que estava trancada. Na confusão que se seguiu, ela teria tido a chance de passar o ferrolho na porta pelo outro lado. Aproveitei a primeira oportunidade para verificar minhas conjeturas. Para começar, o fragmento de tecido corresponde exatamente a um rasgão na braçadeira da Sra. Cavendish. Além disso, durante o inquérito preliminar, a Sra. Cavendish declarou que ouvira, de seu quarto, a queda de uma mesa junto à cama da falecida. Tratei de verificar também tal declaração.

Pedi a meu amigo, Monsieur Hastings, que se colocasse na ala esquerda da casa, perto da porta do quarto da Sra. Cavendish. Fui para o quarto da falecida, juntamente com a polícia, e enquanto estava lá, aparentemente por acidente, derrubei a referida mesa. Como eu já esperava, Monsieur Hastings não ouviu qualquer barulho. Isso confirmou minha convicção de que a Sra. Cavendish não estava dizendo a verdade quando declarou que estava se vestindo em seu quarto por ocasião da tragédia. Na verdade, estou convencido de que a Sra. Cavendish estava no quarto da falecida quando o alarme foi dado.

Lancei um rápido olhar para Mary. Ela estava pálida, mas sorrindo. Poirot continuou a falar:

– Comecei a raciocinar com base nessa suposição. A Sra. Cavendish está no quarto da sogra. Digamos que ela estava procurando algo que não consegue encontrar. Subitamente, a Sra. Inglethorp desperta, dominada por um paroxismo alarmante. Estica o braço de maneira brusca e derruba a mesinha ao lado da cama. Depois, desesperada, ela puxa o cordão da campainha. A Sra. Cavendish, aturdida, larga a vela que segurava e a cera derretida espalha-se sobre o tapete. Ela pega a vela e retira-se rapidamente para o quarto de Mademoiselle Cynthia, fechando a porta. Atravessa depressa o corredor, pois ninguém pode descobri-la. Mas já é tarde demais! Ela ouve passos na galeria que liga as duas alas. O que ela pode fazer? Volta imediatamente para o quarto de Mademoiselle Cynthia, sacudindo-a, numa tentativa de acordá-la. Várias pessoas já se encontram no corredor, batendo à porta do quarto da Sra. Inglethorp. Não ocorre a ninguém que a Sra. Cavendish não tenha chegado junto com os demais. Mas... e isso é significativo... não encontrei ninguém que a tivesse visto vir da outra ala da casa.

Poirot fez uma pausa, olhando para Mary Cavendish.

– Estou certo, senhora?

Ela assentiu.

– Está absolutamente certo, monsieur. Creio que compreende que, se eu tivesse certeza de que tais fatos poderiam ajudar meu marido, já os teria revelado. Mas não me pareceram ter qualquer relação com a culpa ou inocência dele.

– Num certo sentido, tem toda razão, senhora. Mas o conhecimento de tais fatos libertou minha mente de muitas interpretações errôneas, permitindo-me encarar outros fatos à luz de seu verdadeiro significado.

– O testamento! – gritou Lawrence. – Então foi você quem destruiu o testamento, Mary?

Ela sacudiu a cabeça em negação. Poirot, sacudindo também a cabeça, disse:

– Não, não foi ela. Só há uma pessoa que poderia ter destruído aquele testamento... a própria Sra. Inglethorp.

– Impossível! – exclamei. – Ela tinha feito o novo testamento naquela mesma tarde!

– Não obstante, *mon ami*, foi ela quem destruiu o testamento. De outra forma não se poderia explicar por que, num dos dias mais quentes do ano, a Sra. Inglethorp determinou que se acendesse a lareira em seu quarto.

Deixei escapar uma exclamação de espanto. Como fôramos idiotas por não termos pensado na incongruência daquela lareira acesa! Poirot continuou a falar:

– A temperatura naquele dia, *messieurs*, foi de 27ºC à sombra. Contudo, a Sra. Inglethorp pediu que se acendesse a lareira em seu quarto. Por quê? Porque ela desejava destruir algo e não podia pensar em outra maneira de fazê-lo. Devem estar lembrados que, em consequência da economia de guerra que se praticava em Styles, nenhum papel usado era jogado fora. Assim, não havia outro meio de se destruir um documento em papel tão grosso quanto um testamento. Assim que eu soube da lareira acesa no quarto da Sra. Inglethorp, concluí que só podia ser para destruir algum documento, possivelmente um testamento. Assim, a descoberta do fragmento de testamento chamuscado na lareira não foi uma surpresa para mim. Naquele momento, é claro, eu ainda não sabia que o testamento destruído fora feito naquela mesma tarde. E não posso deixar de admitir que, ao saber disso, cometi um erro lamentável. Cheguei à conclusão de que a determinação da Sra. Inglethorp de destruir o testamento era uma consequência direta da discussão que ela tivera naquela tarde. Portanto, a discussão devia ter ocorrido depois e não antes de ela ter feito o testamento. Mas, neste ponto, como todos sabem, eu estava enganado. Fui forçado a abandonar tal ideia. Procurei encarar o problema por um novo ângulo. Às 16 horas, Dorcas ouviu a patroa dizer, em tom furioso: "Não pense que o medo de publicidade ou de um escândalo entre marido e mulher irá me deter." Concluí, acertadamente, que tais palavras não eram dirigidas ao marido, mas sim ao Sr. John Cavendish. Às 17 horas, uma hora depois, ela usou as mesmas palavras, mas o sentido delas já era diferente. Ela admitiu para Dorcas: "Não sei o que fazer. Um escândalo entre marido e mulher é uma coisa horrível." Às 16 horas, a Sra. Inglethorp estava furiosa, mas suas emoções ainda estavam sob controle. Às 17 horas, ela estava bastante angustiada e disse a Dorcas que havia tido um grande choque.

Poirot continuou o raciocínio:

– Encarando a situação do ponto de vista psicológico, fiz uma dedução, convencido de que estava absolutamente certo. O segundo "escândalo" a que ela se referira não era o mesmo que o primeiro... e envolvia a ela pessoalmente! Vamos reconstituir os fatos. Às 16 horas, a Sra. Inglethorp discutiu com o filho e ameaçou denunciá-lo à esposa... a qual, diga-se de passagem, tinha ouvido a maior parte da conversa. Às 16h30, em decorrência de uma conversa sobre a validade de testamentos, a Sra. Inglethorp fez um novo testamento, em favor do marido, chamando os dois jardineiros para assinarem como testemunhas. Às 17 horas, Dorcas encontrou a patroa bastante nervosa, com um papel... uma "carta", pensa Dorcas... na mão. A Sra. Inglethorp ordenou que fosse acesa a lareira em seu quarto. É de se presumir que, entre 16h30 e 17 horas, tenha acontecido alguma coisa que provocou uma reviravolta completa nos sentimentos dela, já que naquele momento mostrava-se ansiosa em destruir o testamento, assim como antes ficara igualmente ansiosa em escrevê-lo. O que poderia ter acontecido? Pelo que sabemos, a Sra. Inglethorp ficou sozinha durante essa meia hora. Ninguém entrou nem saiu do *boudoir*. O que poderia ter causado essa súbita mudança de intenções?

Ele continuou com sua teoria:

– Podem-se apenas fazer suposições, mas creio que estou certo. A Sra. Inglethorp não tinha selos em sua escrivaninha. Sabemos disso porque, mais tarde, ela pediu a Dorcas que arranjasse alguns. No canto oposto da sala estava a escrivaninha de seu marido... trancada. A Sra. Inglethorp estava ansiosa para encontrar logo os selos de que precisava. Segundo minha teoria, ela experimentou as suas próprias chaves na escrivaninha do marido. Há uma que se encaixa perfeitamente, conforme verifiquei. Assim, ela abriu a escrivaninha do marido, à procura de selos. Acabou encontrando alguma coisa... o papel que Dorcas viu em sua mão e que certamente não era para ser visto pela Sra. Inglethorp. A Sra. Cavendish achou que o papel que a sogra segurava tão obstinadamente era uma prova escrita da infidelidade de seu próprio marido. Pediu que a Sra. Inglethorp lhe entregasse o papel, mas esta assegurou-lhe – o que era verdade – que o papel nada tinha a ver com aquele problema. A Sra. Cavendish não acreditou nela. Achou que a Sra. Inglethorp estava querendo proteger o enteado. Não nos esqueçamos de que a Sra. Cavendish é uma mulher bastante resoluta. Por trás da máscara de retraimento, ela sentia um terrível ciúme do marido. Decidiu apoderar-se daquele papel a qualquer custo. O acaso ajudou-a e ela encontrou a chave da valise da Sra. Inglethorp, que havia sumido naquela manhã. Sabia que era ali que a sogra guardava todos os documentos importantes.

E concluiu:
– Assim, a Sra. Cavendish formulou um plano, como sempre acontece com uma mulher levada ao desespero pelo ciúme. Em algum momento, no fim da tarde, ela abriu o ferrolho da porta que dava para o quarto de Mademoiselle Cynthia. É provável que tenha colocado um pouco de óleo nas dobradiças, pois a porta se abriu sem qualquer barulho quando a experimentei. Ela decidiu colocar seu plano em prática nas primeiras horas da madrugada, achando que estaria mais segura, pois normalmente acordava cedo e ninguém estranharia se ouvisse algum barulho em seu quarto. Vestiu-se para o trabalho no campo e entrou no quarto da Sra. Inglethorp pelo quarto de Mademoiselle Cynthia.

Ele fez uma pausa e Cynthia aproveitou para indagar:
– Mas eu não teria acordado se alguém tivesse passado pelo meu quarto?

– Não se estivesse drogada, senhorita.
– Drogada?
– *Mais, oui!*
Poirot voltou a se dirigir a todos os presentes:
– Lembrem-se de que, durante todo o tumulto, e mesmo com o barulho no quarto ao lado, Mademoiselle Cynthia continuou a dormir. Só havia duas possibilidades: ou fingia dormir – o que eu não acreditava – ou o sono havia sido induzido por meios artificiais. Pensando nisso, examinei com cuidado todas as xícaras de café, recordando inclusive que tinha sido a Sra. Cavendish quem entregara o café a Mademoiselle Cynthia na noite anterior. Tirei uma amostra de cada xícara e mandei analisar... sem resultado. Eu havia contado as xícaras cuidadosamente, prevendo a possibilidade de uma das xícaras estar faltando. Seis pessoas haviam tomado café e seis xícaras foram devidamente encontradas. Tive que admitir a mim mesmo que estava enganado. Mas depois descobri que havia sido culpado de omissão. O café fora servido para sete pessoas e não para seis, já que o Dr. Bauerstein aparecera em Styles naquela noite. Isso mudava tudo, pois agora havia uma xícara desaparecida. As criadas nada haviam notado. Annie, que servira o café, tinha posto sete xícaras na bandeja, sem saber que o Sr. Inglethorp jamais tomava café. Dorcas, que recolheu as xícaras na manhã seguinte, encontrou seis xícaras, como sempre. Melhor dizendo, ela encontrou cinco xícaras, pois a sexta estava no quarto da Sra. Inglethorp, quebrada.

E Poirot continuou:
– Fiquei convencido de que a xícara desaparecida era a de Mademoiselle Cynthia. Tive uma razão adicional para acreditar nisso, pois todas as xícaras encontradas continham açúcar, o que Mademoiselle Cynthia jamais põe em seu café. Minha atenção foi atraída pela história de Annie de que encontrara um pouco de "sal" na bandeja de chocolate que levava todas as noites para o quarto da Sra. Inglethorp. Obtive uma amostra do chocolate e mandei analisá-la.

– Mas isso já tinha sido feito pelo Dr. Bauerstein! – comentou Lawrence.

– Não exatamente. O Dr. Bauerstein pediu simplesmente que a análise determinasse se havia ou não estricnina no chocolate. Não mandou que se verificasse, como eu fiz, se continha algum narcótico.

– Um narcótico?

– Exatamente. Aqui está o relatório da análise. A Sra. Cavendish ministrou um narcótico seguro, mas eficaz, tanto na Sra. Inglethorp como em Mademoiselle Cynthia. É bem possível que, em consequência, ela tenha passado *un mauvais quart d'heure*! Imaginem os sentimentos dela quando a sogra subitamente começa a passar mal e acaba morrendo. Logo depois, ela ouve a palavra terrível: "Veneno!" Imaginava que o narcótico que ministrara era perfeitamente seguro e inofensivo, mas por um momento angustiante deve ter pensado que a morte da Sra. Inglethorp era culpa sua. Dominada pelo pânico, ela desceu rapidamente a escadaria e jogou a xícara de café e o pires usados por Mademoiselle Cynthia num vaso grande de latão, onde foram descobertos posteriormente por Monsieur Lawrence. Ela não se atreveu a tocar no que restara do chocolate, pois muita gente a estaria observando. Podem imaginar o alívio que sentiu quando se falou em estricnina e descobriu que, afinal, não havia sido culpada da tragédia. Podemos agora explicar por que os sintomas de envenenamento por estricnina demoraram tanto a aparecer: um narcótico ingerido com a estricnina retarda a ação do veneno por algumas horas.

Poirot fez nova pausa. Mary fitou-o, a cor retornando lentamente ao rosto.

– Tudo o que disse é absolutamente correto, Monsieur Poirot. Foi a hora mais terrível da minha vida. Jamais a esquecerei. Comportou-se de maneira maravilhosa. Compreendo agora...

– O que eu estava querendo dizer quando lhe falei que podia confiar em *papa* Poirot, hein? Mas não confiou em mim.

– Percebo tudo agora – disse Lawrence. – O chocolate drogado, ingerido logo após o café envenenado, explica perfeitamente o atraso no efeito do veneno.

– Exatamente. Mas será que o café estava realmente envenenado? Trata-se de um pequeno problema, já que a Sra. Inglethorp não chegou a tomar o café.

– O quê?

O grito de surpresa foi geral.

– Não. Lembram-se de que falei sobre uma mancha encontrada no tapete do quarto da Sra. Inglethorp? Havia algumas características peculiares naquela mancha. Ainda estava úmida e exalava um forte odor de café. Encontrei também algumas lascas de porcelana encravadas no tapete. Compreendi o que havia acontecido. Menos de dois minutos antes, eu colocara minha valise na mesa perto da janela. O tampo solto inclinou-se e a valise foi cair exatamente no lugar da mancha. A Sra. Inglethorp tinha posto a xícara de café na mesma mesa, ao chegar a seu quarto naquela noite. O tampo também se inclinara e a xícara caíra ao chão. O que aconteceu em seguida é mera suposição da minha parte. Mas eu diria que a Sra. Inglethorp recolheu os cacos e colocou-os na mesa junto à cama. Sentindo necessidade de algum estimulante, esquentou o chocolate e tomou-o. Ficamos assim diante de um novo problema. Sabemos que o chocolate não continha estricnina. O café não chegou a ser tomado. Contudo, a estricnina deve ter sido ministrada entre as 19 e as 21 horas daquela noite. Que terceiro meio podia haver?... um meio tão apropriado para disfarçar o gosto amargo da estricnina, que o fato de que ninguém tenha pensado nisso é extraordinário?

Poirot correu lentamente os olhos pela sala, antes de responder à sua própria pergunta, solenemente:

– O remédio dela!

– Está querendo dizer que o assassino pôs a estricnina no tônico da Sra. Inglethorp? – indaguei.

– Não havia necessidade. A estricnina já estava ali... no preparado. A estricnina que matou a Sra. Inglethorp era idêntica à receitada pelo Dr. Wilkins. Para deixar tudo bem claro, lerei um trecho de um livro de aviamento de medicamentos que encontrei no Hospital da Cruz Vermelha, em Tadminster. A receita seguinte tornou-se famosa nos compêndios:

    Sulfeto de estricnina ............................................ gr. I
    Brometo de potássio .......................................... ³VI
    Aqua ad ............................................................. ⁵VIII
    Fiat Mistura.

Nesta solução, a maior parte da estricnina é depositada em poucas horas como um brometo insolúvel, em forma de cristais transparentes. Uma senhora na Inglaterra perdeu a vida ao tomar uma mistura similar: a estricnina precipitada acumulou-se no fundo e ela a ingeriu quase em sua totalidade ao tomar a última dose!

– É claro que não havia qualquer brometo na receita do Dr. Wilkins. Mas devem lembrar-se de que mencionei a caixa vazia de pó de brometo. Uma ou duas doses de brometo, introduzidas no vidro cheio do tônico, precipitariam a estricnina com eficácia, como descreve o livro, causando a morte na última dose. Saberão mais tarde que a pessoa que geralmente servia o remédio da Sra. Inglethorp tomava todo cuidado para não sacudir o vidro, certificando-se assim de que o sedimento no fundo não fosse perturbado. Há diversos indícios de que o assassinato havia sido planejado para a noite de segunda-feira. Nesse dia, o fio da campainha da Sra. Inglethorp foi cortado. Também na noite de segunda-feira, Mademoiselle Cynthia deveria ter ido dormir com algumas amigas. Assim, a Sra. Inglethorp teria ficado sozinha na ala direita, isolada dos outros, sem qualquer ajuda. Provavelmente teria morrido antes que se pudesse chamar um médico. Mas, em sua pressa para ir à reunião que se realizou na aldeia, a Sra. Inglethorp esqueceu-se de tomar o remédio. No dia seguinte, ela não almoçou em casa. Assim, a última dose do tônico, a dose fatal, só foi tomada 24 horas depois do que fora previsto pelo assassino. E foi graças a esse atraso que a prova final... o último elo da cadeia... está agora em minhas mãos.

Em meio a murmúrios de excitação, Poirot mostrou-nos três pedaços de papel fino.

– Esta é uma carta escrita pelo próprio assassino, *mes amis*! Se a carta contivesse termos um pouco mais claros, é possível que a Sra. Inglethorp, alertada a tempo, tivesse escapado. Ela compreendeu que corria perigo, mas não sabia como pretendiam matá-la.

Em meio a um silêncio profundo, Poirot juntou os três pedaços de papel, limpou a garganta e leu:

Minha querida Evelyn:
Deve estar preocupada pelo fato de nada ter acontecido. Mas está tudo bem, só que acontecerá esta noite, em lugar da noite passada. Deve compreender. Tempos melhores estão por vir, assim que a velha estiver morta e fora do caminho. Ninguém conseguirá me ligar ao crime. Sua ideia a respeito do brometo foi um golpe de gênio! Mas temos que ser cautelosos. Um passo em falso...

— A carta termina aqui, meus amigos. Indubitavelmente, o autor foi interrompido nesse momento. Mas não pode haver a menor dúvida quanto a sua identidade. Conhecemos perfeitamente sua letra e...

Um uivo que era quase um grito rompeu o silêncio.

— Seu demônio! Como foi que conseguiu isso?

Uma cadeira foi derrubada. Poirot esquivou-se agilmente. Um rápido movimento seu e o atacante caiu ao chão, ruidosamente. Fazendo um floreio, Poirot disse:

— *Messieurs, mesdames,* permitam que lhes apresente o assassino, Sr. Alfred Inglethorp!

## 13
## Poirot explica

— Tenho vontade de estrangulá-lo, Poirot! Por que me enganou deliberadamente?

Estávamos sentados na biblioteca. Diversos dias movimentados haviam se passado. Na sala, John e Mary estavam novamente juntos. Alfred Inglethorp e a Srta. Howard estavam presos. Agora, por fim, eu me encontrava a sós com Poirot e podia satisfazer a curiosidade que ainda me dominava.

Poirot demorou um pouco a responder:

— Não o enganei, *mon ami*. No máximo, permiti que enganasse a si mesmo.

— Mas por quê?

— É difícil explicar. Possui uma natureza tão honesta, meu amigo, e um semblante transparente, a tal ponto... *Enfin*, não consegue esconder seus sentimentos. Se eu lhe tivesse contado sobre minhas suposições, na primeira vez em que se encontrasse com Alfred Inglethorp, um dos cavalheiros mais astutos que já conheci, ele teria... para usar um termo do seu idioma tão expressivo... sentido o cheiro de algo errado no ar! E se isso acontecesse, *bon jour* às nossas chances de agarrá-lo!

— Acho que sou capaz de maior diplomacia do que imagina.

— Eu lhe imploro, meu amigo: não fique zangado. Sua ajuda foi de um valor inestimável. Só hesitei justamente pelo que existe de mais belo em sua natureza.

Minha irritação dissipou-se quase inteiramente.

— Mas ainda acho que poderia ter-me dado uma indicação qualquer.

— E o fiz, meu amigo. Não apenas uma vez, mas várias. Apenas não as percebeu. Pense um pouco. Alguma vez eu lhe disse que acreditava na culpa de John Cavendish? Não lhe declarei, ao contrário, que tinha quase certeza de que ele seria absolvido?

— Disse, sim. Mas...

— E não lhe falei logo depois da dificuldade de levar o assassino à justiça? Não ficou patente para você que eu estava falando de duas pessoas inteiramente diferentes?

— Não, não ficou nada patente para mim!

— E logo no início do caso, eu não lhe disse repetidas vezes que não queria que o Sr. Inglethorp fosse preso naquele momento? Isso deveria ter indicado alguma coisa para você.

— Está querendo dizer que desconfiava dele desde o início?

— Exatamente. Para começar, não havia a menor dúvida de que, entre todas as pessoas que poderiam se beneficiar com a morte da

Sra. Inglethorp, o marido seria o que tiraria mais proveito. Isso era incontestável. Quando acompanhei você a Styles naquele primeiro dia, ainda não tinha a menor ideia de como o crime fora cometido. Mas, pelo que eu sabia a respeito do Sr. Inglethorp, achei que seria muito difícil incriminá-lo. Quando cheguei ao *château*, compreendi imediatamente que fora a Sra. Inglethorp quem queimara o testamento. Nisso, meu amigo, não tem do que se queixar, pois esforcei-me ao máximo para fazê-lo perceber o significado do fogo na lareira do quarto, em pleno verão.

– Tem razão – murmurei, impaciente. – Continue, por favor.

– Minha convicção da culpa do Sr. Inglethorp ficou bastante abalada no início, meu amigo. Havia tantas provas contra ele que senti-me inclinado a pensar que não era o culpado.

– E quando foi que mudou de ideia?

– Quando descobri que, quanto mais esforços eu fazia para inocentá-lo, mais esforços ele fazia para ser preso. E tive certeza quando descobri que Inglethorp nada tinha a ver com a Sra. Raikes e que era John Cavendish quem tinha algum interesse naquela mulher.

– Mas por quê?

– É muito simples. Se Inglethorp estivesse tendo um caso com a Sra. Raikes, o silêncio dele teria sido bastante compreensível. Mas quando verifiquei que toda a aldeia sabia que era John quem se sentia atraído pela linda esposa do fazendeiro, o silêncio de Inglethorp passou a ter um sentido inteiramente diferente. A atitude dele é absurda, fingindo que tinha medo de um escândalo, quando nenhum escândalo poderia atingi-lo. Essa atitude dele deu-me o que pensar e acabei chegando à conclusão de que Alfred Inglethorp queria ser preso. *Eh bien!* A partir desse momento, tomei a decisão de impedir que ele fosse preso.

– Espere um pouco, Poirot. Por que ele queria ser preso?

– Porque, *mon ami*, a lei de seu país determina que um homem absolvido não pode ser novamente julgado pelo mesmo crime. *Aha!* Era muita esperteza, uma grande ideia! Não resta a menor dúvida de que se trata de um homem metódico. Sabia que, em sua posição, iria inevitavelmente transformar-se no principal suspeito. Assim, teve a ideia extremamente astuta de preparar uma série de provas artificiais que o incriminavam. Desejava ser preso. Apresentaria então o seu álibi irrefutável... e *presto*!, estaria seguro pelo resto da vida!

— Mas ainda não estou entendendo como ele pôde providenciar o álibi e ao mesmo tempo aparecer na farmácia local.

Poirot fitou-me com uma expressão de surpresa.

— Ainda não percebeu? Meu pobre amigo! Ainda não compreendeu que foi a Srta. Howard quem esteve na farmácia?

— A Srta. Howard?

— Exatamente. Quem mais poderia ser? Não haveria a menor dificuldade para ela. É uma mulher relativamente alta, com uma voz profunda e um tanto masculina. Além do mais, ela e Inglethorp são primos. Há uma certa semelhança entre os dois, especialmente no porte e no jeito de andar. Seria – e foi – muito fácil. Trata-se de uma dupla muito esperta.

— Ainda estou um pouco confuso, sem saber exatamente como o crime foi cometido.

— *Bon!* Vou reconstituir os fatos para você, na medida do possível. Estou propenso a acreditar que foi a Srta. Howard quem tramou tudo. Lembra-se de que ela disse certa ocasião que o pai tinha sido médico? Possivelmente ela aviava as receitas para o pai. Ou então tirou a ideia de um dos muitos livros de medicina que Mademoiselle Cynthia usou para prestar os exames de admissão no hospital. Seja como for, ela sabia que a adição de um brometo a uma mistura contendo estricnina faria com que o veneno se precipitasse. Provavelmente a ideia ocorreu-lhe de maneira súbita. A Sra. Inglethorp possuía uma caixa com pó de brometo, que tomava de vez em quando, sempre à noite. O que poderia ser mais fácil para ela do que dissolver uma das doses de brometo no vidro relativamente grande do medicamento contendo estricnina, adquirido na Coot's? O risco era praticamente inexistente. A tragédia só ocorreria duas semanas depois. Se alguém tivesse visto qualquer um dos dois tocando no vidro, certamente já o teria esquecido duas semanas depois. A essa altura, a Srta. Howard já teria engendrado sua própria discussão com a Sra. Inglethorp e deixado Styles. O tempo decorrido e a ausência dela na ocasião da tragédia afastariam qualquer suspeita. Era realmente uma ideia muito astuciosa. Se tivessem ficado quietos, é bem possível que jamais tivessem sido incriminados. Mas não se mostraram satisfeitos. Tentaram ser espertos demais... e foi isso que os levou à perdição!

Poirot fez uma pausa, soltando uma baforada do cigarro, olhando para o teto.

– Planejaram lançar a suspeita sobre John Cavendish, comprando estricnina na farmácia da aldeia e assinando o registro com a letra dele. Na segunda-feira, a Sra. Inglethorp deveria tomar a última dose de seu remédio. Assim, às 18 horas de segunda-feira, Alfred Inglethorp deu um jeito de ser visto por diversas pessoas num local longe da aldeia. A Srta. Howard tomara anteriormente a precaução de espalhar um rumor a respeito dele e da Sra. Raikes. Com isso, ficava justificado o fato de ele se calar posteriormente. Às 18 horas, disfarçada como Alfred Inglethorp, ela entrou na farmácia, contou a história de um cachorro como pretexto para comprar a estricnina e escreveu o nome de Alfred Inglethorp com a letra de John, a qual ela havia estudado meticulosamente antes.

Poirot continuou a explicação:

– Mas como todo o plano teria ido por água abaixo se John tivesse também um álibi, ela escreveu-lhe um bilhete anônimo, sempre imitando a letra dele. E John foi para um lugar remoto, onde era improvável que alguém pudesse vê-lo. Até esse momento, tudo estava correndo bem. A Srta. Howard voltou para Middlingham. Alfred Inglethorp voltou a Styles. Não havia nada que pudesse comprometê-lo, já que a estricnina estava com a Srta. Howard. Além do mais, a compra da estricnina visava apenas lançar suspeitas sobre John Cavendish. Mas é nesse momento que ocorre um contratempo. A Sra. Inglethorp não tomou o remédio naquela noite. A campainha quebrada, a ausência de Cynthia – providenciada por Inglethorp por intermédio da esposa –, tudo isso havia sido desperdiçado. E foi nesse momento que Inglethorp cometeu um erro. A Sra. Inglethorp não estava em casa e ele decidiu escrever para sua cúmplice. Receava que ela pudesse entrar em pânico diante do insucesso do plano. É provável que a Sra. Inglethorp tenha voltado mais cedo do que ele esperava.

Surpreendido enquanto escrevia a carta, ele mal teve tempo para trancar a escrivaninha. Temia permanecer na sala, pois teria que abrir novamente a escrivaninha e a Sra. Inglethorp poderia avistar a carta e querer saber do que se tratava. Assim, ele decidiu dar um passeio pelo bosque, sem imaginar que a Sra. Inglethorp poderia abrir a escrivaninha e descobrir a carta.

E Poirot concluiu:

– Foi justamente isso o que aconteceu. A Sra. Inglethorp leu a carta e descobriu a perfídia de seu marido e Evelyn Howard. Infelizmente, a frase sobre o brometo não a fez desconfiar de coisa alguma. Sabia que estava em perigo, mas ignorava inteiramente onde tal perigo a espreitava. Decidiu não dizer nada ao marido. Sentou-se e escreveu ao seu advogado, pedindo-lhe que a procurasse no dia seguinte. Decidiu também destruir imediatamente o testamento que acabara de fazer. E guardou consigo a carta fatal.

Interrompi Poirot nesse momento, indagando:

– Então foi para descobrir essa carta que Inglethorp arrombou a valise onde a esposa guardava os documentos mais importantes?

– Exatamente. Pelo imenso risco que ele assumiu, podemos compreender a imensa importância que atribuía à carta, além da qual não havia absolutamente mais nada que pudesse ligá-lo ao crime.

– Há uma coisa que não consigo entender, Poirot: por que ele não destruiu a carta imediatamente, assim que se apoderou dela?

– Porque ele não teve coragem de assumir o enorme risco de guardar a carta em seu próprio corpo.

– Não estou entendendo.

– Descobri que ele teve apenas cinco minutos para pegar a carta... os cinco minutos anteriores à nossa chegada ao local. Antes disso, Annie estava limpando a escadaria e teria visto alguém que estivesse passando pela ala direita. Procure imaginar a cena. Ele entra no quarto, usando qualquer uma das chaves, já que são todas muito parecidas. Corre até a valise. Está trancada e a chave não está à vista. É um golpe terrível para ele, pois não poderá mais ocultar sua presença no quarto, como esperava. Mas sabe que deve arriscar tudo para recuperar a carta. Rapidamente, arromba a valise e procura a carta entre os documentos, até encontrá-la. Mas eis que surge um novo dilema. Não se atreve a guardar a prova consigo. Podia ser visto ao sair do quarto... e talvez insistissem em revistá-lo. Se encontrassem a carta consigo, estaria inevitavelmente perdido. E nesse momento de indecisão, provavelmente, ele ouve o barulho de John e do Sr. Wells lá embaixo, deixando o *boudoir*. Precisa agir de forma rápida. Onde poderia esconder a carta? O conteúdo da cesta de lixo é sempre guardado como evidência, e poderia ser cuidadosamente examinado. Não havia meios de destruí-la e ele não se atrevia a guardá-la consigo. Ele olha ao redor e avista... o que acha que ele avistou, *mon ami*?

Sacudi a cabeça.

– Rapidamente, ele rasga a carta em três tiras, enrola-as com cuidado, e mete-a apressadamente entre as mechas que ficavam guardadas num jarro sobre o consolo da lareira.

Soltei uma exclamação de espanto. Poirot continuou:

– Ninguém pensaria em procurar a carta ali. E Inglethorp poderia voltar mais tarde, tranquilamente, destruindo a única prova que poderia incriminá-lo.

– Quer dizer que, durante todo o tempo, a prova estava entre as mechas guardadas num jarro no quarto da Sra. Inglethorp, diante dos nossos narizes?

Poirot assentiu.

– Exatamente, meu amigo. Foi onde descobri meu "elo perdido". E devo essa afortunada descoberta a você.

– A mim?

– Exatamente. Lembra-se de que me disse que minha mão tremia na ocasião em que eu arrumava os enfeites que estavam no consolo da lareira?

– Lembro-me, sim. Mas não entendo...

– Mas eu entendi tudo, meu amigo. No início daquela manhã, quando estivéramos juntos no quarto, eu endireitara todos os objetos que estavam no consolo. E como já haviam sido endireitados, não haveria necessidade de endireitá-los novamente... a menos que, nesse intervalo, alguém os tivesse tocado.

– Então essa é a explicação de seu comportamento tão surpreendente, Poirot! Foi correndo para Styles e encontrou a carta?
– Exatamente. Foi uma corrida contra o tempo.
– Ainda não compreendo como Inglethorp pôde ser tão tolo a ponto de deixar a carta em meio às mechas, quando teve ampla oportunidade para destruí-la.
– Acontece que ele não teve qualquer oportunidade, meu amigo. Eu mesmo cuidei disso.
– Como assim?
– Lembra-se de me censurar por ter feito confidências a todos os criados?
– Lembro, sim.
– É que eu já havia compreendido que só havia uma chance de agarrar o assassino. Ainda não tinha certeza se Inglethorp era ou não o criminoso. Mas se era, concluí que não deveria estar com a carta misteriosa e que certamente a escondera em algum lugar. Recrutando a ajuda da criadagem, consegui encontrar um meio eficaz de impedi-lo de destruir a carta. Inglethorp já estava sob suspeita. Fazendo aquele rebuliço, garanti os serviços de dez detetives amadores, que ficariam a vigiá-lo de modo incessante. Percebendo tal vigilância, ele não se atreveria a tentar destruir a carta. Acabou sendo forçado a ir embora de Styles, abandonando-a no jarro de mechas.
– Mas a Srta. Howard não teve oportunidade de destruir a carta para ele?
– Teve, sim. Mas a Srta. Howard não sabia da existência da carta. De acordo com o plano, ela não tornou a falar com Alfred Inglethorp. Os dois deveriam ser vistos como inimigos mortais. Não correriam o risco de se encontrarem de novo enquanto John Cavendish não fosse julgado e condenado. É claro que mantive o Sr. Inglethorp sob vigilância, esperando que mais cedo ou mais tarde ele me levasse ao esconderijo. Mas ele era esperto demais para correr qualquer risco. A carta estava segura onde a deixara. Como ninguém se lembrara de procurá-la no jarro de mechas durante a primeira semana, era bem provável que não fossem procurá-la mais tarde. Se não fosse por seu afortunado comentário, *mon ami*, talvez nunca mais encontrássemos a carta, e Alfred Inglethorp teria ficado impune.

– Quando foi que começou a desconfiar da Srta. Howard?

– Quando descobri que ela mentira no inquérito preliminar a respeito da carta que recebera da Sra. Inglethorp.

– Como assim?

– Viu a carta, não é mesmo? Ainda se recorda de suas características?

– Mais ou menos.

– Neste caso, deve estar lembrado de que a Sra. Inglethorp escreveu a carta com letra bastante firme, deixando espaços grandes entre as palavras. Mas, se reparou na data no alto da carta, deve ter percebido que ela estava inteiramente diferente. Entende agora?

– Não, não estou entendendo.

– Será que não percebeu logo que a carta não havia sido escrita no dia 17, mas sim no dia 7, o dia seguinte à partida da Srta. Howard? O número 1 foi espremido antes do número 7 para dar a impressão de que a carta havia sido escrita no dia 17.

– Mas por quê?

– Foi exatamente isso que me perguntei. Por que a Srta. Howard teria escondido a carta escrita no dia 17 e apresentado outra anterior, com a data falsificada, em seu lugar? Porque não desejava mostrar a carta escrita no dia 17. Mas por quê? E imediatamente ocorreu-me uma suspeita. Deve lembrar-se que eu lhe disse que era preciso tomar cuidado com as pessoas que não estavam dizendo a verdade.

– Mas você me apresentou duas razões pelas quais era impossível que a Srta. Howard tivesse cometido o crime! – protestei, indignado.

– E eram razões muito fortes, meu amigo. Por um longo tempo, isso me deixou bastante confuso. Até que recordei um fato da maior importância: ela e Alfred Inglethorp eram primos. A Srta. Howard não poderia ter cometido o crime sozinha, mas isso não impedia que fosse uma cúmplice. E havia também o problema do ódio exagerado dela. Na verdade, servia apenas para disfarçar uma emoção oposta. Havia certamente um laço de paixão muito forte entre os dois, antes de Alfred Inglethorp aparecer em Styles. Já tinham tramado a infame conspiração. Ele iria casar com aquela velha senhora rica e um tanto tola e persuadi-la a fazer um testamento deixando-lhe todo o seu dinheiro, matando-a em seguida. Se tudo corresse como haviam planejado, provavelmente deixariam a Inglaterra e passariam a viver juntos, desfrutando do dinheiro de sua pobre vítima. Eles formam um dupla astuta e inescrupulosa. Enquanto todas as suspeitas concentravam-se nele, ela tratou de fazer tranquilamente os preparativos para um *dénouement* muito diferente. Veio de Middlingham trazendo todos os objetos comprometedores. Ninguém suspeitava dela. Ninguém prestou qualquer atenção às suas idas e vindas pela casa. Escondeu a estricnina e o pincenê no quarto de John. Guardou a barba no sótão. E, no momento certo, deu um jeito para que tudo fosse descoberto.

– Não entendo por que eles tentaram atribuir a culpa a John. Teria sido muito mais fácil lançar a culpa sobre Lawrence.

– Acontece que todos os indícios contra Monsieur Lawrence derivaram do puro acaso. Na verdade, isso deve ter deixado os dois criminosos transtornados.

– A atitude dele foi muito estranha – comentei, pensativo.

– Tem razão. É claro que sabe por que ele se comportou desse jeito, não é mesmo?

– Não, não sei.

– Não percebeu que ele pensou que Mademoiselle Cynthia fosse culpada do crime?

– Impossível! – exclamei, atônito.

– De maneira alguma. Cheguei quase a ter a mesma impressão. Era nisso que estava pensando quando perguntei ao Sr. Wells se a Sra. Inglethorp não poderia ter feito um testamento a favor de uma pessoa que não fosse da família. Outros indícios eram o fato de ela ter preparado o pó de bromento e suas representações teatrais impecáveis, conforme Dorcas nos contou. Havia realmente mais indícios contra ela do que contra qualquer outra pessoa.

– Essa não, Poirot!

– É verdade, *mon ami*. Quer que eu lhe diga por que Monsieur Lawrence ficou tão pálido quando entrou no quarto da mãe na noite fatídica? Foi porque, enquanto a mãe estava estendida na cama, obviamente envenenada, viu que o ferrolho da porta para o quarto de Mademoiselle Cynthia estava aberto.

– Mas ele declarou que o ferrolho estava passado!

– Exatamente – disse Poirot, secamente. – E foi isso que confirmou minha suspeita de que estava aberto. Ele estava querendo proteger Mademoiselle Cynthia.

– Mas por que ele tentaria protegê-la?

– Porque está apaixonado por ela.

Não pude conter uma risada.

– Nisso, Poirot, você está inteiramente enganado. Acontece que sei, com toda certeza, que Lawrence não está de maneira alguma apaixonado por Cynthia. Pelo contrário, ele nem sequer gosta dela.

– Quem lhe disse isso, *mon ami*?

– A própria Cynthia.

– *La pauvre petite!* E ela disse isso com uma expressão preocupada?

– Disse que não se importava com isso.

– O que é um sinal seguro de que ela se importa e muito. Elas são assim mesmo... *les femmes*!

– O que acaba de dizer a respeito de Lawrence é uma grande surpresa para mim, Poirot.

– Mas por quê? Era perfeitamente óbvio. Não reparou que Monsieur Lawrence assumia uma expressão amargurada toda vez que via Mademoiselle Cynthia conversando e rindo com o irmão dele? Ele achava que Mademoiselle Cynthia estava apaixonada por Monsieur John. Quando entrou no quarto da mãe e constatou que ela tinha sido envenenada, imediatamente concluiu que Mademoiselle Cynthia sabia alguma coisa a respeito. Ficou desesperado. Sua primeira providência foi esmigalhar a xícara de café, recordando que Mademoiselle Cynthia subira com a Sra. Inglethorp para o quarto na noite anterior. Não queria que houvesse nenhuma possibilidade do conteúdo da xícara ser analisado. E a partir desse momento, ele passou – em vão – a defender obstinadamente a teoria da morte por meios naturais.

– E que história foi essa da outra xícara de café?

– Eu tinha quase certeza de que fora a Sra. Cavendish quem a escondera, mas precisava estar absolutamente seguro. Monsieur Lawrence não sabia do que se tratava. Mas concluiu que, se conseguisse encontrar uma xícara extra de café, a moça por quem estava apaixonado ficaria inocentada. E ele estava certo.

– Só mais uma coisa, Poirot. O que a Sra. Inglethorp quis dizer com suas últimas palavras?

– É claro que eram uma acusação contra o marido.

Deixei escapar um suspiro.

– Acho que já explicou tudo, Poirot. Estou contente porque as coisas terminaram da melhor forma possível. Até mesmo John e a esposa se reconciliaram.

– Graças a mim.

– Como assim?

– Meu caro amigo, será que não compreende que eles se reconciliaram única e exclusivamente por causa do julgamento? Eu estava convencido de que John Cavendish ainda amava a esposa. E tinha certeza de que ela também o amava. Mas haviam se afastado bastante, em decorrência de uma incompreensão. Ela casara sem amor. Ele sabia disso. À sua maneira, é um homem sensível e não queria forçar uma situação. E no momento em que ele se afastou, o amor dela despertou. Mas ambos são muito orgulhosos e nada fizeram para evitar o afastamento. Ele se deixou atrair por um relacionamento com a Sra. Raikes, enquanto ela deliberadamente cultivava a amizade do Dr. Bauerstein. Lembra-se do dia da prisão de John Cavendish, quando me encontrou indeciso?

– Lembro, sim. E compreendi perfeitamente a sua aflição.

– Perdoe-me, *mon ami,* mas não compreendeu nada. Eu estava procurando decidir se devia ou não inocentar John Cavendish imediatamente. Poderia tê-lo inocentado naquele momento, embora isso pudesse resultar na impunidade dos verdadeiros criminosos. Os dois ignoravam inteiramente as minhas suspeitas, até o último instante... o que explica em parte o meu sucesso.

– Está querendo dizer que poderia ter evitado que John Cavendish fosse levado a julgamento?

– Exatamente, meu amigo. Mas acabei decidindo em favor da "felicidade de uma mulher". Somente o perigo extremo por que passaram é que poderia ter reunido duas almas orgulhosas.

Fiquei olhando para Poirot em silêncio, totalmente aturdido. Mas que desfaçatez a dele! Quem – além de Poirot – poderia imaginar que um julgamento por homicídio poderia ser um meio eficaz de restaurar a felicidade conjugal?

– Estou adivinhando seus pensamentos, *mon ami* – disse ele, sorrindo. – Ninguém, a não ser Hercule Poirot, pensaria em tentar tal coisa! E está errado em condenar tal atitude. A felicidade de um homem e de uma mulher é a coisa mais importante do mundo!

As palavras dele fizeram-me recordar os acontecimentos anteriores. Lembrei-me de Mary, pálida e exausta, sentada no sofá, esperando, esperando... A campainha soou. Ela ameaçou levantar-se. Poirot abriu a porta e olhou nos olhos angustiados dela, assentindo de forma gentil e murmurando:

– Eu o trouxe de volta, senhora.

Ele deu um passo para o lado. Quando saí da sala, percebi a expressão no olhar de Mary, quando John a abraçou.

Voltei ao presente e comentei com o meu amigo:

– Talvez você tenha razão, Poirot. Também acho que é a coisa mais importante do mundo.

De repente, ouviu-se uma batida à porta e Cynthia apareceu.

– Eu... eu queria...

– Entre, por favor – disse eu, levantando-me imediatamente.

Ela entrou, mas não se sentou.

– Eu... eu queria apenas dizer uma coisa...

– Pode falar...

Cynthia ficou remexendo em uma das borlas da cortina por um momento, antes de exclamar impulsivamente:

– Oh, como vocês dois são maravilhosos!

Ela me beijou primeiro e depois a Poirot, antes de sair correndo da sala.

– Mas que será que significa isso? – indaguei, atônito.

Era muito agradável ser beijado por Cynthia, mas o fato de isso ter acontecido em público arrefecia um pouco o meu entusiasmo.

– Significa que ela acaba de descobrir que Monsieur Lawrence não antipatiza tanto com ela quanto imaginava – respondeu Poirot, em tom filosófico.

– Mas...

– Ah, aí está ele!

Lawrence passava nesse momento pela porta. Poirot chamou-o:

– Ei, Monsieur Lawrence! Devemos dar-lhe os parabéns, não é mesmo?

Lawrence corou e depois sorriu, envergonhado. Um homem apaixonado é um espetáculo lamentável. E Cynthia parecia agora mais encantadora do que nunca.

Deixei escapar um suspiro.

– O que é, *mon ami*?

– Nada – respondi, tristemente. – São duas mulheres maravilhosas!

– E nenhuma das duas lhe pertence, não é mesmo? – arrematou Poirot. – Mas não tem importância. Console-se, meu amigo. Poderemos caçar juntos novamente e... quem sabe? Tudo pode acontecer...

*fim*

EDIÇÕES BESTBOLSO

## O caso do hotel Bertram

Agatha Mary Clarissa Miller (1890-1976) nasceu em Devonshire, na Inglaterra. Filha de um norte-americano e de uma inglesa, foi educada dentro das tradições britânicas, severamente cultuadas por sua mãe. Adotou o sobrenome do primeiro marido, o coronel Archibald Christie, com quem se casou em 1914, pouco antes da Primeira Guerra Mundial. Embora já tivesse se aventurado na literatura, a escritora desenvolveu sua primeira história policial aos 26 anos, estimulada pela irmã Madge. Com a publicação de *O misterioso caso de Styles*, em 1917, nascia a consagrada autora de romances policiais Agatha Christie.

Com mais de oitenta livros publicados, Agatha Christie criou personagens marcantes, como Hercule Poirot, Miss Marple e o casal Tommy e Tuppence Beresford. Suas obras foram traduzidas para quase todas as línguas, e algumas foram adaptadas para o cinema. Em 1971, Agatha Christie recebeu o título de Dama da Ordem do Império britânico.

*Agatha Christie*

# O caso do hotel
# Bertram

## e

## *Enquanto*
## *houver* luz

LIVRO VIRA-VIRA 2

Tradução do romance
RAQUEL DE QUEIROZ

Tradução do conto
JAIME RODRIGUES

2ª edição

EDIÇÕES
BestBolso
RIO DE JANEIRO – 2010

CIP-BRASIL. CATALOGAÇÃO-NA-FONTE
SINDICATO NACIONAL DOS EDITORES DE LIVROS, RJ

Christie, Agatha, 1890-1976
C479m      O caso do hotel Bertram / Agatha Christie; tradução de Raquel de Queiroz
2ª ed.     e Enquanto houver luz / Agatha Christie; tradução de Jaime Rodrigues –
           2ª edição – Rio de Janeiro: BestBolso, 2010.

           Tradução de: At Bertram's Hotel; e de While the Light Lasts
           Obras publicadas juntas em sentido contrário
           Com: O misterioso caso de Styles / Agatha Christie; tradução de
           A. B. Pinheiro de Lemos
           ISBN 978-85-7799-262-1

           1. Ficção inglesa. I. Queiroz, Raquel de. II. Título.

                                          CDD: 823
10-3064                                   CDU: 821.111-3

*O caso do hotel Bertram,* de autoria de Agatha Christie.
*Enquanto houver luz,* de autoria de Agatha Christie.
Título número 192 das Edições BestBolso.
Segunda edição vira-vira impressa em setembro de 2010.
Texto revisado conforme o Acordo Ortográfico da Língua Portuguesa.

Título original do romance inglês:
AT BERTRAM'S HOTEL
Título original do conto inglês:
WHILE THE LIGHT LASTS

AGATHA CHRISTIE™ Copyright © 2010 Agatha Christie Limited, a Chorion company. All
rights reserved.
*At Bertram's Hotel* © 1965 Agatha Christie Limited, a Chorion company. All rights reserved.
Translation intitled *O caso do hotel Bertram* © 1997 Agatha Christie Limited, a Chorion company. All rights reserved.
*While the Light Lasts* © 1997 Agatha Christie Limited. Translation intitled *Enquanto houver luz*
© 1997 Agatha Christie Limited, a Chorion company. All rights reserved.

A logomarca vira-vira (vira-vira) e o slogan 2 LIVROS EM 1 são marcas registradas e de
propriedade da Editora Best Seller Ltda, parte integrante do Grupo Editorial Record.

*O caso do hotel Bertram* e *Enquanto houver luz* são obras de ficção. Nomes, personagens, fatos e
lugares são frutos da imaginação da autora ou usados de modo fictício. Qualquer semelhança
com fatos reais ou qualquer pessoa, viva ou morta, é mera coincidência.

www.edicoesbestbolso.com.br

Design de capa: Tita Nigrí.

Todos os direitos reservados. Proibida a reprodução, no todo ou em parte, sem autorização
prévia por escrito da editora, sejam quais forem os meios empregados.

Direitos exclusivos de publicação em língua portuguesa para o Brasil em formato bolso adquiridos pelas Edições BestBolso um selo da Editora Best Seller Ltda. Rua Argentina 171 – 20921-
380 Rio de Janeiro, RJ – Tel.: 2585-2000 que se reserva a propriedade literária desta tradução.

Impresso no Brasil

ISBN 978-85-7799-262-1

# O caso do hotel Bertram

(romance)

*Para Harry Smith
porque aprecio o modo científico
pelo qual lê meus livros*

# 1

No coração do West End, em Londres, há diversas ruelas desconhecidas por quase todo mundo, à exceção dos motoristas de táxi, que as atravessam com sapiência de peritos, chegando ilesos a Park Lane, Berkeley Square ou South Audley Street.

Se você se afastar de uma ruazinha despretensiosa que sai do parque e depois dobrar à esquerda e à direita algumas vezes, chegará a uma rua tranquila, onde fica o hotel Bertram, à direita. O Bertram está ali há muito tempo. Durante a guerra, demoliram-se casas de ambos os lados da rua – só o Bertram se manteve intacto. Naturalmente, como diria um corretor de imóveis, o prédio não poderia escapar a certos estragos – arranhões, hematomas, cicatrizes –, mas, com um investimento considerável, foi restaurado. Em 1955 mostrava-se idêntico ao que era em 1939: modesto, mas um pouco caro.

Assim era o Bertram, frequentado, anos a fio, pelos mais altos escalões do clero, por aristocratas idosas vindas do campo e moças a caminho de casa, onde passariam as férias de suas dispendiosas escolas particulares só para mulheres. ("Há tão poucos lugares onde uma moça pode hospedar-se sozinha em Londres; mas no Bertram, é claro, não há inconveniência. *Sempre* nos hospedamos lá.")

É claro que havia muitos outros hotéis como o Bertram. Alguns ainda existem, mas quase todos foram bafejados pelos ares dos novos tempos. Foram forçados a se modernizar, a procurar uma clientela diferente. E o Bertram também teve de mudar, mas o fez com tanta inteligência que não se percebe ao primeiro olhar.

Ao pé da pequena escadaria que leva às grandes portas de vaivém posta-se um cavalheiro que, à primeira vista, parece ser um marechal de campo: galões dourados e condecorações lhe adornam o peito amplo e viril. Sua postura é impecável. Recebe os hóspedes com cari-

nhosa solicitude, ao emergirem com reumática dificuldade de um táxi ou de um carro particular, encaminha-os cuidadosamente degraus acima e os conduz através da silenciosa porta de vaivém.

Lá dentro, caso estejamos visitando o Bertram pela primeira vez, descobrimos, quase assustados, que reingressamos em um outro mundo. O tempo andou para trás, e estamos novamente na Inglaterra de Eduardo VII.

Naturalmente há aquecimento central – mas é invisível. Desde os tempos de sua inauguração, a grande sala de entrada exibe dois magníficos fogões queimando carvão de pedra; ao lado, dois grandes baldes de latão, brilhando como nos tempos em que eram polidos pelas camareiras do rei Eduardo, estavam cheios de pedaços de carvão. O ambiente sugeria a aparência de um rico veludo vermelho e um conforto aconchegante. As poltronas eram seculares: erguiam-se bem acima do nível do piso, permitindo, assim, que as velhas senhoras reumáticas se pusessem de pé sem se verem obrigadas a lutar ridiculamente para executar o movimento. E os assentos das cadeiras, ao contrário do que acontece hoje em dia mesmo com as poltronas mais caras, não acabavam a meio caminho entre a coxa e o joelho, causando dores atrozes naqueles que sofrem de artrite ou dor ciática. E não eram todas de um único modelo. Havia encostos retos e inclinados, e larguras diferentes para acolher os magros e os obesos. Hóspedes de qualquer porte encontravam sempre uma cadeira confortável no Bertram.

Era a hora do chá, e a sala estava cheia. Não que a sala de entrada fosse o único lugar onde se pudesse tomar chá. Havia uma sala de visitas forrada com chitão, uma sala para fumantes – reservada apenas para cavalheiros, em virtude de não sei que tradição – onde as poltronas eram de couro da melhor qualidade, e duas salas de correspondência, para onde se poderia levar um amigo e ter uma conversa agradável em um ambiente tranquilo – ou até mesmo escrever uma carta, se fosse esse o objetivo. Além dessas amenidades da era eduardiana, havia ainda outros recantos – menos comentados, mas conhecidos daqueles que os apreciavam. Havia um bar duplo, com dois *barmen* – um deles, norte-americano, fazia com que os hóspedes vindos dos Estados Unidos se sentissem em casa e os abastecia de uísque de milho ou centeio

e qualquer outro tipo de coquetel; o outro, inglês, lidava com as doses de xerez e Pimm's nº 1 e conversava com propriedade a respeito dos corredores de Ascot e Newbury com os cavalheiros de meia-idade que vinham hospedar-se no Bertram no período das corridas mais importantes. Havia ainda, escondida ao fim de um corredor, uma sala de televisão para os interessados.

A grande sala de entrada, no entanto, era o local favorito para o chá da tarde. As senhoras idosas gostavam de observar quem entrava e saía, reconhecendo velhos amigos e reparando o quanto haviam envelhecido. Havia também hóspedes norte-americanos, fascinados pelo espetáculo da aristocracia inglesa inteiramente entregue aos prazeres do chá da tarde – o que era realmente um espetáculo, no Bertram.

Era simplesmente esplêndido. Quem presidia o ritual era Henry, um sujeito grande e magnífico, cinquentão, com ares paternais, simpático, e com os modos corteses de uma espécie há muito desaparecida: o perfeito mordomo. Jovens esbeltos davam conta do serviço, sob a austera supervisão de Henry. Usavam-se grandes bandejas de prata brasonadas; os bules georgianos também eram de prata. A louça imitava com perfeição a verdadeira porcelana de Rockingham e Davenport. O serviço mais apreciado era o Blind Earl. O chá, da melhor qualidade, vinha da Índia, de Sri Lanka, Darjeeling, Lapsang etc. Quanto à culinária, poderia pedir-se o que se quisesse – e tudo seria servido!

No dia 17 de novembro, lady Selina Hazy, de 65 anos, vinda de Leicestershire, comia deliciosos *muffins* amanteigados com apetite típico de uma dama idosa.

Mas não podemos dizer que o seu enlevo com os *muffins* fosse tão grande que a impedisse de olhar animadamente toda vez que a porta de vaivém se abria para receber um recém-chegado.

Lady Selina sorriu e, inclinando a cabeça, saudou o coronel Luscombe – ereto, porte militar, um binóculo de turfe pendendo-lhe do pescoço. Velha autocrata que era, lady Selina fez um imperioso gesto chamando-o, e dentro de poucos minutos Luscombe estava ao seu lado.

– Olá, Selina, o que faz aqui na cidade?

– Dentista – respondeu lady Selina meio indistintamente, por causa de um *muffin*. – E achei que, já que estava aqui, o melhor seria

procurar também aquele homem de Harley Street para ver a minha artrite. Você sabe quem é.

Embora Harley Street abrigue várias centenas de médicos de renome, que tratam de toda espécie de moléstias, Luscombe sabia a quem ela se referia.

– E adiantou alguma coisa? – perguntou ele.

– Acho que sim – concordou lady Selina com má vontade. – É um sujeito extraordinário. Agarrou-me pelo pescoço quando eu menos esperava e torceu-o como se fosse um pescoço de frango – lady Selina girou o pescoço com cuidado.

– Doeu?

– Deve ter doído, sendo torcido daquele jeito, mas nem tive tempo de reparar. – E a velhota continuou a mover o pescoço com cuidado. – Não sinto nada. Pela primeira vez nesses últimos anos posso olhar por cima do ombro direito.

Lady Selina experimentou o movimento, e de repente disse:

– Olhe! Garanto que aquela ali é a velha Jane Marple. Pensei que tivesse morrido anos atrás. Parece que está com 100 anos.

O coronel Luscombe olhou na direção de Jane Marple sem grande interesse; no Bertram, nunca faltava o pequeno contingente que ele costumava chamar "as velhas gatas fofas".

Lady Selina continuava:

– Aqui é o único lugar em Londres onde se consegue um *muffin*. Imagine que no ano passado, quando estive nos Estados Unidos, eles ofereciam algo a que chamavam *muffin* no menu do café da manhã. *Muffin* coisa nenhuma: era uma espécie de bolo com passas dentro. Então para que chamar aquilo de *muffin*?

Lady Selina engoliu o último pedaço amanteigado do *muffin* e olhou vagamente ao redor. Henry logo apareceu. Parecia ter surgido de súbito.

– A senhora deseja mais alguma coisa? – E sugeriu atenciosamente: – Bolo, por exemplo?

– Bolo? – Lady Selina pensou, hesitante.

– Eu recomendo um ótimo bolo de cominho que estamos servindo.

– Bolo de cominho? Faz anos que não como bolo de cominho! É bolo de cominho *de verdade*?

– É, sim, senhora. O cozinheiro usa essa receita há muitos anos. A senhora vai gostar, tenho certeza.

Henry olhou para um de seus ajudantes, e o rapaz disparou para buscar o bolo de cominho.

– Quer dizer que você esteve em Newbury, Derek.

– Estive. Um frio dos diabos. Nem esperei os dois últimos páreos. Foi um dia desastroso. Aquela potranca do Harry não vale nada.

– Eu sabia disso. E que me diz de Swanhilda?

– Ficou em quarto lugar. – Luscombe ergueu-se. – Tenho que fazer minha reserva.

Atravessou o saguão em direção à portaria. No caminho, o coronel reparou nas mesas e em seus ocupantes. Era impressionante a quantidade de gente que tomava chá ali. Como nos velhos tempos. Desde a guerra, o chá, como refeição, passara da moda. Mas, evidentemente, isso não ocorrera no Bertram. Quem seriam todas aquelas pessoas? Dois cônegos e o deão de Chislehampton. Sim, e mais um par de pernas com polainas ali no canto – um bispo, sem dúvida! Simples vigários eram escassos. "É preciso ser pelo menos um cônego para se dar ao luxo de frequentar o Bertram", pensou o coronel. A arraia-miúda do clero não o podia fazer, coitados. Pensando bem, como é que a velha Selina podia dar-se àquele luxo? Só devia dispor de uns 2 vinténs de renda por ano. E ali estavam outras velhas – lady Berry, a Sra. Posselthwaite de Somerset e Sybil Kerr –, todas pobres como ratos de igreja.

Pensando ainda nisso, ele chegou ao balcão da portaria, onde foi gentilmente cumprimentado pela Srta. Gorringe, a recepcionista. A Srta. Gorringe era uma velha amiga sua. Conhecia toda a clientela do hotel e, tal como os membros da família real, jamais esquecia uma fisionomia. Tinha um ar fora de moda, mas respeitável: cabelos amarelados, cacheados (sugerindo o emprego de antiquados ferros de frisar), vestido de seda preta e um busto elevado, sobre o qual repousavam um medalhão de ouro e um broche de camafeu.

– Número 14 – disse a Srta. Gorringe. – Creio que da última vez o senhor ocupou o 14 e ficou satisfeito, coronel Luscombe. É bem sossegado.

– O que me admira é que consiga lembrar-se sempre dessas coisas, Srta. Gorringe.

– Nós aqui gostamos de fazer com que os velhos amigos se sintam bem.

– Vir aqui é como retornar a um passado distante. Parece que nada mudou.

Interrompeu-se ao ver o Sr. Humfries, que saía do escritório para cumprimentá-lo.

Alguns não iniciados muitas vezes tomavam o Sr. Humfries pelo Sr. Bertram em pessoa. E, no entanto, o *verdadeiro* Sr. Bertram, se é que existia realmente um Sr. Bertram, era a indagação cuja resposta se perdia nas brumas da antiguidade. O hotel Bertram existia desde cerca de 1840, mas ninguém se preocupara em pesquisar sua história. Bastava a constatação de sua presença, o que representava um fato concreto. Quando o chamavam de "Sr. Bertram", o Sr. Humfries jamais corrigia o engano. Se queriam que ele fosse o Sr. Bertram, muito bem, seria o Sr. Bertram. O coronel Luscombe sabia seu nome, embora ignorasse se Humfries era o gerente do hotel ou o proprietário. Optava pela última hipótese.

O Sr. Humfries era um homem de cerca de 50 anos, muito bem-educado, com a postura de um "ministro sem pasta". Podia, de repente, apresentar uma faceta especial para cada interlocutor. Sabia conversar sobre corridas, *cricket,* política externa, contar anedotas sobre a família real, dar informações sobre a exposição de automóveis, assistira às peças mais interessantes que estavam em cartaz, e dava conselhos sobre os locais que os turistas norte-americanos deviam visitar na Inglaterra, por mais curta que fosse a estada deles no país. Sabia informar com segurança um bom local para jantar, de acordo com os gostos e as posses do interessado, não importava quem fosse. Apesar disso, não era sempre acessível. A Srta. Gorringe também tinha todas as informações na ponta da língua e podia fornecê-las de maneira eficiente. O Sr. Humfries aparecia em intervalos breves e intermitentes, como o sol, favorecendo com os raios de sua atenção pessoal um ou outro privilegiado.

O coronel Luscombe era quem recebia agora os raios do sol. Trocaram algumas banalidades sobre turfe, mas o coronel Luscombe continuava absorto em seu dilema. E ali estava alguém que o poderia resolver.

– Escute aqui, Humfries, será que todas essas velhotas têm posses para se hospedar aqui?

– Ah, o senhor está intrigado com isso? – O Sr. Humfries parecia se divertir. – Bem, a resposta é simples. Elas não têm posses para tanto. A menos...

E o Sr. Humfries fez uma pausa.

– A menos que se façam preços especiais para elas. Certo?

– Mais ou menos. Em geral, elas não percebem que os preços são especiais. Ou se percebem, pensam que é uma concessão feita exclusivamente a clientes antigas.

– E não é assim?

– Bem, coronel Luscombe, eu *gerencio* um hotel. Não posso me dar ao luxo de perder dinheiro.

– E qual é então o lucro que vocês têm?

– É uma questão de atmosfera... Os estrangeiros que vêm à Inglaterra (sobretudo os norte-americanos, que são os que gastam dinheiro) têm suas ideias a respeito da vida inglesa. Não me refiro, o senhor compreende, aos tubarões milionários que vivem atravessando o Atlântico. Esses vão para o Savoy e o Dorchester; querem decoração moderna, comida norte-americana, tudo que os faça sentir-se em casa. Mas há um tipo de viajante que vem à Europa raramente e que espera encontrar uma determinada Inglaterra. Bem, não digo a Inglaterra de Dickens, mas leram *Cranford* e Henry James, e não lhes agrada encontrar uma Inglaterra igual à terra deles! De modo que, hospedando-se conosco, quando chegam aos Estados Unidos, contam: "Existe um lugar formidável em Londres: chama-se hotel Bertram. É como recuar um século e encontrar a *velha* Inglaterra! As pessoas que se hospedam lá não se encontram mais em lugar nenhum. Umas velhas duquesas estupendas. Servem todos os pratos ingleses tradicionais, como o autêntico pudim de *beefsteak*! Em parte alguma do mundo você prova coisa igual. Imensos bifes de alcatra, lombos de carneiro, o chá inglês à moda antiga, e um maravilhoso café da manhã britânico. E, é claro, todas as coisas comuns também. É maravilhosamente confortável. E bem-aquecido, com grandes lareiras de lenha em toras." – O Sr. Humfries parou com a imitação dos norte-americanos e permitiu-se a sombra de um sorriso.

– Estou entendendo – comentou Luscombe, pensativo. – Esse pessoal, esses aristocratas decadentes, esses membros empobrecidos da velha nobreza latifundiária, funcionam praticamente como *mise-en-scène?*

O Sr. Humfries concordou com um movimento da cabeça, e acrescentou:

– O que me deixa intrigado é que ninguém mais tenha pensado nisso. É verdade que já encontrei o Bertram praticamente pronto, carecendo apenas de um dispendioso trabalho de restauração. Todos os nossos frequentadores imaginam que o Bertram é um local que eles descobriram sozinhos e que ninguém mais conhece.

– Então – observou Luscombe – essa restauração saiu caríssima?

– Sim, saiu cara. O hotel tem que parecer contemporâneo de Eduardo VII e, ao mesmo tempo, oferecer todo o conforto moderno de qualquer hotel atual. Nossas velhotas – se me permite referir-me assim a elas – precisam sentir que nada mudou aqui, desde o começo do século, e nossos clientes estrangeiros devem sentir que, embora estejam em um cenário vitoriano, eles podem desfrutar de todos os confortos a que estão habituados em seu país – e sem os quais não podem viver!

– É um pouco difícil, às vezes, não? – insinuou Luscombe.

– Não é muito difícil, não. Por exemplo, o aquecimento central. Os norte-americanos exigem, ou melhor, sentem necessidade de um pouco mais de calor ambiente que os ingleses. Nós, então, dispomos de dois tipos de quartos completamente diferentes. Num deles instalamos os ingleses, no outro os norte-americanos. Os quartos parecem todos iguais, mas na realidade são bem diferentes: barbeadores elétricos, chuveiros, além de banheiras em alguns dos banheiros, e àqueles que querem um café da manhã norte-americano servimos cereais, suco de laranja gelado, e tudo o mais; quem preferir, toma um café da manhã inglês.

– Com ovos e bacon?

– Sim, e muito mais, se o hóspede assim desejar: salmão e arenque defumados, rins, aves, presunto de York, e geleia de Oxford.

– Procurarei lembrar-me disso tudo amanhã pela manhã. Em casa a gente não consegue mais comer nada disso.

Humfries sorriu:

– A maior parte dos cavalheiros pede apenas ovos com bacon. Já deixaram... bem, já perderam o hábito dessas coisas a que estavam acostumados antigamente.

– Sim, é mesmo... Lembro-me de quando era criança... Os aparadores gemendo com o peso dos pratos quentes. Sim, vivia-se com muito luxo.

– Procuramos dar aos clientes tudo que eles nos pedem.

– Inclusive bolo de cominho e *muffins*... sim, entendo. A cada um, de acordo com sua necessidade, entendo... Bem marxista.

– Perdão, não entendi.

– Um pensamento que tive, Humfries. Os extremos se encontram.

O coronel Luscombe deu meia-volta e afastou-se levando consigo a chave que a Srta. Gorringe lhe dera. Um dos funcionários aproximou-se e o encaminhou ao elevador. No caminho, o coronel viu que lady Selina Hazy estava sentada ao lado de sua amiga, Jane "não-sei-de-quê".

## 2

— Calculo que você ainda esteja morando na simpática St. Mary Mead? – indagou lady Selina. – Uma aldeia que a civilização ainda não estragou. Muitas vezes me lembro de lá. Imagino que continua a mesma coisa de sempre.

– Bem, nem tanto. – Miss Marple refletia sobre certos aspectos de seu local de residência – o novo quarteirão dos edifícios, os anexos ao prédio da prefeitura, as modificações na rua principal, com as fachadas modernas das lojas... Ela suspirou: – Creio que precisamos aceitar as mudanças.

– Progresso – disse vagamente lady Selina. – Embora muitas vezes me pareça que isso não é progresso. Todas essas vistosas instalações sanitárias que agora estão na moda. Todas aquelas cores e o suntuoso "acabamento", como dizem por aí – mas será que realmente funcio-

nam quando a gente *puxa* a alavanca ou *aperta* o botão? Toda vez que se visita alguém, lá estão aqueles cartazes no banheiro: "Aperte com força e solte" ou "Puxe para a esquerda", "Solte rápido". Antigamente, bastava a gente dar uma descarga e imediatamente caíam *cataratas* de água... Lá está o nosso querido bispo de Medmenham – interrompeu-se lady Selina ao ver passar um clérigo idoso de boa aparência. – Acho que está praticamente cego. Mas é um padre formidável, atuante!

Entregaram-se então a uma ligeira conversa com tema clerical, interrompida de vez em quando por lady Selina, que amiúde pensava reconhecer velhos amigos e conhecidos, muitos dos quais acabavam por não ser quem ela supunha que fossem. Lady Selina e Miss Marple conversaram ainda sobre "os velhos tempos", embora a mocidade de Miss Marple tivesse sido muito diferente da que lady Selina vivera, é claro; as reminiscências de ambas limitavam-se sobretudo aos poucos anos em que lady Selina, viúva recente e em difícil situação econômica, alugara uma casinhola na aldeia de St. Mary Mead durante o período em que seu segundo filho estivera lotado em um aeroporto próximo.

– Você sempre se hospeda aqui quando vem à cidade, Jane? Como é que nunca a vi antes?

– Não, claro que não! Não tenho condições financeiras para isso; aliás, quase não saio de casa ultimamente. Foi ideia de uma sobrinha, que é muito boa para mim, proporcionar-me uma pequena estada em Londres. Joan é uma flor de moça... bem, quase não se pode mais dizer que seja uma "mocinha". – E Miss Marple lembrou-se, com um choque, que Joan já devia estar perto dos 50. – É pintora, sabia? Uma pintora bastante conhecida. Joan West. Fez uma exposição há pouco tempo.

Lady Selina não se interessava muito por pintores nem por qualquer outra atividade artística. Considerava escritores, pintores e músicos uma espécie de animais de circo; estava pronta a se mostrar indulgente para com eles – mas intimamente gostaria de saber por que tinham prazer em fazer tais coisas.

– Algum disparate modernista, imagino – observou ela, os olhos correndo pela sala. – Olhe ali a Cicely Longhurst... pintou os cabelos de novo.

– É, não nego que minha querida Joan seja um tanto modernista.

Nesse ponto, Miss Marple estava completamente enganada. Joan West fora modernista cerca de vinte anos antes, mas agora os jovens artistas a consideravam antiquada.

Lançando um rápido olhar para os cabelos pintados de Cicely Longhurst, Miss Marple voltou a recordar carinhosamente a gentileza de Joan. Na verdade, Joan dissera ao marido:

– Coitadinha da tia Jane, seria ótimo se pudéssemos fazer um agrado a ela. A pobrezinha nunca sai de casa. Você acha que ela gostaria de passar uma ou duas semanas em Bournemouth?

E Raymond West respondera:

– Boa ideia. – O último livro dele estava vendendo muito bem e ele se sentia generoso.

– Creio que ela gostou muito da excursão que fez às Antilhas. É pena que se tenha visto envolvida naquele assassinato. É o tipo de coisa inconveniente para uma senhora na idade dela – comentou Joan.

– Mas essas coisas estão sempre acontecendo à tia Jane – respondeu o marido.

Raymond queria muito bem à sua velha tia: estava sempre procurando descobrir coisas que fossem do seu agrado e mandando-lhe livros que supunha serem de seu interesse. Ficava surpreso ao vê-la, com frequência, recusar delicadamente suas ofertas e, embora ela declarasse sempre que os livros eram "muito interessantes", ele às vezes desconfiava de que a tia não os lia. Talvez seus olhos estivessem cansados e doentes.

Nesse ponto, ele se enganava. Miss Marple tinha uma visão notável para a sua idade e, naquele exato momento, examinava tudo que se passava ao seu redor, com o maior prazer e interesse.

Quando Joan lhe ofereceu uma estada de uma ou duas semanas em um dos melhores hotéis de Bournemouth, ela hesitou, murmurando:

– É muita bondade sua, querida, mas, na verdade, não sei...

– Mas vai ser ótimo para a senhora, tia Jane. É bom a gente sair de casa de vez em quando. Traz ideias novas, algo novo para pensar.

– Ah, sim, nisso você tem razão, e eu gostaria de fazer um passeio de vez em quando, para variar. Mas talvez não a Bournemouth.

17

Joan ficou levemente surpresa. Pensava que Bournemouth fosse a Meca de Miss Marple.

– Então Eastbourne? Ou Torquay?

– Sabe onde eu gostaria de ir realmente... – e Miss Marple hesitou.

– Sim?

– Talvez você vá pensar que é tolice minha...

– Não, não vou pensar nada disso. (Para onde ela queria ir?)

– Gostaria de ir para o hotel Bertram, em Londres.

– Hotel Bertram? – O nome era vagamente familiar.

As palavras vieram de uma só vez a Miss Marple:

– Eu me hospedei lá uma vez, quando tinha 14 anos. Com minha tia e meu tio, tio Thomas, que então era cônego de Ely. E nunca me esqueci de lá. Se eu pudesse ficar no Bertram uma semana seria o bastante... duas semanas deve ser caro demais.

– Ah, ótimo! Claro que a senhora pode ir. Eu devia ter pensado que a senhora gostaria de ir a Londres – andar pelas lojas etc. Iremos acertar tudo, se é que o Bertram ainda existe. Tantos hotéis têm desaparecido... alguns foram bombardeados durante a guerra, outros simplesmente fecharam.

– Não, por acaso eu sei que o hotel Bertram ainda está funcionando. Recebi uma carta de lá, de uma amiga norte-americana, Amy McAllister, de Boston. Foi onde ela e o marido se hospedaram.

– Muito bem, então irei lá e combinarei tudo – acrescentou gentilmente. – Só tenho medo é de que a senhora possa achar o lugar muito mudado, em comparação ao que era quando o conheceu. Não quero que fique decepcionada.

Mas o hotel Bertram não mudara. Era exatamente como sempre fora, o que era praticamente um milagre, na opinião de Miss Marple. Na verdade, ela ficava pensativa...

De fato, parecia bom demais para ser verdade. Miss Marple sabia muito bem, com sua sensatez e inteligência, que seu desejo era apenas reavivar as lembranças do passado nas velhas cores originais. Passava grande parte dos seus dias, por força das circunstâncias, recordando alegrias passadas. E se descobrisse alguém com quem as pudesse rememorar, isso poderia ser chamado de felicidade. Atualmente, no

entanto, não era fácil conseguir tal coisa: Miss Marple já enterrara a maior parte de seus contemporâneos. Assim mesmo, gostava de ficar sentada, recordando. De uma forma singular, aquilo a fazia reviver Jane Marple, aquela garota vestida de branco e rosa, tão inquieta... tão ingênua em tantas coisas... e quem seria aquele rapaz muito pouco recomendável que se chamava... Ó Deus, não conseguia lembrar-se do nome dele... A mãe da garota, com grande sensatez, resolvera cortar aquela amizade que nascia. Anos depois ela o encontrou – e realmente teve uma impressão horrível dele. Mas na ocasião adormecera chorando durante pelo menos uma semana!

Hoje em dia, naturalmente – e Miss Marple pôs-se a pensar nos dias atuais... Essas pobrezinhas. Algumas têm mãe, mas parece que suas mães não servem para nada, são incapazes de proteger as filhas contra paixonites tolas, filhos ilegítimos e casamentos precoces e infelizes. É tudo muito triste.

A voz da amiga interrompeu suas meditações:

– Bem, eu nunca. Sim, é... é Bess Sedgwick que está ali! Imagine, encontrá-la logo aqui!

Miss Marple escutava superficialmente os comentários de lady Selina a respeito dos presentes. Ambas frequentavam círculos completamente diferentes, de modo que seria impossível a Miss Marple partilhar dos mexericos escandalosos referentes aos diversos amigos e conhecidos que lady Selina reconhecia ou supunha reconhecer.

Mas Bess Sedgwick era diferente. Bess Sedgwick era um nome conhecido em quase toda a Inglaterra. Fazia mais de trinta anos que a imprensa noticiava tudo que Bess Sedgwick fazia, e era sempre algo de extravagante ou extraordinário. Durante grande parte da guerra ela lutou entre os membros da Resistência, na França – contavam que tinha seis entalhes no revólver, representando seis alemães que matara. Cruzara o Atlântico, anos antes, em voo solitário, atravessara a Europa a cavalo, chegando até o lago Van. Dirigira carros de corrida, certa vez salvara duas crianças de uma casa em chamas, passou por vários casamentos e era considerada a segunda mulher mais bem-vestida da Europa. Dizia-se, também, que conseguira tomar parte, como passageira clandestina, numa das viagens experimentais de um submarino nuclear.

Foi, portanto, com o mais intenso interesse que Miss Marple endireitou-se na cadeira e passou a olhar francamente para a recém-chegada.

A última pessoa que Miss Marple esperava ver no hotel Bertram era Bess Sedgwick. Uma boate das mais caras ou um pouso de motoristas de caminhão, qualquer desse lugares estaria dentro do largo âmbito de interesses de Bess Sedgwick. Mas aquela hospedaria antiquada e respeitabilíssima parecia estranhamente imprópria.

E, contudo, ali estava ela – não havia a menor dúvida. Raramente passava-se um mês sem que o rosto de Bess Sedgwick aparecesse em uma revista de moda ou numa página da imprensa popular. E ela estava ali em carne e osso, fumando um cigarro com trejeitos impacientes e olhando com ar surpreso para a grande bandeja de chá à sua frente, como se jamais houvesse visto coisa semelhante. Bess pedira ao garçom – Miss Marple afiou o olhar e espiou bem, pois estava um pouco distante – sim, ela pedira *rosquinhas*. Interessantíssimo.

E enquanto Miss Marple espiava, Bess Sedgwick esmagou o cigarro no pires, apanhou uma rosquinha e deu-lhe uma grande dentada. Uma espessa geleia vermelha de morango escorreu-lhe pelo queixo. Bess atirou a cabeça para trás e deu uma risada – uma das mais altas e alegres risadas que se ouviram, desde muito tempo, no saguão do hotel Bertram.

Henry imediatamente ofereceu a Bess um guardanapo pequeno e delicado. Bess o pegou, esfregou o queixo com o vigor de um rapaz e exclamou:

– Isso é que eu chamo uma rosquinha autêntica! Ótima!

Deixou cair o guardanapo na bandeja e levantou-se. Como sempre, atraía todos os olhares, mas já estava acostumada a isso. Talvez gostasse de ser olhada, talvez não percebesse mais que a olhavam. Era uma mulher para quem valia a pena olhar – mais encantadora do que bela. Os cabelos louros, quase brancos, caíam-lhe lisos e macios até os ombros. Os traços da cabeça e do rosto eram delicados: o nariz levemente aquilino, os olhos fundos e acinzentados, a boca grande de uma comediante de nascença. O vestido que usava era de tal simplicidade que deixava intrigados a maioria dos homens. Parecia feito de um

pano grosseiro, não tinha nenhum enfeite ou costura, colchete ou fecho aparente. Mas as mulheres não se deixavam enganar. Até mesmo as velhotas provincianas do Bertram sabiam, com certeza absoluta, que um vestido daqueles custava os olhos da cara!

Atravessando a sala em direção ao elevador, Bess passou pertinho de Miss Marple e lady Selina, a quem cumprimentou:

– Como vai, lady Selina? Não a vejo desde o Crufts. Como vão os Borzois?

– O que anda fazendo por aqui, Bess?

– Estou hospedada aqui. Vim de carro, de Land's End. Quatro horas e quarenta e cinco minutos. Rápido, não?

– Você ainda vai se matar qualquer dia desses. Ou matará outra pessoa.

– Espero que não.

– Mas por que veio se hospedar *aqui*?

Bess Sedgwick olhou ao redor. Parecia entender o que lady Selina queria dizer e recebeu a observação com um sorriso irônico.

– Alguém aconselhou-me a experimentar isso aqui; e acho que esse alguém tinha razão. Acabei de comer a rosquinha mais maravilhosa deste mundo.

– E eles também têm *muffins*, querida.

– *Muffins* – repetiu lady Sedgwick, pensativa. – Sim... – parecia fazer uma concessão. – *Muffins*!

Fez um gesto cordial com a cabeça e seguiu para o elevador.

– Essa menina é extraordinária – comentou lady Selina. Para ela, assim como para Miss Marple, toda mulher abaixo dos 60 anos era uma menina. – Conheço-a desde pequena. Ninguém podia com ela. Aos 16 anos fugiu de casa com um cavalariço irlandês. Conseguiram trazê-la de volta a tempo... ou talvez não tenha sido a tempo. De qualquer forma, subornaram o rapaz para que se afastasse dela e casaram-na direitinho com o velho Coniston, trinta anos mais velho, um farrista aposentado e apaixonado por ela. Um casório que não durou muito. Bess foi embora com Johnnie Sedgwick. Esse casamento poderia ter durado se Johnnie não tivesse morrido ao quebrar o pescoço numa corrida de cavalos com obstáculos. Depois, então, Bess casou com Ridgway Becker, um norte-

americano, dono de um iate. Três anos depois divorciaram-se, e ouvi dizer que ela andava metida com um piloto de automóveis, acho que era polonês. Não sei se chegou a casar com ele ou não. Depois de se divorciar do norte-americano, Bess voltou a usar o sobrenome Sedgwick. Costuma andar com gente de reputação questionável... Dizem que consome drogas... Não saberia dizer ao certo.

– A gente fica imaginando se ela é feliz – comentou Miss Marple.

Lady Selina, que evidentemente jamais pensara a tal respeito, olhou para a outra, surpresa:

– Bess tem dinheiro aos montes, suponho – disse sem muita convicção. – Recebe pensão do divórcio e tudo mais. Claro que isso não é tudo...

– Não, não é.

– E ela sempre tem um homem, ou vários homens, à sua volta.

– Verdade?

– Evidentemente, quando certas mulheres chegam a essa idade, é só o que querem... Mas de qualquer modo...

Lady Selina fez uma pausa.

– Não – disse Miss Marple. – Eu também acho que não.

Talvez alguém fosse capaz de sorrir com delicada zombaria, diante de tal pronunciamento, emitido por uma velha senhora antiquada, que dificilmente poderia ser considerada uma autoridade em ninfomania; com efeito, Miss Marple jamais usaria essa palavra: teria preferido dizer que a mulher era "por demais dada a companhias masculinas". Mas lady Selina acolheu a opinião de Miss Marple como uma confirmação da sua e acrescentou:

– Há uma multidão de homens na vida dela.

– Sim, mas talvez para ela os homens representem mais uma aventura do que uma necessidade, a senhora não acha?

Miss Marple pensava consigo, que mulher procuraria o Bertram para um encontro com um homem? O Bertram, definitivamente, não era lugar para isso. Mas talvez uma pessoa como Bess Sedgwick escolhesse o Bertram justamente por essa razão.

Miss Marple suspirou, ergueu os olhos para o belo e antigo relógio de armário que batia seu pêndulo a um canto e pôs-se de pé, com a cautela característica dos reumáticos. Dirigiu-se lentamente para o

elevador. Lady Selina correu os olhos ao redor e avançou para um cavalheiro idoso, de porte militar, que lia o *Spectator*.

– Que prazer encontrá-lo! Hum... é o general Arlington, não é?

O cavalheiro, porém, com grande cortesia, negou ser o general Arlington. Lady Selina pediu desculpas, mas não se perturbou muito. Encarava sua miopia com otimismo e, uma vez que seu maior prazer era encontrar velhos amigos e conhecidos, vivia cometendo enganos. Muitas outras pessoas equivocavam-se da mesma maneira em um ambiente onde as luzes eram agradavelmente amenizadas por pesados abajures. Mas ninguém jamais se ofendia – parecia que até os enganos eram motivo de prazer.

Miss Marple sorria sozinha, enquanto esperava que o elevador descesse. Selina não mudara! Sempre convencida de que conhecia todo mundo. Ela própria não poderia gabar-se de proeza idêntica. Seu único feito, naquele terreno, fora a identificação do belo bispo de Westchester, metido em suas polainas, a quem chamara carinhosamente de "querido Robbie", e que lhe respondera com igual afeição e com recordações entusiasmadas de seus tempos de criança em uma casa paroquial de Hampshire:

– Finja que agora você é um jacaré, tia Jane. Finja que é um jacaré e me coma.

O elevador desceu e o cabineiro de meia-idade abriu a porta. Para completa surpresa de Miss Marple, o passageiro que descia era Bess Sedgwick, a quem vira subir poucos minutos antes.

Ao passar por ela, Bess Sedgwick parou de modo tão brusco que quase tropeçou, chegando até a Miss Marple. Bess Sedgwick olhava por cima do ombro de Miss Marple com tal concentração que a velha senhora virou-se para olhar também.

O porteiro acabara de abrir a porta de entrada do hotel e a segurava para deixar entrar no saguão duas mulheres. Uma delas era uma velhota de ar atarantado, com um lamentável chapéu roxo e florido; a outra era uma moça alta, vestida com elegância discreta, que devia ter 17 ou 18 anos, de cabelos longos e lisos.

Bess Sedgwick recompôs-se, deu uma meia-volta abrupta e tornou a entrar no elevador. Quando viu que Miss Marple entrava também, desculpou-se:

– Perdão. Quase esbarrei na senhora. – A voz era cálida e amável.

– Lembrei-me de repente que esqueci uma coisa. Até parece um disparate, mas não é.

– Segundo andar – anunciou o ascensorista. Miss Marple sorriu, aceitando as desculpas, saiu do elevador e caminhou lentamente em direção ao quarto, revolvendo com prazer no espírito, como era seu costume, alguns pequenos problemas sem maior importância.

Por exemplo, o que lady Sedgwick acabara de dizer era mentira. Ela mal subira ao quarto quando se "lembrou de que esquecera alguma coisa" (se é que havia realmente alguma verdade nessa declaração) e tornou a descer em procura dessa coisa. Ou teria descido para procurar ou encontrar-se com alguém? Mas, nesse caso, quando a porta do elevador se abriu, deve ter visto alguém que a deixou assustada e abalada, fazendo-a dar imediatamente uma meia-volta, retornar ao elevador e subir – a fim de não encontrar-se com a pessoa que acabara de ver.

Devia tratar-se das duas recém-chegadas. A mulher de meia-idade e a moça. Mãe e filha? Não, pensou Miss Marple, mãe e filha, *não*.

Mesmo no Bertram, disse consigo alegremente, podem acontecer coisas interessantes...

## 3

— Hum... o coronel Luscombe está?

Era a mulher do chapéu roxo no balcão de recepção. A Srta. Gorringe sorriu em sinal de boas-vindas, e um *boy*, que estava postado ali perto, foi imediatamente despachado, embora não tenha precisado levar o recado, pois o coronel Luscombe apareceu na sala naquele exato momento e se dirigiu logo para a recepção.

– Como está, Sra. Carpenter? – Apertou a mão da senhora, de forma cortês, e virou-se para a moça: – Minha querida Elvira – tomou-lhe as duas mãos, afetuosamente. – Bem, bem, que ótimo! Es-

plêndido, esplêndido. Venham sentar-se. – Levou-as para as poltronas e acomodou-as. – Bem, bem – repetiu –, assim está ótimo.

Era palpável o esforço que fazia, como também sua falta de jeito. Não poderia continuar repetindo indefinidamente que "estava ótimo". As duas damas não o ajudavam muito. Elvira sorria de maneira doce. A Sra. Carpenter deu uma risadinha sem sentido e começou a alisar as luvas.

– Fizeram boa viagem?

– Sim, obrigada – respondeu Elvira.

– Não houve nevoeiro? Nem coisa parecida?

– Não, não.

– Nosso voo estava cinco minutos adiantado – informou a Sra. Carpenter.

– Sim, sim. Bem, muito bem. – E a custo acrescentou: – Espero que gostem do hotel.

– Ah, já sei que é ótimo – disse a Sra. Carpenter, olhando com entusiasmo ao redor. – Muito confortável.

– Talvez um pouco antiquado – disse o coronel, quase desculpando-se. – Com um bando de gente velha. Sem... sem bailes nem algo parecido.

– É verdade – concordou Elvira.

E ela também olhou ao redor, de modo inexpressivo. De fato, não seria possível ligar o Bertram à ideia de baile.

– Um bando de gente velha por aqui – repetiu o coronel Luscombe. – Eu devia, talvez, ter levado vocês para um lugar mais moderno. Não entendo muito dessas coisas.

– Aqui está ótimo – disse delicadamente Elvira.

O coronel Luscombe continuou:

– Mas é só por umas duas noites. Achei que gostariam de ir a um teatro, hoje à noite. Um musical... – pronunciou a palavra meio em dúvida, como se não estivesse certo de estar usando o termo adequado. – *Let down your hair girls*. O que acham?

– Que beleza! – exclamou a Sra. Carpenter. – Vai ser agradabilíssimo, não é mesmo, Elvira?

– Agradabilíssimo – respondeu Elvira, com menos entusiasmo.

– E que tal uma ceia depois? No Savoy?

Novas exclamações da parte da Sra. Carpenter. O coronel Luscombe, lançando um olhar discreto a Elvira, animou-se um pouco. Parecia que Elvira estava satisfeita, embora resolvida a demonstrar apenas uma polida aprovação na presença da Sra. Carpenter. "Eu não a culpo por isso", disse a si mesmo. Depois, dirigiu-se à Sra. Carpenter:

– Quem sabe gostariam de ver os quartos... ver se estão a seu gosto, e tudo mais...

– Ah, tenho certeza de que estão.

– Bom, se não gostarem de alguma coisa, daremos um jeito. Sou muito conhecido aqui.

A Srta. Gorringe, que estava na recepção, acolheu-as com simpatia. Os quartos eram o nº 28 e o nº 29, com um banheiro comum.

– Vou subir e abrir a bagagem – disse a Sra. Carpenter. – E você, Elvira, talvez queira conversar com o coronel Luscombe.

"Isso é que é tato", pensou o coronel. Um pouco óbvio, talvez, mas de qualquer forma livrava-os dela por algum tempo, embora não lhe ocorresse nada a respeito do que pudesse conversar com Elvira. Era uma moça muito educada – mas ele não estava acostumado a moças. Sua esposa morrera ao dar à luz uma criança – um menino que fora criado pela família dela, enquanto uma irmã mais velha passou a tomar conta da casa para ele. O filho casara-se e fora morar no Quênia; dera-lhe netos que agora tinham 11, 5 e 2 anos, os quais haviam se divertido muito na sua última estada na Inglaterra, com jogos de futebol, conversas sobre astronáutica, trens elétricos e cavalgadas na perna do avô. Fora fácil lidar com meninos, mas uma moça...

O coronel perguntou a Elvira se queria um drinque. Ia propor limonada ou laranjada, mas Elvira antecipou-se:

– Quero, sim. Gostaria de um gim e vermute.

O coronel Luscombe encarou-a, em dúvida. Pelo que imaginava, uma menina – quantos anos teria ela? Dezesseis? Dezessete?... não bebia gim com vermute. Mas tranquilizou-se, imaginando que Elvira decerto saberia o que era ou não aceitável socialmente. Pediu ao garçom um gim com vermute e um xerez seco.

Limpou a garganta e perguntou:

– Que tal a Itália?

– Gostei muito.

– E esse lugar onde você estava... a tal condessa... como é mesmo o nome dela? Não era severa demais?

– Era um pouco exigente. Mas não deixei que isso me preocupasse.

O coronel olhou para Elvira, sem saber direito se a resposta era ambígua ou não. Então, ainda gaguejando um pouco, mas com uma atitude mais natural do que conseguira demonstrar antes, disse:

– Lamento muito que não nos conheçamos tão bem quanto devíamos, uma vez que, além de seu tutor, sou seu padrinho. É difícil para mim, sabe, é difícil para um urso velho como eu saber o que uma moça deseja, pelo menos... quero dizer, saber o que é bom para uma moça. O colégio e depois a escola de aperfeiçoamento, como se dizia no meu tempo. Mas creio que hoje os estudos são mais sérios. Quer uma carreira, não? Um emprego, correto? Precisamos conversar sobre isso qualquer dia desses. Há algo em especial que você deseje fazer?

– Acho que vou fazer um curso de secretariado – disse Elvira, sem entusiasmo.

– Ah, quer ser secretária?

– Não faço questão.

– Ah, bom... então...

– É apenas para começar – explicou Elvira.

O coronel Luscombe teve a estranha sensação de que o estavam mandando recolher-se ao seu lugar.

– Esses primos meus, os Melfords. Acha que gostaria de morar com eles? Se não...

– Acho que sim. Gosto bastante de Nancy. E a prima Mildred é muito boazinha.

– Então está combinado?

– Está, pelo menos por ora.

Luscombe não soube o que responder. Enquanto procurava o que dizer, Elvira perguntou com palavras simples e diretas:

– Possuo algum dinheiro?

Novamente o coronel custou um pouco a responder, estudando pensativamente a afilhada. Disse afinal:

27

– Possui, sim. Você tem um bocado de dinheiro. Isto é, o terá quando fizer 21 anos.

– Com quem está o dinheiro agora?

O coronel sorriu.

– Está guardado no banco; todos os anos deduz-se uma determinada quantia dos rendimentos, para mantê-la e pagar sua educação.

– E o senhor não é o responsável por isso?

– Sou um dos responsáveis. Somos três.

– O que acontece se eu morrer?

– Ora essa, Elvira, você não vai morrer! Que disparate!

– Espero que não, mas nunca se sabe, não é? Na semana passada caiu um avião e todos que estavam a bordo morreram.

– Mas isso não vai lhe acontecer – disse Luscombe, com firmeza.

– Como é que o senhor sabe? Eu só estava imaginando quem herdaria o meu dinheiro se eu morresse.

– Não faço a menor ideia – respondeu o coronel, irritado. – Por que pergunta?

– Talvez seja interessante – disse Elvira, pensativa – saber se alguém teria interesse em me matar.

– Francamente, Elvira! Esta conversa é uma bobagem. Não sei como é que você se preocupa com tais coisas.

– Ora, são ideias minhas. Procuro conhecer os fatos como eles são.

– Será que você está pensando na Máfia, ou algo semelhante?

– Não, não. Isso seria tolice. Mas quem ficaria com o meu dinheiro se eu fosse casada?

– Seu marido, suponho. Mas na realidade...

– O senhor tem certeza?

– Não, não tenho certeza. Depende do que ficar estipulado na curatela. Mas você não é casada. Então por que se preocupar?

Elvira não respondeu. Parecia imersa em seus pensamentos. Por fim, despertou e fez uma pergunta:

– O senhor está sempre com minha mãe?

– Às vezes. Nem sempre.

– Onde está ela agora?

– Hum... viajando.

– Viajando? Para onde?

– Pela França... ou Portugal. Não sei bem.

– Ela nunca teve vontade de me ver?

O límpido olhar da moça encontrou o de Luscombe. Ele não sabia o que responder. Seria a hora de dizer-lhe a verdade? Ou deveria responder vagamente? Será que deveria mentir? O que se deve responder a uma menina que faz uma pergunta tão simples, quando a resposta é da maior complexidade? O coronel falou, desconsolado:

– Não sei.

Os olhos de Elvira o examinaram de forma minuciosa. Luscombe sentiu-se totalmente constrangido. Estava atrapalhando tudo. A pequena deveria estar imaginando... É claro que estava imaginando... Qualquer moça estaria.

– Você não deve pensar... – disse ele. – Quer dizer, é difícil de explicar. Sua mãe... bem, ela é diferente das...

Elvira abanava a cabeça de maneira vigorosa.

– Eu sei. Estou sempre lendo a respeito dela nos jornais. É uma pessoa muito diferente das outras, não é? Acho que ela deve ser mesmo uma pessoa maravilhosa.

– É verdade – concordou o coronel –, é a mais pura verdade. É uma pessoa maravilhosa. – Fez uma pausa, depois prosseguiu: – Mas por vezes uma pessoa maravilhosa é... – hesitou, e depois disse: – Nem sempre é uma felicidade ter uma pessoa maravilhosa como mãe. Pode acreditar nisso, porque é verdade.

– O senhor não gosta muito de dizer a verdade, gosta? Mas acho que o que acaba de dizer *realmente* é verdade.

Os dois passaram a olhar a grande porta de vaivém, com ferragens de latão, que os separava do mundo lá fora.

De repente a porta se abriu com violência – uma violência inusitada no Bertram – e um rapaz entrou, dirigindo-se à recepção. Usava um casaco de couro preto. Sua vitalidade era tanta que, em contraste, o Bertram ganhou uma atmosfera de museu. As pessoas ao redor eram como relíquias de outra era, incrustadas de poeira. O moço inclinou-se para a Srta. Gorringe e indagou:

– Lady Sedgwick está hospedada aqui?

Naquele momento a Srta. Gorringe não exibia seu sorriso de boas-vindas. Com um olhar duro, respondeu:

– Está. – Depois, com decidida má vontade, estendeu a mão para o telefone: – O senhor deseja...

– Não – disse o rapaz. – Quero só deixar um bilhete.

Tirou o bilhete de um bolso do casaco de couro e o fez deslizar sobre o mogno do balcão.

– Eu só queria saber se este era mesmo o hotel.

Havia uma leve incredulidade na voz dele, enquanto olhava ao redor. Depois voltou-se para a entrada. Seus olhos passaram indiferentes pelas pessoas que estavam sentadas. Passaram por Elvira e Luscombe, que de repente sentiu uma cólera inesperada. "Diabos o levem", pensou. "Elvira é uma menina bonita. Quando eu era novo, sempre enxergava uma moça bonita, especialmente no meio de todos esses fósseis." Mas o moço parecia não ter olhos para garotas bonitas. Virou-se para a recepção e perguntou, erguendo ligeiramente a voz, como se quisesse chamar a atenção da Srta. Gorringe.

– Qual é o número do telefone daqui? Não é 1129?

– Não, é 3925 – ela respondeu.

– Regent?

– Não, Mayfair.

O rapaz agradeceu movimentando a cabeça. Em seguida, saiu rapidamente do hotel, abanando as folhas da porta de vaivém atrás de si, com a mesma característica explosiva que mostrara ao chegar.

Parecia que todos tomavam fôlego e encontravam dificuldade em retornar ao que conversavam antes.

– Bem – disse o coronel Luscombe meio sem jeito, como se lhe faltassem as palavras. – De fato! Esses moços de hoje...

Elvira sorria.

– O senhor não o reconheceu? – perguntou. – Sabe quem é? – Falava num tom levemente respeitoso quando lhe passou a informação. – Ladislaus Malinowski.

– Ah, aquele sujeito. – O nome era, na verdade, vagamente familiar ao coronel Luscombe. – Piloto de provas.

– Isso mesmo. Foi campeão mundial dois anos seguidos. No ano passado sofreu um acidente sério. Quebrou uma porção de ossos, mas

acho que já está correndo de novo. – Ergueu a cabeça para escutar. – Agora mesmo está dirigindo um carro de corrida.

O ronco do motor, vindo da rua, penetrara o interior do Bertram. O coronel Luscombe percebeu que Ladislaus Malinowski era um dos heróis de Elvira. "Bem", pensou, "melhor isso do que um desses cantores populares ou um desses cabeludos dos Beatles ou sei lá o nome deles." Luscombe era muito antiquado em suas opiniões sobre rapazes.

A porta de entrada do hotel abriu-se novamente. Elvira e o coronel olharam-na com certa ansiedade, mas o Bertram retornava ao normal. Quem entrava era apenas um clérigo idoso de cabelos brancos, que ficou por alguns instantes olhando ao redor, com uma expressão ligeiramente confusa – como se não conseguisse lembrar onde estava e como chegara até ali. Aliás, essa experiência não era nenhuma novidade para o cônego Pennyfather. Acontecia-lhe em trens, quando de repente não se lembrava de onde viera, para onde estava indo, nem por quê. Acontecia quando ele caminhava na rua, ou quando estava sentado à mesa de um comitê. Já lhe acontecera quando, sentado em sua poltrona no coro da catedral, não sabia dizer se já pregara ou não o sermão.

– Creio que conheço aquele velhote – disse Luscombe olhando atentamente para o cônego. – Quem será, mesmo? Acho que se hospeda aqui com frequência. Abercrombie? Arcediago Abercrombie? Não, não é Abercrombie, embora se pareça com ele.

Elvira olhou sem interesse para o cônego Pennyfather. Comparado com um campeão de corridas, não tinha o menor encanto. Ela não se interessava por nenhuma espécie de padres, embora, desde quando esteve na Itália, confessasse certa admiração pelos cardeais, que ao menos eram pitorescos.

O rosto do cônego Pennyfather iluminou-se, e ele balançou a cabeça, satisfeito. Descobrira onde estava. No hotel Bertram, é claro, onde vinha passar a noite, a caminho de... a caminho de onde? Chadminster? Não, não, *vinha* de Chadminster. Ia para... é claro, para o congresso, em Lucerna. E caminhou, felicíssimo, para o balcão da recepção, onde foi calorosamente cumprimentado pela Srta. Gorringe.

– Que prazer revê-lo, cônego Pennyfather. Sua aparência está ótima!

– Obrigado... obrigado... tive um resfriado forte esta semana, mas já passou. A senhora me reservou um quarto. Será que eu *escrevi avisando*...?

A Srta. Gorringe o tranquilizou.

– Escreveu, sim, cônego Pennyfather. Recebemos sua carta. Reservamos para o senhor o quarto nº 19, o mesmo em que esteve da última vez.

– Obrigado, obrigado. Olhe... deixe-me ver... quero ficar com o quarto por quatro dias. É verdade que estou viajando para Lucerna e ficarei fora uma noite, mas, por favor, não alugue o quarto a outra pessoa. Quero deixar aqui a maior parte da minha bagagem; levarei para a Suíça somente uma maleta. Será que haveria algum problema nisso?

Novamente a Srta. Gorringe o tranquilizou:

– Não há o menor problema. Na sua carta o senhor já havia explicado tudo isso claramente.

Outra pessoa talvez não tivesse empregado a palavra "claramente": "amplamente" teria sido mais apropriado, dada a minúcia da carta.

Com todas as inquietações tranquilizadas, o cônego Pennyfather deu um suspiro de alívio e foi acompanhado, juntamente com a bagagem, para o quarto nº 19.

No quarto nº 28, a Sra. Carpenter tirara da cabeça a coroa de violetas e estava arrumando com cuidado a camisola na cama, em cima do travesseiro. Ergueu os olhos quando Elvira entrou.

– Ah, aí está você, querida. Quer que eu a ajude a desfazer a mala?

– Não, obrigada – disse Elvira de modo educado. – Não pretendo tirar quase nada da mala.

– Qual dos dois quartos você prefere? O banheiro fica entre os dois. Eu disse a eles que pusessem sua bagagem no quarto mais afastado. Creio que este aqui é um pouco barulhento.

– Foi muita gentileza sua – disse Elvira, numa voz inexpressiva.

– Tem certeza que não quer ajuda?

– Sim, obrigada, não preciso mesmo. Acho que vou tomar um banho.

– Sim, parece uma boa ideia. Quer tomar seu banho primeiro? Prefiro acabar minha arrumação agora.

Elvira sinalizou que sim. Dirigiu-se ao banheiro contíguo e trancou a porta. Foi até o quarto, abriu a maleta e jogou algumas roupas em cima da cama. Então despiu-se, vestiu um roupão, foi para o banheiro e abriu a torneira da banheira. Voltou ao quarto e sentou-se na cama, junto ao telefone. Esperou um momento, para prevenir interrupções, depois levantou o fone:

– Falo do quarto nº 29. A senhora poderia me conectar ao Regent 1129, por favor?

## 4

Dentro de uma sala da Scotland Yard realizava-se uma reunião. Tudo levava a crer que era uma reunião informal. Seis ou sete homens sentavam-se à vontade em torno de uma mesa, cada um deles uma autoridade no seu ramo. O assunto que discutiam era um problema que ganhara enorme importância nos últimos dois ou três anos, uma série de crimes cujo sucesso dava motivo a enormes preocupações. Os roubos em grande escala aconteciam com frequência que vinha aumentando exponencialmente. Assaltos a bancos, roubos de folhas de pagamento, desvios de remessas de joias registradas pelo correio, assaltos a trens – não se passava um mês sem que um golpe incrivelmente ousado fosse tentado e levado a cabo com pleno êxito.

Sir Ronald Graves, comissário-assistente da Scotland Yard, na presidência da reunião, ocupava a cabeceira da mesa. Como era seu costume, Sir Ronald escutava mais do que falava. Não estavam sendo apresentados relatórios oficiais, como rotineiramente ocorria em reuniões do DIC (Departamento de Investigações Criminais). Aquela era uma conferência de alto nível, uma troca abrangente de ideias entre homens que encaravam o problema sob pontos de vista ligeiramente discordantes. Sir Ronald Graves correu lentamente os olhos pelo pequeno grupo e depois fez um sinal com a cabeça ao homem sentado no extremo oposto da mesa.

– Bem, "Pai" – disse ele –, queremos ouvir algumas de suas brilhantes considerações.

O homem a que chamavam Pai era o inspetor-chefe Fred Davy. Estava prestes a se aposentar e aparentava mais idade do que realmente tinha. Daí o apelido de Pai. Tinha uma presença agradável e uma expressão tão amável e cordial que muitos criminosos foram rudemente surpreendidos ao descobrirem que ele era um homem muito menos amigável e ingênuo do que aparentava ser.

– Vamos, Pai, diga sua opinião – falou outro inspetor-chefe.

– O problema agora é muito maior – disse o inspetor Davy, com um longo suspiro. – Cresceu muito. E talvez ainda esteja crescendo.

– Você quer dizer que cresceu numericamente, certo?

– É isso mesmo.

Outro policial, Comstock, de rosto inteligente, astuto e olhar vivo, interrompeu:

– E o senhor acha que isso para eles é uma vantagem?

– Sim e não – respondeu o inspetor-chefe. – Pode ser até que seja um desastre. Mas o diabo é que até agora eles têm mantido tudo muito bem controlado.

O superintendente Andrews, louro e franzino, de expressão sonhadora, disse pensativo:

– Sempre acreditei que essa questão do volume fosse muito mais importante do que normalmente se pensa. Vejam por exemplo um sujeito que opera sozinho. Se o negócio é bem dirigido e do tamanho certo, o lucro é infalível. Mas se o sujeito abre filial, cresce, aumenta o pessoal, é possível que de repente a coisa tome uma proporção errada e degringole. Acontece o mesmo com uma grande cadeia de lojas, ou com um império industrial. Se crescer de forma adequada, dá resultado. Mas se não chegar a ser grande bastante, fracassa. Todo negócio tem que adquirir o tamanho certo – quando chega ao tamanho certo e é bem dirigido, não tem quem segure.

– E de que tamanho você acha que é esse negócio? – indagou Sir Ronald de forma ríspida.

– Maior do que a princípio julgamos – respondeu Comstock.

O inspetor McNeill, homem de aparência dura, comentou:

– Está crescendo, sim. O Pai tem razão. Está crescendo sem parar.

– Talvez isso seja bom – disse Davy. – Pode crescer um pouco depressa demais e então sair dos trilhos.

– A questão, Sir Ronald – interveio McNeill –, é saber quem a gente pode pegar e quando.

– Há pelo menos uma dúzia deles que a gente pode pegar – respondeu Comstock. – O pessoal do Harris anda metido nisso, nós sabemos. Tem um ponto muito bem montado no caminho de Luton. E uma garagem em Epsom, uma taverna perto de Maidenhead e uma granja em Great Norton Road.

– E vale a pena pegar algum desses?

– Acho que não. É tudo peixe miúdo. São apenas eles dispersos da corrente – um local onde reformam carros e os repõem rapidamente em circulação; uma taverna respeitável, onde se recebem e transmitem recados; uma loja de roupas de segunda mão, onde um camarada pode mudar de aspecto; e um costureiro de roupas teatrais no East End, também muito útil. É tudo gente alugada. São muito bem pagos, mas na verdade não sabem de nada!

Andrews, o superintendente sonhador, falou de novo:

– Nós lutamos contra gente muitíssimo inteligente. E ainda não chegamos nem perto deles. Conhecemos alguns de seus auxiliares e nada mais. Como eu disse, o bando do Harris está metido nisso, e Marks cuida da parte financeira. Os contatos estrangeiros procuram o Weber, mas ele é apenas um agente. Não temos nada de concreto contra nenhuma dessas pessoas. Sabemos que todos eles dispõem de meios para entrar em contato uns com os outros e com as diferentes ramificações do grupo, mas não sabemos exatamente como o fazem. Nós os vigiamos e os seguimos, e eles sabem que os vigiamos. O escritório central tem de estar em algum lugar. O que queremos apanhar são os planejadores.

Comstock interveio:

– É como uma rede gigante. Concordo que em algum lugar deve haver uma sede de operações. Um local onde se planeja, detalha e monta cada operação, onde alguém bola tudo e prepara um roteiro para a Operação Mala Postal, ou Operação Trem Pagador. São essas pessoas que temos de apanhar.

35

– É possível que nem vivam neste país – observou Pai em voz baixa.

– Sim, concordo que talvez nem morem aqui. Talvez morem em um iglu, numa tenda no Marrocos ou em um chalé na Suíça.

– Eu não acredito em supercérebros – disse McNeill, balançando a cabeça. – Só existem em romances. Tem que haver um cabeça, é claro, mas não acredito em um supercriminoso. Pra mim, o que eles têm é um habilidoso corpo de diretores, com planejamento central e um presidente. Descobriram um processo eficiente e estão sempre melhorando a técnica. Apesar disso...

– Sim? – animou-o Sir Ronald.

– Mesmo num grupo compacto e reduzido, deve haver elementos dispensáveis entre eles. É o que eu chamo de "princípio do trenó russo". De vez em quando, se acham que estamos pisando em seus calcanhares, jogam-nos um dos elementos que podem dispensar.

– Admiro tamanho atrevimento. Não seria arriscado demais?

– Imagino que isso possa ser feito de modo que nem mesmo aquele que foi jogado fora compreenda que foi atirado do trenó. Ele deve pensar apenas que caiu. E ficará calado, porque pensará que vale a pena calar-se. E valerá a pena, mesmo. Eles dispõem de muito dinheiro e podem se dar ao luxo de serem generosos. Cuidam da família do camarada enquanto ele está preso. Possivelmente, até lhe preparam a fuga.

– Tem havido muitos casos assim – disse Comstock.

– A meu ver – interveio Sir Ronald –, não nos adianta muito insistirmos em nossas especulações. Dizemos sempre a mesma coisa.

McNeill riu:

– E o que o senhor deseja que a gente faça?

– Bem... – Sir Ronald parou para pensar por um momento e depois falou lentamente: – Nós todos estamos de acordo nos pontos principais. Concordamos com relação à nossa principal diretiva a respeito do que deveríamos tentar fazer. Acho que valeria a pena fazermos um inventário de pequenas coisas: coisas sem muita importância, mas que têm algum aspecto inusitado. É difícil explicar a que me refiro, mas me vem à mente aquele detalhe do caso Culver, há alguns anos. Uma mancha de tinta. Estão lembrados? Uma mancha de tinta em torno de um buraco de rato. Para que um sujeito esvaziaria uma garra-

fa de tinta num buraco de rato? Não parecia importante. Era difícil obter-se uma resposta. Mas quando desvendamos o mistério, encontramos o caminho certo. É mais ou menos esse o tipo de pesquisa em que estava pensando. Procurarmos coisas singulares. Não tenham medo de chamar a atenção dos colegas para alguma circunstância que lhes pareça fora do comum – um detalhe insignificante, talvez, mas irritante, porque não combina com o resto. Vejo que o Pai concorda.

– Concordo mil por cento – disse o inspetor-chefe Davy. – Vamos, rapazes, tratem de aparecer com alguma novidade. Nem que seja um homem na rua com um chapéu esquisito.

Não houve resposta imediata. Todos pareciam um pouco incertos e hesitantes.

– Vamos lá – disse Davy. – Serei o primeiro a me arriscar. Talvez seja apenas um casinho engraçado, mas vale a pena contá-lo. O assalto no London & Metropolitan Bank, na agência da Carmolly Street. Lembram-se? Uma lista completa de números, cores e marcas de carro. Fizemos um apelo à população para se manifestar e o pessoal atendeu. E como atendeu! Cerca de 150 pistas e todas enganosas! Depois de muita triagem, chegamos à conclusão de que sete carros tinham circulado pelos arredores do banco, e qualquer um deles poderia estar ligado ao assalto.

– Sim – disse Sir Ronald –, continue.

– Houve um ou dois carros que não conseguimos identificar. Deviam estar com as placas trocadas. Nada de especial nisso, acontece com frequência. Na maioria dos casos, acabam sendo descobertos. Vou dar apenas um exemplo: o Morris Oxford, um sedã preto, de placa número CMG 256, apontado por um oficial de justiça. Segundo ele, estava sendo dirigido pelo meritíssimo juiz Ludgrove.

O inspetor-chefe olhou ao redor; os outros o escutavam, mas sem interesse visível.

– Eu sei – continuou Davy –, parece uma informação tola, como sempre. O juiz Ludgrove é fácil de notar, principalmente porque é feio que dói. Só que não se tratava do juiz Ludgrove, porque naquele momento ele estava no Tribunal. Ele possui um Morris Oxford, mas a placa do carro dele não é CMG 256. – Tornou a olhar para os outros: –

Já sei, já sei. Vocês vão dizer que não há nada de especial nisso. Mas sabem qual era o número da placa do carro? CMG 265. Parecidíssimo, não é? O tipo do erro que pode ser facilmente cometido quando se tenta recordar a placa de um carro, não?

– Desculpe – disse Sir Ronald –, mas não vejo...

– Exato – concordou o inspetor-chefe Davy –, não há propriamente nada demais, não é? Queria apenas frisar a semelhança com a placa do carro verdadeiro: CMG 265-256. É uma coincidência curiosa que exista um Morris Oxford da mesma cor, com o mesmo número de placa, exceto por um algarismo diferente, e ainda por cima, na direção, um homem parecidíssimo com o proprietário.

– Você quer dizer, então...

– Só um algarismozinho diferente. O "engano intencional" de hoje. Ou pelo menos parece ser.

– Desculpe, Davy, mas ainda não entendi aonde você quer chegar.

– Bem, não pretendo chegar a nenhuma conclusão especial. Temos um Morris Oxford preto, placa CMG 256, passando pela rua dois minutos e meio depois do assalto ao banco. E nele, o oficial de justiça reconhece o juiz Ludgrove.

– Você está querendo dizer que era realmente o juiz Ludgrove? Ora, vamos, Davy.

– Não, não estou insinuando que era o juiz Ludgrove, nem que ele esteja envolvido em um assalto a banco. Ele estava hospedado no hotel Bertram, em Pond Street, e no momento exato do roubo encontrava-se no Tribunal. Tudo isso ficou mais do que provado. O que eu estou querendo dizer é que o número e a marca do carro, além da identificação feita por um oficial de justiça que conhece muito bem o velho Ludgrove, são uma coincidência que deve significar alguma coisa. Mas, pelo que se apurou, não significa nada. É uma pena.

Comstock mexeu-se na cadeira, pouco à vontade.

– Houve outro caso semelhante a esse, na ocasião do roubo à joalheria de Brighton. Tratava-se de um velho almirante, creio eu. Esqueço o nome dele agora. Segundo a mulher que o identificou, ele estava presente no local.

– E não estava?

38

– Não, estava em Londres naquela noite. Tinha vindo para um desses jantares comemorativos da Marinha.

– Hospedou-se no clube?

– Não, num hotel. Acho que o mesmo que você mencionou há pouco, Pai. Bertram, não é isso? Um lugar sossegado, bastante frequentado por antigos oficiais reformados.

– Hotel Bertram – repetiu, pensativo, o inspetor-chefe Davy.

## 5

Miss Marple acordou cedo porque sempre acordava cedo. A cama lhe agradara muito – confortabilíssima.

Dirigiu-se à janela e abriu as cortinas, deixando entrar a pálida luz do dia londrino. Mas não dispensou a luz elétrica. O quarto que lhe haviam reservado era muitíssimo agradável, bem dentro da tradição do Bertram: papel de parede florido de rosas, uma grande cômoda de mogno polido e penteadeira combinando; duas cadeiras e uma poltrona a uma boa altura do chão; uma porta levava ao banheiro que, embora moderno, tinha um papel de parede também estampado de rosas, evitando assim o efeito de higiene excessivamente formal.

Miss Marple foi até a cama, levantou os travesseiros, olhou o relógio – 7h30 –, apanhou o livrinho de orações que sempre a acompanhava e leu a costumeira página e meia que era a sua cota diária. Em seguida pegou seus aparatos de tricô e começou a tricotar, a princípio lentamente, porque sempre sentia os dedos rígidos assim que acordava, mas logo a velocidade aumentou e os dedos perderam a dolorida rigidez.

"Um novo dia", disse a si mesma, saudando o fato com seu costumeiro e discreto prazer. Um novo dia, e quem saberia o que ele lhe reservava?

Largou o tricô, deixando que os pensamentos lhe corressem preguiçosos pela cabeça... Selina Hazy – que linda casinha tinha ela em St. Mary Mead – apesar de terem colocado nela aquele teto verde horroroso... *Muffins*... têm manteiga demais... mas são ótimos... E imagine, ser-

virem bolo de cominho, uma coisa tão antiga! Jamais esperara que as coisas ali fossem tão parecidas às de outrora... porque, afinal de contas, o tempo não para... E fazê-lo parar assim, como no Bertram, devia custar muito dinheiro... Não se via pelo hotel inteiro sequer um pedacinho de plástico! Devia dar resultado, é claro. As coisas antigas sempre acabam retornando como um elemento pitoresco... Basta ver como o pessoal adora as rosas de antigamente, e desdenha o chá híbrido. Nada, ali, parecia verdadeiramente real... bem, e por que deveria parecer? Fazia cinquenta anos... não, quase sessenta, que ela se hospedara ali... Se o hotel não lhe parecia real é porque ela já estava aclimatada aos tempos modernos... Na verdade, isso chamava a atenção para uma série de problemas muito interessantes... A atmosfera e as *pessoas*... – E os dedos de Miss Marple afastaram o tricô para longe do corpo.

– Gente muito rica – disse ela em voz alta. – Gente muito rica, creio. É dificílimo encontrar...

Teria isso causado a curiosa sensação de constrangimento que a afetara na noite anterior? A sensação de que algo estava errado...

Todas aquelas pessoas idosas – na verdade parecidíssimas com as de cinquenta anos atrás, quando ela ali se hospedara. Naquele tempo elas pareciam naturais – mas não eram naturais agora. As pessoas idosas de hoje em dia não eram iguais às de antigamente: agora, tinham um ar preocupado, atribulado pelas inquietações domésticas que lhes esgotavam as forças; ou participavam de comitês, procurando mostrar-se ocupadíssimas e competentes; ou tingiam o cabelo de azul de genciana; ou usavam perucas; e as mãos não eram as mãos que ela recordava, mãos finas, delicadas – haviam-se tornado ásperas pela lavagem de roupas e pelos detergentes...

E assim... bem, aquelas pessoas não pareciam reais. Mas a verdade é que eram reais. Selina Hazy era real. E aquele senhor militar bem apessoado, sentado ao canto da sala, era real – ela o encontrara uma vez, embora não lhe recordasse o nome – e o bispo (querido Robbie) já tinha morrido.

Miss Marple consultou seu minúsculo relógio. Eram 8h30 – hora do café.

Releu as instruções da gerência do hotel. Ótima impressão, letras graúdas, não precisava nem botar os óculos.

As refeições podiam ser servidas no quarto, bastava ligar para a copa ou apertar o botão de uma campainha.

Ela apertou o botão. Falar com a copa a intimidava.

O resultado foi excelente. Quase no mesmo instante bateram à porta, e apareceu uma camareira impecável. Uma camareira que parecia irreal, usando um uniforme de listras cor de alfazema e até mesmo uma *touca*, uma touca engomada, um rosto sorridente, rosado, de uma autêntica camponesa. (Onde é que eles encontravam gente assim?)

Miss Marple pediu o café da manhã. Chá, ovos quentes, brioches frescos. E a camareira era tão perfeita que nem chegou a mencionar cereais ou suco de laranja.

Cinco minutos depois chegou a refeição. Uma bandeja espaçosa, com um grande bule encorpado, leite cremoso, um jarro de prata com água quente. Dois ovos lindamente escalfados sobre torradas, feitos da maneira correta – não aqueles círculos duros, cozidos em forma de metal – e uma boa rodela de manteiga decorada com um cardo. Geleia de laranja, mel, geleia de morango. Brioches esplêndidos – não aqueles comerciais com gosto de papel: cheiravam a pão fresco (o cheiro mais delicioso do mundo!). E havia ainda uma maçã, uma pera e uma banana.

Miss Marple enfiou a faca em um dos ovos, cautelosa mas confiante. Não se decepcionou. Uma gema bem amarela escorreu, grossa e cremosa. Ovos de verdade!

E tudo quentíssimo. Um senhor café da manhã. Como os que ela sabia preparar – só que desta vez não tivera de fazê-lo. Era servida como – não, não como a uma rainha – mas como se fosse uma senhora de meia-idade, hospedada em um belo hotel, não muito caro – no ano de 1909. Ela agradeceu à camareira, que respondeu com um sorriso:

– Sim, senhora, o *chef* dá muita importância ao café da manhã.

Miss Marple examinou com prazer a moça. O hotel Bertram especializava-se em oferecer maravilhas. Uma camareira *autêntica*. Beliscou o braço esquerdo, disfarçadamente. E indagou:

– Você trabalha aqui há muito tempo?

– Acabo de completar três anos, madame.

– E onde estava antes disso?

– Num hotel em Eastbourne. Muito moderno, mas eu prefiro lugares antigos, como este.

Miss Marple tomou um gole de chá. Começou a cantarolar vagamente uma cantiga há muito esquecida.

"Ó, por onde andou você durante toda a minha vida..."

A camareira parecia um tanto espantada.

– Eu estava me lembrando de uma canção antiga – disse Miss Marple, explicando-se. – Um sucesso do meu tempo.

E tornou a cantar, suavemente: "Ó, por onde andou você durante toda a minha vida..."

– Você conhece essa canção?

– Bem... – a camareira parecia encabulada.

– É antiga demais para você – observou Miss Marple. – Ah, a gente começa a recordar coisas assim num lugar como este.

– Sim, madame, acho que muitas senhoras que se hospedam aqui se sentem assim.

– Em parte é por isso que elas vêm para cá, creio eu – respondeu Miss Marple.

A camareira saiu. Evidentemente estava habituada a senhoras idosas que cantarolavam e se entregavam a recordações.

Terminado o desjejum, Miss Marple levantou-se, satisfeita e animada. Já tinha um plano para uma manhã agradável nas lojas. Nada muito cansativo – para não se fatigar. Talvez Oxford Street hoje, e amanhã Knightsbridge, ela planejava feliz.

Eram cerca de 10 horas quando Miss Marple saiu do quarto devidamente equipada: chapéu, luvas, sombrinha – por segurança, embora o tempo estivesse bonito – e sua bolsa – a melhor que tinha para fazer compras.

Dois quartos além no corredor, a porta abriu-se bruscamente e alguém espiou. Era Bess Sedgwick, que logo recuou para dentro do quarto e fechou a porta incisivamente.

Miss Marple começou a pensar enquanto descia a escadaria. Preferia as escadas ao elevador pela manhã. Era um bom exercício, estimulante. Mas seus passos foram ficando mais lentos... e Miss Marple parou.

O CORONEL LUSCOMBE atravessava o corredor após sair do seu quarto, quando, no alto da escadaria, uma porta se abriu inesperadamente e lady Sedgwick lhe disse:

– Finalmente você apareceu! Estou à sua espera há um bom tempo! Onde podemos conversar? Quero dizer, sem que uma dessas gatas velhas nos interrompa a cada segundo.

– Bem, na verdade, Bess, nem sei direito... Acho que na sobreloja há uma espécie de sala de correspondência.

– É melhor você entrar aqui depressa, antes que a camareira imagine coisas estranhas a nosso respeito.

O coronel, um pouco a contragosto, passou pela porta e fechou-a com força.

– Eu não tinha a menor ideia de que você iria se hospedar aqui, Bess, não tinha a mínima ideia.

– Suponho que não sabia mesmo.

– Quer dizer... eu jamais teria trazido Elvira para cá. Você já sabe que *estou* com Elvira aqui, não sabe?

– Sei, eu a vi ontem à noite com você.

– Eu realmente não sabia que você estava aqui. Parecia um lugar tão pouco condizente com você...

– Não sei por quê – respondeu Bess Sedgwick friamente. – Na verdade, é o hotel mais confortável de Londres. Por que eu não me hospedaria aqui?

– Você precisa compreender que eu não tinha a mínima ideia... Quer dizer...

Lady Sedgwick olhou para o coronel e riu. Estava bem-vestida, com um terninho escuro, muito bem-talhado, e uma blusa verde-esmeralda brilhante. Parecia alegre e animadíssima. Ao seu lado, o coronel Luscombe parecia velho e desbotado.

– Derek, querido, não fique tão preocupado. Não estou acusando você de tentar encenar um encontro sentimental entre mãe e filha. Foi apenas uma dessas coisas que acontecem: pessoas se encontram nos locais mais inesperados. Mas você *precisa* tirar Elvira daqui, Derek. Tem que tirá-la daqui imediatamente – hoje.

– Ah, ela vai embora. Sabe que só a trouxe para cá por uma ou duas noites. Levá-la a um teatro... algo assim. Amanhã ela vai para a casa dos Melfords.

– Coitada, deve ser um tédio para ela.

Luscombe olhou preocupado para Bess.

– Acha mesmo que ela vai ficar muito entediada?

Bess apiedou-se dele.

– Provavelmente não, depois do que deve ter enfrentado na Itália. Quem sabe até vai achar tudo muito divertido.

Luscombe tomou coragem.

– Escute, Bess, fiquei surpreso ao encontrá-la aqui, mas não acha que isso pode ter sido providencial? Quer dizer, talvez seja uma oportunidade. Não creio que você saiba realmente... bem, como ela se sentiria.

– O que você está tentando dizer, Derek?

– Bem, afinal você é a mãe dela.

– Claro que sou a mãe dela. Ela é minha filha. E que vantagem há neste fato para qualquer uma de nós, agora ou futuramente?

– Você não pode ter certeza. Creio... creio que ela se ressente disso.

– De onde tirou essa ideia? – indagou Bess Sedgwick rispidamente.

– De algo que ela me disse ontem. Perguntou onde você estava, o que fazia.

Bess Sedgwick atravessou o quarto e chegou à janela. Ficou por um momento tamborilando na vidraça.

– Você é tão bonzinho, Derek... Tem ideias tão amáveis... Só que não funcionam, meu anjo. É isso que você deve compreender. Não funcionam e podem ser perigosas.

– Ora essa, Bess. Perigosas?

– Sim, sim, sim. Perigosas. *Eu sou perigosa*. Sempre fui perigosa.

– Quando penso em algumas das coisas que você fez – disse o coronel.

– Ninguém tem nada com isso – retrucou Bess. – Correr perigo já se tornou um hábito para mim. Não, não direi um hábito. Na verdade, é um vício. É como um narcótico. Como aquela pitadinha de heroína que os viciados têm de tomar com certa frequência para que a vida lhes pareça alegre e digna de ser vivida. É, é isso mesmo. É a minha desgraça... ou não, quem sabe? Nunca consumi drogas... nunca precisei delas. Meu vício é o perigo. Mas as pessoas que vivem como eu podem causar danos a outras. Ora, não seja um velho bobo

e teimoso, Derek. Você cuida bem dessa menina longe de mim. Não posso fazer bem algum a ela. Apenas mal. Por favor, não a deixe saber que estamos hospedados no mesmo hotel. Telefone aos Melfords e leve-a para a casa deles *ainda hoje*. Invente uma desculpa, um contratempo de última hora...

O coronel Luscombe hesitou, acariciando o bigode.

– Acho que você está cometendo um erro, Bess – suspirou. – Ela me perguntou onde é que você estava. E eu disse que você estava viajando.

– Bem, dentro de umas 12 horas estarei viajando mesmo, de forma que a explicação veio a calhar.

Bess aproximou-se do coronel, beijou-o na ponta do queixo, fez com que desse meia-volta, como se fossem começar a brincar de cabra-cega, abriu a porta e empurrou-o gentilmente para fora. Quando a porta se fechou, o coronel avistou uma senhora idosa que dobrava a esquina do corredor, vinda da escadaria. Murmurava qualquer coisa, examinando a bolsa. "Deus meu! Devo tê-los esquecido no quarto."

Passou pelo coronel aparentemente sem prestar-lhe muita atenção, mas quando ele começou a descer as escadas, Miss Marple parou junto à porta do quarto de lady Sedgwick e lançou um olhar inquisitivo na direção do homem. Depois olhou para a porta de Bess Sedgwick. "Então era por ele que ela esperava", disse consigo Miss Marple. "Gostaria de saber por quê."

O CÔNEGO PENNYFATHER, envigorado pelo desjejum, atravessou o salão da entrada, lembrou-se de entregar a chave na recepção, passou pela porta de vaivém e foi devidamente encaminhado a um táxi pelo porteiro irlandês, que estava ali justamente para isso.

– Onde o senhor vai?

– Ah, meu Deus! – disse o cônego Pennyfather subitamente desconsolado. – Deixe-me ver... para onde é que eu ia?

O tráfego em Pond Street ficou paralisado alguns minutos, enquanto o cônego Pennyfather e o porteiro debatiam a questão.

Finalmente, o cônego Pennyfather teve um estalo e o táxi recebeu ordem de se dirigir ao Museu Britânico.

O porteiro ficou na calçada, com um largo sorriso no rosto, e já que ninguém mais parecia estar saindo do hotel, permitiu-se passear um pouco na calçada, assobiando baixinho uma melodia antiga.

Uma das janelas do andar térreo do Bertram foi aberta violentamente, mas o porteiro só virou a cabeça quando ouviu uma voz animada:

— Então foi aqui que você veio parar, Micky. Que diabo o trouxe para cá?

O porteiro deu meia-volta, surpreso, e arregalou os olhos.

Lady Sedgwick enfiou a cabeça pela janela e perguntou:

— Você não está me reconhecendo?

Um brilho súbito de reconhecimento iluminou o rosto do homem.

— Ora, pois não é a Bessie! Vejam só. Depois de tantos anos. Bessie, menina!

— Só você me chama de Bessie. É um nome repugnante. O que você andou fazendo esses anos todos?

— Uma coisa e outra — respondeu Micky, com alguma reserva. — Não sou notícia como você. Estou sempre lendo suas façanhas nos jornais.

Bess Sedgwick riu.

— De qualquer forma, estou muito mais conservada do que você. Você bebe demais. Sempre bebeu.

— Você está mais bem conservada porque nada em dinheiro.

— Dinheiro não lhe adiantaria coisa alguma. Você beberia ainda mais e acabaria na sarjeta. Com certeza! Mas o que o trouxe *aqui*? Isso é que eu queria saber. Como foi que você veio parar neste lugar?

— Eu precisava de um emprego. Tinha esses cacarecos... — e Micky passou a mão pelas medalhas no peito.

— Sim, estou vendo. — Bess ficou pensativa. — São todas verdadeiras, não são?

— É claro que são. Por que não seriam?

— Não, não, eu acredito em você. Você sempre foi corajoso. Sempre foi um bom lutador. Sim, o exército combina com você, é claro.

— O exército só é bom em tempos de guerra. Em tempos de paz, não presta.

46

– Então você se agarrou a esse negócio. Eu não tinha a menor ideia... – Bess fez uma pausa.

– Você não tinha a menor ideia de que, Bessie?

– De nada. É curioso rever você depois de tantos anos.

– *Eu* não me esqueci. Nunca me esqueci de você, Bessie. Ah, como você era linda! Uma garota linda.

– Uma garota maluca, isso sim – respondeu lady Sedgwick.

– Isso é verdade. Você não tinha muito juízo. Se tivesse, não se meteria comigo. Que mãos você tinha para dominar um cavalo! Lembra-se daquela égua? Como é que ela se chamava? Molly O'Flynn. Era um demônio, aquela égua.

– Só você podia montá-la – disse lady Sedgwick.

– Se ela pudesse, me atirava ao chão! Mas quando viu que não podia, entregou os pontos. Era uma beleza de animal. Mas falando em montaria, não havia naquela redondeza uma só mulher que montasse como você. Firme na sela, firme nas rédeas. Sem medo, nunca teve medo, um minuto que fosse. E continua do mesmo jeito, pelo que parece. Aviões, carros de corrida.

Bess Sedgwick riu.

– Preciso acabar de escrever minhas cartas.

E afastou-se da janela.

Micky debruçou-se no peitoril.

– Não me esqueci de Ballygowlan – disse com entonação especial. – Cheguei até a pensar em lhe mandar uma carta...

A voz de Bess Sedgwick soou áspera.

– O que você está insinuando, Mick Gorman?

– Estava só dizendo que não me esqueci... de nada. Estava só... lembrando.

A voz de Bess Sedgwick mantinha a mesma nota áspera.

– Se você quer dizer o que eu penso que está querendo dizer, vou lhe dar um conselho: se você me arranjar alguma complicação, dou-lhe um tiro, como se atira num rato. Já atirei em homens...

– Fora do país, talvez...

– Fora ou aqui, para mim tanto faz.

– Chega, santo Deus! Eu acredito que você seja capaz disso mesmo – havia admiração na voz dele. – Em Ballygowlan...

– Em Ballygowlan – interrompeu ela – pagaram para que você ficasse de bico calado, e pagaram bem. Você recebeu o dinheiro. E de mim não receberá mais nada. Portanto, nem pense!

– Seria uma história romântica, interessante para os jornais de domingo...

– Você ouviu o que eu disse.

– Ah – ele riu. – Não estou falando sério. Só estava brincando. Jamais faria qualquer coisa para magoar a minha pequena Bessie. Continuarei de bico calado.

– Isso mesmo – retrucou lady Sedgwick, fechando a janela. E baixando os olhos para a escrivaninha à sua frente, olhou para a carta inacabada no bloco de papel. Arrancou-a, releu-a, amassou-a até reduzi-la a uma bola e atirou-a no cesto de lixo. Depois, levantou-se abruptamente da cadeira e atravessou a sala. Nem sequer olhou ao redor antes de sair. As salinhas de correspondência do Bertram pareciam estar sempre vazias, mesmo quando não estavam. Duas escrivaninhas bem arrumadas ficavam junto às janelas; havia uma mesinha à direita, com algumas revistas; à esquerda, viam-se duas grandes poltronas de espaldar alto, voltadas para a lareira. Eram os locais prediletos, à tarde, dos velhos militares – do Exército ou da Marinha – que ali se escondiam para tirar uma boa soneca até a hora do chá. Quem chegasse para escrever uma carta não os avistaria. Pela manhã, as poltronas não eram muito procuradas.

Mas por acaso, naquela manhã, ambas estavam ocupadas. Em uma delas encontrava-se uma senhora idosa, na outra, uma jovem. A mocinha levantou-se. Ficou de pé um momento, olhando indecisa para a porta por onde passara lady Sedgwick e, em seguida, dirigiu-se lentamente para lá. Uma palidez mortal cobria o rosto de Elvira Blake.

Cinco minutos depois, a senhora idosa mexeu-se. Miss Marple concluiu, então, que o breve repouso que fazia sempre que acabava de vestir-se e descer já durara o suficiente. Era tempo de sair e gozar dos prazeres de Londres. Caminharia até Piccadily e lá tomaria o ônibus 9 para High Street, em Kensington, ou iria até Bond Street e pegaria o 25 para Marshall & Snelgrove; ou tomaria o 25 no sentido contrário, que, pelo que se lembrava, deveria levá-la à Army & Navy Stores. Ao passar

48

pelas portas de vaivém, ainda saboreava mentalmente a expectativa de tais delícias. O porteiro irlandês, de volta ao posto, decidiu por ela.

– A senhora está precisando de um táxi – disse ele com firmeza.

– Creio que não – respondeu Miss Marple. – Acho que posso tomar o ônibus 25 bem perto daqui... ou o 2, que vem de Park Lane.

– Os ônibus não são aconselháveis para a senhora – disse o porteiro, convicto. – É muito perigoso pegar um ônibus quando não se é mais uma criança. Eles param e arrancam aos solavancos, não querem saber se derrubam as pessoas. Essa gente de hoje não tem coração. Eu apito, o táxi vem, e a senhora vai para onde quiser, como uma rainha.

Miss Marple pensou um pouco e cedeu.

– Então está certo – disse ela –, talvez seja melhor eu tomar um táxi.

O porteiro nem precisou apitar. Limitou-se a estalar o dedo, e um táxi apareceu como num passe de mágica. Miss Marple recebeu todo o auxílio possível para entrar e, no mesmo instante, resolveu impulsivamente ir até Robinson & Cleaver para ver as lindas ofertas de lençóis de linho puro. Acomodou-se satisfeita no táxi, sentindo-se realmente, como lhe anunciara o porteiro, como uma rainha. Enchia-lhe a cabeça a agradável expectativa de encontrar lençóis de linho, fronhas de linho, panos de prato sem estamparias de bananas, figos, cachorros amestrados ou outras figuras coloridas que só servem para nos distrair na hora de enxugar a louça.

LADY SEDGWICK APROXIMOU-SE do balcão de recepção.

– O Sr. Humfries está no escritório?

– Está, sim, lady Sedgwick. – A Srta. Gorringe parecia espantada.

Lady Sedgwick passou por trás do balcão, bateu na porta e entrou sem esperar resposta.

O Sr. Humfries ergueu os olhos, surpreso.

– O que...?

– Quem empregou aquele tal de Michael Gorman?

O Sr. Humfries gaguejou um pouco.

– Parfitt foi embora. Sofreu um acidente de automóvel há cerca de um mês. Tivemos de substituí-lo às pressas. Esse camarada parecia servir. Boas referências, veterano do exército, uma ótima folha de ser-

viço. Talvez não seja muito inteligente, mas isso às vezes é até melhor. A senhora tem alguma coisa contra ele?

– O bastante para não o querer aqui.

– Já que insiste – respondeu Humfries com calma –, nós o despediremos.

– Não – disse lady Sedgwick com igual lentidão. – Não, agora é tarde... Não faz mal.

## 6

— Elvira.

– Olá, Bridget.

A aristocrata Elvira Blake cruzou a porta da frente do nº 180 em Onslow Square, porta que sua amiga Bridget correra para abrir, pois a estivera esperando da janela.

– Vamos lá para cima – propôs Elvira.

– Sim, é melhor. Senão a mamãe não nos deixa conversar.

As duas moças subiram correndo as escadas, escapando assim da mãe de Bridget, que saiu do quarto mas não conseguiu chegar a tempo.

– Você tem muita sorte por não ter mãe – disse Bridget quase sem fôlego, enquanto conduzia a amiga para o quarto e trancava a porta. – É certo que mamãe é um anjo e tudo mais, mas *as perguntas* que ela faz! De manhã, ao meio-dia e de noite. Para onde vai, com quem se encontrou? Não serão primos daquele fulano de Yorkshire? Pense na *futilidade* disso tudo!

– Acho que essas pessoas não têm no que pensar – Elvira disse vagamente. – Escute, Bridget, preciso fazer algo muito importante, e você tem de me ajudar.

– Bem, se eu puder, ajudo. De que se trata? Algum rapaz?

– Não, não se trata de um rapaz. – Bridget parecia decepcionada. – Tenho que passar um dia na Irlanda, talvez um pouco mais, e preciso que você me dê cobertura.

– Na Irlanda? Por quê?

– Ainda não posso lhe contar tudo. Não há tempo. Tenho que encontrar meu tutor, coronel Luscombe, no Pruniers para o almoço às 13h30.

– O que você fez com a velha Carpenter?

– Livrei-me dela no Debenhams.

Bridget deu uma risadinha.

– E depois do almoço vão me levar para a casa dos Melfords. Terei de morar com eles até completar 21 anos.

– Que horror!

– Mas eu me arranjo. A prima Mildred é facílima de tapear. Já está combinado que virei à cidade para ter aulas e outras atividades. Eles querem que eu estude num lugar chamado Mundo de Hoje, onde eles levam os alunos para conferências, museus, galerias, a Câmara dos Lordes etc. O importante é que ninguém vai reparar se estou onde deveria estar ou não! Faremos uma porção de coisas juntas.

– Espero que sim. – Bridget deu outra risadinha. – Como fizemos na Itália, não é? A velha carcamana pensava que era muito rigorosa. Ela mal sabia o que éramos capazes de fazer...

As duas jovens riram, recordando, com prazer, bem-sucedidas travessuras.

– Mesmo assim, precisávamos de muito planejamento – lembrou Elvira.

– E de algumas mentirinhas espetaculares – complementou Bridget. – Você teve alguma notícia de Guido?

– Tive sim. Ele me escreveu uma carta enorme, assinada "Ginevra", como se fosse uma amiga. Mas vamos parar de fofocar um instante, Bridget. Temos um monte de coisas a fazer e só uma hora e meia para dar conta de tudo. Pra começo de conversa, *preste atenção*. Amanhã, vou sair para ir ao dentista. Será fácil, posso desmarcar por telefone, ou você pode fazer isso por mim. Aí, por volta do meio-dia, você telefona para os Melfords, fingindo que é sua mãe e explicando que o dentista quer que eu vá lá depois de amanhã, e assim terei de passar mais um dia com vocês.

– Vai dar tudo certo. Eles dirão que lamentam, "quanta gentileza sua" etc. Mas e se você não estiver de volta depois de amanhã?

51

– Então você dá outro telefonema.

Bridget pareceu hesitar.

– Até lá, teremos tempo suficiente para inventar uma desculpa – disse Elvira, impaciente. – O que me preocupa agora é arranjar dinheiro. Você não tem nenhum? – Elvira falou sem muita esperança.

– Só umas 2 libras.

– Não dá. Tenho de comprar a passagem aérea; já confirmei o horário do voo. Não leva mais de duas horas. Muita coisa vai depender do tempo que terei de ficar lá.

– Não pode me dizer o que vai fazer?

– Não, não posso. Mas é importante, tremendamente importante.

A voz de Elvira soou tão diferente que Bridget olhou para a amiga, surpresa.

– É algo muito sério mesmo, Elvira?

– É sim.

– É algo que ninguém pode saber?

– Isso. É algo ultra, ultrassecreto. Preciso descobrir se um determinado fato é verdadeiro ou não. A questão do dinheiro é que chateia. E o que me dá ódio é que sou muito rica; foi meu tutor mesmo que me disse isso. Mas eles só me dão uma miséria de mesada para comprar roupas, uma quantia tão irrisória que o dinheiro parece sumir assim que o recebo.

– Será que o seu tutor, esse tal de coronel "não-sei-das-quantas", não pode lhe adiantar algum dinheiro?

– De jeito nenhum. Ele ia me encher de perguntas, procurando saber para que eu preciso do dinheiro.

– Bom, isso é verdade. Não sei por que todo mundo tem a mania de fazer perguntas. Sabe que toda vez que me ligam, mamãe tem que vir perguntar *quem era*? Afinal, não é da conta dela!

Elvira concordou, mas estava com o pensamento longe.

– Já empenhou alguma coisa, Bridget?

– Nunca. Acho que nem sei como se faz isso.

– É muito fácil – disse Elvira. – Você vai a um daqueles joalheiros que têm três bolas em cima da porta, compreendeu?

– Mas eu não possuo nada que valha a pena empenhar – protestou Bridget.

– Sua mãe não tem nenhuma joia?

– Não é uma boa ideia pedirmos a ajuda dela.

– É, talvez não. Mas bem que a gente podia surrupiar alguma coisa.

– O quê? Não podemos fazer uma coisa dessas! – exclamou Bridget, alarmada.

– Não? Bem, talvez tenha razão. Mas garanto que ela não iria descobrir. Nós devolveríamos a joia antes que ela desse falta dela. Já sei. Iremos ao Sr. Bollard.

– Quem é o Sr. Bollard?

– Ah, é uma espécie de joalheiro da família. De vez em quando levo meu relógio lá para consertarem. Já me conhece desde quando eu tinha uns 6 anos. Vamos, Bridget, iremos para lá agora mesmo. Temos pouco tempo.

– É melhor a gente sair pelos fundos – lembrou Bridget –, senão mamãe vai querer logo saber para onde é que nós vamos.

Do lado de fora do tradicional estabelecimento de Bollard & Whitley, em Bond Street, as duas planejaram os detalhes finais:

– Entendeu bem, Bridget?

– Creio que sim – respondeu Bridget, em um tom nada contente.

– Primeiro – determinou Elvira – precisamos sincronizar nossos relógios.

Bridget animou-se um pouco. A conhecida frase literária teve um efeito estimulante. Solenemente, sincronizaram os relógios, Bridget ajustando o seu, que acusava uma diferença de um minuto.

– A hora zero será exatamente dentro de 25 minutos – disse Elvira. – Isso me dará bastante tempo. Talvez mais do que preciso, mas é melhor assim.

– Mas se... – começou Bridget.

– Se o quê?

– Se eu for *mesmo* atropelada?

– É claro que não será atropelada! Você sabe que é muito ágil, e que o tráfego de Londres costuma parar de repente. Vai dar tudo certo.

Bridget não parecia convencida.

– Você não vai me deixar na mão, Bridget, não é mesmo?

– Está bem – disse Bridget. – Não falharei.

– Ótimo – disse Elvira.

Bridget foi para o outro lado da Bond Street e Elvira abriu a porta da Bollard & Whitley, uma antiga joalheria e relojoaria muito conceituada. Dentro da loja, a atmosfera era de luxo e quietude. Um fidalgo de fraque adiantou-se e perguntou a Elvira em que poderia servi-la.

– Posso falar com o Sr. Bollard?

– Sr. Bollard. A quem devo anunciar?

– Srta. Elvira Blake.

O fidalgo desapareceu e Elvira deslizou até um balcão onde, sob o vidro, broches, anéis e braceletes eram exibidos sobre um fundo de veludo. Instantes depois, o Sr. Bollard apareceu. Era o principal sócio da firma, um senhor de sessenta e poucos anos. Acolheu Elvira com grande cordialidade.

– Ah, Srta. Blake, então está em Londres! É um grande prazer vê-la. Em que posso servi-la?

Elvira mostrou-lhe um elegante relógio de pulso.

– Este relógio não está funcionando bem. Será que o senhor pode dar um jeito nele?

– É claro. Não há o menor problema. – ele pegou o relógio das mãos da moça. – Para onde devo remetê-lo?

Elvira deu-lhe o endereço.

– E outra coisa. Meu tutor... o coronel Luscombe, o senhor sabe...

– Sim, é claro.

– Perguntou-me o que eu queria como presente de Natal – disse Elvira. – Sugeriu que eu viesse aqui e desse uma olhada em algumas coisas. Perguntou se eu queria que ele viesse comigo, mas eu disse que preferia vir sozinha primeiro, porque me sinto meio encabulada... com essa história de preços e...

– Bem, na verdade, é um aspecto delicado – concordou o Sr. Bollard, com expressão sorridente e paternal. – E em que é que está pensando, Srta. Blake? Um broche, um bracelete... um anel?

– Acho que broches são mais úteis – respondeu Elvira. – Mas... será que eu poderia ver diversas peças? – Elvira lançou um olhar súplice ao velho.

54

Ele sorriu, compreensivo:

– Naturalmente, naturalmente! Não há nenhum prazer em se fazer uma escolha apressada, não é mesmo?

Os 5 ou 6 minutos seguintes foram gastos da maneira mais agradável possível. O Sr. Bollard era extremamente solícito. Ia buscar coisas em uma vitrine, em outra, e os broches e pulseiras iam sendo empilhados em cima de um pedaço de veludo aberto diante de Elvira. De vez em quando ela se virava para se olhar no espelho, observando o efeito que fazia um broche ou um brinco. Afinal, meio incerta, escolheu uma linda pulseira, um pequeno relógio ornado com brilhantes e dois broches.

– Separaremos essas peças – prometeu o Sr. Bollard – e, quando o coronel Luscombe aparecer em Londres, ele poderá vir aqui e resolver ele mesmo o presente que vai lhe dar.

– Assim está bem – disse Elvira. – Ele sentirá como se ele mesmo tivesse escolhido o presente, não é? – Elvira ergueu os olhos azuis, notando ao mesmo tempo que se haviam passado exatamente 25 minutos.

Do lado de fora ouviu-se um ranger de freios e o grito de uma moça. Inevitavelmente, os olhos de todos na loja voltaram-se para as vitrines que davam para a Bond Street. O movimento da mão de Elvira do balcão à sua frente para o bolso de seu bem-talhado traje foi extremamente rápido e discreto, imperceptível, até mesmo se alguém a estivesse olhando.

– Ai-ai-ai! – exclamou o Sr. Bollard voltando da vitrine por onde estivera espiando a rua. – Quase houve um acidente. Que menina louca! Atravessar a rua daquela maneira!

Elvira dirigiu-se para a porta, olhou para o relógio de pulso e disse:

– Puxa vida, demorei demais aqui. Não quero perder o trem. Muito obrigada, Sr. Bollard, não vá esquecer quais foram as peças que escolhi.

Dentro de um segundo estava do lado de fora. Virando rapidamente à esquerda, e depois à esquerda novamente, parou à entrada de uma sapataria, até que Bridget, quase sem fôlego, veio ao seu encontro.

– Puxa! – exclamou Bridget. – Fiquei apavorada. Pensei que ia morrer mesmo. E fiz um buraco na meia.

– Não faz mal – disse Elvira, conduzindo a amiga pela rua, dobrando outra esquina à direita. – Vamos.

– Deu... deu... tudo certo?

Elvira deslizou a mão até o bolso e tirou dele um bracelete de brilhantes e safiras.

– Elvira, como é que você teve coragem?

– Agora, Bridget, você vai àquela casa de penhores de que falei. Vá até lá e veja quanto é que você pode conseguir pela pulseira. Peça 100 libras.

– Você pensa... e se eles disserem... veja bem... pode estar numa lista de coisas roubadas...

– Deixe de bobagens. Como é que poderia estar numa lista tão depressa? Eles ainda nem deram falta do bracelete.

– Mas Elvira, quando eles perceberem... irão pensar... talvez descubram... que você é quem deve ter levado a pulseira.

– Talvez... se descobrirem logo...

– Então irão à polícia e aí...

Bridget calou-se ao ver Elvira balançar a cabeça lentamente, os cabelos amarelo-pálidos movendo-se de um lado para o outro, um sorriso débil e enigmático curvando-lhe os cantos da boca.

– Não irão à polícia, Bridget. De modo nenhum, se pensarem que fui eu quem pegou a joia.

– Por quê? Quer dizer que...

– Já lhe contei que irei receber um monte de dinheiro quando completar 21 anos. Poderei comprar joias e mais joias na mão deles. Por isso, não ousarão fazer um escândalo. Vá depressa pegar o dinheiro. Depois vá ao Aer Lingus e compre a passagem. Preciso pegar um táxi para ir ao Pruniers. Já estou dez minutos atrasada. Estarei com você amanhã de manhã às 10h30.

– Ah, Elvira, seria tão bom se você não se arriscasse tanto! – Bridget lamentou.

Mas Elvira já estava fazendo sinal para um táxi.

MISS MARPLE passou momentos deliciosos na Robinson & Cleavers. Além de comprar alguns lençóis caros, mas esplêndidos – adorava lençóis de linho, eram tão frescos e macios –, ainda se permitiu a aqui-

sição de ótimos panos para enxugar copos orlados de vermelho. Quanta dificuldade havia hoje em dia para se conseguir bons panos de enxugar copos! Só se viam panos que mais pareciam toalhas de mesa ornamentais, decorados com rabanetes e lagostas ou com a Torre Eiffel ou Trafalgar Square, ou ainda sarapintados de limões e laranjas. Depois de dar seu endereço em St. Mary Mead, ela descobriu um ônibus que a levou à Army & Navy Stores.

Em tempos passados, a Army & Navy Stores era a loja predileta de sua tia. É claro que atualmente já não era a mesma coisa. Miss Marple lembrou-se de como sua tia Helen procurava seu vendedor predileto na seção de cereais e enlatados, confortavelmente instalada em uma cadeira, a touca na cabeça e o manto de "popelina preta" nos ombros. Passava-se, então, mais de uma hora, ninguém tinha pressa, tia Helen imaginando que alimentos poderiam ser adquiridos e guardados para uso futuro. Faziam provisões para o Natal, e até mesmo para a Páscoa. A menina Jane impacientava-se um pouco, e então sua tia mandava que fosse olhar a seção de louças para se distrair.

Terminadas as compras, tia Helen entregava-se a minuciosas perguntas a respeito da saúde da família de seu vendedor predileto: a mãe, a esposa, o segundo filho, a cunhada deficiente. E depois de passar uma manhã agradável, tia Helen dizia, no estilo brincalhão da época: "Será que a menininha quer almoçar?" Tomavam então o elevador para o quarto andar e almoçavam, terminando sempre com um sorvete de morango. Por fim, compravam meia libra de chocolates com creme de café e iam assistir uma matinê em uma daquelas carruagens de quatro rodas.

Evidentemente, a Army & Navy Stores tinha sofrido várias operações plásticas desde aquela época. Seria, inclusive, possível dizer que estava irreconhecível para quem a vira outrora: a loja agora era mais alegre e mais bem iluminada. Miss Marple, embora concedendo um sorriso indulgente ao passado, não fazia objeções às comodidades do presente. Descobriu que a loja ainda possuía um restaurante e foi para lá, a fim de almoçar.

Enquanto lia cuidadosamente o menu e resolvia o que comer, passeou os olhos pela sala e ergueu de leve as sobrancelhas. Que co-

incidência extraordinária! Lá estava uma mulher em quem jamais pusera os olhos até a véspera, embora houvesse visto inúmeros retratos dela nos jornais – em corridas de cavalo, nas Bermudas, ou junto ao seu automóvel ou avião. No dia anterior, pela primeira vez, avistara-a em carne e osso. E agora, como frequentemente acontece, por coincidência tornava a encontrá-la no local mais inesperado. Não conseguia imaginar Bess Sedgwick almoçando na Army & Navy Stores. Não teria se espantado se avistasse Bess Sedgwick saindo de uma furna no Soho, ou descendo as escadas da Covent Garden Opera House, em um vestido de noite e com um diadema de brilhantes na cabeça. Mas não pensara jamais encontrá-la ali na Army & Navy Stores que, na opinião de Miss Marple, estava e estaria sempre estreitamente ligada ao pessoal das forças armadas, suas esposas, filhas, tias e avós. Contudo, lá estava Bess Sedgwick, muito elegante como sempre, em seu terninho escuro e blusa esmeralda, almoçando com um homem – um rapaz de rosto afilado como um falcão, vestido em um casaco de couro preto. Inclinavam-se um para o outro, conversando animados, colocando na boca as garfadas de comida como se nem reparassem no que comiam.

Um encontro amoroso, talvez? Sim, provavelmente. O homem deveria ser 15 ou 20 anos mais novo do que ela, porém Bess exercia uma atração magnética sobre os homens.

Miss Marple olhou fixamente para o rapaz e chegou à conclusão de que era um "moço bonito". Concluiu também que não gostava muito dele. "É muito parecido com Harry Russel", pensou, buscando, como de costume, um exemplo no passado. "Nunca prestou. Nenhuma das mulheres que andou com ele prestava tampouco."

"Lady Sedgwick não aceitaria um conselho meu", ela continuou a pensar, "mas eu bem que poderia dar-lhe um." Contudo, os romances dos outros não eram da sua conta, e Bess Sedgwick, pelo que se dizia, era muito capaz de proteger-se em matéria de romances.

Miss Marple suspirou, terminou seu almoço e preparou-se para uma visita à seção de papelaria.

A curiosidade, ou como ela preferia dizer, "o interesse" pelos negócios dos outros, era uma das suas características.

Deixando deliberadamente as luvas sobre a mesa, levantou-se e foi até o caixa, tomando o caminho que passava perto da mesa de lady

Sedgwick. Depois de pagar a conta, "percebeu" que esquecera as luvas e voltou para apanhá-las, deixando, por infelicidade, cair a bolsa no caminho de retorno. A bolsa abriu-se e espalhou um monte de bugigangas pelo chão. Uma garçonete apressou-se a ajudá-la a apanhar os objetos caídos, e Miss Marple viu-se forçada a simular fortes tremores nas mãos, derrubando moedas e chaves pela segunda vez.

Não conseguiu muito com esses subterfúgios, mas eles não foram inteiramente inúteis; o interessante é que nenhum dos dois alvos da sua curiosidade dedicou sequer um olhar à desastrada velhota que estava sempre derrubando coisas.

Enquanto esperava que o elevador descesse, Miss Marple recordou algumas frases que ouvira:

"E a previsão do tempo?"
"Ok. Não haverá nevoeiro."
"Tudo pronto para Lucerna?"
"Está. O avião sai às 9h40."

Fora tudo o que conseguira captar de início. Quando passou novamente por eles, pôde escutar um pouco mais:

Bess Sedgwick falava zangada:

– Por que diabo você foi ao Bertram ontem? Não devia passar nem por perto de lá.
– Não fiz nada de mais. Perguntei se você estava hospedada lá, e todo mundo sabe que somos amigos íntimos...
– A questão não é essa. O Bertram é um lugar muito adequado para mim... mas para você não. Você lá chama a atenção como um bêbado na missa. Todo mundo deve ter ficado olhando para você.
– Que olhem!
– Você é mesmo um idiota. Por quê... por quê? Que motivos você tinha? Você tinha um motivo... eu conheço você...
– Calma, Bess.
– Você é um mentiroso de nascença!

Isso foi tudo o que Miss Marple conseguira escutar. Parecia-lhe muito interessante.

59

# 7

Na noite de 19 de novembro o cônego Pennyfather acabara de jantar cedo no Clube Athenaeum, cumprimentara de longe um par de amigos, mantivera uma acalorada mas agradável discussão sobre alguns pontos cruciais em relação à data dos manuscritos do Mar Morto, e então, consultando o relógio, viu que era hora de partir, a fim de pegar o avião para Lucerna. Quando atravessava o saguão, foi cumprimentado por outro amigo, o Dr. Whittaker, do SOAS, que lhe disse alegremente:

– Como vai, Pennyfather? Não o vejo há muito tempo. Como foi no congresso? Surgiu algum assunto interessante?

– Tenho certeza que sim.

– Está voltando de lá, não é?

– Não, não, estou indo para lá. Irei tomar um avião esta noite.

– Ah, compreendo. – Whittaker parecia levemente constrangido. – Não sei por que pensei que o congresso fosse hoje.

– Não, não. Amanhã, dia 19.

O cônego Pennyfather saía pela porta quando seu amigo, seguindo-o com o olhar, falou:

– Mas meu caro amigo, hoje é dia 19, não é?

O cônego Pennyfather, entretanto, não estava mais ao alcance da voz do outro. Apanhou um táxi em Pall Mall e partiu rumo ao aeroporto de Kensington, onde havia uma verdadeira multidão naquela noite. Postando-se junto ao balcão, esperou até que afinal chegasse a sua vez. Apresentou a passagem, o passaporte e outras coisas necessárias à viagem. A moça do balcão, que já ia carimbando tudo, parou abruptamente:

– O senhor me desculpe, mas parece que a passagem está errada.

– Errada? Não, está correta. O voo é este mesmo e... bem, não leio direito sem os óculos... cento e não sei quantos, para Lucerna.

– É a data, meu senhor. A data: quarta-feira, dia 18.

– Não, claro que não! Pelo menos... quer dizer, hoje é quarta-feira, 18.

– Desculpe, mas hoje é dia 19.

– Dezenove! – O cônego ficou desolado. Tirou uma pequena agenda do bolso e virou as páginas, ansioso. Por fim, teve de se convencer. *Era* dia 19. O avião que deveria tomar partira na véspera.

– Então quer dizer... quer dizer... meu Deus, quer dizer que o congresso de Lucerna está sendo realizado *hoje*.

E ficou olhando para o balcão, em profundo abatimento; mas como havia muitos outros viajantes, o cônego e suas perplexidades foram postos de lado. Ele continuou ali de pé, na maior tristeza, segurando a passagem agora inútil. Examinava mentalmente várias possibilidades. Será que poderia trocar a passagem? Mas não adiantava – não adiantava – que horas seriam? Quase 21 horas? A conferência já se realizara; começara às 10 horas. É claro, fora isso que Whittaker procurara dizer no Athenaeum. Pensara que o cônego Pennyfather já havia retornado do congresso.

– Ó, Senhor – lamentava-se sozinho o cônego Pennyfather. – Que confusão que eu fiz! – E saiu andando triste e silencioso pela Cromwell Road, que mesmo nos seus melhores dias não era uma rua alegre.

Caminhava lentamente pela rua, carregando sua valise e revolvendo perplexidades no espírito. Afinal, depois de examinar à vontade as várias razões que o haviam levado àquele engano, abanou tristemente a cabeça.

– Agora – disse para si mesmo – deixe-me ver, já passam das 21 horas, é melhor comer qualquer coisa.

E o curioso, pensava ele, é que não sentia fome.

Caminhando desconsolado pela Cromwell Road, escolheu por fim um pequeno restaurante que servia pratos indianos preparados com curry. Embora não sentisse tanta fome quanto deveria, pareceu-lhe melhor refazer-se com uma boa refeição; afinal, depois teria de procurar um hotel e... não, não havia necessidade *disso*. Já tinha um hotel! É claro: estava hospedado no Bertram, e reservara um quarto por quatro dias. Que sorte! Sendo assim, o quarto estava lá, esperando por ele. Bastava-lhe pedir a chave na portaria e... aí outra reminiscência o assaltou. Que era aquela coisa pesada em seu bolso?

Meteu a mão no bolso e tirou dele uma daquelas chaves imensas que os hotéis usam numa tentativa de evitar que os hóspedes mais distraídos as carreguem no bolso, o que não evitara que o cônego carregasse a sua!

61

– Número 19 – disse o cônego alegre, ao reconhecê-la. – Está certo. É uma sorte eu não ter que procurar um quarto de hotel. Dizem que os hotéis andam muito cheios. Sim, Edmunds estava dizendo isso mesmo no Athenaeum esta noite. Tivera a maior dificuldade em achar um quarto.

Mais satisfeito consigo mesmo e com o cuidado que tomara com os preparativos de viagem, reservando o hotel antecipadamente, o cônego abandonou o prato de curry, lembrou-se de pagar a conta e, após ter dado alguns passos, estava outra vez na Cromwell Road.

Pareceu-lhe uma tristeza voltar para o hotel assim, quando deveria estar jantando em Lucerna, conversando sobre inúmeros e fascinantes problemas. Seu olhar foi atraído pela fachada de um cinema. *As muralhas de Jericó*. Parecia um título muito convidativo. Valeria a pena verificar se o texto bíblico fora respeitado.

Comprou uma entrada e entrou aos tropeções pela escuridão. Gostou do filme, embora lhe parecesse que não tinha nenhuma relação com a narrativa bíblica. As muralhas de Jericó eram um meio simbólico de aludir aos compromissos matrimoniais de uma dama. Depois de haverem caído várias vezes, a linda estrela encontrou o ríspido e mal-encarado herói a quem amara secretamente durante todo o filme, e juntos se propuseram a levantar as muralhas de forma que pudessem resistir melhor aos assaltos do tempo. Não se tratava propriamente de um filme destinado a interessar um clérigo idoso: mas o fato é que o cônego Pennyfather o apreciou muitíssimo. E não era o tipo de filme que o cônego Pennyfather costumava assistir; pareceu-lhe, assim, que estava ampliando seus conhecimentos sobre a vida. O filme acabou, as luzes se acenderam, tocou-se o Hino Nacional e o cônego Pennyfather voltou aos tropeções às luzes de Londres, ligeiramente consolado da tristeza que lhe haviam provocado os acontecimentos do começo da noite.

Era uma noite linda, e o cônego voltou a pé para o hotel Bertram, não antes de ter tomado um ônibus que o levara na direção oposta. Era meia-noite quando chegou ao hotel, e a essa hora o Bertram costuma apresentar uma aparência digna, estando todos os hóspedes já recolhidos. O elevador estava no andar de cima, de modo que o cônego

resolveu subir pelas escadas. Chegou ao seu quarto, enfiou a chave na fechadura, escancarou a porta e entrou.

*Deus do céu, estaria ele tendo visões?* Mas quem... como... – viu tarde demais o braço erguido...

Viu estrelas quase no mesmo instante...

# 8

O trem postal irlandês cortava a escuridão da alta madrugada.

De vez em quando, a locomotiva a diesel soltava seu lamento de advertência. Viajava a mais de 130 quilômetros por hora. Estava dentro do horário.

De repente, a velocidade diminuiu, os freios agiram. As rodas gritaram ao agarrarem-se aos trilhos. A velocidade foi diminuindo... diminuindo... O guarda enfiou a cabeça pela janela, observou o sinal vermelho à frente, e o trem afinal parou. Alguns dos passageiros acordaram. A maioria continuou dormindo.

Uma senhora idosa, alarmada pela desaceleração súbita, abriu a porta da cabina e olhou para o fundo do corredor. Um pouco mais além, uma das portas do trem estava aberta. Um clérigo idoso, com espessos cabelos brancos, subia os degraus. A senhora presumiu que ele descera antes até os trilhos para investigar o que havia acontecido.

O ar matinal estava bastante fresco. Alguém, no fundo do corredor, disse:

– Foi só o sinal. – A senhora idosa tornou a entrar na cabina e tratou de dormir novamente.

Do lado de fora, um homem balançando uma lanterna correu da guarita do sinaleiro para o trem. O foguista desceu da locomotiva. O guarda que saltara do trem aproximou-se dele. O homem da lanterna chegou, sem fôlego, falando aos arrancos:

– Uma batida feia lá adiante. Um trem de carga descarrilou.

O maquinista olhou do alto da sua cabina, depois desceu e foi reunir-se aos outros.

Na parte de trás, seis homens que haviam surgido do nada entraram no trem por uma porta que fora deixada aberta no último carro. Seis passageiros, vindos de diferentes vagões, foram ao encontro deles. Com rapidez bem-ensaiada, eles tomaram conta do vagão postal, isolando-o do resto da composição. Dois homens encapuzados puseram-se em guarda na entrada e na saída do carro com porretes na mão.

Um homem de uniforme ferroviário foi andando pelo corredor do trem parado, tranquilizando os passageiros.

– A linha está bloqueada à frente. Uma demora de dez minutos, talvez. Não passa disso. – Sua voz era amigável e reconfortante.

Junto à locomotiva, o foguista e o maquinista estavam amordaçados e amarrados. O homem com a lanterna gritou:

– Tudo certo por aqui!

Ao lado dos trilhos, o guarda também fora igualmente amarrado e amordaçado.

Os peritos arrombadores também haviam feito seu trabalho no vagão postal. Dois outros homens jaziam atados no chão. Os malotes postais foram jogados para fora do trem, onde outros homens o estavam esperando.

Nas cabinas, os passageiros resmungavam uns para os outros, dizendo que as estradas de ferro não eram mais as mesmas.

Enquanto os passageiros se acomodavam novamente para dormir, o ronco de um automóvel atravessou a escuridão.

– Santo Deus – murmurou uma mulher –, será um avião a jato?

– Um carro de corrida, me parece.

O ronco foi diminuindo pouco a pouco...

CERCA DE 15 quilômetros dali, na rodovia de Bedhampton, um comboio de caminhões noturnos avançava lentamente para o norte. Um grande carro branco, de corrida, passou por eles feito um raio.

Dez minutos depois o carro afastou-se da rodovia.

Uma oficina na esquina de uma via secundária exibia uma placa em que se lia FECHADO. Mas as grandes portas se escancararam, o carro branco entrou e as portas tornaram a fechar-se. Três homens, trabalhando em uma velocidade frenética, pregaram no carro um novo

jogo de placas. O motorista trocou o boné e o casaco: antes vestia um casaco branco de pele de carneiro; agora usava couro preto. E partiu outra vez no carro. Três minutos depois, um velho Morris Oxford, dirigido por um clérigo, apareceu pipocando na estrada, enveredando-se mais adiante por vários caminhos rurais, cheios de curvas e desvios.

Uma van que rodava por uma estrada vicinal diminuiu a marcha ao alcançar o velho Morris Oxford parado junto ao acostamento, com um homem idoso de pé ao lado do carro.

O motorista da van pôs a cabeça para fora:

– Algum problema? Quer ajuda?

– É muita bondade sua. São os faróis.

Os dois motoristas se aproximaram um do outro – escutaram.

– Barra limpa.

Várias maletas elegantes, de estilo norte-americano, foram transferidas do Morris Oxford para a van.

Uns 3 quilômetros depois, a van seguiu por uma estrada de terra que logo adiante conduzia à entrada dos fundos de uma grande e opulenta mansão. No que outrora fora o pátio de um estábulo, estava estacionado uma grande Mercedes branca. O motorista da perua abriu a mala da Mercedes com uma chave, transferiu para lá as maletas e partiu na mesma van.

No pátio de uma fazenda próxima, um galo cantou ruidosamente.

9

Elvira Blake olhou para o céu, notou que era uma linda manhã e entrou em uma cabine telefônica. Discou o número de Bridget, em Onslow Square. Ao perceber que a própria Bridget atendera, disse:

– Alô, Bridget!

– Alô, Elvira, é você? – A voz de Bridget parecia agitada.

– Sim. Está tudo bem?

– Que nada! *Péssimo.* Sua prima, a Sra. Melford, ligou para a mamãe ontem à tarde.

— Pra perguntar por mim?

— Sim. Eu pensava que tinha me saído muito bem quando telefonei para ela na hora do almoço. Mas parece que ela ficou preocupada com os seus dentes. Pensou que você estivesse com algum problema mais sério, um abscesso ou algo parecido. Por isso, telefonou para o dentista e descobriu, naturalmente, que você nem tinha ido lá. Então ela telefonou para cá e por azar a mamãe estava bem perto do telefone, assim, não pude atender primeiro. E como não podia deixar de acontecer, a mamãe foi logo dizendo que não sabia nada sobre isso, e que você não estava aqui em casa. Fiquei sem saber *o que* fazer.

— O que você *fez*?

— Fingi que não sabia de nada. Por fim contei que me lembrava de ter ouvido você dizer que ia visitar uns amigos em Wimbledon.

— Por que Wimbledon?

— Foi o primeiro lugar que me veio à cabeça.

Elvira suspirou.

— Bem, acho que terei de inventar uma história qualquer. Talvez diga que fui visitar uma velha governanta que mora em Wimbledon. Os cuidados dessa família complicam tudo! Espero que a prima Mildred não tenha feito nenhuma bobagem maior, como chamar a polícia ou coisa semelhante.

— Você vai agora para lá?

— Só irei à noite. Ainda tenho uma porção de coisas a fazer.

— E foi mesmo à Irlanda? Deu tudo certo?

— Descobri o que queria saber.

— Pelo seu tom de voz parece que está... chateada.

— Estou aborrecida.

— Posso lhe ajudar, Elvira? Posso fazer alguma coisa?

— Ninguém pode me ajudar, na verdade... É algo que tenho de fazer sozinha. Eu esperava que um determinado fato não fosse verdade... mas *é verdade*. E não sei o que devo fazer.

— Você está em perigo, Elvira?

— Não seja melodramática, Bridget. Eu preciso ter cuidado, nada mais. Preciso ter o maior cuidado.

— Então você *está* em perigo.

Elvira respondeu, depois de uma pausa:

– Talvez eu esteja só imaginando coisas.

– Elvira, o que é que você vai fazer a respeito da pulseira?

– Ah, isso não é problema. Arranjei dinheiro com uma pessoa e, assim, logo mais irei... como é que se diz?... resgatar a pulseira. E de lá irei diretamente aos Bollards.

– Acha que eles não irão reclamar?... Não, mamãe, é da lavanderia. Estão dizendo que não mandamos o tal lençol. Sim, mamãe, direi isso à moça. Tudo certo então.

Do outro lado da linha Elvira sorriu e desligou o telefone. Abriu a bolsa, tirou dela o dinheiro, contou as moedas de que precisava, arrumou-as à sua frente e fez uma ligação. Quando obteve o número que desejava, depositou no telefone as moedas necessárias, apertou um botão e falou com voz afobada:

– Alô, prima Mildred. Sim, sou eu... Lamento muito... Sim, eu sei... bem, eu ia mesmo... sim, foi a pobre da velha Maddy, a nossa velha governanta... sim, escrevi um postal, e depois me esqueci de colocá-lo na caixa do correio. Ainda está no meu bolso... bem, você compreende, ela estava doente e não tinha ninguém que ficasse com ela, e por isso vim até aqui para ver como ela estava... Sim, eu ia para a casa de Bridget, mas a notícia sobre Maddy mudou tudo... Não entendo o recado que você recebeu. Alguém deve ter feito confusão... Sim, eu lhe explico tudo quando chegar aí... sim, hoje à tarde. Não, vou só esperar que chegue a enfermeira que vem cuidar de Maddy... Bem, não é propriamente uma enfermeira, é uma dessas mulheres com prática de enfermagem, se não me engano. Não, ela não quer nem ouvir falar em hospital... Mas lamento muito, prima Mildred, lamento muitíssimo. – Elvira pôs o fone no gancho e suspirou exasperada: "Se ao menos não precisasse dizer tantas mentiras a tanta gente", murmurou para si mesma.

Ao sair da cabine telefônica, deparou-se com manchetes enormes nos jornais: "GRANDE ASSALTO. TREM POSTAL DA IRLANDA ATACADO POR BANDIDOS."

O SR. BOLLARD atendia a um freguês quando a porta da loja se abriu. Ergueu os olhos e viu entrar a jovem aristocrata Elvira Blake.

– Não, obrigada – disse ela a um empregado que veio ao seu encontro. – Prefiro esperar até que o Sr. Bollard se desocupe.

Momentos depois o cliente do Sr. Bollard despediu-se e Elvira ocupou o lugar vago.

– Bom dia, Sr. Bollard – ela disse.

– Infelizmente seu relógio ainda não ficou pronto, Srta. Elvira – Bollard afirmou.

– Não se trata do relógio – explicou Elvira. – Vim pedir desculpas. Aconteceu algo horrível. – Abriu a bolsa e tirou dela uma caixinha, da qual retirou a pulseira de safiras e brilhantes. – O senhor deve estar lembrado de que, quando vim trazer o relógio para consertar e escolher umas peças para meu presente de Natal, houve um acidente na rua. Uma pessoa foi atropelada, ou quase. Suponho que eu estava com a pulseira na mão e, sem pensar, enfiei-a no bolso do casaco. Mas só descobri isso hoje de manhã. Então vim correndo devolvê-la. Lamento sinceramente, Sr. Bollard, não sei como é que pude fazer uma coisa tão estúpida.

– Ora, não tem importância – ele respondeu sem alarde.

– Certamente o senhor pensou que alguém tinha roubado o bracelete.

Os límpidos olhos azuis de Elvira encontraram os do velho.

– Já tínhamos dado falta da joia – o Sr. Bollard confessou. – Muitíssimo obrigado, Srta. Elvira, por devolvê-la tão depressa.

– Fiquei horrorizada quando a encontrei – disse Elvira. – Bem, muito obrigada, Sr. Bollard, o senhor foi muito gentil.

– Enganos como este acontecem – ele comentou, com um sorriso paternal. – Não pensemos mais no assunto. Mas não faça isso outra vez. – Riu com o ar de quem dizia um gracejo amável.

– Não farei – disse Elvira. – No futuro, hei de ter o maior cuidado.

Sorriu, deu meia-volta e saiu da loja.

"Eu só queria saber", pensou o Sr. Bollard, "só queria saber..."

Um dos sócios dele, que estava próximo, aproximou-se.

– Então foi ela que pegou a pulseira?

– Foi, sim. Ela pegou sim – disse o Sr. Bollard.

– Mas trouxe-a de volta – observou o sócio.

– Sim, trouxe-a de volta – o Sr. Bollard concordou. – Por essa eu não esperava.

– Não esperava que ela devolvesse a joia?

– Não, se soubesse que fora ela quem levara a joia.

– Acha que a história dela é verdadeira? – indagou o sócio, curioso. – Acha mesmo que ela enfiou a joia no bolso por distração?

– Creio que é possível – admitiu Bollard, pensativo.

– Pode ser cleptomania.

– É. Pode ser cleptomania – Bollard concordou. – O mais provável é que ela a tenha levado de propósito... Mas, sendo assim, como é que a trouxe de volta tão depressa? É curioso...

– Foi bom não termos dado queixa à polícia. Confesso que tive vontade de fazê-lo.

– Eu sei, eu sei. Você não tem tanta experiência quanto eu. Neste caso, foi melhor não chamar. – E o Sr. Bollard acrescentou baixinho, para si mesmo: – Mas é um caso interessante. Muito interessante. Que idade terá ela? Deve ter 17 ou 18 anos, suponho. Deve ter-se metido em alguma complicação.

– Parece que ouvi você dizer que ela nadava em dinheiro.

– Pode-se ser a herdeira de uma fortuna e nadar em dinheiro – Bollard comentou –, mas aos 17 anos nem sempre se pode pôr a mão nele. É engraçado. As herdeiras, em geral, andam com a bolsa mais vazia do que as moças de menores posses. O que nem sempre é uma boa coisa. Bem, creio que jamais saberemos a verdade sobre este caso.

Repôs o bracelete em seu lugar no mostruário e fechou a tampa de vidro.

## 10

Os escritórios de Egerton, Forbes & Wilborough situavam-se em Bloomsbury, em uma daquelas praças imponentes e cheias de dignidade que ainda não haviam sido varridas pelos ventos da mudança. A placa de cobre estava tão gasta que se tornara praticamente ilegível.

A firma funcionava havia mais de um século, e boa parte da aristocracia rural da Inglaterra figurava entre seus clientes. Nem os Forbes nem Wilborough se encontravam mais na firma. No lugar deles estavam os Atkinsons – o pai e o filho –, o galês Lloyd e o escocês MacAllister. Contudo, havia ainda um Egerton, o qual descendia de um dos fundadores da firma – um homem de 52 anos que havia se tornado o consultor de várias famílias que, no decorrer dos anos, tinham sido aconselhadas por seu avô, seu tio e seu pai.

Naquele momento, sentado atrás de uma grande mesa de mogno em sua bela sala no primeiro andar, Egerton falava com voz mansa, mas com firmeza, a um cliente que demonstrava um certo abatimento. Richard Egerton era um homem bonito, alto, moreno, com costeletas ligeiramente grisalhas e olhos cinza muito vivos. Seus conselhos eram sempre muito práticos, mas ele normalmente não media palavras.

– Com toda franqueza, você não tem escapatória, Freddie – dizia ele. – Nenhuma escapatória depois das cartas que escreveu.

– Você não acha... – Freddie murmurou desolado.

– Não, não acho – disse Egerton. – A única esperança é fazer um acordo fora do tribunal. Podem até provar que você é passível de acusação criminal.

– Mas escute, Richard, isso seria levar as coisas longe demais.

Ouviu-se o som discreto de uma campainha na mesa de Egerton, que pegou o fone de semblante franzido.

– Creio ter pedido que não me incomodassem.

A secretária murmurou algo do outro lado. Egerton respondeu:

– Ah, sim, entendo. Sim, peça a ela que espere.

Recolocou o fone no gancho e virou-se mais uma vez para a cara infeliz do cliente.

– Escute aqui, Freddie, eu conheço a lei. Você não. Você está numa encrenca infernal. Farei o possível para tirá-lo disso, mas vai lhe custar um bom dinheiro. Duvido muito que eles aceitem um acordo por menos de 12 mil.

– Doze mil! – O desventurado Freddie estava consternado. – Mas como? Eu não tenho esse dinheiro, Richard!

– Bem, então terá de pedir um empréstimo. Sempre se dá um jeito. Dê-se por satisfeito se ela aceitar o acordo por 12 mil; se você resolver ir a juízo, talvez lhe custe muito mais.

– Vocês, advogados! – disse Freddie. – São todos uns tubarões!

Levantou-se.

– Bem – disse ele –, faça tudo o que puder por mim, Richard, meu velho.

Partiu, balançando tristemente a cabeça. Richard Egerton afastou da mente Freddie e seus negócios e tratou de pensar na próxima cliente. Perguntou a si mesmo: "A jovem Elvira Blake. Como estará ela agora?" Pegou o telefone:

– Lorde Frederick já foi embora. Mande a Srta. Blake entrar.

Enquanto esperava, fez alguns cálculos no mata-borrão da mesa. Quantos anos desde...? Ela agora devia ter 15... 17... talvez mais. O tempo passou tão depressa. "Filha de Coniston", pensou ele, "e de Bess. A qual dos dois terá puxado?"

A porta se abriu, a secretária anunciou a Srta. Elvira Blake, e a moça entrou na sala. Egerton levantou-se da cadeira e dirigiu-se a ela. Quanto à aparência, pensou ele, não se parecia ao pai nem à mãe. Alta, esbelta, muito loura, assim como Bess, mas sem sua vitalidade, com um jeito um tanto antiquado, embora fosse difícil ter muita certeza disso, já que a moda, no momento, era de babadinhos e corpetes.

– Muito bem – ele disse, enquanto apertava a mão de Elvira. – Que surpresa! Da última vez que a vi, você tinha 11 anos. Venha, sente-se aqui. – Empurrou uma cadeira e Elvira sentou-se.

– Creio – disse Elvira um pouco indecisa – que deveria ter-lhe escrito antes, marcando uma reunião. Era o que devia ter feito, mas resolvi procurá-lo muito de repente e aproveitei a oportunidade, já que estava em Londres.

– E o que a traz a Londres?

– Uma revisão nos dentes.

– Coisinha enjoada, os dentes – disse Egerton. – Amolam a gente do berço ao túmulo. Mas agradeço a seus dentes, que me deram a oportunidade de vê-la. Vejamos, você esteve na Itália, não foi? Completou sua educação num desses lugares para onde todas as moças vão hoje em dia.

– Sim – respondeu Elvira –, na casa da condessa Martinelli. Mas já a deixei, definitivamente. Estou morando com os Melfords, em Kent, até que decida que rumo tomar.

– Bem, espero que encontre algo do seu agrado. Não pensou numa universidade?

– Não. Não me acho suficientemente inteligente para tanto. – Fez uma pausa e continuou: – Parece-me que preciso do seu consentimento para fazer qualquer coisa.

Os olhos sagazes de Egerton fitaram-na com interesse.

– Sou um dos seus tutores, e curador, por força do testamento de seu pai – disse ele. – Portanto, você tem todo o direito de me procurar quando quiser.

Elvira disse cordialmente:

– Muito obrigada.

Egerton perguntou:

– Alguma preocupação?

– Não, não. Mas o senhor compreende, eu não sei de nada. Ninguém nunca me falou sobre isso. E nem sempre gostamos de perguntar.

Ele olhou-a com atenção.

– Refere-se a questões que lhe dizem respeito?

– Sim. Ainda bem que o senhor me compreende. O tio Derek... – ela hesitou.

– Derek Luscombe?

– Sim. Sempre o chamei de tio.

– Entendo.

– Ele é muito bondoso – continuou Elvira – mas nunca me coloca a par de nada. Limita-se a organizar minhas atividades, mas fica receoso de que não me agradem. É claro que ele escuta a opinião de outras pessoas... de mulheres que lhe dizem o que deve fazer. Como a condessa Martinelli. É ele quem providencia meu ingresso em colégios ou escolas femininas de aperfeiçoamento.

– Mas não era isso que você queria fazer.

– Não, não é bem isso. As escolas são boas. O que eu quero dizer é que, de uma forma ou de outra, é para lá que todo mundo vai.

– Compreendo.

72

– Mas eu não sei de nada a meu próprio respeito. Por exemplo, tenho algum dinheiro? Quanto? E o que é que posso fazer com ele?

– Na realidade – disse Egerton, com seu sorriso atraente –, você quer conversar sobre negócios. Correto? Bem, acho que está com toda a razão. Vejamos, quantos anos você tem? Dezesseis... 17?

– Tenho quase 20.

– Santo Deus! Não fazia ideia.

– Pois bem – explicou Elvira –, sinto que estou sendo constantemente poupada, protegida. De certo modo é agradável, mas também pode ser muito irritante.

– É uma atitude completamente ultrapassada – concordou Egerton –, mas vejo que é o estilo de Derek Luscombe.

– Ele é um anjo – disse Elvira –, mas é muito difícil conversar seriamente com ele.

– Sim, é possível. Bem, diga-me o quanto sabe sobre você mesma e sobre sua família.

– Sei que meu pai morreu quando eu tinha 5 anos, e que minha mãe o havia deixado por outro homem quando eu tinha 2 anos. Não guardo nenhuma lembrança dela, e mal me lembro de meu pai. Ele era muito velho e tinha sempre a perna em cima de uma cadeira. Gostava de praguejar, e eu tinha muito medo dele. Depois que ele morreu, fui viver primeiro com uma tia, prima ou parente de meu pai, até que ela morreu; então fui morar com o tio Derek e a irmã dele. Mas aí ela morreu e eu fui para a Itália. Agora o tio Derek providenciou que eu fosse morar com os Melfords, que são primos dele – são pessoas muito bondosas e têm duas filhas mais ou menos da minha idade.

– Você se sente feliz lá?

– Ainda não sei. Fui para lá há poucos dias. São todos muito chatos. O que eu quero mesmo é saber quanto dinheiro possuo.

– Então o que você deseja são informações financeiras.

– Sim – respondeu Elvira. – Sei que possuo algum dinheiro. É muito?

Egerton agora estava sério:

– Sim. Você é dona de um patrimônio muito grande. Seu pai era um homem muito rico e você é filha única. Quando ele morreu, o

título e as terras passaram para um primo. Como ele não gostava do primo, deixou todos os bens pessoais, que eram consideráveis, para a filha, para você, Elvira. Você é uma mulher muito rica, ou será, quando completar 21 anos.

– Quer dizer que *agora* ainda não sou rica?

– Não é isso – respondeu Egerton. – Você já é rica, mas o dinheiro só estará à sua disposição quando fizer 21 anos ou se casar. Até lá, o dinheiro ficará nas mãos de seus curadores: Luscombe, eu e uma outra pessoa. – Egerton sorriu para a moça. – Não desviamos o dinheiro, que continua guardado. Na verdade, aumentamos consideravelmente seu capital por meio de investimentos.

– Quanto irei receber?

– Aos 21 anos, ou quando se casar, receberá uma quantia que, segundo uma estimativa aproximada, deverá chegar a 600 ou 700 mil libras.

– É um dinheirão – disse Elvira, impressionada.

– Sim, é um dinheirão. Provavelmente é por isso que ninguém conversa muito com você a esse respeito.

Egerton a observava enquanto Elvira refletia sobre o que acabava de ouvir. "É uma garota muito interessante", pensava ele. "Parece uma mocinha incrivelmente sentimental, mas é muito mais do que isso. Muito mais." Com um sorriso levemente irônico, ele perguntou:

– Está satisfeita?

Ela o encarou, sorrindo.

– Deveria estar, não é mesmo?

– É melhor do que ganhar na loteria – sugeriu ele.

Ela concordou com a cabeça, mas seu pensamento estava longe dali. Instantes depois, Elvira perguntou:

– Quem ficará com o dinheiro se eu morrer?

– O seu parente mais próximo.

– Não posso fazer um testamento agora, posso? Só depois que completar 21 anos. Foi o que me disseram.

– É verdade.

– Isso é irritante. Se eu fosse casada e morresse, meu marido herdaria o dinheiro?

– Isso.

74

– Não sendo casada, minha mãe seria minha parente mais próxima e herdaria tudo. Aliás, parece-me que tenho pouquíssimos parentes... Mas eu nem conheço a minha mãe. Como ela é?

– É uma mulher notável – disse Egerton de forma seca. – Qualquer um lhe diria a mesma coisa.

– Ela nunca quis me ver?

– Talvez sim... na minha opinião, é bem possível que sim. Mas com a vida... agitada que escolheu, talvez tenha pensado que seria melhor para você ser educada longe dela.

– O senhor tem certeza de que ela pensa assim?

– Não. Na verdade não posso garantir.

Elvira levantou-se.

– Muito obrigada – disse ela. – É muita gentileza sua contar-me tudo isso.

– Creio que talvez fosse melhor se tivessem conversado com você a respeito disso antes – disse Egerton.

– É meio humilhante não saber de nada – observou Elvira. – O tio Derek, é claro, acha que sou uma criança.

– Bem, ele também não é nenhum rapaz. Tanto ele como eu, compreende? Já temos uma certa idade. Você deve nos desculpar, se encaramos as coisas sob o ponto de vista da nossa idade avançada.

Elvira fitou-o por alguns instantes.

– Mas o senhor não pensa que eu sou realmente uma criança, pensa? – disse ela astutamente, e acrescentou: – Espero que o senhor entenda muito mais de moças do que o tio Derek. Ele sempre viveu com a irmã. – Estendeu a mão e disse, numa voz encantadora: – Muito, muito obrigada. Espero não ter interrompido nenhum trabalho importante – e saiu.

Ainda de pé, Egerton continuou a olhar a porta, que se fechara atrás de Elvira. Apertou os lábios e assobiou por um momento. Balançou a cabeça, tornou a sentar-se, apanhou uma caneta e tamborilou na mesa, pensativo. Puxou uns papéis para perto de si, depois afastou-os e pegou o telefone.

– Srta. Cordell, ligue para o coronel Luscombe, por favor. Tente primeiro encontrá-lo no clube, e depois tente o número de Shropshire.

Pousou o fone, tornou a puxar para si os papéis e começou a ler, mas não conseguia fixar-se no que estava fazendo. Até que a campainha tocou:

— O coronel Luscombe na linha, Sr. Egerton.

— Ótimo. Alô, Derek. É Richard Egerton. Como vai? Acabo de receber a visita de alguém que você conhece. Sua pupila.

— Elvira? — Derek Luscombe parecia surpreso.

— Sim.

— Mas por que... por que cargas-d'água... ela procurou você? Alguma complicação?

— Não, eu não diria isso. Pelo contrário, ela me pareceu bastante... bastante satisfeita de um modo geral. Queria informar-se a respeito de sua situação financeira.

— Espero que você não tenha dito nada a ela — alertou o coronel Luscombe, alarmado.

— Por que não? Para que o segredo?

— Bem, não posso deixar de pensar que é um pouco imprudente contar a uma jovem que está prestes a receber uma enorme quantia em dinheiro.

— Alguém acabaria dizendo isso a ela, se nós não o fizéssemos. Lembre-se de que ela precisa estar preparada. Ter dinheiro é uma grande responsabilidade.

— Sim, mas ela ainda é uma criança.

— Tem certeza disso?

— O que é que você quer dizer? É claro que ela é uma criança.

— Eu não diria que é uma criança. Quem é o namorado dela?

— Como?

— Perguntei quem é o namorado dela. Porque deve haver um namorado nessa história, não acha?

— Não, não há. Absolutamente nenhum. O que o faz pensar em um namorado?

— Nada que ela me disse. Mas você sabe que eu tenho alguma experiência. Creio que acabará descobrindo que existe um namorado.

— Pois posso lhe garantir que está completamente enganado. Ela foi educada com o maior cuidado, esteve em colégios internos dos

mais severos e frequentou uma escola de aperfeiçoamento das mais seletas, na Itália. Eu saberia se houvesse alguma coisa. Talvez ela tenha sido apresentada a alguns rapazes agradáveis, mas tenho certeza de que não ocorreu nada do que você está sugerindo.

– Pois meu diagnóstico é que tem um namorado... e provavelmente trata-se de alguém indesejado.

– Mas por que, Richard, por quê? O que sabe a respeito de moças jovens?

– Muita coisa – Egerton respondeu de forma seca. – Tive três clientes no ano passado: duas delas foram declaradas pupilas do Estado, e a terceira obrigou os pais a consentirem em um casamento fadado ao fracasso. As moças de hoje não são vigiadas como antigamente. Nas atuais condições, é dificílimo tomar conta delas...

– Mas eu lhe asseguro que Elvira tem sido assistida com todo cuidado.

– A esperteza das moças ultrapassa qualquer coisa que possamos imaginar! Fique de olho nela, Derek. Faça algumas investigações a respeito do que ela anda fazendo.

– Tolice. Ela é apenas um mocinha meiga e simples.

– As coisas que você ignora a respeito de mocinhas meigas e simples dariam para encher um livro! A mãe dela fugiu de casa e provocou um escândalo... lembra-se?... e isso quando era ainda mais nova do que Elvira é hoje. E quanto ao velho Coniston, era um dos piores libertinos da Inglaterra.

– Você me deixa preocupado, Richard. Muito preocupado.

– É bom que fique avisado. Mas uma das perguntas dela deixou-me intrigado. Por que está tão aflita para saber quem herdará seu dinheiro caso ela morra?

– É esquisito você me contar isso, porque ela me fez a mesma pergunta.

– A você também? Por que será que ela se preocupa com uma morte prematura? Aliás, também me fez perguntas a respeito da mãe.

A voz do coronel Luscombe pareceu inquieta.

– Seria bom que Bess entrasse em contato com a filha.

– Você conversou com ela sobre o assunto...? Com Bess, quero dizer.

– Bem... Conversei, sim. Encontrei-me com ela por acaso. Descobrimos que estávamos hospedados no mesmo hotel. Insisti com Bess para que desse um jeito de se encontrar com a menina.

– E ela, o que respondeu? – indagou Egerton, curioso.

– Recusou-se terminantemente. Chegou até a dizer que não era bom para a menina conhecer uma pessoa como ela.

– Por um lado, creio que não seja mesmo – concordou Egerton. – Ela anda metida com aquele piloto de corridas, não é?

– Ouvi alguns boatos.

– Eu também. Mas não sei se merecem crédito. Talvez mereçam. Deve ser por isso que ela disse o que disse. De vez em quando Bess arranja cada amigo! Mas que mulher, hein, Derek? Que mulher!

– Bess sempre foi a pior inimiga dela mesma – resmungou Derek Luscombe.

– Uma observação brilhantemente convencional – retrucou Egerton. – Bem, lamento tê-lo incomodado, Derek, mas esteja atento à atuação oculta de alguém indesejado. Depois não diga que não o alertei.

Recolocou o fone no gancho e mais uma vez puxou para si os papéis de cima da mesa. Agora já podia dedicar toda a atenção ao que tinha de fazer.

## 11

A Sra. McCrae, governanta do cônego Pennyfather, encomendara um linguado de Dover para a noite de chegada do patrão. Um bom linguado de Dover apresentava diversas vantagens: não precisava ser posto na grelha nem na frigideira enquanto o cônego não estivesse em casa são salvo, podendo assim ser guardado para o dia seguinte, caso fosse necessário. O cônego Pennyfather gostava muito de linguado de Dover; se recebesse um telefonema ou telegrama avisando que o cônego passaria a noite em outro lugar, a Sra. McCrae também sabia

78

apreciar muitíssimo um bom linguado de Dover. Assim, tudo estava em ordem para a chegada do patrão. O linguado seria acompanhado de panquecas. O peixe já se encontrava na mesa da cozinha, e a batedeira para a massa das panquecas já estava a postos. Tudo pronto. Os objetos de latão reluziam, as pratas espelhavam, não havia o mínimo vestígio de poeira em lugar nenhum. Só uma coisa faltava: o cônego Pennyfather.

Ele deveria regressar no trem de Londres, que chegava às 18h30.

Às 19 horas ele ainda não havia regressado. Decerto o trem se atrasara. Às 19h30 ele ainda não havia chegado. A Sra. McCrae soltou um suspiro de aborrecimento. Desconfiava de que a velha história iria se repetir. O relógio bateu 20 horas, e nada do cônego chegar. A Sra. McCrae soltou mais um longo suspiro exasperado. Logo mais, sem dúvida, receberia um telefonema, embora também fosse possível que não recebesse um telefonema sequer. Ele poderia ter escrito. Com certeza escrevera, mas provavelmente se esquecera de postar a carta.

– Ó Deus, ó Deus! – ela exclamava.

Às 21 horas a governanta fez três panquecas para si e guardou o linguado cuidadosamente no refrigerador. "Só queria saber onde anda o santo homem", ela pensava. Sabia, por experiência, que ele poderia estar em qualquer parte. Era provável que descobrisse o engano a tempo de telegrafar ou telefonar antes que ela se recolhesse à cama. "Vou esperar até as 23 horas, nem mais um minuto." Costumava recolher-se às 22h30, mas julgava ser seu dever aguardar até as 23 horas. Se às 23 horas não chegasse notícia alguma do cônego, ela trancaria a casa e iria para o leito.

Não se pode dizer que ela estava aflita, pois isso já acontecera antes. Não havia nada a fazer senão esperar por alguma notícia. As possibilidades eram inúmeras: o cônego Pennyfather poderia ter tomado o trem errado e só ter descoberto o engano em Lands End ou John o'Groats; podia ainda estar em Londres e ter-se enganado a respeito da data, estando assim convencido de que só deveria voltar no dia seguinte; poderia ter encontrado algum amigo na conferência para a qual se havia dirigido no exterior, e prolongado assim a estada talvez até o fim da semana. Ele pretendia informá-la, mas esquecera-se completamente de fazê-lo. Assim, a governanta não estava aflita. Dois dias

depois, o grande amigo do cônego, o arcediago Simmons, viria hospedar-se com ele. Isso era o tipo de coisa que o cônego não esquecia; portanto, sem dúvida, ele deveria chegar no dia seguinte, ou pelo menos mandaria um telegrama avisando que, no mais tardar, estaria em casa no dia da visita.

A manhã do dia seguinte chegou, porém, sem nenhuma palavra do cônego. Pela primeira vez, a Sra. McCrae começou a se sentir inquieta. Entre 9 e 13 horas, ela se viu olhando para o telefone inúmeras vezes, com ar de dúvida. A governanta tinha opiniões próprias a respeito do telefone. Usava-o e reconhecia-lhe a utilidade, mas não gostava dele. Fazia algumas compras por telefone, mas preferia fazê-las pessoalmente, graças à firme convicção de que, quando não se está com os olhos naquilo que se compra, o vendedor quase sempre acaba nos roubando. Assim mesmo, o telefone era um objeto útil dentro de casa. Ocasionalmente, ela mesma telefonava a amigas e parentes da vizinhança. Mas detestava dar um telefonema interurbano para Londres, por exemplo. Agora, porém, pensava em enfrentar essa resistência.

Por fim, quando o segundo dia amanheceu e ainda não tinha notícias do patrão, a Sra. McCrae resolveu agir. Sabia onde o cônego se hospedava em Londres: no Bertram, um belo hotel à moda antiga. Talvez fosse uma boa ideia usar o telefone e fazer algumas perguntas. Provavelmente no hotel saberiam onde ele estava, afinal aquele não era um hotel qualquer. Faria uma ligação para a Srta. Gorringe. Ela mostrava-se sempre eficiente e atenciosa. É claro que o cônego poderia estar voltando no trem de meia-noite e meia; assim sendo, estaria em casa a qualquer momento.

Mas os minutos passavam e nada do cônego chegar. A Sra. McCrae tomou fôlego, respirou fundo, encheu-se de coragem e fez a ligação para Londres. Esperou, mordendo os lábios e com o fone firmemente pressionado contra o ouvido.

– Hotel Bertram, às suas ordens – disse uma voz.

– Por favor, eu gostaria de falar com a Srta. Gorringe – disse a Sra. McCrae.

– Um momento. Quem deseja falar com ela?

– É a governanta do cônego Pennyfather. Sra. McCrae.

– Um momento por favor.

E logo a voz calma e eficiente da Srta. Gorringe fez-se ouvir.

– Aqui é a Srta. Gorringe. Falo com a governanta do cônego Pennyfather?

– Isso mesmo. Sra. McCrae.

– Ah, sim. Claro. Em que posso servi-la, Sra. McCrae?

– O cônego Pennyfather ainda está hospedado aí no hotel?

– Foi bom a senhora ter telefonado – respondeu a Srta. Gorringe. – Nós estávamos preocupados, sem saber o que fazer.

– Aconteceu alguma coisa ao cônego Pennyfather? Será que ele sofreu algum acidente?

– Não, nada disso. Mas nós o esperávamos de volta de Lucerna na sexta-feira ou no sábado.

– Isso mesmo.

– Mas ele não retornou. Bem, na verdade isso não surpreende. Ele reservara o quarto... reservara-o até ontem. Mas não apareceu ontem nem mandou dizer nada, e as coisas dele ainda estão aqui... a maior parte da bagagem. Ficamos sem saber o que fazer. É claro que... – a Srta. Gorringe apressou-se para concluir – nós sabemos que o cônego às vezes é bastante esquecido.

– A senhora tem toda razão!

– Isso dificulta as coisas para nós. Estamos com o hotel lotado. O quarto dele está reservado para outro hóspede. – E acrescentou: – A senhora não tem ideia de onde ele está?

A Sra. McCrae confessou com amargura:

– Aquele homem pode estar em qualquer lugar! – Logo conteve-se: – Bem, muito obrigada, Srta. Gorringe.

– Se houver algo que eu possa fazer... – ela sugeriu, num tom solidário.

– Acho que em breve terei notícias dele – respondeu a governanta. Agradeceu a Srta. Gorringe e pôs o fone no gancho.

Sentou-se junto ao telefone. Parecia perturbada. Não temia pela segurança pessoal do cônego. Se ele tivesse sofrido um acidente, a essa hora ela já teria sido informada – tinha certeza disso. Aliás, não se

poderia dizer que o cônego fosse propenso a acidentes. Era o tipo de pessoa que se costumava chamar de "desligada", e parecem gozar os desligados de proteção divina. Mesmo sem prestarem atenção às coisas, escapam incólumes a tudo. Não, a Sra. McCrae não imaginava o cônego Pennyfather gemendo em um leito de hospital. Ele estaria andando por aí, com seu jeito alegre e inocente, batendo papo com algum amigo. Talvez ainda estivesse no estrangeiro. O problema é que o arcediago Simmons estava para chegar naquela noite, e ele esperava ser recebido pelo dono da casa. Ela não podia contactar o arcediago Simmons porque não sabia onde ele estava no momento. Era uma complicação enorme, mas, como toda situação difícil, tinha seu lado bom, e o lado bom, neste caso, era o próprio arcediago Simmons. Ele sim saberia o que fazer. Ela poria o problema nas mãos dele.

O arcediago Simmons era o extremo oposto ao patrão da Sra. McCrae: sabia para onde ia, o que estava fazendo e tinha sempre uma convicção profunda a respeito do que deveria fazer – e fazia. Era um homem confiante. Assim, quando ele chegou e se deparou com as explicações, desculpas e inquietações da Sra. McCrae, mostrou-se uma torre de segurança. Ele também não se sentia alarmado.

– Vamos, não se aflija, Sra. McCrae – disse o hóspede em seu estilo jovial, sentando-se à mesa para usufruir a ceia que ela lhe preparara. – Encontraremos aquele distraído. Já ouviu falar naquela história a respeito de Chesterton? G. K. Chesterton, o escritor. Em certa ocasião, havia viajado para participar de algumas conferências e escreveu o seguinte telegrama à esposa: "Estou na estação de Crewe. Onde é que eu deveria estar?"

Ele riu e a Sra. McCrae sorriu obedientemente. Não achava a história muito engraçada porque se referia precisamente ao tipo de coisa que o cônego Pennyfather era capaz de fazer.

– Ah! – disse o arcediago Simmons, encantado – uma das suas excelentes costeletas de vitela! A senhora é uma cozinheira maravilhosa. Espero que meu velho amigo saiba valorizá-la.

Às costeletas de vitela seguiram-se pequenos pudins com calda de amoras pretas (a Sra. McCrae lembrara-se de que esse era um dos doces favoritos do arcediago), e depois o santo homem entregou-se à

tarefa de rastrear o amigo desaparecido. Dirigiu-se ao telefone com um vigor e uma completa indiferença pelo custo dos interurbanos, o que fez com que a Sra. McCrae apertasse os lábios, ansiosa, embora na verdade não censurasse o arcediago, já que realmente era preciso descobrir onde estava o patrão.

Tendo inicialmente cumprido o dever de se comunicar com a irmã do cônego – que pouco sabia das idas e vindas do irmão e, como de costume, não tinha a menor ideia de onde ele pudesse estar –, o arcediago alargou o campo de pesquisas. Novamente falou com o hotel Bertram, informando-se com a maior minúcia possível. O cônego saiu de lá ao anoitecer do dia 19. Levou uma sacola da BEA, mas o resto da bagagem ficou no quarto, devidamente reservado por ele. Declarou que iria tomar parte num congresso em Lucerna. Não se encaminhou direto do hotel para o aeroporto. O porteiro, que o conhecia bem de vista, pusera-o em um táxi e informara o endereço do Clube Athenaeum, conforme solicitara o cônego. Essa foi a última vez que o cônego Pennyfather foi avistado no hotel Bertram. Havia ainda um pequeno detalhe: ele se esquecera de entregar a chave do quarto e a levara consigo. E não era a primeira vez que isso acontecia.

O arcediago Simmons refletiu por alguns minutos antes de fazer uma nova ligação. Podia ligar para o aeroporto, em Londres. Isso na certa tomaria algum tempo. Mas havia um caminho mais curto. Telefonou para o Dr. Weissgarten, um erudito especialista em hebraico, que com toda a certeza participara do congresso.

O Dr. Weissgarten estava em casa. Tão logo soube quem lhe falava, iniciou um discurso torrencial dedicado quase todo a criticar de maneira depreciativa dois trabalhos que haviam sido lidos no congresso em Lucerna.

– Fraquíssimo, aquele Hogarov – disse ele –, fraquíssimo! Não sei como é que ele se faz passar por um erudito, coisa que ele absolutamente não é. Sabe o que foi que ele disse?

O arcediago suspirou e teve de se mostrar firme com o Dr. Weissgarten. Senão, possivelmente, o resto da noite seria gasto em críticas aos outros participantes do congresso em Lucerna. Com alguma relutância, o Dr. Weissgarten fixou-se em assuntos mais pessoais.

– Pennyfather? – indagou ele. – Pennyfather? Deveria ter estado lá, não sei por que não apareceu. Disse que iria... disse-me isso na semana passada, quando o encontrei no Clube Athenaeum.

– Quer dizer que ele não foi ao congresso?

– Foi o que eu disse. E deveria ter ido.

– Por acaso sabe por que ele não esteve lá? Será que enviou alguma desculpa?

– Como é que vou saber? Posso afirmar-lhe que ele me disse que iria ao congresso. Sim, agora me lembro. Ele era esperado, e várias pessoas notaram sua ausência. Pensaram que talvez tivesse ficado resfriado. O tempo anda muito traiçoeiro. – Ele estava prestes a retomar as suas críticas aos colegas, mas o arcediago desligou o telefone.

Descobrira um fato que, pela primeira vez, lhe provocava uma certa inquietação. O cônego Pennyfather não comparecera ao congresso em Lucerna. Pretendia ir a esse congresso. Parecia extraordinário ao arcediago que ele não tivesse estado lá. Evidentemente o velhote poderia ter embarcado no avião errado, embora a BEA tomasse o maior cuidado com os passageiros de modo a evitar esse tipo de ocorrência. Será que o cônego Pennyfather esquecera a data em que devia comparecer ao congresso? Não era impossível. Mas nesse caso, para onde teria ido?

Telefonou então para o aeroporto. A operação exigia muita paciência, a ligação era transferida de uma seção para outra; por fim, porém, o arcediago estava de posse de um fato definitivo: o cônego Pennyfather reservara um assento no voo das 21h40 do dia 18 para Lucerna, mas não embarcara no avião.

– Estamos fazendo algum progresso – disse o arcediago Simmons à Sra. McCrae, que assistia a tudo. – Vejamos, então. Com quem devo falar agora?

– Esses telefonemas todos vão custar um dinheirão – ela comentou.

– É verdade. É verdade – concordou o arcediago Simmons. – Mas temos que rastreá-lo, compreende? Ele não é um menino.

– O senhor acha que algo possa ter realmente acontecido com ele?

– Espero que não... creio mesmo que não aconteceu nada, senão a senhora já saberia. Ele... bem... sempre levava consigo o nome e o endereço, não?

– Sim senhor, sempre levava cartões de visita. Levava cartas também, e papéis de todos os tipos na carteira.

– Bem, então acho que não deve estar num hospital – disse o arcediago. – Vejamos. Quando deixou o hotel, tomou um táxi para o Clube Athenaeum. Vou telefonar para lá.

No Clube Athenaeum, o arcediago Simmons colheu algumas informações precisas. O cônego Pennyfather, que era muito conhecido no clube, jantara ali às 19h30, na noite do dia 19. Foi então que algo a que ele não dera importância até então chamou a atenção do arcediago. A passagem aérea era para o dia 18, mas o cônego saiu do hotel Bertram no dia 19 em um táxi rumo ao Athenaeum, tendo mencionado que ia participar de um congresso em Lucerna. Começava a aparecer alguma luz. "Aquele velho tolo" –, pensou o arcediago, tendo contudo o maior cuidado em não dizer nada diante da Sra. McCrae – "enganou-se na data; o congresso era no dia 19, disso eu tenho certeza. Provavelmente ele pensava que estava embarcando no dia 18. Enganou-se por um dia."

E o arcediago prosseguiu cuidadosamente em sua reconstituição. O cônego devia ter ido ao Clube Athenaeum para jantar, e de lá teria ido para o aeroporto de Kensington. Aí provavelmente lhe disseram que sua passagem era para o dia anterior; ele então compreendeu que o congresso do qual pretendia participar já terminara.

– Isso foi o que aconteceu, garanto – disse o arcediago. E explicou seu raciocínio à Sra. McCrae, que o achou plausível. – Depois disso, que teria feito ele?

– Pode ter voltado ao hotel – sugeriu a Sra. McCrae.

– Não teria vindo direto para cá, quer dizer, direto para a estação de trem?

– Não, porque a bagagem dele estava no hotel. Pelo menos teria telefonado para que mandassem a bagagem.

– É verdade – concordou o arcediago. – Muito bem. Admitamos que os acontecimentos se passaram desse modo. Ele saiu do aeroporto com a maleta e voltou ao hotel, ou pelo menos iniciou o trajeto de regresso ao hotel. Talvez tenha jantado... não, já havia jantado no Athenaeum. Muito bem, voltou para o hotel. Mas não conseguiu che-

gar até lá. – Fez uma pausa e depois disse indeciso: – Será que voltou mesmo ao hotel? Parece que ninguém o viu por lá. O que poderia ter acontecido então com ele no caminho?

– Talvez tenha encontrado alguém – disse a Sra. McCrae, também em dúvida.

– Sim. Claro. É perfeitamente possível. Um velho amigo que ele não via há muito tempo... Poderia ter ido para o hotel ou para a casa desse amigo... mas não ficaria três dias lá. Não se esqueceria, durante três dias, de que deixara a bagagem no Bertram. Teria telefonado para saber dela, teria ido buscá-la ou, num ataque agudo de distração, teria vindo direto para casa. Três dias de silêncio. Isso é que é inexplicável.

– E se ele sofreu um acidente...

– Sim, Sra. McCrae, isso também é possível. Podemos procurá-lo nos hospitais. Mas a senhora não disse que ele andava sempre com uma porção de papéis que o identificariam facilmente? Hum... Só vejo agora uma saída.

Ela olhou para o arcediago apreensiva.

– Acho... – disse brandamente o arcediago – acho que temos de recorrer à polícia.

## 12

Miss Marple não encontrara dificuldade em aproveitar devidamente sua estada em Londres. Fez uma porção de coisas que, em suas rápidas viagens anteriores à capital, jamais tivera tempo de fazer. Lamentavelmente, no entanto, ela não chegou a aproveitar as amplas facilidades de que dispunha para se entregar a atividades de natureza cultural. Não visitou galerias de pintura nem museus; tampouco lhe ocorreu a ideia de assistir a um desfile de moda. O que ela fez foi visitar as seções de louças e cristais das grandes lojas de departamentos – bem como as seções de roupa de cama e mesa –, e chegou mesmo a adquirir alguns tecidos para estofamento, em uma liquidação. E de-

pois de empregar o que considerava uma soma considerável nesses investimentos de natureza doméstica, proporcionou a si mesma o deleite de algumas excursões. Foi a locais de que se lembrava dos tempos de mocidade, levada às vezes apenas pela curiosidade de verificar se ainda existiam. Após uma agradável sesta, saía evitando, quando possível, as atenções do porteiro, já que ele tinha a absoluta convicção de que senhoras da idade e da fragilidade dela só deviam andar de táxi. Ela então encaminhava-se para um ponto de ônibus ou uma estação de metrô. Comprara um pequeno guia que indicava os ônibus e seus percursos, e um mapa do transporte subterrâneo, e planejava com cuidado as excursões. Algumas tardes passeava satisfeita e nostálgica por Evelyn Gardens ou Onslow Square, murmurando consigo mesma: "Sim, ali era a casa da Sra. Van Dylan. É claro que agora tem um aspecto muito diferente, parece que foi reformada. Meu Deus, vejo que tem quatro campainhas. Quatro apartamentos, suponho. Esta praça teve sempre um aspecto antiquado, tão simpático."

Um pouco envergonhada, fez uma visita ao museu de cera de Madame Tussauds, um prazer inesquecível dos tempos da infância. Em Westbourne Grove procurou em vão pela tinturaria Bradleys. Sua tia Helen sempre confiava à Bradleys a limpeza do seu casaco de pele de foca.

Olhar vitrines comuns não era algo que seduzisse Miss Marple; ela, porém, divertia-se descobrindo modelos modernos de tricô, novas variedades de lã para tricotar e outras preciosidades afins. Fez uma excursão especial a Richmond, a fim de rever a casa onde morara seu tio-avô Thomas, o almirante reformado. O bonito terraço ainda existia, mas a casa fora transformada em apartamentos. Mais penoso ainda foi o caso de Lowndes Square, onde vivera com relativo esplendor uma prima distante, lady Merridew: lá se erguia agora um gigantesco arranha-céu de aspecto modernista. Ela balançou a cabeça tristemente e disse com firmeza a si mesma: "Sei que precisa haver progresso, mas a prima Ethel se contorceria na sepultura se soubesse disso."

Em uma tarde especialmente amena e agradável, Miss Marple embarcou em um ônibus que a levou a Battersea Bridge. Planejava entregar-se ao duplo prazer de dar uma espiada sentimental em Princess Terrace Mansions – onde vivera outrora uma antiga

governanta sua – e visitar Battersea Park. A primeira parte do programa fracassou. A antiga residência da Sra. Ledbury desaparecera sem deixar vestígios e fora substituída por um grande monte de concreto reluzente. Miss Marple dirigiu-se então ao Battersea Park. Sempre apreciara as longas caminhadas, mas sabia agora que sua capacidade de caminhar já não era mais a mesma. Bastava meio quilômetro para cansá-la. Pensou, porém, que poderia dar conta da travessia do parque, chegando até a Chelsea Bridge, e lá descobriria uma linha de ônibus que lhe servisse; aos poucos, porém, seus passos tornaram-se cada vez mais lentos, e foi com satisfação que descobriu uma casa de chá situada em um caramanchão à margem do lago.

Apesar da friagem do outono, ainda serviam chá ali, mas hoje não havia muita gente: apenas algumas mães com seus bebês nos carrinhos e alguns casais de namorados. Miss Marple colocou uma xícara de chá e duas fatias de pão-de-ló em uma bandeja, levou-a cuidadosamente até uma mesa e sentou-se. Era de um bom chá que estava precisando: forte, quente, reanimador. Revitalizada, ela olhou ao redor e de repente avistou algo que a fez ajeitar-se na cadeira. Que estranha coincidência! Estranhíssima: primeiro na Army & Navy Stores e agora ali. Que lugares mais inesperados aqueles dois escolhiam! Mas não, ela estava enganada. Miss Marple retirou da bolsa um par de óculos com grau mais forte. Sim, estava enganada. Notava-se uma certa semelhança, é claro – os cabelos louros, compridos –, mas não era Bess Sedgwick, era alguém mais jovem. É claro! Era a filha dela! A mocinha que entrara no Bertram com o amigo de lady Selina Hazy, o coronel Luscombe. Mas o homem era o mesmo que almoçara com lady Sedgwick na Army & Navy Stores. Quanto a isso não havia a menor dúvida: o mesmo perfil bonito, olhar aquilino, o mesmo corpo esguio e rijo, a mesma obstinação predatória e... sim, a mesma atração forte e viril.

"Isso não é nada bom!", disse Miss Marple a si mesma. – "Isso não é nada bom! É cruel! Inescrupuloso. Não gosto de ver essas coisas. Primeiro a mãe, agora a filha. O que significa isso?"

Boa coisa não era. Disso ela estava certa. Raramente Miss Marple concedia a alguém o benefício da dúvida; invariavelmente pensava o pior – ela sempre afirmava – e em noventa por cento das vezes ela

tinha razão. Aqueles encontros – estava certa disso – eram mais ou menos secretos. Ela então notou o modo como os dois se debruçavam sobre a mesa, até quase tocarem as cabeças, e a seriedade com que falavam. O rosto da moça... – a Sra. Marple tirou os óculos, limpou as lentes com cuidado e tornou a colocá-los – sim, aquela moça estava apaixonada. Perdidamente apaixonada, como só os jovens podem ficar. Mas como é que os tutores dela consentiam que a menina andasse assim, solta, pela cidade de Londres, e marcasse encontros clandestinos em Battersea Park? Uma moça tão bem-criada, tão bem-educada. Bem-criada demais, sem dúvida! A família dela com certeza pensava que ela estava em um local muito diferente. Ela provavelmente tivera que mentir.

Ao sair, Miss Marple passou lentamente pela mesa onde estavam os namorados – tão lentamente quanto era possível, sem que atraísse a atenção dos dois. Infelizmente, falavam em voz tão baixa que ela não pôde escutar o que diziam. O homem falava, a menina escutava, meio feliz, meio assustada. "Quem sabe estão planejando fugir?", pensou Miss Marple. "Ela ainda é menor."

Miss Marple atravessou um pequeno portão que dava para a calçada do parque. Havia automóveis estacionados ao longo da calçada, e ela parou ao chegar a um deles. Não entendia muito de automóveis, mas um carro como aquele não aparecia com frequência; por isso, ela reparara nele e não o esquecera. Um sobrinho-neto, que era um apreciador das corridas de automóvel, dera-lhe algumas informações sobre esse tipo de veículo. Era um carro de corridas. De marca estrangeira, da qual não conseguia lembrar o nome. Mas não era só isso: vira aquele mesmo carro, ou um exatamente igual, no dia anterior, numa rua lateral perto do hotel Bertram. Prestara atenção nele não só por causa do tamanho e da aparência incomum, mas porque o número da placa do carro despertara nela uma vaga recordação, um vestígio de associação de ideias em sua memória. FAN 2266. Isso a fez pensar em sua prima Fanny Godfrey, a pobrezinha da Fanny, que dizia gaguejando: "Tenho d-d-d-d-ois s-s-s-s-inais..."

Aproximou-se um pouco mais do carro e confirmou o número da placa. Sim, estava certa. FAN 2266. Era o mesmo carro. Miss

Marple, sentindo a fadiga aumentar a cada passo, chegou ao outro lado da Chelsea Bridge e estava tão exausta que chamou decidida o primeiro táxi que passou. Sentia-se inquieta, preocupada, com a sensação de que deveria tomar uma providência com relação ao que havia presenciado. Mas o que exatamente deveria fazer a respeito daqueles estranhos acontecimentos? Era tudo tão indefinido... Fixou os olhos, distraída, nas manchetes dos jornais: "Últimas notícias sobre o assalto ao trem" – dizia uma delas. "A história do maquinista" – dizia outra. "Que coisa!", ela pensou, "quase todos os dias havia assaltos a bancos, trens, carros-fortes..."

O crime parecia ter passado dos limites.

## 13

Lembrando vagamente um zangão, o inspetor-chefe Fred Davy zanzava pelas salas do Departamento de Investigações Criminais, cantarolando baixinho. Era uma conhecida mania sua, que não causava maior interesse, dando apenas motivos para as pessoas comentarem que o "Pai andava farejando caça outra vez".

As reflexões do inspetor-chefe levaram-no por fim à sala do inspetor Campbell, que se encontrava sentado à sua mesa, com expressão de aborrecimento. O inspetor Campbell era um rapaz ambicioso que considerava extremamente tediosa a maioria das suas ocupações. Isso não o impedia de realizar com eficiência as tarefas que lhe eram entregues. Seus superiores viam-no com bons olhos, gostavam do que ele fazia e, de vez em quando, diziam-lhe algumas palavras de estímulo ou elogio.

– Bom dia, inspetor-chefe – disse respeitosamente o inspetor Campbell quando o Pai entrou em seu escritório. É claro que, pelas costas, Campbell também chamava Davy de Pai como o faziam todos; mas ainda não tinha tempo de casa suficiente para falar-lhe assim cara a cara.

– Em que lhe posso ser útil, inspetor? – perguntou Campbell.

– Lá, lá, lá – cantarolava o inspetor-chefe, ligeiramente desafinado. – Por que me chamam de Mary quando o meu nome é Srta. Gibbs? – Após a inesperada ressurreição de uma esquecida comédia musical, Davy puxou uma cadeira e sentou-se.

– Está ocupado? – perguntou ele.

– Não muito.

– Às voltas com um caso de desaparecimento, não é isso? Ocorrido num hotel. Como é mesmo o nome do hotel? Bertram. Correto?

– Sim senhor. Hotel Bertram.

– Infração do horário de venda de bebidas? Lenocínio?

– Não, não senhor – respondeu o inspetor Campbell, levemente chocado ao ouvir a menção de tais crimes num caso que dizia respeito ao hotel Bertram. – O lugar é muito agradável e calmo, à moda antiga.

– Será? – indagou o Pai. – Será mesmo? Bem, isso é interessante!

O inspetor Campbell ficou curioso em saber por que aquilo seria interessante. Não quis fazer perguntas, já que a alta hierarquia andava toda de mau humor desde o assalto ao trem postal, o qual representara um êxito espetacular para os criminosos. Campbell olhou para o rosto largo e bovino do Pai e pensou, como já fizera diversas vezes antes: "Como é que o inspetor-chefe Davy chegara à alta posição que ocupava e por que faziam dele tão bom juízo no Departamento? Deve ter sido bom no tempo dele, mas agora temos excelentes detetives que merecem uma promoção assim que os velhotes desocuparem o caminho." Mas o velhote começara a cantarolar outra canção, entremeando-a com uma palavra aqui e outra ali.

– "Diga-me, linda estrangeira, existem lá outras como tu?" – entoou o inspetor-chefe. E logo, num falsete repentino: "Algumas, meu bom senhor, e moças tão meigas jamais conhecestes." Não, vejamos, acho que confundi os musicais. *Floradora.* Foi também um belo espetáculo.

– Creio que ouvi falar a respeito – disse o inspetor Campbell.

– Sua mãe deve ter cantado essa canção para ninar você – comentou Davy. – Mas o que é que está havendo no hotel Bertram? Quem desapareceu, como e por quê?

91

– O cônego Pennyfather. Um clérigo idoso.

– Caso chato, não?

O inspetor Campbell sorriu:

– Sim, senhor, de certo modo é bem chato.

– Como é que ele é?

– Quem? O cônego Pennyfather?

– Sim... Você tem uma descrição dele, não tem?

– Claro. – Campbell remexeu uns papéis e leu: 1,72 metro de altura, cabelos brancos, meio corcunda...

– E desapareceu do hotel Bertram... quando?

– Cerca de uma semana atrás... no dia 19 de novembro.

– E só agora eles deram parte. Levaram muito tempo, não?

– Bem, parece que esperavam que o velho voltasse a qualquer momento.

– Tem alguma ideia do que está por trás disso? – indagou o inspetor-chefe. – Será que um homem decente e temente a Deus teria sumido de repente com a mulher de um dos curadores da igreja? Ou será que ele é um desses velhotes distraídos que não sabem por onde andam?

– Bem, inspetor-chefe, creio que se trata da última hipótese. O cônego já se perdera antes.

– Como? Desapareceu de um respeitável hotel do West End?

– Não, isso ele ainda não fez, mas já deixou de voltar para casa no dia esperado. Às vezes vai se hospedar na casa de amigos num dia em que não o convidam ou deixa de ir quando o esperam. Essas coisas.

– Sim – disse o Pai –, tudo isso parece muito natural, direito e bem planejado, não? Quando foi exatamente que ele desapareceu?

– Na quinta-feira, 19 de novembro. Deveria comparecer a um congresso em... – Curvou-se, examinou uns papéis sobre a mesa – Ah sim, Lucerna. Na Sociedade de Estudos Bíblicos Históricos. Esse é o nome inglês da sociedade que, segundo creio, é alemã.

– E o congresso se realizava em Lucerna? O velhote... suponho que seja um velhote.

– Sessenta e três anos, pelo que sei.

– O velhote, então, não apareceu mais?

O inspetor Campbell puxou para si os papéis e relatou ao inspetor-chefe os fatos que haviam sido comprovados.

– Não dá a impressão de ter fugido com um menino do coral – observou Davy.

– Espero que no fim ele apareça – disse Campbell –, mas estamos investigando, naturalmente. O senhor... está especialmente interessado no caso? – Mal podia conter a curiosidade.

– Não – respondeu Davy, pensativo. – Não estou interessado no caso em si. Não vejo nele nada que desperte interesse.

Houve uma pausa, durante a qual evidentemente ficaram implícitas as palavras "Bem, e então?", mas que o inspetor Campbell não ousara articular em voz alta.

– O que realmente me interessa – continuou Davy – é a data. E o hotel Bertram, é claro.

– É um hotel muito bem administrado. Nunca houve queixas a seu respeito.

– Isso é ótimo, sem dúvida – disse o inspetor-chefe. Acrescentou, pensativo: – Mas eu gostaria de dar uma espiada no local.

– Certamente – respondeu Campbell. – Quando quiser. Eu estava pensando em dar um pulo lá.

– Nesse caso eu poderia ir com você – propôs Davy. – Não é que eu queira me intrometer. Gostaria apenas de dar uma olhada no local, e esse arcediago desaparecido, ou quem quer que ele seja, é um bom pretexto. Não precisa me chamar de "senhor" quando estivermos lá... você é quem estará no comando. Serei seu secretário.

O inspetor Campbell começou a interessar-se.

– O senhor acha que o hotel... está de algum modo ligado aos outros crimes?

– Até agora não há razão para concluirmos isso – disse o inspetor-chefe. – Mas você sabe como são essas coisas. Às vezes temos um... nem sei que palavra empregar... às vezes temos um palpite, digamos. E o hotel Bertram parece bom demais para ser verdade.

Voltou a personificar o zangão, cantarolando "Let's all go down the strand".

Os dois detetives saíram juntos: Campbell, num terno muito elegante, tinha um ar de dignidade, e o inspetor-chefe, com uma roupa velha e despojada, parecia recém-chegado do campo. Com seus estilos

distintos, os dois combinavam muito bem. Mas o olhar astuto da Srta. Gorringe, ao se erguer do registro de hóspedes, identificou logo os detetives. Desde que dera parte do desaparecimento do cônego Pennyfather e tivera contato com um elemento subalterno da polícia, estivera aguardando uma visita daquela natureza.

Um cochicho sussurrado à sua auxiliar, que estava por perto, fez com que esta se pusesse à frente da recepção, pronta a atender a quaisquer solicitações dos hóspedes. Enquanto isso a Srta. Gorringe caminhou discretamente até eles e encarou os dois homens. O inspetor Campbell colocou seu cartão sobre o balcão da recepção diante da Srta. Gorringe, e ela lhe fez um sinal com a cabeça. Alongando o olhar até a figura gorda metida num paletó maltratado atrás de Campbell, ela notou que ele se virara um pouco de lado, e observava a sala e seus ocupantes, entregue ao prazer aparentemente ingênuo de contemplar o espetáculo daquela gente aristocrática e bem-educada em ação.

– Querem vir até o escritório? – ela perguntou. – Lá talvez possamos conversar mais à vontade.

– Sim, creio que será melhor.

– Que belo local! – comentou o homem gordo, com ar bovino, virando a cabeça para a Srta. Gorringe. – Muito confortável – acrescentou, olhando com aprovação para a enorme lareira. – Elegância e conforto à moda antiga.

Ela sorriu, visivelmente satisfeita.

– De fato. Orgulhamo-nos de proporcionar conforto aos nossos hóspedes – ela respondeu. Voltou-se para sua assistente: – Assuma o meu lugar, sim, Alice? O livro de registros está ali. Lady Jocelyn chegará daqui a pouco. Com toda certeza pedirá para trocar de quarto, assim que vir o que lhe demos, mas você deve explicar a ela que estamos com a casa lotada. Se for necessário, mostre a ela o nº 340, no terceiro andar, e proponha a troca. O nº 340 não é um dos melhores quartos, e garanto que ela ficará satisfeita com o quarto atual, logo que vir o outro.

– Sim, Srta. Gorringe. Farei isso.

– E lembre ao coronel Mortimer que os binóculos dele estão aqui. Ele me pediu para guardá-los hoje de manhã. Não o deixe sair sem os binóculos.

– Sim, Srta. Gorringe.

Cumpridas essas obrigações, a Srta. Gorringe olhou para os dois homens, passou por baixo do balcão e encaminhou-se para uma porta lisa de mogno que não ostentava nenhum letreiro. Abriu a porta, e as visitas entraram em um pequeno escritório de aspecto muito sóbrio. Os três se sentaram.

– O hóspede desaparecido é o cônego Pennyfather, pelo que sei – disse o inspetor Campbell, olhando para as suas anotações. – Tenho aqui o relatório do sargento Wadell. Quer ter a bondade de me dizer, com suas próprias palavras, o que foi que ocorreu?

– Não creio que o cônego Pennyfather tenha desaparecido no sentido usual da palavra – explicou a Srta. Gorringe. – O senhor sabe, eu acho que ele deve ter-se encontrado com alguém, em algum lugar, um velho amigo ou coisa parecida, e ido com ele a alguma reunião de eruditos, ou algo do tipo... Ele é tão distraído!

– A senhora o conhece há muito tempo?

– Sim, ele vem se hospedando aqui... deixe-me ver... pelo menos há cinco ou seis anos, creio.

– A senhora também já está aqui há bastante tempo, não? – interveio de repente o inspetor-chefe.

– Estou aqui... deixe-me ver... há 14 anos – ela respondeu.

– É um belo local – repetiu Davy. – O cônego Pennyfather costumava hospedar-se aqui quando vinha a Londres, não é?

– Sim, sempre nos procura. Escreveu antes, mandando reservar um quarto. Por escrito ele é muito menos vago do que pessoalmente. Reservou o quarto dos dias 17 a 21. Durante esse período, esperava estar ausente uma ou duas noites, e explicou que queria ficar com o quarto enquanto estivesse fora. Frequentemente fazia isso.

– Quando a senhora começou a se preocupar com a ausência dele? – perguntou Campbell.

– Bem, na verdade eu não me preocupei. Mas a situação era complicada. O quarto estava reservado para outro hóspede a partir do dia 23, e quando me dei conta... a princípio não havia notado... de que ele não tinha voltado de Lugano...

– Lucerna, segundo as minhas notas... – interrompeu Campbell.

95

– Sim, sim, creio que *era* Lucerna. Algum congresso arqueológico. De qualquer forma, quando me dei conta de que ele não voltara, e de que a bagagem dele ainda estava no quarto, vi que isso causaria uma confusão. O senhor compreende, estamos com o hotel lotado nesta época do ano e tínhamos um hóspede para ocupar o quarto – a Sra. Daunders, que mora em Lyme Regis. Ela sempre fica com esse quarto. Foi então que a governanta dele telefonou. Estava preocupada.

– Segundo a informação do arcediago Simmons, o nome da governanta é Sra. McCrae. A senhora a conhece?

– Não, não pessoalmente, mas já falei com ela ao telefone uma ou duas vezes. Parece uma mulher de toda confiança e trabalha há muitos anos para o cônego Pennyfather. Naturalmente está preocupada. Creio que ela e o arcediago Simmons já falaram com amigos e parentes, mas ninguém sabe por onde anda o cônego. E uma vez que o cônego Pennyfather estava esperando a chegada do arcediago, que vinha passar uns dias em sua casa, é esquisitíssimo realmente que não tenha voltado.

– O cônego é normalmente distraído assim? – indagou Davy.

A Srta. Gorringe o ignorou. Aquele homenzarrão, presumivelmente o sargento auxiliar, estava se intrometendo mais do que devia.

– E agora soube – continuou a Srta. Gorringe, com uma voz de quem estava incomodada –, e agora soube, pelo arcediago Simmons, que o cônego não compareceu ao congresso de Lucerna.

– Ele mandou avisar que não iria?

– Acho que não... não daqui. Não passou telegrama nem enviou qualquer outro aviso. Aliás, nada sei a respeito desse congresso de Lucerna. O que me preocupa em relação a esse caso é aquilo que se refere a nós. Saiu nos vespertinos... a notícia de que ele desapareceu. Não disseram que estava hospedado *aqui*, e espero que não o digam. Não queremos a imprensa no hotel, nossos hóspedes não gostariam disso. Ficaríamos muito gratos ao senhor, inspetor, se pudesse manter os jornalistas longe de nós. Afinal, não foi aqui que o cônego desapareceu.

– A bagagem dele ainda está aqui?

– Sim. No depósito de bagagens. Se ele não foi para Lucerna, os senhores já encararam a hipótese de um atropelamento ou coisa parecida?

– Não lhe aconteceu nada disso.

– De fato, parece muito, muito curioso – ela disse, com um leve tom de interesse na voz. – Fico tentando imaginar para onde ele teria ido e por quê.

O inspetor-chefe encarou-a, compreensivo.

– Justamente – disse ele. – A senhora só está pensando no caso do ponto de vista do hotel. É muito natural.

– Pelo que sei – disse o inspetor Campbell consultando novamente suas notas –, o cônego Pennyfather saiu daqui por volta das 18h30 de quinta-feira, dia 19. Levou consigo uma pequena maleta, e partiu num táxi, pedindo ao porteiro que desse ao motorista o endereço do Clube Athenaeum.

A Srta. Gorringe balançou a cabeça, concordando.

– Sim, parece que ele jantou no Athenaeum. O arcediago Simmons me contou que foi lá que o viram pela última vez.

Havia certa firmeza na voz da Srta. Gorringe quando ela transferiu do hotel Bertram para o Clube Athenaeum a responsabilidade de ter visto o cônego pela última vez.

– Nada melhor do que obter os fatos corretamente – disse Davy, numa voz calma e grave. – E aqui temos os fatos, corretamente expostos: o cônego saiu daqui com uma sacola azul da BOAC, ou coisa parecida... era uma sacola azul da BOAC, não era? Saiu e não voltou, e pronto.

– Como os senhores veem, não posso ajudá-los – ela respondeu, mostrando-se ansiosa para levantar e retornar ao trabalho.

– A senhora realmente parece que não pode nos auxiliar – disse o inspetor-chefe –, mas talvez alguma outra pessoa possa fazê-lo – acrescentou.

– Outra pessoa?

– Sim, outra pessoa – insistiu Davy. – Um dos empregados, talvez.

– Não creio que alguém saiba de nada. Se soubessem, teriam vindo me contar.

– Talvez viessem. Talvez não. O que eu quero dizer é que teriam contado à senhora se soubessem de algo concreto. Mas eu me refiro mais a alguma coisa que o cônego possa ter dito.

97

– Que tipo de coisa? – questionou a Srta. Gorringe, um pouco surpresa.

– Bem, uma palavra casual, que nos desse uma pista. Por exemplo: "Esta noite vou visitar um velho amigo, a quem não vejo desde que nos encontramos no Arizona." Algo assim. Ou ainda: "Na próxima semana pretendo ir à casa de minha sobrinha para a crisma da filha dela." Quando se trata de pessoas distraídas, pistas como essas ajudam muito. Indicam no que a pessoa estava pensando. É possível que depois do jantar no Athenaeum, ele tivesse tomado um táxi e pensado: "E agora, para onde é que eu vou?", e digamos, com a história da crisma na cabeça, pudesse ter ido para a casa da sobrinha.

– Compreendo o que o senhor quer dizer – ela disse com ar de dúvida. – Não me parece provável.

– A gente nunca sabe quando pode dar sorte nesses casos – comentou bem-humorado o inspetor-chefe. – Há também os hóspedes do hotel. Provavelmente o cônego Pennyfather conhecia alguns, já que era um hóspede assíduo.

– Ah, sim – ela concordou. – Vejamos... Já o vi conversando com... sim, com lady Selina Hazy. E também com o bispo de Norwich. Creio que são velhos amigos, foram colegas em Oxford. E a Sra. Jameson e as filhas. Vêm da mesma região. É verdade, uma porção de gente.

– Está vendo? – ele insistiu. – O cônego pode ter conversado com algumas dessas pessoas. Pode ter feito referência a um pequeno detalhe qualquer que nos forneça uma pista. Há alguém aqui, no momento, que o cônego conheça bem?

A Srta. Gorringe franziu a testa, pensando:

– Bem, creio que o general Radley ainda está aqui. E temos também uma senhora idosa que veio do campo... e que se hospedava aqui quando menina, segundo me contou. No momento não recordo o nome dela, mas posso descobrir isso para os senhores. Ah, sim, Miss Marple, esse é o nome dela. Acho que ela conhece o cônego Pennyfather.

– Bem, podemos começar por esses dois. E deve haver uma camareira, suponho.

– Claro – ela afirmou. – Mas ela já foi interrogada pelo sargento Wadell.

– Eu sei. Mas talvez não sob esse prisma. E o garçom que servia a mesa dele? Ou o *maître?*

– Ah, sim, Henry, naturalmente – ela se lembrou.

– Quem é Henry? – perguntou o Pai.

A srta. Gorringe parecia quase ofendida. Para ela, era inconcebível que alguém não conhecesse Henry.

– Henry está aqui há tanto tempo que nem sei dizer – explicou. – Quando o senhor entrou, deve tê-lo visto servir o chá.

– Trata-se então de uma personalidade – disse Davy. – Lembro-me de tê-lo visto.

– Não sei o que seria de nós sem Henry – ela testemunhou com emoção. – Ele é realmente maravilhoso. É como se ele fosse o responsável pela atmosfera do hotel, compreende?

– Talvez ele possa me servir um chá – disse Davy. – Já vi que têm *muffins.* Gostaria de comer um bom *muffin.*

– Certamente – ela respondeu com certa frieza. – Querem que mande servir o chá na sala de entrada? – ela perguntou, virando-se para o inspetor Campbell.

– Seria... – o inspetor começou a responder, quando de repente a porta se abriu e o Sr. Humfries apareceu, com sua presença imponente.

Pareceu levemente surpreso, depois lançou um olhar indagador para a Srta. Gorringe. Ela explicou:

– Estes dois cavalheiros são da Scotland Yard, Sr. Humfries.

Campbell apresentou-se:

– Detetive-inspetor Campbell.

– Ah, sim, sim, é claro – disse o Sr. Humfries. – O caso do cônego Pennyfather, não? Um caso dos mais extraordinários. Espero que não tenha acontecido nada ao pobre velho.

– O mesmo digo eu – solidarizou-se a Srta. Gorringe. – Um senhor tão bondoso.

– É um dos membros da velha guarda – acrescentou o Sr. Humfries.

– Parece que os senhores recebem aqui um bom contingente da velha guarda – comentou o inspetor-chefe.

– É, creio que sim – o Sr. Humfries respondeu. – Sob muitos aspectos, somos sobreviventes de outros tempos.

– Temos nossos hóspedes certos – a Srta. Gorringe informou com orgulho. – As mesmas pessoas vêm para cá ano após ano. Recebemos muitos norte-americanos... de Boston e Washington. Gente fina, educada.

– Apreciam nossa atmosfera inglesa – o Sr. Humfries explicou, exibindo num sorriso os seus dentes alvíssimos.

O inspetor-chefe observava-o, pensativo. Campbell perguntou:

– O senhor tem certeza de que não receberam nenhum recado do cônego? Um recado talvez que alguém possa ter se esquecido de anotar ou passar adiante?

– Os recados telefônicos são sempre *cuidadosamente* anotados – a Srta. Gorringe destacou com frieza na voz. – Não posso nem conceber a possibilidade de um recado não ser transmitido a mim, ou à pessoa que esteja encarregada da recepção – afirmou ela, encarando o inspetor com firmeza.

Campbell ficou desconcertado por um instante. Então o Sr. Humfries acrescentou, também com um toque de indiferença na voz:

– O senhor sabe que já respondemos a essas perguntas antes. Fornecemos ao seu sargento... não me recordo o nome dele agora... todas as informações de que dispúnhamos.

O inspetor-chefe respondeu num tom meio familiar:

– Bem, o senhor compreende, as coisas ficaram um pouco mais sérias. Parece que não se trata apenas de um caso de distração. É por isso que me parece útil trocarmos algumas palavras com as duas pessoas que a senhora mencionou: o general Radley e Miss Marple.

– Quer que eu... providencie uma conversa com eles? – o Sr. Humfries não parecia nada satisfeito. – O general Radley é quase surdo.

– Não creio que seja necessário marcarmos uma conversa formal – disse Davy. – Não queremos importunar ninguém. Pode deixar tudo conosco. Basta que nos aponte as pessoas indicadas. É possível que o cônego Pennyfather tenha mencionado algum plano, alguma pessoa com quem iria encontrar-se em Lucerna, ou que iria com ele até lá. Acho que vale a pena tentar.

O Sr. Humfries parecia mais aliviado.

– Em que mais podemos servi-los? – perguntou. – Tenho certeza de que o senhor sabe que nosso desejo é ajudá-los em tudo... pedimos

apenas que compreenda nosso receio de que a imprensa venha incomodar os hóspedes.

– É claro – respondeu o inspetor Campbell.

– Eu gostaria de dar uma palavrinha com a camareira – disse o inspetor-chefe.

– Pois não, quando quiser. Mas duvido muito que ela tenha algo a dizer.

– Provavelmente não. Mas talvez haja algum pequeno detalhe, alguma observação do cônego a respeito de uma carta ou de um compromisso. Nunca se sabe.

O Sr. Humfries olhou o relógio.

– Ela começa a trabalhar às 18 horas – disse ele. – Segundo andar. E enquanto esperam, gostariam de tomar um chá?

– Com prazer – disse prontamente o inspetor-chefe.

Saíram juntos do escritório.

A Srta. Gorringe comentou:

– O general Radley deve estar na sala para fumantes. É a primeira sala, ao longo desse corredor, à esquerda. Deve estar diante da lareira, lendo o *Times*. E é possível – acrescentou discretamente – que esteja cochilando. Deseja que eu...

– Não, não, eu o encontrarei – disse Davy. – E a outra pessoa? A senhora idosa?

– Está sentada ali, junto à lareira – a Srta. Gorringe apontou.

– Aquela de cabelos fofos, que está fazendo tricô? – perguntou o inspetor-chefe, dando uma espiada. – Poderia estar num palco. É a própria encarnação da tia-avó de todos nós.

– As tias-avós de hoje em dia não se parecem com ela – observou a Srta. Gorringe. – Nem as avós nem as bisavós. Ainda ontem esteve aqui a marquesa de Barlowe, que já é bisavó. Juro que não a reconheci quando entrou. Voltava de Paris, o rosto muito maquiado em branco e rosa, cabelos platinados, uma figura inteiramente artificial, suponho... mas estava maravilhosa.

– Ah – comentou o Pai –, eu prefiro as velhinhas à moda antiga. Bem, muito obrigado. – Virou-se para Campbell: – O senhor não quer deixar o caso comigo? Sei que tem um compromisso importante.

Campbell entendeu a deixa:

– É verdade. Não creio que possamos conseguir grande coisa, mas vale a pena tentar.

O Sr. Humfries desapareceu no interior do seu gabinete particular, dizendo:

– Srta. Gorringe... um momento, por favor.

Ela o seguiu e fechou a porta quando passou.

Humfries caminhava de um lado para outro. Perguntou de forma ríspida:

– Por que querem falar com Rose? Wadell já fez todas as perguntas necessárias.

– Acho que são só perguntas de rotina – respondeu a Srta. Gorringe, demonstrando incerteza.

– É melhor você falar com ela antes.

A Srta. Gorringe parecia um tanto assustada.

– Mas seguramente o inspetor Campbell...

– Não estou preocupado com Campbell, mas com o outro. Sabe quem é ele?

– Acho que não disse como se chamava. Um sargento qualquer, penso eu. Tem jeito de caipira.

– Caipira uma ova – alertou o Sr. Humfries, abandonando sua elegância. – Esse aí é o inspetor-chefe Davy, uma raposa velha e das mais espertas. É muito conceituado na Scotland Yard. Só queria saber o que ele veio fazer aqui, farejando e se fazendo de caipira. Não estou gostando disso, nem um pouco.

– O senhor não está pensando...

– Não sei o que pensar. Mas estou lhe dizendo que não gosto nada disso. Ele pediu para ver alguém, além de Rose?

– Acho que vai falar com Henry.

O Sr. Humfries riu, e ela também.

– Com Henry não precisamos nos preocupar.

– É verdade.

– E os hóspedes que conheciam o cônego Pennyfather?

O Sr. Humfries tornou a rir.

– Que se divirta com o velho Radley. Terá de botar a casa abaixo, aos gritos, e não conseguirá nada. Que tire bom proveito de

Radley e de Miss Marple, aquela velhota. Mas seja como for, não gosto de vê-lo farejando por aqui...

## 14

— Sabe, não gosto muito desse tal de Humfries – disse Davy, pensativo.

– O que o senhor viu de errado com ele? – indagou Campbell.

– Bem – o inspetor-chefe parecia estar-se desculpando –, você sabe, é apenas uma intuição. É um sujeito meloso. Queria saber se ele é o dono do hotel ou apenas o gerente.

– Posso perguntar – Campbell deu um passo em direção à recepção.

– Não, não pergunte a ele. Descubra isso... discretamente.

Campbell olhou-o, curioso.

– Em que é que o senhor está pensando?

– Nada de especial. Só que eu gostaria de ter muito mais informações a respeito deste hotel. Gostaria de saber quem está por trás desse negócio, qual é a situação financeira da empresa. Essa coisa toda.

Campbell balançou a cabeça.

– Pois se me perguntassem se existe em Londres algum lugar absolutamente acima de qualquer suspeita...

– Eu sei, eu sei – retrucou Davy. – E como é útil ter uma reputação dessas!

Campbell sacudiu a cabeça novamente e saiu. O inspetor-chefe seguiu pelo corredor até a sala para fumantes. O general Radley estava acordando. O *Times* escorregou pelos seus joelhos e se espalhou pelo chão. Davy apanhou o jornal, arrumou as folhas desarranjadas e entregou-o ao velho.

– Muito obrigado. É muita bondade sua – disse o general, com uma voz rouca.

– General Radley?

– Sim.

– Queira desculpar-me – disse Davy elevando a voz –, mas queria falar com o senhor a respeito do cônego Pennyfather.

– Hã... como? – O general colocou a mão na orelha.

– Cônego Pennyfather – berrou o inspetor-chefe.

– Meu pai? Morreu há muitos anos.

– O cônego *Penny-father*.

– Ah! Que houve com ele? Vi-o outro dia, estava hospedado aqui.

– Ele ficou de me dar um endereço; disse que o deixaria com o senhor.

Essa frase já foi mais difícil para o general compreender, mas por fim Davy conseguiu que o velho respondesse:

– Não me deu endereço nenhum. Deve ter me confundido com outra pessoa. É um velhote maluco. Sempre foi. Erudito, sabe? Gente assim é sempre distraída.

O inspetor-chefe perseverou um pouco mais, mas logo entendeu que a conversa com o general Radley era praticamente impossível e, com toda certeza, bastante improdutiva. Foi para a sala de entrada e sentou-se ao lado de Miss Jane Marple.

– Chá, senhor?

O inspetor-chefe levantou os olhos. Ficou impressionado, como todo mundo, com a personalidade de Henry. Apesar da majestosa corpulência, parecia, por assim dizer, uma vasta encarnação de Ariel, capaz de materializar-se e sumir à vontade. Ele aceitou o chá:

– Eram *muffins* o que vi você servir? – perguntou.

Henry sorriu beatífico:

– Eram, sim senhor. Nossos *muffins* são excelentes, se me permite dizê-lo. Todos os apreciam. Quer que mande vir *muffins*? Chá da Índia ou da China?

– Da Índia – respondeu o inspetor-chefe. – Ou do Sri Lanka, caso tenham.

– É claro que temos.

Henry fez um gesto discreto com o dedo indicador e o pálido jovem que era seu auxiliar partiu, em busca de chá do Sri Lanka e dos *muffins*. Henry deslocou-se graciosamente para outra mesa.

"Você é realmente *algo*", pensou Davy. "Gostaria de saber onde é que eles o descobriram, e quanto lhe pagam. Uma *nota,* aposto, e merecidamente." Pôs-se a olhar Henry, que se inclinava de modo paternal para atender uma senhora idosa. O que pensaria Henry – se é que pensava em alguma coisa – a respeito dele? O inspetor-chefe achava que não destoava do ambiente do hotel Bertram: poderia ser um agricultor rico, ou ainda um editor famoso. Conhecia dois sujeitos que eram assim mesmo. Em suma, pensou, talvez tivesse conquistado o respeito de Henry, mas também achou possível não tê-lo conseguido enganar. "Sim, você é realmente *algo*, é sim", tornou a pensar.

O chá e os *muffins* lhe foram servidos. O inspetor-chefe mordeu um dos *muffins* e a manteiga lhe escorreu pelo queixo. Limpou-a com um lenço enorme. Tomou duas xícaras de chá, com bastante açúcar. Depois inclinou-se para frente e dirigiu-se à senhora na cadeira ao lado:

– Desculpe, mas a senhora não é Miss Jane Marple?

Ela transferiu o olhar do tricô para o inspetor-chefe.

– Sim, sou eu.

– Espero que não se aborreça por tê-la abordado. Quero que saiba que sou um policial.

– Verdade? Espero que não tenha acontecido nada de errado por aqui.

Ele apressou-se em tranquilizá-la num tom paternal.

– Não se assuste, Miss Marple, não é nada do que a senhora está pensando. Não houve nenhum furto ou coisa parecida. É apenas um pequeno problema com um cônego distraído, só isso. Creio que seja amigo seu. O cônego Pennyfather.

– Ah, o cônego Pennyfather. Ele estava aqui há alguns dias. Sim, o conheço há muitos anos. Como o senhor disse, é um homem muito distraído. – E perguntou, demonstrando estar interessada: – O que foi que ele fez agora?

– Bem, pode-se dizer que desta vez não se sabe onde ele anda.

– Santo Deus! – exclamou Miss Marple. – Onde ele deveria estar?

– Na cidade dele, no cabido da catedral – respondeu o inspetor-chefe. – Mas não está lá.

– Ele me contou – comentou Miss Marple – que ia a um congresso em Lucerna. Parece que a reunião deveria tratar dos manuscritos do Mar Morto. O senhor sabe que ele é um grande conhecedor de hebraico e aramaico.

– Sei, sim – ele respondeu. – A senhora tem razão. Era para Lucerna que ele... bem, era para lá que se esperava que ele fosse.

– Quer dizer então que ele não apareceu por lá?

– Não, não apareceu.

– Ah, então – sugeriu Miss Marple –, imagino que se tenha enganado em relação às datas.

– Provavelmente, é bastante possível.

– Infelizmente – ela continuou –, não é a primeira vez que isso acontece com ele. Um dia fui tomar chá com ele em Chadminster, mas ele não estava em casa. A governanta disse que ele era extremamente distraído.

– E ele, quando a encontrou aqui, não lhe disse nada que possa nos dar uma pista? – perguntou Davy, falando de maneira fluente e confidencial. – A senhora sabe o que quero dizer, não mencionou um velho amigo que ele esperava encontrar, algum outro programa, além do congresso em Lucerna?

– Não. Apenas mencionou o congresso. Creio que me disse que se realizaria no dia 19. Correto?

– Essa era a data do congresso em Lucerna, exatamente.

– Não prestei muita atenção à data. Quer dizer – como a maioria das damas idosas, Miss Marple se atrapalhava um pouco nesse ponto –, acho que ele falou dia 19, mas pode ser que tenha dito dia 19 querendo referir-se ao dia 20. Isto é, ele pode ter pensado que o dia 20 era o dia 19, ou que o dia 19 era o dia 20.

– Bem... – Davy a interrompeu, ligeiramente confuso.

– Estou me explicando mal – ela reconheceu –, mas o que quero dizer é que pessoas como o cônego Pennyfather, quando dizem que vão a tal parte na quinta-feira, não é de se admirar que elas não queiram dizer quinta-feira, mas sim quarta ou sexta-feira. Em geral, descobrem o engano a tempo, mas às vezes não. É possível que tenha acontecido algo assim.

106

O inspetor-chefe estava começando a ficar curioso.

– A senhora fala como se já soubesse que o cônego Pennyfather não iria a Lucerna.

– Sei que ele não estava em Lucerna na *quinta-feira* – ela explicou. – Ele passou o dia todo aqui, ou quase todo. Foi por isso, é claro, que pensei que ele me tivesse dito quinta-feira querendo dizer sexta-feira. Ele saiu daqui na quinta-feira à tarde, levando na mão uma sacola da BEA.

– Isso mesmo.

– Calculei que ele se dirigia ao aeroporto; e por isso mesmo fiquei muito surpresa quando o vi de volta.

– Perdão, mas o que quer dizer com "quando o vi de volta"?

– Bem, que ele voltou para cá, é o que quero dizer.

– Vamos esclarecer isso direitinho – pediu ele, procurando falar com uma voz agradável, propícia às reminiscências, e não como se o caso fosse da maior importância. – A senhora viu o velho idio... isto é, a senhora viu o cônego sair daqui como se fosse para o aeroporto, com a maleta, no final da tarde. Certo?

– Sim. Por volta de 18h30, talvez, ou 18h45.

– Mas afirma que ele *retornou.*

– Talvez tenha perdido o avião. É a única explicação que encontro.

– *Quando* foi que ele voltou?

– Bem, não sei dizer. Não o vi voltar.

– Ah! – exclamou Davy, decepcionado. – Pensei ter ouvido a senhora dizer que o tinha visto.

– Sim, realmente o vi, só que *mais tarde* – ela explicou. – O que eu quis dizer é que não o vi entrar no hotel.

– A senhora o viu mais tarde? Quando?

Miss Marple pensou.

– Deixe-me ver. Eram cerca de 3 horas. Eu não conseguia dormir direito. Algo me acordou. Algum barulho. Há tantos barulhos esquisitos em Londres. Olhei para o meu relógio: eram 3h10. Por um motivo qualquer... não sei bem por que... senti-me inquieta. Foram passos, talvez, na frente da minha porta. Pessoas que moram no campo costumam ficar nervosas se escutam passos no meio da noite. Então abri a porta e olhei para o corredor. Vi o cônego Pennyfather saindo do

quarto dele, que é contíguo ao meu, e descendo as escadas, vestido com o sobretudo.

– Quer dizer que ele saiu do quarto e desceu as escadas, vestido com o sobretudo, às 3 horas?

– Sim – ela respondeu. E acrescentou: – Na hora isso me pareceu estranho.

O inspetor-chefe encarou-a por alguns segundos.

– Miss Marple, por que a senhora não contou isso a ninguém antes?

– Ninguém me perguntou – ela disse com simplicidade.

## 15

O inspetor-chefe soltou um suspiro profundo.

– É verdade – ele disse –, suponho que ninguém tenha perguntado à senhora. Só isso.

E voltou ao silêncio.

– O senhor acha que aconteceu alguma coisa ao cônego, não acha? – Miss Marple perguntou.

– Já se passou uma semana – Davy explicou. – Ele não teve nenhum ataque na rua. Não está em nenhum hospital em consequência de um possível acidente. Então, *onde* está? Os jornais noticiaram o desaparecimento do cônego, mas até agora não apareceu ninguém com nenhuma informação.

– Talvez nem todo mundo tenha lido a notícia sobre o desaparecimento. Eu não li.

– Parece até... parece até... – ele seguia sua linha de raciocínio – que ele pretendia desaparecer, tendo saído daqui assim, em plena madrugada. A senhora tem absoluta certeza de que era ele? – perguntou ele. – Não foi um sonho?

– Tenho certeza absoluta – afirmou ela com segurança.

O inspetor-chefe levantou-se pesadamente.

– Acho que agora irei fazer algumas perguntas à camareira – ele comentou.

108

Davy avistou Rose Sheldon e percorreu com um olhar aprovador a bela silhueta da moça.

– Lamento incomodá-la – disse ele. – Sei que já conversou com o sargento. É a respeito do cavalheiro desaparecido, o cônego Pennyfather.

– Ah, sim, senhor, um cavalheiro muito distinto. Sempre se hospeda aqui.

– É um homem muito distraído – lembrou Davy.

Rose Sheldon permitiu-se um sorriso discreto.

– Deixe-me ver – o inspetor-chefe fingiu consultar suas notas. – A última vez que você viu o cônego Pennyfather foi...

– Na manhã de quinta-feira, dia 19. Ele me disse que não voltaria naquela noite e, possivelmente, nem na noite seguinte. Acho que ia viajar para Genebra, ou qualquer outro lugar na Suíça. Deu-me duas camisas para mandar lavar, e eu prometi que estariam prontas no outro dia de manhã.

– E essa foi a última vez que você o viu?

– Foi, sim senhor. Não trabalho na parte da tarde. Só volto às 18 horas. Nesse ínterim ele já devia ter ido embora, ou pelo menos descera até o primeiro andar do hotel. Não estava no quarto. E deixou duas malas lá.

– Está certo – disse. O conteúdo das malas fora examinado, mas não fornecera nenhuma pista útil. E perguntou: – Você o chamou na manhã seguinte?

– Se eu o chamei? Não senhor, ele não estava no hotel.

– O que é que você geralmente fazia de manhã cedo? Levava-lhe um chá simples? O desjejum?

– Chá simples. Ele tomava o café da manhã no salão, no primeiro andar.

– Quer dizer que você não entrou no quarto dele durante todo o dia seguinte?

– Entrei, sim – Rose pareceu chocada. – Entrei no quarto dele, como de costume. Apanhei as camisas e, é claro, espanei o quarto. Espanamos todos os quartos diariamente.

– E a cama? Algum sinal de que houvesse dormido nela?

Rose o encarou.

– A cama? Não senhor.

– Não estava desarrumada... ou pelo menos amarrotada?

Rose negou com a cabeça.

– E o banheiro?

– Encontrei uma toalha de rosto úmida, que fora usada, creio eu, na tarde anterior. Provavelmente ele lavou as mãos antes de sair.

– E não havia nada que indicasse que o cônego Pennyfather voltara ao quarto... talvez muito tarde... depois da meia-noite?

A moça tornou a olhar para Davy, espantada. O inspetor-chefe abriu a boca e já ia dizendo algo, quando decidiu fechá-la novamente. Ou ela não sabia nada a respeito da volta do cônego ou era uma exímia atriz.

– E o que me diz da roupa dele... dos ternos? Estavam arrumados nas malas?

– Não senhor, estavam pendurados no guarda-roupa. Ele havia feito questão de manter o quarto, como o senhor sabe.

– Quem fez as malas dele?

– A Srta. Gorringe deu ordem para que fossem arrumadas quando foi preciso desocupar o quarto para o hóspede que o havia reservado.

Um relato honesto e coerente. Mas se a velha senhora não mentira ao declarar que vira o cônego Pennyfather deixando o quarto às 3 horas de sexta-feira, então ele voltara ao quarto em alguma ocasião. Ninguém o vira entrar no hotel. Será que, por algum motivo, o cônego evitara deliberadamente que o vissem? Não deixara sinais de sua presença no quarto. Nem sequer se deitara na cama. Será que Miss Marple havia sonhado com aquela história toda? Na idade dela, era possível. Davy teve uma ideia:

– E a sacola da companhia aérea que ele carregava?

– Como? Não estou entendendo.

– Uma bolsa azul-escura, da BEA ou da BOAC... você não a viu?

– Ah, a bolsa... vi, sim senhor. Mas naturalmente ele a levou consigo quando viajou.

– Mas ele não viajou. Acabou não indo à Suíça. Portanto, deve ter deixado a sacola aqui. Ou então voltou e deixou-a aqui com o resto da bagagem.

– Sim... acho... não tenho bem certeza... creio que a deixou.

Inesperadamente, um pensamento veio à mente de Davy: "Eles não lhe deram nenhuma instrução sobre isso, não foi?"

Rose Sheldon mostrara-se calma e coerente até então. Mas a última pergunta a abalara. Ignorava a resposta que deveria dar. *Mas ela deveria saber.*

O cônego levara a sacola para o aeroporto e voltara de lá. Se esteve outra vez no Bertram, deve ter trazido consigo a sacola. *Mas Miss Marple não a mencionara ao contar que vira o cônego sair do quarto e descer as escadas.*

Presumivelmente, a sacola havia sido deixada no quarto, mas não foi colocada junto às malas no depósito de bagagem. Por quê? *Seria porque se pretendia dar a entender que o cônego havia partido para a Suíça?*

Davy agradeceu cordialmente à camareira e desceu as escadas.

Cônego Pennyfather! Era um enigma, o cônego Pennyfather. Falou um bocado a respeito da viagem à Suíça, embaralhou tudo de modo que acabou por não ir à Suíça, voltou ao hotel com tamanha discrição que ninguém o viu e tornou a sair em plena madrugada. (Ia para onde? Fazer o quê?)

Uma simples distração poderia explicar tudo isso?

Da escadaria o inspetor-chefe lançou um olhar despeitado aos ocupantes do saguão, e perguntou a si mesmo se *alguém* ali era realmente o que parecia ser. A que ponto chegara! Gente idosa, gente de meia-idade (não havia ninguém jovem), gente simpática e conservadora, gente de posses, todos respeitabilíssimos. Funcionários, advogados, clérigos; junto à porta, um casal norte-americano; perto da lareira, uma família francesa. Não havia ali ninguém que chamasse a atenção, ninguém deslocado; a maioria dos hóspedes degustava, feliz, um chá das cinco à inglesa. Poderia haver algo de errado em um lugar onde se servia o chá das cinco à moda antiga?

O francês fez um comentário para a mulher, que se enquadrava bem ao ambiente:

– *Le five-o'-clock!* – dizia ele. – *C'est bien anglais ça, n'est ce pas?* – E olhou em volta com aprovação.

"*Le five-o'-clock*", pensou Davy enquanto atravessava a porta de vaivém e chegava à rua. "Aquele camarada não sabe que *le five-o'-clock* está tão extinto quanto a ave dodó!"

Do lado de fora, várias malas e valises norte-americanas estavam sendo transportadas para um táxi: o Sr. e a Sra. Elmer Cabot estavam a caminho do hotel Vendôme, em Paris.

Ao lado do Sr. Cabot, no meio-fio, sua esposa emitia opiniões sobre o Bertram:

– Os Pendleburys tinham razão quanto a este local, Elmer. É de fato a velha Inglaterra. Lindamente eduardiano! Eu tinha a impressão de que a qualquer momento Eduardo VI poderia entrar no saguão e sentar-se para tomar o chá das cinco. Estou decidida a voltar no ano que vem... decidida mesmo.

– Se você tiver um milhão de dólares para gastar – respondeu secamente o marido.

– Ora, Elmer, não foi tão caro assim.

Arrumada a bagagem, o porteiro alto ajudou os hóspedes a entrar no táxi e murmurou "Muito obrigado" quando o Sr. Cabot fez o gesto esperado. O táxi partiu. O porteiro transferiu suas atenções para Davy.

– Táxi?

O inspetor-chefe examinou o homem.

Mais de um 1,80m de altura. Bem-apessoado. Um tanto desmazelado. Ex-combatente. Um monte de medalhas – provavelmente genuínas. Esperto? Bebe demais. Em voz alta, Davy perguntou:

– Ex-combatente?

– Sim senhor. Guarda Irlandesa.

– Medalha militar, estou vendo. Onde a ganhou?

– Birmânia.

– Como se chama?

– Michael Gorman. Sargento.

– Bom o emprego aqui?

– O lugar é sossegado.

– Não prefere o Hilton?

– Não. Gosto daqui. A clientela é finíssima; muitos turistas que vêm assistir às corridas de Ascot e Newbury hospedam-se aqui. De vez em quando me dão bons palpites.

– Ah, então é irlandês e jogador, hein?

– Ora! O que seria da vida sem um joguinho?

– Pacata e chata – respondeu Davy. – Igual à minha.

– Verdade?

– É capaz de adivinhar minha profissão?

O irlandês sorriu:

– Não me leve a mal, mas eu diria que é um tira.

– Acertou em cheio. Lembra-se do cônego Pennyfather?

– Cônego Pennyfather, não me recordo bem do nome...

– Um clérigo idoso.

Michael Gorman riu:

– Bem, os clérigos são os que mais entram aí.

– Mas esse desapareceu daqui.

– Ah, *aquele* – o porteiro pareceu ligeiramente desconfiado.

– Você o conheceu?

– Não me lembraria dele se não me fizessem tantas perguntas sobre ele. Tudo o que eu sei é que o coloquei num táxi e que ele foi para a Suíça, mas ouvi dizer que não chegou lá. Parece que se perdeu.

– Não o viu mais tarde, naquele dia?

– Mais tarde...? Não senhor.

– A que horas deixa o serviço?

– Às 11h30.

O inspetor-chefe fez um aceno de cabeça, recusou um táxi e pôs-se a caminhar lentamente pela Pond Street. Um carro passou roncando ao seu lado, rente ao meio-fio, e parou em frente ao hotel Bertram com um ranger de freios. Davy virou a cabeça calmamente e reparou no número da placa: FAN 2266. Aquele número lhe lembrava alguma coisa, embora no momento não soubesse exatamente o quê.

Vagarosamente, voltou para a direção de onde viera. Mal alcançara a entrada do hotel, quando o motorista, que atravessara a porta um momento antes, tornou a sair. Combinava muito bem com o carro, que era um modelo de corrida branco, de linhas alongadas e brilhantes. O rapaz tinha o ar imponente de um galgo, o rosto bonito e nem um milímetro de gordura no corpo.

113

O porteiro segurou a porta aberta do carro, o moço entrou rapidamente, atirou uma moeda ao porteiro e arrancou com uma explosão do possante motor.

– Sabe quem é ele? – perguntou Michael Gorman ao inspetor-chefe.

– Um sujeito perigoso, na certa.

– Ladislaus Malinowski. Ganhou o Grand Prix dois anos atrás... foi campeão mundial. No ano passado sofreu um acidente feio, mas dizem que já está em forma novamente.

– Não me diga que ele está hospedado no Bertram. Não combina nem um pouco com o estilo do hotel.

Michael Gorman sorriu com malícia.

– Não senhor, não está hospedado aqui, não. Quem está hospedada aqui é uma amiga dele – e piscou o olho.

Um servente do hotel, de avental listrado, apareceu com um carregamento de malas norte-americanas, de luxo.

Davy observou-o acomodar a bagagem em um Mercedes alugado, enquanto procurava recordar-se do que sabia a respeito de Ladislaus Malinowski. Um sujeito aloucado – dizia-se que tinha uma ligação com uma mulher bastante conhecida – como era mesmo o nome dela? Ainda contemplando o carregamento de uma elegante mala-gabinete, o inspetor-chefe começou a dar meia-volta, mas mudou de ideia e tornou a entrar no hotel.

Foi à recepção e pediu à Srta. Gorringe o registro dos hóspedes. Ela estava ocupada com os norte-americanos que partiam, e empurrou o livro na direção dele por cima do balcão. Davy foi virando as páginas: lady Selina Hazy, Little Cottage, Merryfield, Hants; Sr. e Sra. Hennessey King, Elderberries, Essex; Sir John Woodstock, Beaumont Crescent 5, Cheltenham; lady Sedgwick, Hurstings House, Northumberland; Sr. e Sra. Elmer Cabot, Connecticut; general Radley, The Green 14, Chichester; Sr. e Sra. Wolmer Pickinton, Marble Head, Connecticut; a condessa de Beauville, Les Sapins, St. Germain en Laye; Miss Jane Marple, St. Mary Mead, Much Benham; coronel Luscombe, Little Green, Suffolk; Sra. Carpenter, Hon; Elvira Blake; cônego Pennyfather, The Close, Chadminster; Sra. Holding, Srta. Holding, Srta. Audrey Holding, The Manor House, Carmanton; Sr. e Sra. Ryesville, Valley

Forge, Pensilvânia; duque de Barnstable, Doone Castle, N. Devon – uma amostra das pessoas que se hospedavam no hotel Bertram. Formavam, pensou Davy, uma espécie de padrão...

Quando fechava o livro, um nome escrito em uma página anterior saltou aos olhos do inspetor-chefe: Sir William Ludgrove – o juiz Ludgrove, que fora reconhecido por um oficial de justiça próximo ao banco assaltado. O juiz Ludgrove... o cônego Pennyfather... ambos clientes do hotel Bertram...

– Espero que o senhor tenha gostado do chá – era Henry, de pé a seu lado. Falava polidamente, e com a leve ansiedade do perfeito anfitrião.

– O melhor chá que tomei nesses últimos anos – Davy disse, satisfeito.

Lembrou-se então de que não pagara pelo chá. Tratou de fazê-lo, mas Henry levantou a mão, suplicante:

– Ah, não, senhor. Disseram-me que seu chá era por conta da casa. Ordens do Sr. Humfries.

Henry afastou-se. O inspetor-chefe ficou sem saber se devia ou não ter dado uma gorjeta a ele. Era mortificante pensar que Henry sabia muito melhor do que ele a resposta para esse dilema social!

Estava já andando pela rua quando, de repente, parou. Tirou do bolso a agenda e escreveu nela um nome e um endereço – não havia tempo a perder. Entrou em uma cabine telefônica: decidiu arriscar-se. Nada mais importava, estava determinado a apostar tudo em um palpite.

## 16

O guarda-roupa era o que estava preocupando o cônego Pennyfather. Ainda não estava inteiramente desperto, e o guarda-roupa o preocupava. Mas aí adormeceu de novo e esqueceu-se dele. Quando, porém, seus olhos novamente se abriram, lá estava o guarda-

roupa no lugar errado. O cônego estava deitado sobre o lado esquerdo do corpo, de frente para a janela, e o guarda-roupa deveria estar ali, entre ele e a janela, encostado à parede da esquerda. Mas não estava. Estava à direita, e aquilo o preocupava. Preocupava-o tanto que se sentia exausto. Ele tinha consciência de que a cabeça lhe doía muito, e também de que o guarda-roupa estava no lugar errado... Então seus olhos se fecharam mais uma vez.

Quando despertou novamente, havia muito mais luz no quarto. Ainda não amanhecera. Havia somente a débil luz da madrugada. "Ó, Senhor", pensou o cônego Pennyfather, resolvendo subitamente o problema do guarda-roupa. "Mas que estupidez! É evidente, não estou em casa!"

Mexeu-se com cuidado. Não, aquela não era a sua cama. Estava em outra casa. Estava... onde estava? Ah, claro. Fora para Londres, correto? Estava no hotel Bertram e... mas não, não estava no hotel Bertram. No Bertram a cama ficava em frente à janela. Portanto, a ideia de que estava no Bertram também era equivocada.

– Ó, meu Deus, onde é que eu estou? – indagava o cônego Pennyfather.

Lembrou-se, então, de que ia para Lucerna. "É claro", admitiu ele, "estou em Lucerna." Começou a pensar no congresso; mas não se deteve nisso muito tempo: pensar no congresso fazia-lhe doer a cabeça; sendo assim, tratou de dormir novamente.

Quando despertou outra vez, seus pensamentos estavam muito mais claros, e também havia mais luz no quarto. Não estava em casa, não estava no hotel Bertram e sabia perfeitamente que não estava em Lucerna. Aquilo não era um quarto de hotel. Examinou mais detalhadamente o local: era um quarto inteiramente estranho, com muito poucos móveis. Havia uma espécie de armário (que ele havia pensado ser o guarda-roupa) e uma janela com cortinas floridas, através das quais entrava a luz; uma cadeira, uma mesa, uma cômoda. E só.

– Ó, Senhor – disse o cônego Pennyfather. – Que coisa estranha! Onde será que estou?

Estava pensando em se levantar a fim de investigar; mas quando se sentou na cama, a cabeça recomeçou a doer, de forma que tornou a deitar-se.

– Devo ter adoecido – concluiu o cônego. – Sim, devo ter adoecido, sem nenhuma dúvida. – Pensou por alguns minutos, depois disse a si mesmo: – Aliás, creio que ainda estou doente. Gripe, quem sabe? Dizem que a gripe chega às vezes de repente. Talvez... talvez tenha pego uma gripe no jantar lá no Athenaeum. Sim, é isso. – Lembrava-se de que jantara no Athenaeum.

Ouviram-se ruídos de movimento dentro de casa. Talvez o tivessem levado para uma casa de saúde. Mas não, não lhe parecia que aquilo fosse uma casa de saúde. À luz do dia, via-se que se tratava de um quartinho modesto e mal mobiliado. Continuaram os sons de movimento. Lá embaixo, uma voz gritou:

– Adeus, meus anjos. Esta noite teremos salsicha e purê para o jantar.

O cônego Pennyfather ficou pensando naquilo. Salsicha e purê. As palavras tinham um som agradável.

– Creio – disse o cônego – que estou com fome.

A porta se abriu. Uma mulher de meia-idade entrou, caminhou até as cortinas, puxou-as um pouco e virou-se para a cama.

– Ah, o senhor já acordou. Como está se sentindo?

– Na verdade – respondeu debilmente o cônego Pennyfather –, nem sei muito bem.

– Ah, acho que ainda não está muito bem mesmo. O senhor esteve muito mal, sabe? Levou uma pancada feia, não sei como... pelo menos foi o que o médico disse. Esses motoristas! Não param, nem depois de atropelar alguém!

– Sofri um acidente? – indagou o cônego. – Um acidente de automóvel?

– Isso mesmo – respondeu a mulher. – Nós o encontramos no acostamento da estrada, quando vínhamos para casa. A princípio, pensamos que fosse um bêbado – ela riu ao recordar-se da cena. – Mas aí meu marido achou que era melhor dar uma espiada. "Talvez tenha sido um acidente", ele disse. Não sentimos nenhum cheiro de bebida, nem havia sangue. Mas assim mesmo, lá estava o senhor, feito um defunto. Então meu marido disse: "Não podemos deixar esse homem estirado aí", e trouxe o senhor para cá. Entendeu?

– Ah – disse vagamente o cônego Pennyfather, aturdido por tais revelações. – Um bom samaritano!

– Vimos que o senhor era um clérigo, e meu marido disse: "É um homem respeitável." Achou que era melhor não chamarmos a polícia, porque, sendo um clérigo, o senhor poderia não gostar... caso estivesse bêbado, embora não cheirasse a bebida. Assim, resolvemos chamar o Dr. Stokes para examinar o senhor. Nós ainda o chamamos de Dr. Stokes, embora ele esteja proibido de clinicar. É um homem muito bom, amargurado, evidentemente, pela proibição de clinicar. E tudo porque tem um coração muito bom; ajudou um bando de moças, umas ordinárias, todas elas. De qualquer modo, ele é um ótimo médico, e nós o chamamos para olhar o senhor. Ele disse que o senhor não sofreu nada de grave, só um ligeiro traumatismo. Mandou que o deitássemos bem estirado, quieto, num quarto escuro. "Vejam bem", alertou o doutor, "não estou fazendo diagnóstico algum. O que digo é em caráter extraoficial. Não tenho direito de receitar nem de dizer nada. O correto seria vocês darem parte à polícia, mas se não querem fazer isso... Deem uma chance ao pobre-diabo." Foi isso que ele disse. O senhor me desculpe se estou lhe faltando com o respeito, mas o doutor é assim mesmo, diz tudo que lhe vem à cabeça. E agora, que tal uma tigela de sopa ou um pão com leite, bem quentinho?

– Qualquer coisa – balbuciou o cônego Pennyfather – seria bem-vinda.

E o velho deixou-se cair novamente nos travesseiros. Um acidente? Então fora isso. Um acidente, e ele não conseguia recordar-se de coisíssima nenhuma! Poucos minutos mais tarde, a boa mulher voltou, com uma bandeja que trazia uma tigela fumegante.

– O senhor vai se sentir melhor depois de se alimentar. Tive vontade de colocar na sopa uma gotinha de uísque, ou de conhaque, mas o doutor disse que o senhor não podia tomar álcool nenhum.

– Claro que não – disse o cônego Pennyfather –, com um traumatismo não poderia. Não. Não seria aconselhável.

– Quer que eu ponha mais um travesseiro às suas costas, querido? Pronto. Está bem assim?

O cônego Pennyfather espantou-se um pouco ao ser chamado de "querido". Mas concluiu que decerto a intenção era boa.

– Muito bem, assim!

– Sim, mas onde estamos? – indagou o cônego Pennyfather. – Quero dizer, onde é que eu estou? Que lugar é este?

– Milton St. John – informou a mulher. – Não sabia?

– Milton St. John? – disse o cônego, balançando a cabeça. – É a primeira vez que ouço esse nome.

– Bem, não é nenhum lugar importante. É só uma aldeia.

– A senhora tem sido muito bondosa – declarou o cônego Pennyfather. – Posso perguntar seu nome?

– Sra. Wheeling.

– A senhora é extremamente bondosa – tornou a dizer o cônego Pennyfather. – Mas e o acidente? Não me lembro de nada...

– Tire isso da cabeça, querido; quando se sentir melhor estará em condições de se lembrar das coisas.

– Milton St. John – repetiu o cônego Pennyfather, admirado. – Esse nome não tem nenhum significado para mim! Que coisa extraordinária!

## 17

Sir Ronald Graves desenhou um gato em seu bloco de notas. Olhou para a volumosa figura do inspetor-chefe Davy, sentado diante dele, e desenhou um buldogue.

– Ladislaus Malinowski? – indagou. – Pode ser. Tem alguma prova?

– Não. Mas ele preenche os requisitos, não?

– Um sujeito temerário, que não conhece limites. Conquistou o campeonato mundial. Sofreu um grave acidente no ano passado. Péssima reputação com as mulheres. Fonte de renda duvidosa. Gasta à vontade, tanto aqui como no exterior. Sempre viajando pela Europa. Acha que é ele que está por trás dos assaltos?

– Não creio que seja o cabeça do bando. Mas acho que anda metido nisso.

– Por quê?

– Em primeiro lugar, é dono de um Mercedes-Otto – um carro de corridas –, o mesmo modelo que foi visto perto de Bedhampton na manhã do assalto à mala postal. Os números da placa são diferentes, mas já estamos acostumados a isso. E o truque é sempre o mesmo: placas diferentes, mas não muito. FAN 2299 em vez de 2266. Afinal, não há muitos carros daquele modelo: lady Sedgwick tem um, e lorde Marrivale outro.

– Não acredita que Malinowski seja o chefão, acredita?

– Não. Acho que há gente mais inteligente que ele na direção do bando. Mas ele faz parte do grupo. – Deu uma olhada no dossiê. – Está lembrado do assalto ao Midland & West London? Três furgões por acaso... veja que tamanha coincidência!... por acaso estavam bloqueando a rua naquele momento. E uma Mercedes-Otto que estava no local conseguiu escapulir graças a esse engarrafamento.

– Mas foi detida um pouco mais tarde.

– Sim, e depois foi liberada. Principalmente porque as pessoas que deram parte dela não estavam bem certas quanto ao número da placa. Disseram que era FAM 3366... o número da placa de Malinowski é FAN 2266. É sempre o mesmo quadro.

– E você teima em ligar tudo isso ao hotel Bertram. Acho que o pessoal desencavou algum material sobre o Bertram para você...

O inspetor-chefe bateu no bolso:

– Está comigo. Firma devidamente registrada. Balanço... capital adquirido... diretores etc. etc. etc. Tudo isso não significa nada! Esses grupos financeiros são todos iguais... é cobra engolindo cobra! Firmas, companhias administradoras... me dão até vertigem.

– Ora, vamos, Davy. Esse é o procedimento normal no mundo corporativo. É um meio de enfrentar o fisco...

– O que eu quero são dados reais. Se o senhor me der autorização, adoraria falar com alguns tubarões.

O comissário-assistente encarou Davy.

– E quem são esses tubarões? Pode me dizer?

O inspetor-chefe mencionou um nome.

O comissário pareceu perturbar-se.

– Não sei de nada. Seria muita ousadia abordar esse homem.

– Mas isso poderia ajudar-nos, e muito.

Houve uma pausa. Os dois homens se encararam. Davy permaneceu estático, plácido, paciente. O comissário cedeu.

– Você é um diabo velho e teimoso, Fred – ele reclamou. – Faça como bem entender. Se quiser, pode ir amolar os mentores dos financistas internacionais da Europa.

– Garanto que *ele* sabe alguma coisa – disse o inspetor-chefe Davy. – Ele *sabe*. E se não souber, pode descobrir logo, basta apertar um botão na mesa ou dar um telefonema.

– Não me parece que ele vá ficar muito satisfeito.

– Provavelmente não, mas não lhe tomarei muito tempo. O negócio é que eu preciso do apoio de uma autoridade.

– Você está levando a sério mesmo esse hotel Bertram, não está? Afinal, o que foi que você descobriu? É um hotel bem dirigido, tem uma clientela respeitabilíssima, nunca teve problemas com as licenças municipais...

– Eu sei, eu sei. Nada de bebidas, drogas, jogo, nem de hospedagem a criminosos. Tudo alvíssimo como a neve recém-caída. Nada de *beatniks,* marginais ou delinquentes juvenis. Só matronas vitorianas-eduardianas, famílias da nobreza rural e viajantes estrangeiros, de Boston ou dos locais mais respeitáveis dos Estados Unidos. Apesar disso, um venerável cônego é visto saindo de lá às 3 horas, de maneira um tanto clandestina...

– Quem lhe disse isso?

– Uma das matronas.

– Como teria conseguido vê-lo? Por que ela não estava na cama dormindo?

– Senhoras idosas são assim, meu caro.

– Você está falando do... como se chama ele... cônego Pennyfather?

– Estou, sim, senhor. Comunicaram o desaparecimento dele, e Campbell começou a investigá-lo.

– Coincidência curiosa. O nome desse cônego foi citado também no roubo da mala postal em Bedhampton.

– Foi mesmo? Por quem?

– Por outra senhora idosa... ou pelo menos de meia-idade. Quando o trem foi detido por um sinal falso, diversos passageiros se levantaram e olharam para o corredor. Essa senhora, que mora em Chadminster e conhece de vista o cônego Pennyfather, disse que o viu entrar no trem por uma das portas. Ela pensou que ele havia saído para ver o que tinha acontecido e estivesse entrando de volta no trem. Estávamos pensando em seguir essa pista, já que haviam comunicado o desaparecimento do cônego...

– Vejamos... o trem foi detido às 5h30. O cônego Pennyfather saiu do hotel Bertram pouco depois das 3 horas. Sim, pode ser. Se o levaram até lá... digamos, num carro de corrida...

– E assim voltamos a Ladislaus Malinowski!

O comissário contemplava as garatujas que fizera no bloco.

– Você é mesmo um buldogue, Fred.

Meia hora depois o inspetor-chefe entrava em um escritório tranquilo e bastante modesto. O homenzarrão por trás da mesa levantou-se e estendeu-lhe a mão.

– Inspetor-chefe Davy? Sente-se, por favor – ele disse. – Aceita um charuto?

O inspetor-chefe acenou negativamente:

– Peço-lhe desculpas – disse ele em sua voz profunda de camponês – por roubar seu precioso tempo.

O Sr. Robinson sorriu. Era um homem gordo, muito bem-vestido. Tinha o rosto amarelo, os olhos escuros e tristes, a boca larga e generosa. Sorria com frequência, mostrando dentes muito grandes. "São para comer você melhor", pensou incongruentemente o inspetor-chefe. Robinson falava um inglês perfeito e sem sotaque, mas não era inglês. O inspetor-chefe – assim como inúmeras pessoas antes dele – estava curioso para saber qual seria a nacionalidade do Sr. Robinson.

– Bem, em que posso servi-lo?

– Gostaria de saber – disse Davy – quem é o proprietário do hotel Bertram.

A expressão no rosto do Sr. Robinson não se alterou. Ele não mostrou surpresa ao ouvir aquele nome, nem deu nenhum sinal de conhecê-lo. Disse pensativo:

– O senhor quer saber quem é o proprietário do hotel Bertram, que fica, creio eu, em Pond Street, na altura de Piccadilly.

– Exatamente.

– Uma vez ou outra me hospedo lá. Lugar sossegado, bem administrado.

– É sim – disse o inspetor-chefe. – Muito bem administrado.

– E o senhor quer saber quem é o dono do hotel? Isso decerto pode ser verificado facilmente.

Havia uma leve ironia por trás do sorriso.

– Pelos canais costumeiros, é isso que o senhor quer dizer? Ah, sim – Davy tirou do bolso um pedaço de papel e leu três ou quatro nomes e endereços.

– Compreendo – disse o Sr. Robinson. – Alguém deve ter tido um trabalhão para arranjar isso. Interessante. E o senhor veio me procurar!

– O senhor é a pessoa mais indicada.

– Realmente não sei. Mas é verdade que tenho meios de obter informações. Temos... – encolheu os ombros gordos, enormes – temos nossos contatos.

– Sei disso – disse Davy, o rosto impassível.

O Sr. Robinson olhou para Davy e, em seguida, pegou o telefone em cima da mesa:

– Sônia? Ligue para o Carlos. – Esperou um ou dois minutos, e então disse: – Carlos? – pronunciou rapidamente meia dúzia de frases em uma língua estrangeira. Não era sequer uma língua que o inspetor-chefe pudesse identificar.

Davy podia dialogar bem em francês. Sabia um pouco de italiano e entendia por alto o alemão simples dos viajantes. Conhecia os sons do espanhol, do russo, do árabe, embora não os entendesse. Mas aquele idioma não era nenhum desses. Talvez se tratasse de turco, ou persa, ou armênio, mas não tinha certeza. O Sr. Robinson recolocou o fone no gancho.

– Não creio – disse ele, bem-humorado – que tenhamos de esperar muito tempo. Sabe que fiquei interessado? Muitíssimo interessado. Eu mesmo às vezes fico pensando... – o inspetor-chefe o olhava, com ar inquisitivo – no hotel Bertram – explicou o Sr. Robinson. – Do ponto de vista financeiro, evidentemente. Às vezes me pergunto como é que aquilo pode dar lucro. Mas isso não é da minha conta. É muito bom saber –

deu de ombros – que existe um hotel confortável, com uma gerência e empregados excepcionalmente capazes... Sim, tenho pensado nisso. – Fixou o olhar no inspetor-chefe. – Sabe como e por quê?

– Ainda não. Mas gostaria de saber.

– Há várias possibilidades – o Sr. Robinson explicou, pensativo. – É como a música. Existem apenas algumas notas em cada oitava, e no entanto é possível combiná-las de... como vou saber? De milhares de maneiras diferentes. Um músico certa vez me disse que não se pode obter a mesma melodia duas vezes. Interessantíssimo.

Uma campainha soou sutilmente na mesa, e o Sr. Robinson pegou de novo o telefone.

– Sim? Sim, você foi rápido. Estou satisfeito. Entendo. Hum! Amsterdã, sim... Ah... Obrigado. Sim. Pode soletrar isso? Muito bem.

Anotou alguma coisa em um bloco que tinha à mão.

– Espero que isso possa lhe ajudar – ele ressaltou, arrancando a folha do bloco e passando-a por cima da mesa para Davy, que leu o nome em voz alta: Wilhelm Hoffman.

– Nacionalidade suíça – informou o Sr. Robinson. – Mas, a meu ver, não nasceu na Suíça. Tem grande influência nos círculos bancários, e embora se mantenha rigorosamente dentro da lei, tem estado por trás de inúmeros... negócios suspeitos. Opera apenas no exterior, nunca neste país.

O Sr. Robinson continuou: – Mas tem um irmão chamado Robert Hoffman. Ele mora em Londres, negocia diamantes... sua firma é respeitabilíssima. É casado com uma holandesa e também tem escritórios em Amsterdã. A Scotland Yard deve ter informações sobre ele. Como eu disse, negocia principalmente diamantes, mas é um homem muito rico, possui muitas propriedades, que em geral não estão em seu nome. Sim, ele está por trás de uma porção de empresas. E o irmão dele é o verdadeiro proprietário do hotel Bertram.

– Muito agradecido – disse o inspetor-chefe enquanto se levantava. – Não preciso dizer quanto sou grato ao senhor. É formidável – acrescentou, demonstrando mais entusiasmo do que o normal.

– É formidável eu saber? – indagou o Sr. Robinson, dando um de seus mais amplos sorrisos. – Mas essa é uma das minhas especialidades. Informação. Gosto de saber. Foi por isso que me procurou, não?

– Bem – disse o inspetor-chefe –, nós temos informações sobre o senhor. O Ministério do Interior, a Divisão Especializada e outros departamentos. – Depois acrescentou, quase ingenuamente: – Foi preciso um pouco de audácia da minha parte para vir procurá-lo.

O Sr. Robinson sorriu novamente.

– Considero o senhor uma personalidade muito interessante, inspetor-chefe Davy – ele comentou. – Desejo que tenha êxito em sua tarefa, qualquer que seja ela.

– Muito obrigado. Acho que preciso dos seus bons votos. A propósito, esses dois irmãos, o senhor diria que são homens violentos?

– Certamente não – o Sr. Robinson respondeu. – Isso seria contrário à política deles. Os irmãos Hoffman não usam de violência em questões comerciais. Têm outros métodos, que lhes servem melhor. Pode-se dizer que a cada ano que passa vão ficando mais ricos, pelo menos é o que consta nos círculos bancários suíços.

– A Suíça é uma terra muito útil, não? – disse o inspetor-chefe.

– Realmente. Nem sei o que faríamos sem a Suíça! Tanta correção! Tanta sensibilidade para os negócios! Sim, todos nós, homens de negócios, devemos ser gratos à Suíça. Eu mesmo – acrescentou ele – também faço excelente juízo sobre Amsterdã – olhou firmemente para Davy, depois tornou a sorrir, e o inspetor-chefe saiu.

Quando chegou novamente à repartição, Davy encontrou um bilhete à sua espera:

"O cônego Pennyfather apareceu – vivo, mas não ileso. Parece que foi atropelado por um carro em Milton St. John e sofreu um traumatismo."

## 18

O cônego Pennyfather olhou para o inspetor-chefe Davy e para o inspetor Campbell, e eles o olharam de volta. O cônego Pennyfather estava novamente em casa, sentado na grande poltrona de sua biblioteca, um travesseiro sob a cabeça, os pés em um banquinho e uma manta sobre os joelhos para acentuar sua condição de enfermo.

– Lamento dizer – explicava ele, polidamente – que não me lembro de nada.

– Não se lembra do acidente, quando o carro o atropelou?

– Lamento dizer que não.

– Então como sabe que um carro o atropelou? – perguntou de forma crítica o inspetor Campbell.

– A tal mulher, a senhora... senhora... como era o nome dela? Wheeling?... foi quem me contou.

– E como é que ela sabia disso?

O cônego Pennyfather parecia intrigado.

– Valha-me Deus, o senhor tem razão. Ela não podia saber, não é mesmo? Deve ter deduzido que foi isso que aconteceu.

– E o senhor não consegue realmente lembrar-se de *nada*? Como é que foi parar em Milton St. John?

– Não tenho a menor ideia. Até mesmo o nome do lugar me é estranho.

A exasperação do inspetor Campbell crescia, mas o inspetor-chefe disse em seu tom de voz ameno e apaziguador:

– Conte-nos por favor, cônego Pennyfather, a última coisa de que o senhor se lembra.

O cônego Pennyfather virou-se aliviado para Davy. A frieza desconfiada do inspetor deixara-o constrangido.

– Eu ia para um congresso em Lucerna. Tomei um táxi para o aeroporto... ou melhor, para a estação aérea de Kensington.

– Sim. E depois?

– É só. Não me lembro de mais nada. A primeira coisa de que me lembro depois disso é do guarda-roupa.

– Que guarda-roupa? – perguntou o inspetor Campbell.

– Que estava no lugar errado.

Campbell sentiu-se tentado a esmiuçar a questão do guarda-roupa no lugar errado. Mas o inspetor-chefe o interrompeu.

– O senhor se recorda de ter chegado à estação aérea?

– Acho que sim – disse o cônego Pennyfather, com o ar de quem tinha muitas dúvidas a esse respeito.

– E o senhor então voou para Lucerna.

– Voei? Não me lembro realmente se voei ou não.

– Lembra-se de ter voltado ao hotel Bertram naquela noite?

– Não.

– Lembra-se do hotel Bertram?

– Naturalmente. Eu estava hospedado lá. É muito confortável. Mantive a reserva do quarto.

– Lembra-se de ter viajado de trem?

– De trem? Não, não me lembro de trem nenhum.

– Houve um assalto. O trem foi roubado. Não é possível, cônego Pennyfather, que o senhor não se lembre disso.

– Devia, não devia? Mas a verdade é que... – falava como se pedisse desculpas – não me lembro. – O cônego olhou para os detetives com um sorriso afável.

– Então, tudo que o senhor tem a dizer é que não se recorda de nada desde o instante em que tomou um táxi para a estação aérea, até acordar na casa dos Wheelings, em Milton St. John.

– Não há nada de estranho nisso – afirmou o cônego. – Acontece com muita frequência nos casos de traumatismo.

– O que o senhor pensou que havia lhe acontecido assim que acordou?

– Tinha uma dor de cabeça tão terrível que mal conseguia pensar. Claro, comecei a imaginar onde estava, e então a Sra. Wheeling explicou-me o que havia ocorrido e me serviu uma excelente sopa. Ela me chamava de queridinho – contou o cônego com um ligeiro desagrado –, mas foi muito bondosa comigo. Muito bondosa mesmo.

– Ela devia ter dado parte do acidente à polícia. O senhor então teria sido transportado para um hospital e tratado devidamente – disse Campbell.

– Ela tratou muito bem de mim – protestou o cônego vigorosamente – e pelo que sei, em casos de traumatismo, pouco se pode fazer pelo paciente, além de mantê-lo em repouso.

– Se o senhor se lembrar de mais alguma coisa, cônego Pennyfather...

O cônego o interrompeu.

– Parece que perdi quatro dias inteiros da minha vida. É muito curioso. Realmente muito curioso. Só queria saber por onde é que eu

andei e o que estava fazendo. Diz o médico que talvez volte a me lembrar de tudo. Também é possível que nunca me lembre. Provavelmente jamais saberei o que me aconteceu durante esses dias – suas pálpebras se agitaram. – Desculpem-me, senhores. Acho que estou muito fatigado.

– Agora chega – disse a Sra. McCrae, que se mantivera junto à porta, pronta a intervir se julgasse necessário. E disse com firmeza aos detetives: – O doutor disse que ele não podia ter aborrecimentos.

Os detetives se levantaram e caminharam em direção à porta. A Sra. McCrae conduziu-os pelo corredor como um conscencioso cão pastor. O cônego murmurou qualquer coisa, e o inspetor-chefe, que foi o último a passar pela porta, imediatamente deu meia-volta.

– O que disse? – perguntou, mas os olhos do cônego já estavam fechados.

– O que acha que ele disse? – indagou Campbell quando os dois saíram da casa, após terem recusado a polida oferta de um refresco que lhes fizera a Sra. McCrae.

Davy respondeu, pensativo:

– Creio que ele disse "as muralhas de Jericó".

– O que significa isso?

– Parece que é uma história da Bíblia – disse o inspetor-chefe.

– Acredita que algum dia possamos descobrir como é que esse velhote foi de Cromwell Road até Milton St. John? – perguntou Campbell.

– Parece que não receberemos grande ajuda da parte dele – respondeu Davy.

– Aquela mulher que afirma tê-lo visto no trem, depois do assalto, será que está dizendo a verdade? Será que ele poderia estar envolvido nos roubos? Parece impossível. É um senhor respeitável, sob todos os aspectos. Afinal, não podemos suspeitar que um cônego da Catedral de Chadminster esteja envolvido em um roubo de trem, podemos?

– Não – respondeu Davy, pensativo. – Não. Assim como não podemos imaginar que o juiz Ludgrove esteja envolvido em um assalto a um banco.

O inspetor Campbell olhou com curiosidade para o seu superior.

A expedição a Chadminster terminou com uma improfícua visita ao Dr. Stokes.

O Dr. Stokes mostrou-se agressivo, pouco cooperativo e rude:

— Conheço os Wheelings há bastante tempo. Cultivam de certo modo a boa vizinhança, em relação a mim. Recolheram um velho caído na estrada. Não sabiam se estava morto, bêbado ou doente. Pediram-me para dar uma olhada nele. Expliquei que ele não estava bêbado, que era um caso de traumatismo...

— E tratou dele.

— De maneira alguma. Não tratei dele, não receitei nada e nem o mediquei. Não sou médico... já fui, mas não sou mais... Disse a eles que deveriam telefonar para a polícia. Se fizeram isso ou não, não sei. Não é da minha conta. Os dois são meio burros... mas são boa gente.

— E o senhor, não pensou em chamar a polícia?

— Não, não pensei. Não sou médico. O caso não tinha nada a ver comigo. Como um simples ser humano, aconselhei que não lhe dessem uísque e que o mantivessem em repouso, estirado, até que a polícia chegasse.

O Dr. Stokes encarou os detetives de maneira nada amistosa, e eles, embora a contragosto, tiveram de aceitar sua recusa em ajudá-los.

## 19

O Sr. Hoffman era um homem alto e robusto. Parecia que havia sido esculpido em madeira – em teca, mais exatamente.

Seu rosto era tão inexpressivo que parecia inteiramente incapaz de pensar, de sentir emoções: isso lhe parecia impossível.

Suas maneiras eram corretíssimas.

Ele se ergueu, inclinou-se e estendeu a mão educadamente:

— Inspetor-chefe Davy? Há alguns anos tive o prazer... talvez o senhor nem se lembre...

– É claro que me lembro, Sr. Hoffman. O caso do diamante Aaronberg. O senhor foi testemunha do promotor, uma ótima testemunha, permita-me dizer. A defesa não conseguiu abalá-lo.

– Não me abalo com facilidade – o Sr. Hoffman informou em um tom sério.

Tinha realmente toda a aparência de alguém que não se abalava com facilidade.

– Em que posso servi-lo? – continuou Hoffman. – Nenhum problema, espero... Faço questão de estar sempre em paz com a polícia. Tenho a maior admiração por sua excelente força policial.

– Não, não há nenhum problema. Apenas gostaríamos que o senhor confirmasse uma pequena informação.

– Terei o maior prazer em ajudá-lo no que puder. Como digo sempre, tenho no mais alto conceito a força policial de Londres. Seus homens são magníficos. Íntegros, honestos e justos.

– O senhor me deixa constrangido – o inspetor-chefe comentou.

– Estou às suas ordens. O que deseja saber?

– Gostaria de lhe pedir que fornecesse algumas informações a respeito do hotel Bertram.

O rosto do Sr. Hoffman não se alterou. O máximo que se poderia dizer era que, por um breve momento, sua atitude se tornara mais estática do que antes – nada mais.

– Hotel Bertram? – ele perguntou – a expressão era inquiridora, ligeiramente perplexa. Parecia que nunca ouvira falar do hotel Bertram, ou que não conseguia recordar se conhecia ou não um hotel Bertram.

– O senhor tem alguma ligação com o hotel, não tem, Sr. Hoffman?

Sr. Hoffman deu de ombros.

– São tantas coisas! – ele disse. – Não posso me lembrar de tudo. Tenho tantos negócios... tantos... que me mantenho ocupadíssimo.

– O senhor atua em diversos campos, sei disso.

– Sim – o Sr. Hoffman admitiu com um sorriso desajeitado. – Tenho um excelente retorno, se é isso que pensa. E por esse motivo acredita que tenho ligações com esse... hotel Bertram?

– Não acho que se trate apenas de uma ligação. Na realidade, o senhor é o dono do hotel, não é? – indagou Davy com bom humor.

Dessa vez o Sr. Hoffman inegavelmente congelou.

– Quem lhe contou *isso*, posso saber? – perguntou em voz baixa.

– Mas é verdade, não é? – disse com ânimo o inspetor-chefe. – É um lugar esplêndido, deve valer a pena ser o dono dele, em minha opinião. Creio que o senhor se orgulha disso.

– Ah, sim – respondeu Hoffman. – No momento... não me lembro direito... o senhor sabe... – sorriu se desculpando –... tenho muitos imóveis em Londres. Representam um bom investimento. Se aparece um imóvel qualquer no mercado, e acho que é um bom negócio e que posso adquiri-lo por um bom preço, eu o compro.

– E o hotel Bertram foi vendido por um preço baixo?

– Como empresa, estava quase falido – o Sr. Hoffman informou abanando a cabeça.

– Bem, mas agora tornou-se próspero – observou Davy. – Estive lá outro dia e fiquei impressionadíssimo com a atmosfera da casa: uma excelente clientela da velha guarda, um ambiente confortável à moda antiga, tudo em perfeita ordem, muito luxo, porém sem exagero.

– Eu, pessoalmente, sei muito pouco a respeito desse hotel – explicou o Sr. Hoffman. – Para mim, é apenas mais um investimento, mas creio que está indo bem.

– Sim, o senhor parece ter lá um gerente de primeira qualidade. Como se chama ele? Sr. Humfries? Sim, o Sr. Humfries.

– Um ótimo sujeito – o Sr. Hoffman disse. – Entrego tudo nas mãos dele. Apenas olho o balanço uma vez por ano, a fim de verificar se está tudo em ordem.

– Quando estive lá, havia muitos aristocratas – ressaltou o inspetor-chefe –, assim como ricos viajantes norte-americanos – balançou a cabeça, pensativo. – Uma combinação maravilhosa.

– Diz que esteve lá outro dia? – O Sr. Hoffman perguntou. – Mas não... oficialmente, espero.

– Nada de mais. Estava apenas tentando desvendar um pequeno mistério.

– Um mistério? No hotel Bertram?

– É o que parece. O caso do clérigo desaparecido. Poderíamos chamá-lo assim.

– Isso deve ser uma piada – o Sr. Hoffman alertou. – Fala como um Sherlock Holmes.

– O clérigo em questão saiu do hotel uma bela tarde e nunca mais foi visto.

– Curioso – comentou o Sr. Hoffman. – Mas essas coisas acontecem. Lembro-me de um grande alvoroço muitos anos atrás. O coronel... deixe-me recordar o nome... coronel Fergusson, creio, um dos escudeiros da rainha Mary: saiu do clube, certa noite, também, e nunca mais foi visto.

– Evidentemente – Davy constatou com um suspiro – muitos desses desaparecimentos são voluntários.

– O senhor sabe muito mais a respeito dessas coisas do que eu, meu caro inspetor-chefe – disse o Sr. Hoffman. E acrescentou: – Espero que lhe tenham dado toda a assistência no hotel Bertram.

– Não podiam ter sido mais amáveis – o inspetor garantiu. – A Srta. Gorringe... creio que está com o senhor há bastante tempo, não?

– Possivelmente. Na verdade sei muito pouco sobre isso. Não tenho nenhum interesse *pessoal*, o senhor compreende. Aliás – sorriu de modo apaziguador –, fiquei até surpreso por saberem que era eu o dono do hotel.

Não chegava a ser uma pergunta, mas novamente aparecia uma ligeira inquietude no olhar do Sr. Hoffman. O inspetor-chefe notou-a sem deixar transparecer.

– As ramificações existentes no mundo corporativo são como um gigantesco quebra-cabeça – Davy analisou. – Se eu tivesse que lidar com essas coisas, ficaria maluco. Segundo entendi, uma empresa – a Mayfair Holding Trust ou outra empresa qualquer – é a proprietária registrada de um empreendimento qualquer, mas ao mesmo tempo é propriedade de uma terceira empresa, e assim por diante. No fim de tudo, a verdade é que o hotel pertence ao senhor. Muito simples. E estou certo, não estou?

– Eu e meus colegas diretores estamos, como diria o senhor, por trás disso, é verdade – admitiu o Sr. Hoffman com certa relutância.

– Seus colegas diretores... E quem seriam eles? O senhor e um irmão seu, talvez?

– Meu irmão Wilhelm é meu sócio nesse negócio. O senhor deve compreender que o Bertram é apenas parte de uma cadeia de vários hotéis, escritórios, clubes e outros negócios que possuímos em Londres.

– Há outros diretores?

– Lorde Pomfret, Abel Isaacstein – a voz de Hoffman adquiriu uma rispidez súbita. – O senhor realmente precisa saber de tudo isso só porque está investigando o caso do clérigo desaparecido?

Davy balançou a cabeça, parecendo desculpar-se.

– Creio que realmente é só curiosidade. A procura do cônego desaparecido foi o que me levou ao Bertram, mas aí fiquei, digamos, interessado, se o senhor me entende. Uma coisa às vezes leva a outra, não é?

– Imagino que sim. E agora – sorriu –, sua curiosidade foi satisfeita?

– Quando se quer informações, nada como procurar obtê-las da boca do cavalo – respondeu o inspetor-chefe, bem-humorado. Levantou-se: – Resta apenas uma coisa que eu gostaria muito de saber, mas não creio que o senhor vá me contar.

– O que é, inspetor-chefe? – O tom da voz de Hoffman era cauteloso.

– Onde é que o Bertram recruta seus funcionários? São notáveis! Aquele sujeito, por exemplo, como é que se chama?... Henry. Aquele que parece um arquiduque ou um arcebispo, nem sei bem. De qualquer modo, é aquele que serve chá e *muffins* aos hóspedes... – uns *muffins* maravilhosos! É uma experiência inesquecível.

– O senhor gosta de *muffins* com bastante manteiga, não é? – Os olhos do Sr. Hoffman pousaram por um momento, com desaprovação, na silhueta arredondada de Davy.

– O senhor observou bem – respondeu o inspetor-chefe. – Bem, não devo mais tomar o seu tempo. O senhor certamente está ocupadíssimo com o gerenciamento de trustes e monopólios, ou outros negócios.

– Ah, para o senhor é divertido fingir que ignora essas coisas. Não, não estou muito ocupado. Não deixo que os negócios me absorvam demais. Meus gostos são singelos, vivo de forma simples, tenho meu lazer, cultivo rosas e sou muito dedicado à família.

– É o estilo de vida ideal – comentou Davy. – Quisera eu viver assim.

O Sr. Hoffman sorriu e levantou-se de maneira decidida para apertar a mão do visitante.

– Espero que encontre logo o clérigo desaparecido.

– Ah, isso não me preocupa mais. Infelizmente não fui bastante claro. O cônego foi encontrado, o que não deixa de ser uma decepção. Sofreu um acidente de automóvel e teve um traumatismo, apenas isso.

O inspetor-chefe caminhou para a porta, depois voltou-se para o Sr. Hoffman e perguntou:

– A propósito, lady Sedgwick está entre os diretores da sua empresa?

– Lady Sedgwick – Hoffman hesitou por um instante. – Não. Por que deveria estar?

– Bem, boatos se ouvem. É acionista?

– Eu... sim.

– Bem, adeus, Sr. Hoffman. Muitíssimo obrigado.

Davy retornou à Scotland Yard e foi direto ao escritório do comissário-assistente.

– Os dois irmãos Hoffman é que estão por trás do hotel Bertram, financeiramente.

– O quê? Aqueles canalhas? – Sir Ronald perguntou.

– Isso mesmo.

– Então mantinham tudo no maior segredo.

– Sim, e Robert Hoffman não gostou da nossa descoberta. Teve um choque.

– O que foi que ele disse?

– Nossa conversa foi muito formal e polida. Ele tentou, meio disfarçadamente, saber como eu tinha desvendado o mistério.

– E você não lhe deu essa informação, suponho.

– Claro que não.

– Que desculpa deu para ir vê-lo?

– Não dei desculpa nenhuma – o inspetor-chefe respondeu.

– E ele não achou isso esquisito?

– Espero que sim. No fim das contas, creio que a jogada foi boa, Sir Ronald.

– Se os Hoffman estão por trás disso tudo, muita coisa está explicada. Eles nunca se envolvem pessoalmente em nada irregular... ah, não! Não organizam o crime: contentam-se em financiá-lo!

– Wilhelm, na Suíça, cuida do aspecto bancário. Era ele quem comandava aquelas quadrilhas de moeda estrangeira, logo depois da guerra. Nós sabíamos de tudo, mas não podíamos provar nada. Os dois irmãos controlam uma grande soma de dinheiro, e usam esse capital para financiar toda espécie de negócios... alguns lícitos, outros não. Mas são cuidadosos, conhecem todos os macetes do ofício. A corretagem de diamantes de Robert é bastante honesta, mas o quadro é sugestivo: diamantes, negócios bancários e imóveis; clubes, fundações culturais, edifícios de escritórios, restaurantes, hotéis. Tudo pertencendo aparentemente a outros donos.

– Você acha que são os Hoffman que planejam esses assaltos organizados?

– Não, acho que eles lidam exclusivamente com finanças. Temos que continuar procurando o cérebro do bando. Em algum lugar, uma mente brilhante trabalha sem parar.

20

Naquela noite, o nevoeiro caíra repentinamente sobre Londres. O inspetor-chefe Davy levantou a gola do casaco e dobrou a esquina, seguindo por Pond Street. Andava devagar, como se estivesse pensando em outra coisa, não parecia ter um objetivo definido – mas quem o conhecesse bem saberia que a mente dele estava alerta. Avançava como um gato à espreita, esperando o momento certo de saltar sobre a presa.

Pond Street estava silenciosa naquela noite: havia poucos automóveis; a névoa, tênue a princípio, sumira quase por completo e depois voltara mais espessa. O barulho do tráfego em Park Lane reduzira-se ao nível de ruído de uma via suburbana secundária. A maioria dos ônibus deixara de circular. Apenas de vez em quando pas-

sava um ou outro carro com obstinado otimismo. O inspetor-chefe Davy entrou em um beco, andou até o fim dele e depois voltou. Tornou a dar a volta, para um lado e para o outro, aparentemente sem destino – mas tinha um propósito em mente: na verdade, sua ronda felina levava-o a descrever um círculo em torno de um determinado edifício: o hotel Bertram. Verificava cuidadosamente o que havia a leste do hotel, a oeste, ao sul e ao norte. Examinou os carros parados à beira da calçada, examinou os carros que estavam no beco. Dedicou especial atenção a um pátio de estacionamento: um carro em particular o interessou, e ele parou. Cerrou os lábios e disse num sussurro: – Então você está aqui de novo, belezinha. – Certificou-se do número da placa e balançou a cabeça, satisfeito: – Esta noite você é o FAN 2266. – Curvou-se, correu os dedos de leve sobre a placa e murmurou, balançando a cabeça: – Fizeram um belo trabalho.

Continuou a andar, saiu no outro extremo do pátio, dobrou à direita, outra vez à direita, e viu-se novamente em Pond Street, a 50 metros da entrada do hotel Bertram. Tornou a parar, admirando os belos contornos de um outro carro de corridas.

– Você também é uma beleza – disse o inspetor-chefe Davy. – Da última vez que o vi, você tinha na placa esse mesmo número. Tenho a impressão de que seu número é sempre o mesmo. E isso quer dizer... – interrompeu-se. – Será mesmo? – resmungou. Ergueu os olhos para onde devia estar o céu. – O nevoeiro está ficando cada vez mais espesso – disse a si mesmo.

Do lado de fora do Bertram, o porteiro irlandês, de pé, sacudia os braços para a frente e para trás com certa violência, a fim de se aquecer. O inspetor-chefe lhe deu boa-noite:

– Boa noite para o senhor também. Que tempo horrível!

– Sim. Acho que hoje as pessoas só saem por obrigação.

A porta do hotel se abriu. Uma senhora de meia-idade saiu e parou hesitante na calçada.

– Quer um táxi, madame?

– Santo Deus! Eu pretendia ir a pé.

– Se eu fosse a senhora, não faria isso. O nevoeiro está muito feio. Mesmo em um táxi não será fácil locomover-se.

– Acha que pode me arranjar um táxi? – indagou a mulher, em dúvida.

– Farei o possível. Agora vá lá pra dentro e fique perto da lareira, e eu irei avisá-la quando conseguir um táxi – a voz do porteiro mudara, assumindo um tom persuasivo. – Aliás, a menos que seja absolutamente necessário, se eu fosse a senhora não sairia esta noite.

– Valha-me Deus! Talvez o senhor tenha razão. Alguns amigos estão me esperando em Chelsea. Não sei. Pode ser muito difícil voltar. O que o senhor acha?

Michael Gorman sugeriu, com firmeza:

– Se eu fosse a senhora, madame, telefonaria para os amigos. Não é aconselhável que uma senhora saia numa noite de nevoeiro como esta.

– Bem... na verdade... sim, talvez o senhor tenha razão.

A mulher tornou a entrar no hotel.

– Tenho que cuidar delas – explicou Michael Gorman, virando-se para Davy. – A coisa mais fácil do mundo seria tomarem a bolsa de uma senhora como essa. Imagine! Sair a essa hora da noite, nesse nevoeiro, e andar a pé por Chelsea ou West Kensington, ou por qualquer outra parte da cidade!

– Pelo que vejo, tem bastante experiência em lidar com senhoras idosas – Davy comentou.

– Ah, tenho sim. Esse hotel para elas é um lar fora do lar, Deus as abençoe. E o senhor? Deseja um táxi?

– Mesmo que eu quisesse um táxi, não creio que você conseguiria me arranjar um – o inspetor-chefe ressaltou. – Não há sinal deles por aqui. E não os culpo por isso.

– Bem, talvez eu possa lhe arranjar um. Ali na esquina há um lugar onde os motoristas costumam estacionar enquanto tomam um traguinho para espantar o frio.

– Um táxi não me adianta – disse Davy suspirando, e apontou com o polegar para o hotel Bertram. – Preciso entrar. Tenho um trabalho a fazer.

– É mesmo? Ainda o cônego desaparecido?

– Não é bem isso. Ele já foi encontrado.

– Encontrado? – O porteiro olhou-o espantado. – Encontrado onde?

– Por aí, em estado de choque em consequência de um acidente.

– Ah, não se podia esperar outra coisa dele. Provavelmente atravessou a rua sem olhar.

– Essa é a conclusão que podemos tirar – o inspetor-chefe concluiu.

Fez um sinal com a cabeça, empurrou a porta e entrou no hotel. Naquela noite não havia muita gente no saguão.

Avistou Miss Marple, sentada em uma poltrona ao pé da lareira, e ela também o viu. Mas não demonstrou reconhecê-lo. Davy caminhou até a recepção. A Srta. Gorringe, como de costume, ocupava-se com os livros de registro. Mas o inspetor-chefe teve a impressão de que, ao vê-lo, ela ficara um pouco perturbada. Embora tenha sido uma reação muito rápida, Davy não a deixara passar despercebida.

– Lembra-se de mim, Srta. Gorringe? – ele perguntou. – Vim aqui outro dia.

– Sim, é claro que me lembro, inspetor-chefe. Quer mais alguma informação? Deseja ver o Sr. Humfries?

– Não, obrigado. Acho que não será necessário. Gostaria de dar mais uma olhada no seu registro de hóspedes, se for possível.

– Naturalmente – e a Sra. Gorringe empurrou para ele o livro.

Davy abriu-o e foi olhando lentamente as páginas. Procurava dar à Srta. Gorringe a impressão de que procurava um determinado registro. Na verdade, não era isso o que acontecia. O inspetor-chefe possuía uma habilidade aprendida desde cedo, que a essa altura havia-se convertido numa verdadeira arte. Era capaz de recordar nomes e endereços com memória quase fotográfica. Essa lembrança permanecia com ele durante 24 ou até mesmo 48 horas. Por fim, Davy sacudiu a cabeça, fechou o livro e devolveu-o à Srta. Gorringe.

– O cônego Pennyfather não apareceu mais por aqui – disse ele com ar despreocupado.

– O cônego Pennyfather?

– Sabe que ele foi encontrado?

– Não. Ninguém me disse nada. Onde?

– Numa aldeia. Um acidente de automóvel, parece. Mas não nos comunicaram. Algum bom samaritano o recolheu e cuidou dele.

– Ah, me alegra muito saber disso. Muito mesmo. Eu estava preocupada com ele.

– Os amigos dele também. Na verdade, eu estava procurando ver se algum desses amigos estaria aqui agora. Arcediago... arcediago... não consigo recordar o nome dele, mas se o visse escrito reconheceria.

– Tomlinson? – perguntou a Srta. Gorringe, tentando ajudar. – É esperado aqui na próxima semana. Vem de Salisbury.

– Não, não é Tomlinson. Bem, não importa – deu meia-volta.

O silêncio era quase total na sala.

Um ascético cinquentão lia uma tese muito mal datilografada e, de vez em quando, escrevia um comentário na margem do papel com uma letra quase ilegível. E cada vez que fazia isso, sorria com amarga satisfação.

Havia alguns casais idosos, que pouca necessidade sentiam de conversar. De vez em quando, duas ou três pessoas reuniam-se para falar do tempo e discutiam inquietas sobre como conseguiriam chegar aonde pretendiam ir.

– Telefonei e pedi a Susan que não viesse de carro... a estrada é tão perigosa quando há nevoeiros...

– Dizem que em Midlands o tempo está melhor...

O inspetor-chefe prestava atenção às pessoas que passavam. Sem pressa e sem nenhum objetivo aparente, conseguiu exatamente o que queria.

Miss Marple, sentada perto da lareira, viu-o aproximar-se.

– Então ainda está aqui, Miss Marple. Fico feliz.

– Vou embora amanhã – ela disse.

Esse fato, de certo modo, estava implícito em sua atitude. Sentara-se bem ereta, sem se reclinar, como normalmente se senta na sala de espera de um aeroporto ou de uma estrada de ferro. As malas – Davy tinha certeza – deviam estar arrumadas, faltando apenas os objetos de *toilette* e a roupa de dormir.

– Minhas férias de 15 dias chegaram ao fim – explicou ela.

– Aproveitou-as bem, espero.

Ela não respondeu imediatamente.

– De certo modo, sim... – Fez uma pausa.

– E de outro modo, não?

– É difícil explicar o que quero dizer...

– Talvez a senhora esteja muito perto do fogo? Está um pouco quente aqui. Não quer ir sentar-se... naquele canto, talvez?

Miss Marple olhou para o canto indicado, depois olhou para o inspetor-chefe Davy.

– Acho que o senhor tem razão – ela concordou.

Ele lhe ofereceu a mão, apanhou a bolsa e o livro dela, e a instalou no canto sossegado que escolhera.

– Está bem assim?

– Perfeito.

– Sabe por que sugeri a mudança de lugar?

– Achou... bondosamente... que ali perto do fogo estava quente demais para mim. Além disso, não há ninguém aqui para escutar nossa conversa.

– A senhora quer me contar alguma coisa, Miss Marple?

– O que o faz pensar isso?

– O seu jeito era de alguém que tinha algo a contar.

– Lamento tê-lo demonstrado assim, tão claramente – ela disse. – Não era essa a minha intenção.

– Bem, do que se trata?

– Não sei se devo falar. Quero que o senhor acredite, inspetor, que não gosto de me intrometer. Sou contra intromissões. Intromissões, mesmo bem-intencionadas, podem causar grandes males.

– Então é isso? Compreendo. Sim, é um problema sério para a senhora.

– Às vezes vemos pessoas fazendo coisas que parecem imprudentes, até mesmo perigosas. Mas será que temos o direito de interferir? Em geral, penso que não.

– A senhora está se referindo ao cônego Pennyfather?

– O cônego Pennyfather? – Miss Marple pareceu muito surpresa. – Não. De jeito nenhum, não, o assunto não tem nada a ver com ele. É sobre... uma moça.

– Uma moça? E a senhora acha que eu posso ajudar?

– Não sei – ela respondeu. – Não sei mesmo. Mas estou preocupada, muito preocupada.

O inspetor-chefe não insistiu. Ficou ali sentado, contente, com um ar de desentendido. Não havia pressa.

Ela se mostrara disposta a ajudá-lo, e ele estava pronto a fazer o possível para auxiliá-la. Não estava particularmente interessado na história da moça, mas, por outro lado, nunca se sabe...

– Às vezes lê-se nos jornais – disse Miss Marple em voz baixa mas clara – sobre sentenças dadas pelos tribunais... sobre jovens, crianças ou moças que "necessitam de cuidado e proteção". Parece apenas um jargão jurídico, mas muitas vezes refere-se à vida real.

– Essa moça que a senhora mencionou, acha que ela está precisando de cuidado e proteção?

– Acho sim.

– Está sozinha no mundo?

– Não – Miss Marple respondeu. – Nada disso, muito pelo contrário. Segundo todas as aparências, ela é fortemente protegida, muito bem-cuidada.

– Parece interessante – disse Davy, curioso.

– Ela estava hospedada aqui no hotel, com uma tal de Sra. Carpenter, creio eu. Dei uma olhada no registro para conferir o nome. A moça chama-se Elvira Blake.

O inspetor-chefe ergueu os olhos, visivelmente interessado.

– Uma garota adorável. Bem jovem e, como eu já disse, muito protegida. O tutor dela se chama coronel Luscombe, um homem bem-educado, encantador; idoso, é claro, e receio que terrivelmente inocente.

– O tutor ou a moça?

– O tutor – Miss Marple opinou. – A moça, não sei. Mas creio que ela esteja em perigo. Encontrei-a por acaso em Battersea Park, sentada com um rapaz numa casa de chá.

– Ah, então é isso, não é? – disse Davy. – Um indesejável, suponho. *Beatnik*... vigarista... bandido...

– Um rapaz muito bonito – comentou ela. – Não muito moço; uns trinta e tantos anos; o tipo de homem que eu diria ser muito atraente para as mulheres, mas a cara dele não me engana: cruel, predatória, uma cara de gavião.

– Talvez não seja tão ruim quanto parece – o inspetor-chefe disse em um tom apaziguador.

– Pelo contrário, é pior do que parece. Estou convencida disso. Dirige um grande carro de corridas.

Davy ergueu os olhos imediatamente.

– Carro de corridas?

– Sim. Vio-o estacionado perto do hotel umas duas vezes.

– A senhora não se lembraria do número da placa do carro...?

– Lembro sim. FAN 2266. Eu tinha uma prima que gaguejava, por isso guardei o número – explicou Miss Marple.

Davy parecia intrigado.

– Sabe quem é? – indagou ela.

– Para falar a verdade, sei – respondeu o inspetor-chefe, calmamente. – Meio francês, meio polaco. É um piloto muito conhecido, foi campeão mundial três anos atrás, chama-se Ladislaus Malinowski. E a senhora tem toda razão quanto a ele. É um homem de má reputação, no que se refere às mulheres. Quer dizer, não é uma companhia adequada para uma moça. Mas não é fácil tomar uma providência num caso como esse. Suponho que ela o encontre às escondidas, não?

– Com toda certeza.

– A senhora tentou falar com o tutor dela?

– Não o conheço. Só falei com ele uma vez, quando fomos apresentados por uma amiga que temos em comum. E não me agrada a ideia de procurá-lo para fazer intriga. Pensei que talvez o senhor pudesse fazer alguma coisa.

– Posso tentar – prontificou-se o inspetor-chefe. – Aliás, creio que a senhora ficará feliz em saber que seu amigo, o cônego Pennyfather, finalmente apareceu.

– Não diga! – Miss Marple mostrou-se animada. – Onde?

– Num lugar chamado Milton St. John.

– Que coisa estranha! Ele sabia o que estava fazendo lá?

– *Aparentemente* – o inspetor-chefe acentuou a palavra – foi vítima de um acidente.

– Que tipo de acidente?

– Foi atropelado por um carro, sofreu um traumatismo... ou então, pode ter levado uma paulada na cabeça.

– Ah, compreendo – ela pensou um pouco na questão. – Ele mesmo não se lembra de nada?

– Ele *diz* que não se lembra de nada — o inspetor-chefe novamente acentuou a palavra.

– Muito curioso.

– Não é? Sua última lembrança é de ter ido de táxi até a estação aérea de Kensington.

Miss Marple balançou a cabeça, perplexa.

– Sei que isso acontece em casos de traumatismo – murmurou. – E ele não disse nada... de útil?

– Resmungou qualquer coisa sobre as muralhas de Jericó.

– Josué? – arriscou Miss Marple – ou arqueologia... escavações? Ah... lembro-me de uma peça antiga, de autoria do Sr. Sutro, creio...

– E durante toda a semana, ao norte do Tâmisa, os cinemas Gaumont exibiram *As Muralhas de Jericó*, com Olga Radbourne e Bart Levine – Davy informou.

Ela olhou para ele, desconfiada.

– Ele pode ter ido ver o filme em Cromwell Road, saído do cinema às 23 horas, e voltado para cá. Só que, nesse caso, alguém o teria visto... seria muito antes da meia-noite...

– Tomou o ônibus errado – sugeriu Miss Marple. – Qualquer coisa assim...

– Digamos que ele tenha chegado aqui depois da meia-noite – o inspetor-chefe sugeriu hipoteticamente. – Poderia ter subido para o quarto sem que ninguém o visse... Mas se foi assim, o que aconteceu então, e por que teria saído novamente três horas depois?

Miss Marple não sabia o que dizer.

– A única ideia que me ocorre é... ó...!

Deu um salto ao ouvir um estampido vindo da rua.

– É só o escapamento de algum carro – Davy a tranquilizou.

– Lamento estar tão sobressaltada. Estou nervosa esta noite. É um daqueles pressentimentos que às vezes se tem...

– De que alguma coisa vai acontecer? Acho que não precisa se preocupar.

– Jamais gostei de nevoeiros.

– Eu queria lhe dizer – o inspetor-chefe Davy confidenciou – que a senhora me ajudou muito. As coisas que observou aqui, pequenos detalhes, somaram-se umas às outras.

– Então, havia mesmo alguma coisa que não andava bem neste hotel?

– Tudo andava e anda ainda mal por aqui.

Miss Marple suspirou.

– A princípio parecia maravilhoso, inalterado, compreende? Como uma volta ao passado... àquela parte do passado a que se ama e recorda com alegria.

Fez uma pausa.

– Mas na verdade não era nada disso. Verifiquei – acho, aliás, que já sabia disso antes – que não se pode nunca voltar atrás, que não se deve tentar voltar atrás... Que a essência da vida é andar para frente. A vida é na realidade uma rua de mão única, não é?

– Mais ou menos – concordou o inspetor-chefe.

– Lembro-me – disse Miss Marple, mudando de assunto como lhe era peculiar – de uma viagem que fiz a Paris, com minha mãe e minha avó, e de que fomos tomar chá no hotel Elysée. E minha avó, olhando em volta, disse de repente: "Clara, creio que sou a única mulher aqui que está de touca!" E era mesmo! Quando chegamos em casa, ela embrulhou todas as toucas e capas enfeitadas de contas, e mandou tudo...

– Para um bazar de caridade? – perguntou Davy, de maneira simpática.

– Não. Ninguém queria aquilo nem num bazar de caridade. Mandou tudo para uma companhia teatral, onde o presente foi apreciadíssimo. Mas deixe-me ver... – ela retomou o fio da meada. – Onde é que eu estava?

– Dando sua impressão sobre este hotel.

– Ah, sim. Parece normal... mas não é. Está tudo misturado... gente que é real e gente que não é. Nem sempre se pode distinguir quem é real e quem não é.

– Gente que não é real? Como assim?

– Há oficiais reformados, e também homens que parecem oficiais reformados, mas que nunca estiveram no exército; clérigos que na verdade não são clérigos; e almirantes e comandantes que nunca estiveram na marinha. Minha amiga Selina Hazy... a princípio, eu me divertia com a mania que ela tem de reconhecer pessoas – o que é

muito natural –, e que a levava a cometer frequentes enganos, já que as pessoas não eram quem ela pensava que fossem. Mas isso aconteceu tantas vezes que eu fiquei com a pulga atrás da orelha. Até mesmo Rose, a camareira, tão boazinha, mas comecei a ver que talvez *ela* também não fosse real...

– Se lhe interessa saber, ela é uma ex-atriz. Uma boa atriz. Mas ganha aqui um salário melhor do que jamais ganhou no palco.

– Mas... por quê?

– Principalmente para fazer parte do cenário, mas pode ser também que não seja só isso.

– Ainda bem que estou indo embora – observou Miss Marple com um leve arrepio –, antes que aconteça alguma coisa.

O inspetor-chefe olhou-a com curiosidade:

– O que a senhora espera que aconteça?

– Alguma desgraça – ela respondeu.

– Desgraça é uma palavra muito forte...

– Acha que é muito melodramática? Mas tenho certa experiência. Parece que estive... tantas vezes... em contato com assassinatos.

– Assassinatos? – O inspetor-chefe balançou a cabeça. – Não estou suspeitando de crimes de nenhum assassinato. Estou apenas tentando apanhar alguns criminosos extraordinariamente inteligentes...

– Não é a mesma coisa. Um assassinato, o desejo de matar alguém, é algo bem diferente. É... como direi? É um desafio a Deus.

Ele fitou-a e balançou a cabeça suavemente, procurando tranquilizá-la.

– Não haverá nenhum assassinato.

Um forte estampido, mais alto que o primeiro, soou lá fora. E foi seguido por um grito e outro estampido.

O inspetor-chefe já estava de pé, movia-se com agilidade surpreendente para um homem tão corpulento. Em poucos segundos, atravessara a porta do hotel e estava na rua.

Os GRITOS de mulher varavam a névoa como num filme de terror. Davy começou a correr pela Pond Street na direção dos gritos. Avistou vagamente uma silhueta feminina encostada a uma grade. Com uma

145

dúzia de passadas, alcançou a mulher. Ela usava um longo casaco claro de peles, e seus cabelos louros brilhantes pendiam de ambos os lados do rosto. Por um instante, Davy julgou reconhecê-la, mas logo viu que se tratava de uma jovem que jamais vira. Estendido na calçada, aos pés da jovem, estava o corpo de um homem uniformizado. O inspetor-chefe o reconheceu. Era Michael Gorman.

Quando Davy se aproximou, a moça agarrou-se a ele, trêmula da cabeça aos pés, gaguejando retalhos de frases:

– Alguém tentou me matar... alguém... atiraram em mim... se não fosse *ele*... – e apontou para o corpo imóvel a seus pés. – Ele me empurrou para trás e colocou-se na minha frente... aí veio o segundo tiro... e ele caiu... Salvou minha vida. Acho que está ferido... muito ferido...

O inspetor-chefe ajoelhou-se e sacou do bolso a lanterna. O alto porteiro irlandês tombara como um soldado. O lado esquerdo da sua túnica mostrava uma mancha que se tornava cada vez mais úmida à medida que o pano se embebia de sangue. Davy soergueu-lhe uma das pálpebras e apalpou-lhe o pulso. Depois levantou-se.

– Acertaram em cheio – ele informou.

A moça soltou um grito agudo.

– Quer dizer que ele está *morto*? Oh, não, não! Ele não pode estar morto!

– Quem atirou em você?

– Não sei... Eu tinha deixado o carro na esquina e vinha caminhando pela calçada. Ia para o hotel Bertram. De repente, ouvi um tiro e uma bala passou raspando pelo meu rosto. Aí... ele... o porteiro... veio correndo pela rua em minha direção e empurrou-me para trás dele. Então ouvi outro tiro. Creio... creio que quem atirou devia estar escondido ali naquela área...

Davy olhou para onde ela apontava. Naquele lado do hotel Bertram havia uma área antiga, abaixo do nível da rua, à qual se chegava descendo alguns degraus e atravessando um portão. Como dava apenas para uns quartos de depósito, a área era pouco usada. Mas uma pessoa poderia esconder-se ali com grande facilidade.

– Não viu o atirador?

– Não o vi direito. Passou por mim como uma sombra. A neblina estava muito espessa.

Davy balançou a cabeça, e a moça começou a chorar histericamente.

– Mas quem tentaria me matar? Por que querem me matar? Já é a segunda vez. Não compreendo... por quê?

Com um braço ao redor da moça, o inspetor-chefe Davy remexeu no bolso com a outra mão.

Os sons estridentes de um apito de polícia penetraram no nevoeiro.

NO SAGUÃO DE ENTRADA do hotel Bertram, a Srta. Gorringe levantara bruscamente os olhos do balcão.

Alguns hóspedes fizeram a mesma coisa. Os mais velhos e mais surdos continuaram impassíveis.

Henry, que repousava sobre uma mesa um copo de conhaque envelhecido, interrompeu o movimento, com o copo na mão.

Miss Marple empertigou-se, segurando os braços da poltrona. Um almirante reformado disse em tom categórico:

– Houve um acidente! Uma colisão de carros por causa da neblina, com certeza.

As portas de vaivém escancararam-se, dando passagem a um enorme policial que parecia muito mais volumoso do que qualquer ouro homem.

Estava amparando uma moça que vestia um casaco de peles de cor clara. Ela parecia quase incapaz de andar. O policial, um pouco constrangido, olhou ao redor como se pedisse ajuda.

A Srta. Gorringe saiu de trás do balcão e aproximou-se, preparada para enfrentar a situação. Mas naquele momento as portas do elevador se abriram e dele saiu uma mulher alta; a moça, libertando-se dos braços do policial, atravessou o saguão numa carreira frenética.

– Mamãe! – Ela gritou. – Ah, *mamãe, mamãe...* – e atirou-se, soluçando, nos braços de Bess Sedgwick.

# 21

O inspetor-chefe reclinou-se na cadeira e olhou para as duas mulheres sentadas diante dele. Passava da meia-noite. Funcionários da polícia tinham chegado e partido. Apareceram médicos, técnicos em datiloscopia e uma ambulância para remover o cadáver. Agora, tudo se reduzira àquela saleta reservada pelo hotel Bertram aos investigadores.

Davy ocupava um dos lados da mesa; Bess Sedgwick e Elvira, o outro. Perto da parede sentava-se discretamente um escrevente da polícia. O sargento-detetive Wadell estava sentado em uma cadeira junto à porta.

O inspetor-chefe fitava pensativo as duas mulheres. Mãe e filha. Notava que, superficialmente, havia entre elas uma forte semelhança. Compreendia por que, em meio à neblina, tomara por um momento Elvira Blake por Bess Sedgwick. Mas agora, olhando para as duas, atentava mais para as diferenças do que para as semelhanças. Elas não se pareciam senão pela tonalidade dos olhos, cabelos e pele; ainda assim, persistia a impressão de que, diante dele, estavam a versão positiva e a negativa da mesma personalidade. Bess Sedgwick era totalmente positiva: sua vitalidade, sua energia, sua atração magnética. Davy admirava lady Sedgwick. Sempre a admirara. Admirava-lhe a coragem, e sempre se emocionara com suas façanhas; lendo os jornais de domingo, muitas vezes pensara: "Dessa vez ela não consegue se safar." Mas, invariavelmente, ela se safava! Julgava impossível que ela chegasse ilesa ao fim de cada aventura, mas ela sempre conseguia fazê-lo. Admirava, sobretudo, a indestrutibilidade daquela mulher. Ela sofrera um acidente aéreo, vários acidentes de automóvel, por duas vezes caíra desastrosamente do cavalo – mas ao fim de tudo, ela sempre se mantinha firme. Vibrante, vivaz, uma personalidade impossível de ser ignorada. Algum dia, é claro, seria vencida: toda mágica tem seu fim. E os olhos de Davy iam da filha à mãe. As duas davam-lhe muito o que pensar.

Em Elvira Blake, tudo era dirigido para dentro. Bess Sedgwick levara a vida impondo sua vontade. Elvira, ele supunha, tinha uma maneira diversa de enfrentar a vida. Submetia-se. Obedecia. Sorria

concordando, mas, por detrás, escapulia por entre os dedos de quem pretendia prendê-la. "Sonsa", pensou Davy, fazendo uma avaliação geral dos fatos. "Não sabe agir de outro modo. É incapaz de enfrentar as coisas, de se impor. Deve ser por isso que seus tutores jamais tiveram a mínima ideia do que ela era capaz de fazer pelas suas costas."

Ele procurava adivinhar o que Elvira estaria fazendo, tão tarde, ao andar furtivamente pela rua, em direção ao hotel Bertram, numa noite de nevoeiro. Decidiu perguntar-lhe sem rodeios. Provavelmente ela não lhe diria a verdade. "É assim", pensou ele, "que a pobre menina se defende." Teria vindo até ali para se encontrar com a mãe ou para procurá-la? Qualquer das duas hipóteses era perfeitamente possível, mas ele nem por um momento acreditava que essa fosse a explicação real. Pensava, em vez disso, no grande carro esporte escondido na esquina, o FAN 2266. Ladislaus Malinowski devia estar pelos arredores, já que o carro dele estava ali.

– Bem – disse o inspetor-chefe, dirigindo-se a Elvira, com seu jeito bondoso e paternal –, como está se sentindo agora?

– Estou muito bem – respondeu Elvira.

– Ótimo. Gostaria que respondesse a algumas perguntas, se for possível, porque muitas vezes o tempo é importante nesses casos. Dois tiros foram dados e um homem foi morto. Queremos obter o máximo de pistas que possam nos levar ao assassino.

– Irei lhe contar o que sei, mas aconteceu tudo tão de repente! E eu não conseguia ver nada em meio à neblina. Não tenho a mínima ideia de quem pode ter sido... nem de que aspecto tinha. É isso que torna tudo tão assustador...

– A senhorita disse que aquela era a segunda vez que tentavam matá-la. Quer dizer com isso que já haviam atentado antes contra a sua vida?

– Eu disse isso? Não me lembro – os olhos dela se mexiam, inquietos. – Não creio ter dito isso.

– Ah, disse sim, sabe muito bem que disse – o inspetor-chefe insistiu.

– Creio que era só... só histeria minha.

– Não – replicou Davy. – Creio que não. Acredito que a senhorita quis dizer exatamente o que disse.

– Com certeza eu estava imaginando coisas – insistiu Elvira, os olhos ainda vagueando.

Bess Sedgwick ajeitou-se na cadeira e disse com calma:

– É melhor você contar tudo a ele, Elvira.

Elvira dirigiu à mãe um olhar rápido, inquieto. Mas o inspetor-chefe a tranquilizou:

– Não precisa se preocupar. Sabemos perfeitamente que as moças jamais contam tudo às mães ou aos tutores. Não levamos essas coisas muito a sério, mas precisamos conhecer todos os fatos se pretendemos desvendar o crime.

Bess Sedgwick indagou:

– Foi na Itália?

– Foi – respondeu Elvira.

Davy interveio:

– A senhorita estudou lá, não? Em uma escola ou curso de aperfeiçoamento, ou seja qual for o nome que se dá a isso hoje em dia.

– Sim. Estudei no colégio interno da condessa Martinelli. Havia entre 18 e 20 moças.

– E a senhorita acredita que alguém tentou matá-la. Como foi isso?

– Bem, mandaram-me uma grande caixa de bombons com um cartão escrito parcialmente em italiano, numa letra muito rebuscada, onde se lia: *"À belissima signorina",* ou algo parecido. Minhas amigas e eu, bem, rimos um pouco e ficamos imaginando quem teria mandado o presente.

– Veio pelo correio?

– Não. Não poderia ter vindo pelo correio. Simplesmente apareceu no meu quarto. Alguém deve tê-lo posto lá.

– Compreendo. Provavelmente esse alguém subornou um dos criados. E naturalmente a senhorita não contou nada à tal condessa não-sei-de-quê.

Um leve sorriso apareceu no rosto de Elvira.

– Não, não. Claro que não contamos. De qualquer forma, abrimos a caixa: os bombons eram deliciosos, de diversos sabores; havia alguns de creme de violetas – são uns bombons que têm por cima uma violeta cristalizada. Meus prediletos. De forma que, logo de saída,

comi um ou dois daquele tipo. E mais tarde, à noite, passei muito mal. Não pensei que tivessem sido os bombons, pensei que talvez tivesse sido alguma coisa que eu comera no jantar.

– Ninguém mais adoeceu?

– Não. Só eu. Bem, passei muito mal, mas no fim do dia seguinte já me sentia melhor. Uns dois dias depois comi mais um bombom daqueles e aconteceu a mesma coisa. Conversei com Bridget a respeito disso... Bridget é a minha melhor amiga. Examinamos os bombons e descobrimos que os de creme de violetas tinham um buraquinho no fundo, por onde haviam enchido novamente; pensamos por isso que alguém envenenara os bombons, mas só os de creme de violetas, para que eu fosse a única afetada pelo veneno.

– Ninguém mais ficou doente?

– Não.

– Então acha que ninguém mais comeu os bombons de creme de violetas?

– Exatamente. Creio que ninguém mais os comeu. O senhor compreende, os bombons eram para mim, e minhas amigas, sabendo que eu gostava dos de creme de violetas, deixavam todos para mim.

– Seja quem for o criminoso, assumiu um sério risco – alertou o inspetor-chefe. – Todas as alunas poderiam ter sido envenenadas.

– É um absurdo – disse lady Sedgwick, asperamente. – Completamente absurdo. Nunca escutei nada tão estúpido!

O inspetor-chefe fez um gesto com a mão.

– Por favor – ele a interrompeu, voltando-se em seguida para Elvira. – Isso me parece muito interessante, Srta. Blake. Apesar de tudo, não contou nada à condessa?

– Não, não contei. Ela teria feito um escândalo danado.

– E o que fizeram com os bombons?

– Jogamo-los fora. Eram bombons maravilhosos – acrescentou ela, com um ar de pena.

– A senhorita não tentou descobrir quem os tinha enviado?

Elvira pareceu envergonhada.

– Bem, pensei em Guido.

– É mesmo? – disse o inspetor-chefe animado. – E quem é Guido?

– Ah, Guido... – Elvira deteve-se e olhou para a mãe.

– Não seja tola – disse Bess Sedgwick. – Fale ao inspetor-chefe sobre Guido, seja ele quem for. Na sua idade, toda moça tem um Guido em sua vida. Conheceu-o na Itália?

– Sim. Quando fomos à ópera. Ele falou comigo no teatro. É muito simpático, atraente. Costumava vê-lo às vezes quando íamos às aulas. Ele me escrevia alguns bilhetes.

– E eu imagino – interrompeu Bess Sedgwick – que você deve ter inventado uma porção de mentiras, combinado com as amigas e conseguido sair e encontrar-se com ele, não foi?

Elvira parecia aliviada por sua confissão ter sido abreviada.

– Foi. Bridget e eu às vezes saíamos juntas. E às vezes Guido conseguia...

– Qual é o sobrenome de Guido?

– Não sei – respondeu Elvira. – Ele nunca me disse.

O inspetor-chefe sorriu para a moça.

– Quer dizer que não irá nos dizer? Não importa. Provavelmente conseguiremos descobrir como ele se chama, mesmo sem seu auxílio, se a informação for necessária. Mas por que pensou que o rapaz, que presumivelmente lhe queria bem, desejava envenená-la?

– Ah, porque ele costumava fazer ameaças desse tipo. Isto é, quando brigávamos, o que de vez em quando acontecia. Ele trazia alguns amigos, e eu fingia gostar mais dos amigos do que dele, o que o deixava furioso. Dizia que era melhor eu ter cuidado, que eu não conseguiria livrar-me dele de uma hora para outra, que se eu não fosse fiel, ele me mataria! Eu pensava que ele estava apenas sendo melodramático, teatral – Elvira sorriu de forma súbita e inesperada. – Tudo isso para mim era engraçado. Não acreditava que fosse real, nem que ele estivesse falando a sério.

– Bem – Davy observou –, não me parece provável que um rapaz como esse fosse envenenar bombons para lhe mandar.

– Eu também não acredito nisso – disse Elvira –, mas deve ter sido ele, porque não podia ser mais ninguém. Fiquei muito preocupada. Depois, quando voltei para cá, recebi um bilhete... – hesitou.

– Que espécie de bilhete?

– Veio num envelope, e estava escrito em letra de imprensa. Dizia: *"Tenha cuidado. Alguém quer matá-la."*

As sobrancelhas do inspetor-chefe se ergueram.

– Verdade? É muito curioso, muito curioso mesmo. E isso a deixou preocupada. Ficou com medo?

– Fiquei. Comecei... comecei a tentar imaginar quem poderia querer me tirar do caminho. Foi por isso que procurei saber se eu era mesmo muito rica.

– Continue.

– No outro dia, em Londres, houve outro incidente. Eu estava esperando o metrô e havia muita gente na plataforma. Tive a impressão de que alguém tentou me empurrar para os trilhos.

– Minha filha! – exclamou Bess Sedgwick. – Não exagere!

Mas o inspetor-chefe fez novamente um leve gesto com a mão. E Elvira continuou, como se estivesse se desculpando.

– Sim, espero que eu tenha imaginado tudo isso, mas não sei. Depois do que aconteceu esta noite, parece que deve ser tudo verdade mesmo, não parece? – voltou-se de repente para Bess Sedgwick: – Mamãe! A senhora deve saber. Será que alguém quer mesmo me matar? Tenho algum inimigo?

– É claro que você não tem inimigo nenhum – Bess Sedgwick respondeu, impaciente. – Não seja tola. Ninguém quer matar você. Por quê?

– Então quem atirou em mim esta noite?

– Naquela neblina – Bess Sedgwick formulou uma hipótese –, podem ter tomado você por outra pessoa. É possível, o senhor não acha? – disse ela, voltando-se para Davy.

– Sim, creio que seja possível – o inspetor-chefe Davy admitiu.

Bess Sedgwick olhava fixamente para Davy. Ele teve a vaga impressão de que seus lábios articulavam mudamente as palavras "Mais tarde".

– Bem – disse ele, então, animado –, é melhor voltarmos aos fatos. De onde é que a senhorita vinha esta noite? O que andava fazendo, a pé, em Pond Street, numa noite de tanta neblina?

– Eu tinha ido a uma aula de arte na Galeria Tate, hoje pela manhã. Depois fui almoçar com minha amiga Bridget, que mora em Onslow Square. Fomos ao cinema e, quando saímos, já havia um nevoeiro bem escuro que tornava-se cada vez pior. Então pensei que era melhor não ir para casa de carro.

– A senhorita sabe dirigir?

– Sei. Tirei a carteira de motorista no verão passado. Mas ainda não dirijo muito bem e detesto dirigir em nevoeiro. Por isso, a mãe de Bridget disse que eu podia passar a noite lá. Então telefonei à prima Mildred, com quem moro, em Kent...

O inspetor-chefe balançou a cabeça.

–... e disse a ela que eu iria passar a noite aqui. Ela achou que era uma boa ideia.

– E o que aconteceu em seguida? – indagou Davy.

– De repente a neblina começou a desaparecer. O senhor sabe como o tempo é irregular. Resolvi então ir de carro para Kent. Despedi-me de Bridget e saí. Mas então o nevoeiro recomeçou, e fiquei um pouco apreensiva. Entrei num trecho em que a neblina era muito densa e me perdi, não sabia onde estava. Passado algum tempo, descobri que estava em Hyde Park Corner e disse a mim mesma: "Não posso ir até Kent nessas condições." No começo pensei em voltar à casa de Bridget, mas então me lembrei de como me perdera antes. Lembrei também que estava perto deste hotel tão simpático, para onde o tio Derek tinha me trazido quando voltei da Itália, e pensei: "Irei para lá, tenho certeza de que me arranjarão um quarto." E tudo realmente parecia estar correndo muito bem. Descobri um lugar para estacionar o carro e vim a pé pela rua até o hotel.

– Encontrou alguém, ou ouviu passos por perto?

– É engraçado o senhor dizer isso, porque julguei ter ouvido passos atrás de mim. É claro que deve haver milhões de pessoas andando em Londres. Só que numa neblina como essa, a pessoa fica nervosa. Esperei e escutei, não ouvi mais os passos, e então pensei que era imaginação minha. Já estava nesse momento bem perto do hotel.

– E então?

– Então, de repente, dispararam um tiro. Como já lhe disse, parecia que a bala tinha passado rente à minha orelha. O porteiro, que está sempre na calçada do hotel, veio correndo em minha direção, me empurrou para trás dele e... veio o outro tiro. Ele... caiu e eu gritei. – Elvira tremia. A mãe lhe disse em voz baixa e firme:

– Calma, minha filha. Fique calma. – Bess Sedgwick falava com o mesmo tom de voz que usava com seus cavalos, e que se mostrou perfeitamente eficaz com a filha. Elvira piscou, endireitou-se e se acalmou.

154

– Muito bem – disse Bess.

– E então o senhor chegou – disse Elvira. – Apitou e mandou que os policiais me trouxessem para o hotel. E assim que entrei vi... vi minha mãe – virou-se e olhou para Bess Sedgwick.

– E isso nos deixa mais ou menos atualizados – disse o inspetor-chefe, ajeitando o corpanzil na cadeira. – Conhece um homem chamado Ladislaus Malinowski? – perguntou ele num tom informal, despreocupado, sem nenhuma inflexão especial. Não olhava para a moça, mas percebeu que ela subitamente engolira em seco. Os olhos dele não se fixavam na filha, e sim na mãe.

– Não – respondeu Elvira, demorando um pouco para falar. – Não, não o conheço.

– Pensei que o conhecia. Pensei que ele talvez tivesse passado a noite aqui.

– É, e por quê?

– Bem, o carro dele está aqui – informou Davy. – Por isso, pensei que ele também estivesse.

– Eu não o conheço – repetiu Elvira.

– Engano meu, então. Mas a senhora o conhece, não? – voltou os olhos para Bess Sedgwick.

– Naturalmente – respondeu Bess. – Conheço-o há muitos anos. – E acrescentou com um leve sorriso: – É um maluco. Dirige como um anjo ou um diabo... qualquer dia quebra o pescoço. Sofreu um desastre terrível há um ano e meio.

– Sim, lembro-me de ter lido a respeito – disse o inspetor-chefe. – Ele ainda não voltou a correr, ou já voltou?

– Não, ainda não. Talvez não corra nunca mais.

– Acha que já posso ir para a cama? – perguntou Elvira, em tom queixoso. – Estou... estou horrivelmente fatigada.

– Claro. Deve estar – Davy concordou. – Contou-nos tudo que podia recordar?

– Sim, sim.

– Vou com você – disse Bess.

Mãe e filha saíram juntas.

– Ela o conhece *muito* bem – o inspetor-chefe observou.

– O senhor acha? – perguntou o sargento Wadell.

155

– Eu sei que o conhece. Há uns dois dias tomou chá com ele em Battersea Park.

– Como é que o senhor descobriu?

– Uma senhora idosa me contou... muito inconformada. Não achava que fosse o tipo de companhia indicada para uma moça. E de fato não é.

– Especialmente se ele e a mãe dela... – Wadell interrompeu a si mesmo sutilmente. – É o boato que corre...

– É. Talvez seja verdade, talvez não. Provavelmente *é*.

– Nesse caso, em qual das duas estará interessado?

Davy ignorou a pergunta e disse:

– Quero que o apanhem. De qualquer jeito. O carro dele está aqui, estacionado logo que se dobra a esquina.

– Acha que ele pode estar hospedado no hotel?

– Não creio. Isso não se encaixaria no quadro geral. Não é provável que esteja hospedado aqui. Se veio ao hotel, foi para encontrar a moça. E ela, evidentemente, também veio para encontrá-lo.

A porta se abriu e Bess Sedgwick reapareceu.

– Voltei – afirmou ela – porque queria falar com o senhor.

Assinalou com o olhar os outros dois homens.

– Poderia falar com o senhor a sós? Já lhe dei todas as informações que tenho; mas agora gostaria de ter uma palavrinha com o senhor em particular.

– Não vejo nenhum impedimento – respondeu o inspetor-chefe. Fez um gesto com a cabeça, e o jovem detetive apanhou o caderno de anotações e saiu da sala; Wadell acompanhou-o. – Então? – indagou o inspetor-chefe.

Lady Sedgwick sentou-se à sua frente.

– Aquela história idiota a respeito dos bombons envenenados é um disparate – ela informou. – Absolutamente ridícula. Não acredito que nada daquilo tenha acontecido.

– Não acredita, hein?

– O senhor acredita?

Davy abanou a cabeça, em dúvida.

– Acha que sua filha inventou tudo aquilo?

– Acho. Mas por quê?

156

– Bem, se a senhora não sabe a razão, como é que eu posso saber? Ela é sua filha. Suponho que a senhora a conheça melhor do que eu.

– Eu não a conheço nem um pouco – explicou Bess com amargura. – Não a vejo nem tenho o menor contato com ela desde que ela tinha 2 anos... quando fugi do meu marido.

– Sim, sei de tudo isso e acho muito curioso. A senhora sabe, lady Sedgwick, que em geral os tribunais dão à mãe a custódia de um filho pequeno, quando ela a solicita, mesmo quando a mãe é a parte culpada. Quer dizer que a senhora não solicitou a custódia da menina? Não a quis?

– Achei que... seria o melhor para ela.

– Por quê?

– Julguei que não seria seguro... para a criança.

– Por motivos morais?

– Não. Por motivos morais, não; adultério, atualmente, é muito comum. As crianças têm de saber disso, têm de crescer com isso. O caso é que eu sou o tipo de pessoa que não oferece segurança alguma. A vida que eu levo não seria uma vida segura para ela. Não se pode escolher como se nasce, e eu nasci para viver perigosamente. Não gosto de respeitar leis nem gosto de convenções. E pensei que seria melhor para Elvira, que ela seria mais feliz, se recebesse uma educação inglesa convencional. Protegida, bem-cuidada...

– Mas sem o amor da mãe?

– Pensei que se ela viesse a me amar, isso só lhe traria tristezas. Talvez o senhor não acredite em mim, mas era o que eu sentia.

– Compreendo. Ainda pensa que tinha razão?

– Não – respondeu Bess. – Não penso. Acho agora que talvez tenha me enganado redondamente.

– Afinal, sua filha conhece Ladislaus Malinowski?

– Tenho certeza de que não o conhece. Ela mesma o disse. O senhor a ouviu.

– Sim, ouvi.

– E então?

– A senhora sabe que ela estava assustada. Em nossa profissão aprendemos a reconhecer o medo quando nos defrontamos com ele. E ela estava com medo... por quê? Bombons envenenados ou não, o

fato é que atentaram contra a vida dela. A história da estação de metrô pode ser verdadeira.

– É ridícula. Como um romance policial...

– Talvez, mas essas coisas acontecem, lady Sedgwick. E com mais frequência do que a senhora imagina. Pode me dar alguma ideia de quem poderia querer matar sua filha?

– Ninguém! Absolutamente ninguém!

Bess falou com veemência.

O inspetor-chefe suspirou e balançou a cabeça.

## 22

O inspetor-chefe esperou pacientemente que a Sra. Melford acabasse de falar. Fora uma entrevista singularmente improdutiva. A prima Mildred mostrara-se incoerente, desconfiada e, de modo geral, desmiolada. Pelo menos era essa a opinião particular de Davy. Informações a respeito das boas maneiras de Elvira, do seu gênio meigo, dos problemas que tinha com os dentes, das desculpas esquisitas que dava ao telefone, faziam-na alimentar sérias dúvidas quanto a Bridget: seria a amiga adequada para Elvira? Todas essas questões foram apresentadas ao inspetor-chefe de uma só vez. A Sra. Melford não sabia de nada, não vira nada e, aparentemente, deduzira muito pouco.

Um breve telefonema ao tutor de Elvira, o coronel Luscombe, fora ainda mais improdutivo, embora, felizmente, o coronel fosse menos falante.

– Mais macaquinhos chineses – o inspetor-chefe murmurou para o sargento, ao largar o telefone. – Não ver maldade, não ouvir maldade, não dizer maldade.

– O problema é que todas as pessoas envolvidas na vida dessa menina são boas demais, se é que você entende o que quero dizer. São pessoas excelentes, que não sabem nada acerca do mal. Diferentes da minha velha ajudante.

– A senhora do hotel Bertram?

158

– Ela mesma. Passou a vida observando o mal, imaginando o mal, suspeitando do mal e combatendo contra o mal. Vejamos agora o que Bridget – a melhor amiga da Srta. Blake – tem a nos dizer.

A mãe de Bridget dificultou muito a entrevista do começo ao fim. E para conseguir conversar com a moça sem a assistência da mãe, foi preciso que o inspetor-chefe empregasse toda a sua eficiência e talento para a lisonja. Deve-se admitir, aliás, que ele foi bastante ajudado nisso pela própria Bridget. Depois de algumas perguntas e respostas estereotipadas, seguidas de expressões de horror por parte da mãe de Bridget ao escutar como Elvira não morrera por um triz, Bridget alertou:

– Olhe, mamãe, está na hora da reunião do seu comitê. Você disse que era muito importante.

– Ah, meu Senhor – gemeu a mãe de Bridget.

– Você sabe que, sem a sua presença, elas fazem a maior confusão.

– Com toda certeza! Mas talvez seja minha obrigação...

– De modo nenhum, minha senhora – disse o inspetor-chefe, caprichando no jeito bondoso e paternal. – A senhora não precisa se preocupar. Pode sair. Já terminei a parte mais importante, a senhora me disse tudo que eu precisava saber. Só tenho mais algumas perguntas de rotina a fazer, a respeito de eventos na Itália, que talvez sua filha Bridget possa responder.

– Bem, se você acha que posso ir, Bridget...

– Sim, pode ir sim, mamãe – respondeu Bridget.

Afinal, com grande espalhafato, a mãe de Bridget saiu para a reunião do comitê.

– Puxa vida! – suspirou Bridget depois de trancar a porta da frente. – Como as mães são *difíceis*!

– É o que ouço dizer – comentou o inspetor-chefe. – Inúmeras jovens têm problemas com as mães.

– Pois eu pensava que o senhor fosse dizer o contrário – confessou Bridget.

– Realmente – concordou Davy. – Mas o meu ponto de vista não é o das moças. Agora, pode me contar um pouco mais?

– Eu não podia falar francamente diante da mamãe – explicou Bridget. – Mas sei, é claro, que realmente é importante que o senhor fique o mais bem-informado possível a respeito de tudo. Sei que

Elvira andava preocupadíssima com alguma coisa, e que estava *com medo*. Não queria admitir que estava em perigo, mas estava.

– Foi isso que eu pensei. Evidentemente, não quis fazer muitas perguntas na frente de sua mãe.

– Ótimo, não queremos que mamãe ouça essas coisas. Ela se impressiona com facilidade, e logo sai por aí contando tudo a todo mundo. E se Elvira não deseja que essas coisas se espalhem...

– Antes de mais nada – interrompeu o inspetor-chefe –, quero saber o que houve na Itália com uma caixa de bombons. Pelo que entendi, presentearam Elvira com uma caixa de bombons que talvez estivessem envenenados.

Bridget arregalou os olhos.

– Envenenados! – Ela disse surpresa. – Não. Creio que não. Pelo menos...

– Houve alguma coisa?

– Sim. Alguém enviou uma caixa de bombons a Elvira, que comeu uma porção deles e passou mal à noite. Muito mal.

– Mas não suspeitou de veneno?

– Não. Pelo menos... ah, sim, ela disse que alguém estava querendo envenená-la, e nós examinamos os bombons para ver se haviam sido adulterados de alguma maneira.

– E haviam?

– Não. Pelo menos não descobrimos nada.

– Mas talvez a sua amiga, a Srta. Blake, estivesse convencida de que os bombons estavam envenenados.

– Bem, talvez, mas ela não falou mais nisso.

– Mas acredita que ela estava com medo de alguém?

– Não pensei nisso naquele momento, nem notei nada. Só aqui, mais tarde.

– E o que me diz desse tal de Guido?

Bridget começou a rir:

– Ele estava gamado por Elvira.

– E a senhorita e Elvira costumavam encontrá-lo em alguns lugares?

– Bem, não me importo de contar ao senhor – Bridget confessou. – Afinal de contas, o senhor é da polícia. Para o senhor, essas coisas não

têm importância, e espero que compreenda. A condessa Martinelli era terrivelmente rigorosa, ou pensava que era. E, naturalmente, nós também tínhamos as nossas artimanhas. Uma por todas, o senhor sabe como é.

– E contavam as mentiras que lhes convinham, não?

– Bem, receio que sim – confidenciou Bridget. – Mas o que se pode fazer, quando todos são tão desconfiados?

– E assim vocês se encontravam com Guido e tudo o mais. E ele costumava ameaçar Elvira?

– Não creio que falasse a sério.

– Então talvez existisse uma outra pessoa com quem ela se encontrava?

– Ah, pois é... bem, não sei.

– Conte-me, por favor. Talvez... sabe, talvez seja vital, compreende?

– Sim, compreendo. Bem, havia *alguém*. Não sei quem era, mas havia mais alguém de quem ela gostava muito. Para ela, era algo muito sério. Quer dizer, era algo muito importante.

– Ela costumava encontrá-lo?

– Acho que sim. Bem, ela dizia que ia encontrar-se com Guido, mas nem sempre era com Guido. Às vezes encontrava-se com esse outro homem.

– Não tem ideia de quem era?

– Não – Bridget parecia um pouco insegura.

– Não seria um corredor de automóvel, chamado Ladislaus Malinowski?

Bridget ficou boquiaberta:

– Então o senhor *sabe*?

– Acertei?

– Sim, acho que sim. Ela tinha uma fotografia dele, tirada de um jornal. Guardava-a na gaveta, debaixo das meias.

– Mas isso não podia ser apenas uma fantasia?

– Bem, podia ser, mas não creio que fosse.

– A senhorita sabe se ela se encontrou com ele aqui na Inglaterra?

– Não sei. Olhe, não sei mesmo o que ela tem feito desde que chegou da Itália.

161

– Ela veio a Londres para ir ao dentista – Davy recordou. – Pelo menos é o que ela diz. Em vez de ir ao dentista, veio procurá-la aqui. E telefonou à Sra. Melford com uma história a respeito de uma antiga governanta.

Bridget deu uma risadinha.

– Isso era mentira, não era? – disse o inspetor-chefe, sorrindo. – Para onde ela foi na verdade?

Bridget hesitou, depois disse:

– Foi à Irlanda.

– Foi à Irlanda? Por quê?

– Não quis me dizer. Garantiu que precisava descobrir algo.

– E sabe para onde ela foi, na Irlanda?

– Não sei bem. Mencionou um nome. Bally alguma coisa. Ballygowlan, se não me engano.

– Compreendo. Então tem certeza de que ela foi à Irlanda?

– Fui levá-la ao aeroporto de Kensington. Ela viajou pela Aer Lingus.

– E voltou quando?

– No dia seguinte.

– De avião?

– Sim.

– Tem certeza absoluta de que ela voltou de avião?

– Bem, creio que sim.

– Comprou passagem de ida e volta?

– Não. Disso eu tenho certeza.

– Então poderia ter voltado de outra forma, não é mesmo?

– É, pode ser.

– Poderia, por exemplo, ter retornado no trem postal irlandês?

– Ela não me disse.

– Mas também não disse que voltou de avião, certo?

– Não – concordou Bridget. – Mas por que ela voltaria de navio ou de trem, em vez de voltar de avião?

– Bem, se ela descobriu o que pretendia saber, e não tinha onde ficar, talvez tenha pensado que seria mais fácil voltar no trem noturno.

– É, talvez.

Davy deu um sorriso.

162

– Acho que hoje em dia vocês moças não imaginam que seja possível viajar de outra maneira senão de avião, não é?

– É, acho que tem razão.

– De qualquer forma, ela retornou para a Inglaterra. Depois disso, o que aconteceu? Veio para cá ou telefonou para você?

– Telefonou.

– A que horas?

– Hum, pela manhã. Deve ter sido por volta de 11 horas, creio eu.

– E o que ela disse?

– Bem, ela só perguntou se tudo estava em ordem.

– E estava?

– Não, porque, imagine, a Sra. Melford tinha ligado para cá, e a mamãe atendeu ao telefone. As coisas se complicaram e eu não sabia o que dizer. Então, Elvira disse que não viria a Onslow Square, mas que telefonaria para a prima e inventaria uma história qualquer.

– E é só isso que a senhorita recorda?

– Só – retrucou Bridget, fazendo mentalmente algumas restrições. Pensava, por exemplo, no Sr. Bollard e na pulseira. Estava aí uma coisa que ela não contaria ao inspetor-chefe, que sabia perfeitamente que ela ocultava alguma coisa dele. Davy só esperava que aquilo não fosse importante para o inquérito. Tornou a perguntar:

– Acha que sua amiga estava com medo de alguém ou de alguma coisa?

– Acho, sim.

– Ela disse isso, ou a senhorita conversou sobre isso com ela?

– Bem, eu lhe perguntei sem rodeios. A princípio ela disse que não, mas logo confessou que estava com medo. E eu sei que estava mesmo – prosseguiu Bridget, de forma abrupta. – Ela estava em perigo. E sabia muito bem disso. Mas não sei por que, nem como, nem nada a respeito.

– Sua certeza quanto à realidade do perigo firmou-se na manhã em que ela voltou da Irlanda?

– Sim. Foi aí que tive certeza.

– Na manhã em que ela poderia ter voltado no trem postal?

– Não acho provável que ela tenha retornado de trem. Por que o senhor não pergunta a ela?

– Provavelmente acabarei perguntando. Mas não quero chamar atenção para esse tópico. Por enquanto, pelo menos. Isso com certeza só iria aumentar o perigo que ela está correndo.

Bridget arregalou os olhos.

– O que o senhor quer dizer?

– A senhorita talvez não se lembre, mas foi naquela noite, ou melhor, naquela madrugada, que ocorreu o assalto ao trem postal irlandês.

– O senhor quer dizer que Elvira estava metida nisso e nunca me disse uma palavra a respeito?

– Concordo que é pouco provável – disse Davy. – Mas estive pensando que ela talvez tenha visto alguma coisa ou alguém, ou algum incidente ligado ao assalto do trem postal. Talvez tenha visto um conhecido, por exemplo, circunstância que poderia colocá-la em perigo.

– Ah! – exclamou Bridget. E ficou ruminando o que acabava de ouvir. – Quer dizer que... alguém que ela conhecia estava envolvido no roubo.

O inspetor-chefe levantou-se.

– Acho que isso é tudo. Tem certeza de que não tem mais nada para me contar? Algum lugar onde sua amiga tenha ido, naquele dia? Ou na véspera?

Bridget novamente lembrou-se do Sr. Bollard e da joalheria em Bond Street.

– Tenho – disse ela.

– Pois eu creio que existe ainda algum fato que a senhorita não me contou.

Bridget descobriu uma saída.

– Ah, eu ia esquecendo – disse ela. – Sim, Elvira foi procurar um advogado, o curador dela, para tentar descobrir algumas coisas.

– Quer dizer então que a Srta. Blake foi procurar um advogado, que é o curador dela. Será que sabe como se chama?

– O nome da firma é Egerton... Forbes Egerton e não sei mais o quê. Uma porção de nomes. Enfim, é mais ou menos isso.

– Compreendo. Então ela queria descobrir alguma coisa?

– Queria saber quanto dinheiro possui – Bridget explicou.

O inspetor franziu a testa.

– Interessante! – exclamou. – Muito interessante. E por que é que ela mesma não sabia disso?

– Bem, porque nunca ninguém lhe falou nada a respeito de dinheiro. Acho que eles pensam que não é bom a gente saber quanto dinheiro possui.

– E ela estava louca para saber, não?

– Estava, sim. Acredito que ela achava isso muito importante.

– Bem, muito obrigado – agradeceu o inspetor-chefe. – A senhorita me ajudou muitíssimo.

## 23

Richard Egerton tornou a olhar para o cartão oficial que estava à sua frente, depois levantou os olhos para o rosto do inspetor-chefe e disse:

– Caso curioso.

– Sim senhor – o inspetor-chefe concordou. – Um caso muito curioso.

– O hotel Bertram – continuou Egerton – no nevoeiro. Sim, a neblina estava terrível ontem à noite. Creio que os senhores têm de lidar com uma porção de casos como esse em dias de neblina, não? Roubos, furtos, bolsas arrebatadas, todas essas coisas.

– Mas não foi exatamente isso – o inspetor-chefe ressaltou. – Ninguém tentou arrebatar nada da Srta. Blake.

– De onde partiu o tiro?

– Por causa da neblina, não podemos ter certeza. Ela mesma não sabia. Mas pensamos, parece a melhor hipótese, que o atirador deveria estar naquelas imediações.

– O senhor afirmou que ele atirou em Elvira duas vezes?

– Isso. O primeiro tiro errou o alvo. O porteiro saiu de onde estava, à porta do hotel, correu em direção a ela e pôs-se à sua frente momentos antes do segundo tiro.

– E por isso o tiro pegou nele?

– Creio que sim.

165

– Camarada valente.

– É verdade. Era valente – o inspetor-chefe concordou. – Acreditava realmente no ofício militar. Era irlandês.

– Como se chamava?

– Gorman. Michael Gorman.

– Michael Gorman – Egerton franziu a testa.

– Conhecia esse homem?

– Não – ele respondeu após um instante. – Por um momento pensei que o nome significava alguma coisa.

– É claro que é um nome muito comum. Mas de qualquer forma, ele salvou a vida da moça.

– E exatamente por que o senhor veio me procurar?

– Esperava obter algumas informações. O senhor sabe que sempre procuramos ficar amplamente informados a respeito da vítima de uma tentativa de homicídio.

– É realmente natural. Mas, na realidade, eu só me encontrei com Elvira duas vezes desde o tempo em que ela era menina.

– O senhor a viu quando ela veio procurá-lo há uma semana, não foi?

– Sim, isso mesmo. E o que precisamente o senhor deseja saber? Se é alguma coisa sobre a pessoa dela, quem são os seus amigos, por quem estava apaixonada, ou a respeito de brigas com namorados, coisas dessa ordem, é melhor ir conversar com uma mulher, como a Sra. Carpenter, que a trouxe de volta da Itália, creio eu, ou a Sra. Melford, com quem ela mora em Sussex.

– Já falei com a Sra. Melford.

– E então?

– Não adiantou. Não adiantou absolutamente nada. E não são dados pessoais que desejo conhecer. Afinal de contas, estive com ela, ouvi o que ela pôde me dizer... ou melhor, o que ela quis me dizer.

Ante um rápido movimento de sobrancelhas de Egerton, Davy percebeu que o advogado entendera bem a importância da palavra "quis".

– Disseram-me que ela estava preocupada, agitada, assustada com alguma coisa, e convencida de que sua vida corria perigo. Foi essa a impressão que o senhor teve, quando ela veio procurá-lo?

– Não – respondeu Egerton, lentamente. – Não, eu não diria isso. Contudo, ela me disse algumas coisas que me pareceram muito curiosas.

– Tais como?

– Bem, ela queria saber quem seria o seu herdeiro, caso morresse subitamente.

– Ah – disse Davy –, então ela pensava nessa possibilidade, não é? Morrer inesperadamente. Interessante.

– Alguma coisa passava pela sua cabeça, mas não sei o que era. Queria também saber quanto dinheiro possuía... ou possuirá, quando fizer 21 anos. Isso, creio, é mais compreensível.

– Calculo que seja bastante dinheiro.

– É uma grande fortuna, inspetor-chefe.

– Por que acha que ela queria saber isso?

– A respeito do dinheiro?

– Sim, e a respeito de quem o herdaria.

– Não sei – respondeu Egerton. – Não sei mesmo. Ela também abordou outro assunto, casamento...

– O senhor teve a impressão de que havia um homem na história?

– Não tenho nenhuma prova, mas sim, pensei realmente nisso. Achei que devia haver um namorado envolvido na história. Em geral há! Luscombe, isto é, o coronel Luscombe, o tutor de Elvira, parece não saber da existência de nenhum namorado. Mas o velho Derek Luscombe jamais descobriria uma coisa dessas. Ficou muito agitado quando insinuei que havia um namoro encoberto e provavelmente indesejável.

– E é mesmo indesejável – alertou o inspetor-chefe.

– Ah, então o senhor sabe quem é o rapaz?

– Tenho um palpite muito bom. Ladislaus Malinowski.

– O piloto? Sério? Simpático e temerário! As mulheres se apaixonam por ele à toa. Como será que ele conheceu Elvira? Não compreendo como é que as órbitas de ambos se encontraram, a menos... sim, creio que ele esteve em Roma há uns dois meses. Possivelmente foi lá que ela o conheceu.

– É possível. Ou talvez ela o conheça por intermédio da mãe.

– O quê? Por intermédio de Bess? Não creio nessa hipótese.

Davy tossiu.

– Dizem que lady Sedgwick e Malinowski são amigos íntimos.

– Sim, sim, é o que todos dizem. Talvez seja verdade, talvez não. São amigos íntimos... com a vida que levam, estão constantemente juntos. Bess teve seus amores, é claro, embora, veja bem, não seja do tipo ninfomaníaca. Não falta gente para dizer isso de uma mulher, mas no caso de Bess não é verdade. Afinal, que me conste, Bess e a filha praticamente não se conhecem.

– Foi o que lady Sedgwick me disse. E o senhor concorda?

Egerton concordou com a cabeça.

– A Srta. Blake tem outros parentes?

– Para todos os efeitos, nenhum. Os dois irmãos da mãe dela morreram na guerra, e ela mesma era a única filha do velho Coniston. A Sra. Melford, embora a menina a chame de "prima Mildred", na verdade é prima do coronel Luscombe. Luscombe faz o que pode pela menina, à sua maneira conscienciosa e antiquada, mas isso é difícil para um homem.

– O senhor disse que a Srta. Blake falou em casamento? Suponho que não há possibilidade de ela já estar casada...

– Ela ainda é menor, precisaria do consentimento do tutor e dos curadores.

– Juridicamente, sim. Mas os moços nem sempre esperam por isso – lembrou o Pai.

– Eu sei. E é lamentável. Teriam de enfrentar o mecanismo burocrático e tudo mais para obter o consentimento legal. E até isso tem suas dificuldades.

– Mas uma vez que conseguem se casar, estão casados – comentou o inspetor-chefe. – Suponho que se ela estivesse casada e morresse de repente, o marido seria o herdeiro.

– Essa ideia de casamento é absolutamente improvável. Ela foi educada com o maior cuidado e... – calou-se, vendo o sorriso cético do inspetor-chefe.

– Por mais cuidadosamente que tenha sido educada, Elvira acabou conhecendo um sujeito altamente indesejável, como Ladislaus Malinowski.

– É verdade que a mãe fugiu com outro homem – disse Egerton resignado.

– Sim, fugiu, era de se esperar. Mas a Srta. Blake é um tipo diferente. Tal como a mãe, ela se obstina em fazer apenas o que quer, mas age de outro modo.

– Não me diga que...

– Não digo nada... *ainda* – retrucou o inspetor-chefe.

## 24

Ladislaus Malinowski olhou para um, depois para o outro policial, inclinou a cabeça para trás e deu uma gargalhada.

– É muito engraçado! – disse ele. – Vocês parecem duas corujas, assim solenes! É ridículo fazerem-me vir até aqui para me interrogarem. Não têm nenhuma prova contra mim, nenhuma.

– Pensamos que talvez o senhor pudesse nos ajudar em nosso inquérito, Sr. Malinowski – disse o inspetor-chefe com polidez oficial. – O senhor possui um carro, um Mercedes-Otto, com a placa FAN 2266.

– Existe algum motivo que me impeça de possuir um carro como esse?

– Não, nenhum. Há apenas uma ligeira dúvida quanto ao número correto da placa. Seu carro foi visto numa rodovia, a M7, e a placa naquela ocasião era outra.

– Bobagem. Devia ser outro carro.

– Não há muitos carros como o seu. Nós verificamos todos os que existem.

– Acho que vocês acreditam em tudo que os guardas de trânsito contam! É de morrer de rir! Onde foi isso?

– No local onde a polícia o deteve e pediu para ver sua licença; não fica longe de Bedhampton. Foi na noite do assalto ao trem postal irlandês.

– Os senhores realmente me divertem – foi a resposta de Ladislaus Malinowski.

– O senhor possui um revólver?

– É claro, tenho um revólver e uma pistola automática. Ambos com a licença necessária.

– Ótimo. Ainda estão em seu poder?

– Evidentemente.

– Já o avisei, Sr. Malinowski.

– O famoso aviso da polícia: "Tudo o que disser será registrado e poderá ser usado contra o senhor, no seu julgamento."

– A fórmula não é bem essa – Davy o corrigiu com brandura. – Usado, sim. Contra o senhor, não. Não quer fazer uma ressalva nessa declaração?

– Não, não quero.

– E tem certeza de que não quer a presença do seu advogado?

– Não gosto de advogados.

– Há pessoas que não gostam. Onde estão as armas agora?

– Creio que o senhor sabe muito bem onde é que estão, inspetor-chefe. A pistola pequena está no porta-luvas do meu carro, o Mercedes-Otto cuja placa é FAN 2266. O revólver está numa gaveta, no meu apartamento.

– O senhor tem razão quanto à da gaveta do apartamento – concordou Davy. – Mas a pistola não está no seu carro.

– Está sim. No porta-luvas, do lado esquerdo.

O inspetor-chefe balançou a cabeça.

– Pode ser que tenha estado lá; não está mais. Seria esta aqui, Sr. Malinowski?

Empurrou uma pequena pistola automática sobre a mesa. Ladislaus Malinowski, com um ar de imensa surpresa, apanhou-a.

– Ah, sim, é ela. Então foi o senhor que a tirou do meu carro?

– Não – respondeu o inspetor-chefe. – Não a tiramos do seu carro. Ela não estava no seu carro. Foi encontrada em outro local.

– Onde foi que a encontraram?

– Nós a encontramos – Davy informou – num trecho da Pond Street, que, como o senhor deve saber, é uma rua perto de Park Lane. Pode ter sido descartada por alguém que caminhasse... ou talvez corresse pela rua.

Ladislaus Malinowski encolheu os ombros.

– Não tenho nada com isso. Não joguei a pistola lá. Estava no meu carro há cerca de dois dias. Ninguém passa o tempo todo olhando

para ver se um objeto está no lugar em que foi posto. Simplesmente se presume que deve estar.

– Sr. Malinowski, o senhor sabe que esta pistola foi usada no assassinato de Michael Gorman, na noite de 26 de novembro?

– Michael Gorman? Não conheço nenhum Michael Gorman.

– Era o porteiro do hotel Bertram.

– Ah, sim, o que morreu baleado. Li no jornal. E o senhor diz que o tiro foi dado com minha pistola? Conversa fiada!

– Não é conversa fiada, não. Os peritos em balística fizeram o exame. O senhor entende bastante de armas de fogo para saber que a prova balística é irrefutável.

– Os senhores estão tentando me incriminar. Eu sei o que a polícia costuma fazer!

– Creio que o senhor sabe muito bem que a polícia de nosso país não age assim, Sr. Malinowski.

– Então o senhor está querendo insinuar que eu atirei em Michael Gorman?

– No momento estamos apenas tomando o seu depoimento. Ainda não foi feita nenhuma acusação.

– Mas é isso que vocês pensam: que eu atirei naquele palhaço uniformizado. Por quê? Eu não devia dinheiro a ele, não tinha nada contra ele.

– O tiro foi dirigido contra uma jovem. Gorman correu para protegê-la e recebeu no peito a segunda bala.

– Uma jovem?

– Uma jovem que eu creio que o senhor conhece. A Srta. Elvira Blake.

– O senhor está dizendo que alguém tentou atirar em Elvira com a *minha* pistola?

Parecia incrédulo.

– Talvez tenha havido um desentendimento entre vocês.

– Está insinuando que eu briguei com Elvira e atirei nela? Que loucura! Por que atiraria na moça com quem irei me casar?

– Isso é parte do seu depoimento? Que irá se casar com a Srta. Elvira Blake?

Ladislaus hesitou por um instante. E logo disse, encolhendo os ombros:

– Ela ainda é muito nova. Ainda não decidimos nada.

– Talvez ela tenha prometido casar-se com o senhor e depois... tenha mudado de ideia. Ela andava com medo de *alguém*. Era do senhor, Sr. Malinowski?

– Por que eu desejaria a morte de Elvira? Ou estou apaixonado por ela e quero casar com ela, ou não estou apaixonado por ela e não quero me casar, e então nesse caso não sou obrigado a fazê-lo. É muito simples, como pode ver. Portanto, para que iria matá-la?

– Não há muitas outras pessoas com motivos para matá-la. – Davy esperou um momento e depois acrescentou, quase com indiferença: – Com exceção da mãe dela, naturalmente.

– O quê? – Malinowski deu um salto. – Bess? Bess matar a própria filha? O senhor está louco! Por que ela mataria Elvira?

– Possivelmente porque, sendo a parenta mais próxima, herdaria uma enorme fortuna.

– Bess? Acredita que Bess seria capaz de matar por dinheiro? Ela tem rios de dinheiro, do marido norte-americano. Ou, pelo menos, o bastante.

– Bastante dinheiro não é a mesma coisa que uma grande fortuna – observou Davy. – As pessoas matam por uma grande fortuna, sabemos de mães que mataram filhos, e filhos que mataram mães.

– Torno a dizer que o senhor está louco.

– O senhor disse que ia casar-se com a Srta. Blake. Será que já casou com ela? Se casou, então o senhor seria o herdeiro de uma enorme fortuna.

– Que coisas loucas e estúpidas o senhor diz! Não, não me casei com Elvira. É uma moça bonita, gosto dela e ela está apaixonada por mim. Sim, confesso tudo isso. Conheci-a na Itália, divertimo-nos juntos, mas foi só. Não houve mais nada, compreende?

– Verdade? Mas ainda agora, Sr. Malinowski, o senhor disse peremptoriamente que ela era a moça com quem ia se casar.

– Ah, isso.

– Sim, isso. É verdade?

– Disse isso porque, desse modo, meu depoimento tomaria um ar mais respeitável. Vocês neste país... são tão puritanos...

– Sua explicação me parece inverossímil.

– O senhor não compreende nada. A mãe e eu... somos amantes... eu não quis dizer isso, de modo que insinuei que a filha e eu... éramos noivos. Isso parece muito inglês e digno.

– Pois a mim me parece ainda mais inverossímil. O senhor anda muito necessitado de dinheiro, não anda, Sr. Malinowski?

– Meu caro inspetor-chefe, eu ando sempre necessitado de dinheiro. É uma tristeza.

– Mas há alguns meses o senhor atirava dinheiro fora, da maneira mais despreocupada.

– Ah, tive uma fase de sorte. Sou jogador, confesso.

– É fácil acreditar. Onde foi que teve essa "fase de sorte"?

– Isso eu não posso revelar. O senhor não pode obrigar-me a fazê-lo.

– Não, não posso.

– É tudo que tem a me perguntar?

– Por ora, é. O senhor reconheceu que a pistola é sua. Isso será muito útil.

– Não compreendo... não posso conceber... – interrompeu-se e estendeu a mão: – Devolva-me a pistola, por favor.

– Lamento dizer que temos de guardá-la por enquanto. Vou preparar um recibo.

Davy fez o recibo e entregou-o a Malinowski. O rapaz foi embora, batendo a porta.

– Sujeito temperamental – o inspetor-chefe comentou.

– O senhor nem o apertou com relação ao número falso da placa e ao episódio de Bedhampton.

– Não. Queria que ele ficasse abalado. Mas não abalado demais. Daremos a ele uma coisa de cada vez para se preocupar, e ele já está preocupado.

– O chefe quer falar com o senhor, assim que estiver desocupado.

O inspetor-chefe balançou a cabeça e encaminhou-se à sala de Sir Ronald.

– Ah, Pai! Fazendo progresso?

– Sim, senhor. Vamos indo bem... muito peixe na rede. A maioria é peixe miúdo. Mas já estamos nos aproximando dos grandes. Está tudo caminhando.

– Ótimo, Fred – disse o comissário-assistente.

# 25

Miss Marple desembarcou do trem na estação de Paddington e logo avistou o vulto corpulento do inspetor-chefe, de pé, na plataforma, a esperá-la.

Ele a abordou:

– Muito prazer em vê-la, Miss Marple. – Segurando-a pelo cotovelo, conduziu-a pela grade até onde um carro os esperava. O motorista abriu a porta, ela entrou seguida pelo inspetor-chefe, e o carro partiu.

– Para onde está me levando, inspetor-chefe Davy?

– Para o hotel Bertram.

– Ora essa, hotel Bertram de novo! Por quê?

– A resposta oficial é a seguinte: a polícia acredita que a senhora poderá ajudar nas investigações.

– A frase é conhecida, mas não é também um tanto sinistra? Serve muitas vezes de prelúdio a uma ordem de prisão, não é?

– Não irei prendê-la, Miss Marple – Davy sorriu. – A senhora tem um álibi.

Ela digeriu a informação em silêncio. Depois disse:

– Compreendo.

Continuaram calados até chegarem ao hotel Bertram. Quando entraram, a Srta. Gorringe ergueu os olhos detrás do balcão, mas o inspetor-chefe encaminhou Miss Marple diretamente até o elevador.

– Segundo andar.

O elevador subiu, parou, e ele tomou a dianteira ao avançarem pelo corredor. Quando ele abriu a porta do quarto nº 18, Miss Marple disse:

– Este era o meu quarto quando eu estava hospedada aqui.

– Isso – o inspetor-chefe respondeu.

Ela sentou-se na poltrona e comentou, olhando ao redor com um leve suspiro:

– É um quarto muito confortável.

– Não se pode negar que eles aqui entendem de conforto – ele admitiu.

– O senhor parece cansado, inspetor-chefe – disse Miss Marple inesperadamente.

– Tenho viajado um bocado. Para falar a verdade, acabo de chegar da Irlanda.

– Verdade? Foi a Ballygowlan?

– E como é que a senhora sabe a respeito de Ballygowlan? Desculpe-me, peço-lhe perdão...

Ela o perdoou com um sorriso. Davy procurou explicar:

– Decerto Michael Gorman lhe disse que vinha de lá... não foi isso?

– Não foi exatamente isso.

– Então, como foi, se me permite perguntar, que a senhora soube?

– Deus meu! – ela suspirou. – É bastante constrangedor. Foi uma conversa... uma conversa que escutei por acaso.

– Sei, compreendo.

– Eu não estava escutando de propósito. Foi numa sala aberta ao público... pelo menos, tecnicamente aberta ao público. Francamente, gosto de escutar o que as pessoas conversam. Todos gostam. Sobretudo quando são idosos e não saem muito. O que quero dizer é que, se há pessoas conversando por perto, acabamos escutando.

– Bem, isso me parece muito natural – o inspetor-chefe concordou.

– Até certo ponto, sim – ela disse. – Se as pessoas que falam não se dão ao trabalho de baixar a voz, pode-se presumir que estão cientes de que serão ouvidas. Mas, é claro que também pode haver imprevistos. Pode acontecer que, embora saibam que a sala onde se encontram é franqueada ao público, as pessoas que estão conversando não se dão conta da presença de outros. Então temos que decidir como proceder: levantamos, tossimos, ou ficamos quietos e esperamos que eles não descubram que estamos ali. Qualquer uma das hipóteses é constrangedora.

O inspetor-chefe consultou o relógio.

– Veja bem – ele falou –, quero ouvir o resto dessa história, mas estou aguardando o cônego Pennyfather, que deve chegar a qualquer momento. Preciso ir recebê-lo. Se a senhora não se incomoda...

Miss Marple disse que não se incomodava, e Davy saiu do quarto.

O CÔNEGO PENNYFATHER atravessou as portas de vaivém e entrou no saguão do hotel Bertram. Franziu levemente a testa, procurando descobrir o que havia de diferente no Bertram. Será que fora pintado, ou redecorado? O cônego balançou a cabeça. Não era isso, mas havia *alguma coisa*. Não lhe ocorreu que era a diferença entre um porteiro de 1,80 metro de altura, de olhos azuis e cabelos pretos, e de outro de 1,70 metro, de ombros caídos, sardas, e um tufo de cabelos cor de areia saindo de sob o boné do uniforme. O cônego sabia apenas que algo estava diferente. Com seu costumeiro jeito distraído, dirigiu-se à recepção. A Srta. Gorringe o cumprimentou:

– Prazer em vê-lo, cônego Pennyfather. Veio buscar a bagagem? Está às suas ordens. Se o senhor quiser, poderemos enviá-la para qualquer endereço que nos der.

– Obrigado – respondeu o cônego –, muito obrigado. A senhorita é sempre muito amável, Srta. Gorringe. Mas como eu precisava de qualquer modo vir a Londres hoje, pensei que o melhor era apanhar pessoalmente a bagagem.

– Ficamos tão preocupados com o senhor – ela confessou. – Refiro-me ao seu desaparecimento. Ninguém o encontrava. Sofreu um acidente de automóvel, não foi?

– Foi – respondeu o cônego –, foi, sim. Esses motoristas de hoje dirigem depressa demais. Isso é muito perigoso. Aliás, não me recordo de quase nada do que aconteceu. Parece que o acidente afetou-me a cabeça. Um traumatismo, diz o médico. Bem, o fato é que, à medida que se envelhece, a memória... – balançou a cabeça, tristemente. – E como vai a senhoria, Srta. Gorringe?

– Vou muito bem.

Naquele momento, o cônego Pennyfather subitamente descobriu que a Srta. Gorringe também estava diferente. Ele olhou atentamente a mulher, procurando ver onde estava a diferença. Nos cabelos? Eram os de sempre. Talvez um pouco mais frisados. Vestido preto, medalhão enorme, broche de camafeu. Tudo como de costume. Mas havia uma diferença. Estaria um pouco mais magra? Ou... sim, evidentemente. A Srta. Gorringe parecia preocupada. Não era com frequência que o cônego Pennyfather percebia que alguém tinha o semblante preocupado. Ele não era dessas pessoas que notam as emoções estam-

padas no rosto das outras. Mas naquela noite notou, talvez porque ela, durante tantos anos, apresentara aos hóspedes aquela face imutável.

– A senhora não esteve doente, esteve? – perguntou o velho, solícito. – Parece mais magra.

– Bem, nós tivemos aqui muitos aborrecimentos, cônego Pennyfather.

– É verdade. É verdade. Lamento muito. Espero que não tenham sido provocados pelo meu desaparecimento.

– Não, não – ela respondeu. – Nós nos preocupamos, é claro, mas assim que soubemos que o senhor estava passando bem... – fez uma pausa e depois prosseguiu: – Não, não... é que... bem, talvez o senhor não tenha lido nos jornais. Gorman, o nosso porteiro, foi morto.

– Ah, sim – lembrou-se o cônego. – Agora me recordo. Li nos jornais que ocorrera um assassinato aqui.

A Srta. Gorringe estremeceu diante da menção crua da palavra "assassinato". O estremecimento lhe percorreu todo o vestido preto.

– Terrível – disse ela –, terrível. Nunca aconteceu uma coisa dessas no Bertram. Quero dizer, o Bertram não é desses hotéis onde ocorrem assassinatos.

– Não, não é – interpôs rapidamente o cônego. – Tenho certeza de que não é. Jamais me passaria pela cabeça que algo dessa natureza pudesse acontecer *aqui*.

– Evidentemente não foi dentro do hotel – observou ela, animando-se um pouco ao lembrar-se desse aspecto da questão. – O crime aconteceu na rua.

– Portanto, não teve propriamente nada que ver com o hotel – observou o cônego, solícito.

Aquela, aparentemente, não era a observação certa a fazer.

– Mas envolveu o Bertram. Tivemos de aturar os interrogatórios da polícia, uma vez que o nosso porteiro fora a vítima.

– Então vocês têm um porteiro novo lá fora. Eu bem que notei que as coisas pareciam um pouco estranhas.

– Sim, não sei se ele está à altura do emprego, se encaixa-se ao nosso estilo. Mas tivemos de arranjar alguém às pressas.

– Agora estou me lembrando de tudo – disse o cônego Pennyfather, reunindo algumas recordações vagas do que lera no

jornal uma semana antes. – Mas pareceu-me que haviam atirado numa moça.

– Refere-se à filha de lady Sedgwick? Creio que o senhor deve lembrar-se de tê-la visto aqui, em companhia do tutor, o coronel Luscombe. Parece que ela foi atacada por um desconhecido, em meio à neblina. Provavelmente alguém queria roubar-lhe a bolsa. De qualquer forma, atiraram nela, e então Gorman, que fora soldado e era um homem de muita presença de espírito, correu para acudir e levou um tiro, o coitado.

O cônego sacudiu a cabeça:

– Triste, muito triste.

– Isso dificulta tudo – ela se queixou. – A polícia entrando e saindo a toda hora. Creio que era de se esperar, mas não gostamos nada disso, embora deva dizer que o inspetor-chefe Davy e o sargento Wadell têm uma aparência muito distinta. Vestem-se à paisana, sem nada de espalhafatoso como aquelas botas e jaquetas impermeáveis que se veem nos filmes. Procuram parecer quase como qualquer um de nós.

– É sim... – disse o cônego Pennyfather.

A Srta. Gorringe indagou:

– O senhor teve que ir para o hospital?

– Não. Um casal muito bondoso, dois bons samaritanos... ele é hortelão, creio... apanhou-me, e a mulher tratou de mim. Fiquei gratíssimo, gratíssimo. É um consolo descobrir que ainda há bondade no mundo. A senhora não acha?

A Srta. Gorringe respondeu que isso era realmente muito consolador.

– Afinal de contas, a gente lê a respeito do aumento da criminalidade – acrescentou ela –, todos esses rapazes e moças que assaltam a bancos, roubam trens, atacam pessoas.

Depois levantou os olhos e disse:

– Lá vem o inspetor-chefe Davy descendo a escada. Creio que ele deseja falar com o senhor.

– Não sei para que ele deseja falar comigo – disse intrigado o cônego. – Ele já foi me procurar, sabe? Em Chadminster. E acho que ficou muito decepcionado porque não pude lhe dizer nada de útil.

– Não pôde?

O cônego balançou tristemente a cabeça.

178

– Não me lembrava de nada. O acidente aconteceu perto de Bedhampton, e na verdade não sei o que é que eu andava fazendo por lá. O inspetor-chefe insistiu em me perguntar por que eu estava ali, mas eu não soube responder. Esquisito, não é? Parece que ele pensou que eu vinha de carro da estação de trem para uma casa paroquial.

– Parece plausível – observou a Srta. Gorringe.

– Não parece plausível coisa nenhuma! Por que é que eu estaria dirigindo um carro num lugar que nem conheço?

O inspetor-chefe aproximou-se dos dois.

– Ah, está aqui, cônego Pennyfather! – disse ele. – Já se restabeleceu?

– Sinto-me muito bem, mas com certa tendência a dores de cabeça. Recomendaram-me que não fizesse nenhum esforço excessivo. Mas ainda não consigo lembrar-me do que deveria me lembrar, e os médicos dizem que talvez não me lembre nunca.

Davy consolou o velho e afastou-o da mesa da recepção.

– Bem, não se deve perder as esperanças. Queria que o senhor fizesse uma pequena experiência. Não se recusará a me dar uma ajuda, não é mesmo?

Quando o inspetor-chefe Davy abriu a porta do quarto nº 18, Miss Marple ainda estava sentada na poltrona junto à janela.

– Há muita gente na rua, hoje – ela observou. – Mais do que de costume.

– Bem, este é o caminho mais curto entre Berkeley Square e Shepherds Market.

– Não me referia apenas aos passantes. Falo em gente trabalhando: homens consertando a estrada, um caminhão da companhia telefônica, um caminhão de carne, uns dois carros particulares...

– E... posso perguntar? O que a senhora deduz disso?

– Eu não disse que deduzia coisa alguma.

O inspetor-chefe olhou bem para Miss Marple e disse:

– Quero que a senhora me ajude.

– Claro. Para isso estou aqui. O que quer que eu faça?

– Quero que a senhora faça exatamente o que fez na noite de 19 de novembro. A senhora estava dormindo, acordou, possivelmente desper-

tada por algum ruído inusitado. Acendeu a luz, olhou as horas, levantou-se da cama, abriu a porta e espiou. Pode repetir esses mesmos atos?

– Naturalmente – Miss Marple levantou-se e caminhou até a cama.

– Espere um momento – o inspetor-chefe foi até a parede divisória dos dois quartos e deu uma pancadinha.

– É preciso bater com mais força – Miss Marple observou. – Este prédio é muito bem construído.

O inspetor-chefe redobrou o vigor das batidas.

– Eu disse ao cônego Pennyfather que contasse até dez – ele explicou olhando o relógio. – Agora, pode começar.

Miss Marple tocou na lâmpada de cabeceira, consultou um relógio imaginário, levantou-se, caminhou até a porta, abriu-a e espiou. À sua direita, viu o cônego Pennyfather saindo do quarto naquele momento e caminhando para a escadaria. Ao chegar às escadas, o cônego começou a descer os degraus. Ela prendeu por um segundo a respiração e voltou-se.

– E então? – O inspetor-chefe perguntou.

– O homem que eu vi naquela noite não pode ter sido o cônego Pennyfather – Miss Marple revelou. – Ou então esse aí não é o cônego.

– Pensei que a senhora tivesse dito...

– Eu sei. Parecia o cônego Pennyfather. Os cabelos, a roupa, tudo. Mas não tinha o mesmo andar. Acho... acho que deve ter sido um homem mais moço. Sinto muito, muitíssimo, ter-lhe informado mal, mas não foi o cônego Pennyfather que vi naquela noite. Tenho certeza disso agora.

– Tem plena certeza desta vez, Miss Marple?

– Tenho – ela confirmou. – Sinto muito – tornou a acrescentar – ter-lhe dado uma informação errada.

– Por pouco a senhora não acertou. O cônego Pennyfather voltou de fato ao hotel naquela noite. Ninguém o viu entrar, mas isso não é de se admirar. Chegou depois da meia-noite, subiu as escadas, abriu a porta do quarto dele, que ficava ao lado do seu, e entrou. O que viu ou o que lhe aconteceu então, não sabemos, porque ele não sabe ou não quer nos contar. Se houvesse um meio de estimular a memória dele...

– Bem, há aquela palavra em alemão... – disse Miss Marple, pensativa.

180

– Que palavra em alemão?

– Ah, meu Deus, esqueci agora, mas...

Bateram à porta.

– Posso entrar? – perguntou o cônego Pennyfather. E entrou. – Correu tudo bem?

– Muito bem – respondeu Davy. – Eu estava dizendo à Miss Marple... o senhor a conhece?

– Ah, sim – respondeu o cônego, sem saber ao certo se a conhecia ou não.

– Eu estava contando a ela como tínhamos reconstituído todos os movimentos do senhor. O senhor voltou ao hotel, naquela noite, logo depois da meia-noite. Subiu ao primeiro andar, abriu a porta do seu quarto, entrou... – Davy fez uma pausa.

Miss Marple soltou uma exclamação:

– Lembrei-me! Lembrei-me da palavra em alemão. *Doppelganger!*

O cônego Pennyfather também soltou uma exclamação:

– Mas é claro! É claro! Como é que pude esquecer? A senhora tem toda razão. Depois de assistir a um filme, *As muralhas de Jericó,* voltei para cá, subi as escadas, abri a porta do meu quarto e vi... inacreditável... vi-me a mim mesmo, nitidamente, sentado numa cadeira, de frente para mim. É como diz, minha cara senhora, *doppelganger.* Notabilíssimo! E então... deixe-me ver... – e o cônego levantou os olhos, tentando recordar.

– E então – disse o inspetor-chefe –, assombrados com a sua presença, quando achavam que o senhor estivesse tranquilamente em Lucerna, deram-lhe uma pancada na cabeça.

# 26

O cônego Pennyfather fora posto em um táxi, rumo ao Museu Britânico. Miss Marple fora acomodada no saguão do hotel pelo inspetor-chefe, que pediu que ela esperasse uns dez minutos por ele. Miss

Marple concordou. Estimava muito a oportunidade de ficar sentada ali, olhando à sua volta e pensando.

Hotel Bertram. Tantas recordações... O passado fundia-se ao presente. Uma frase em francês invadiu-lhe a mente: *Plus ça change, plus c'est la même chose*. Inverteu a ordem: *Plus c'est la même chose, plus ça change*. "De ambos os modos é verdade", pensou.

Sentia-se triste – pelo hotel Bertram e por si mesma. Estava curiosa em saber o que o inspetor-chefe iria pedir-lhe agora. Percebia nele a animação de quem tem um propósito definido. Era um homem cujos planos afinal se concretizavam. Era o dia D do inspetor-chefe Davy.

A vida no Bertram continuava como de costume. "Não", concluiu Miss Marple, "como de costume, não." Havia uma diferença, embora ela não pudesse dizer onde. Uma inquietação subjacente, talvez?

A porta escancarou-se mais uma vez, dando passagem ao homenzarrão de ar campestre e rústico que veio direto ao local onde estava Miss Marple.

– Tudo pronto? – perguntou ele, bem-humorado.

– Para onde vai levar-me agora?

– Vamos fazer uma visita a lady Sedgwick.

– Ela está hospedada aqui?

– Sim, com a filha.

Miss Marple levantou-se. Lançou um olhar ao redor e murmurou:

– Pobre Bertram.

– Por que "pobre Bertram"?

– Acho que o senhor sabe perfeitamente o que quero dizer.

– Bem, encarando os fatos sob o seu ponto de vista, creio que sei.

– É sempre triste quando se destrói uma obra de arte.

– E a senhora chama isto aqui de obra de arte?

– Chamo sim. E o senhor também.

– Compreendo o que quer dizer – admitiu o inspetor-chefe.

– É como quando se descobre um canteiro invadido pelo sabugueiro bravo. O jeito é arrancar tudo.

– Não entendo muito de jardinagem. Mas tenho certeza que concordo.

Subiram no elevador rumo ao quarto de esquina onde estavam lady Sedgwick e a filha.

Davy bateu à porta, uma voz mandou que entrasse, e ele entrou, seguido por Miss Marple.

Bess Sedgwick estava sentada numa cadeira de espaldar alto, perto da janela. Tinha sobre os joelhos um livro fechado.

– Então é o senhor novamente, inspetor-chefe – os olhos de Bess fitaram Miss Marple e mostraram-se levemente surpresos.

O inspetor-chefe fez as apresentações.

– Esta é Miss Marple. Miss Marple... lady Sedgwick.

– Já a encontrei antes – disse Bess Sedgwick. – Não era a senhora que estava outro dia com Selina Hazy? Sentem-se, por favor. – E virou-se para o inspetor-chefe: – Têm alguma notícia do homem que atirou em Elvira?

– Notícia propriamente não.

– Duvido que jamais venha a ter. Numa neblina como aquela, os tarados saem por aí à procura de mulheres desacompanhadas.

– Até certo ponto é verdade – concordou Davy. – Como vai sua filha?

– Elvira já está bem.

– A senhora está com ela aqui?

– Sim. Telefonei para o tutor dela, o coronel Luscombe. Ele ficou encantado com minha decisão de tomar conta da menina – deu uma risada. – Coitadinho. Está sempre insistindo num ato de reconciliação entre mãe e filha.

– Talvez ele tenha razão nisso – comentou o inspetor-chefe.

– Não, não tem. Neste momento, sim, acho que foi a melhor solução – virou a cabeça para olhar pela janela aberta e disse num tom de voz diferente: – Ouvi dizer que o senhor prendeu um amigo meu, Ladislaus Malinowski. De que o acusa?

– Não o prendi – corrigiu Davy. – Ele está apenas auxiliando as nossas investigações.

– Mandei meu advogado cuidar dele.

O inspetor-chefe aprovou:

– Fez bem. Quem quer que tenha qualquer problema com a polícia, deve contratar logo um advogado. Do contrário, pode facilmente dizer o que não deve.

– Mesmo que seja completamente inocente?

– Talvez, nesse caso, um advogado seja ainda mais necessário.

– O senhor não acredita em nada, não é? Posso saber por que o estão interrogando? Ou não posso?

– Em primeiro lugar, gostaríamos de saber com exatidão o que ele fazia na noite em que Michael Gorman morreu.

Bess Sedgwick endireitou-se bruscamente na cadeira.

– Será que o senhor alimenta a ridícula ideia de que foi Ladislaus quem atirou em Elvira? Eles nem se conheciam.

– Podia ter sido ele. O carro dele estava na esquina.

– Bobagem – lady Sedgwick respondeu de forma enérgica.

– Até que ponto os tiros daquela noite perturbaram a senhora, lady Sedgwick?

Bess mostrou-se um tanto surpresa.

– Naturalmente fiquei abalada, vendo minha filha escapar por um triz. O que o senhor esperava?

– Não quis dizer isso. O que desejo saber é até que ponto a morte de Michael Gorman a abalou.

– Tive muita pena dele. Era um homem valente.

– Só isso?

– O que mais o senhor espera que eu diga?

– A senhora o conhecia, não?

– Claro. Ele trabalhava aqui.

– A senhora não o conhecia só daqui, não é mesmo?

– O que está insinuando?

– Convenhamos, lady Sedgwick. Ele era seu marido, não era?

Durante um momento ela não respondeu. Mas não demonstrou agitação nem surpresa.

– O senhor sabe de muita coisa, não sabe, inspetor-chefe? – deu um suspiro e reclinou-se na cadeira. – Eu não o via há, deixe-me ver, muitos e muitos anos. Vinte anos... ou mais. E então, certo dia olhei por uma janela e, de repente, reconheci Micky.

– E ele a reconheceu?

– É de fato surpreendente que tenhamos reconhecido um ao outro – Bess observou. – Só estivemos juntos cerca de uma semana. Havíamos fugido para nos casar. Então minha família nos encontrou, deu dinheiro a Micky e me levou de volta para casa.

184

Deu outro suspiro.

– Eu era muito criança quando fugi com ele. Não sabia de nada. Uma garota maluca, a cabeça cheia de ideias românticas. Ele para mim era um herói, principalmente porque montava bem a cavalo. Não sabia o que era medo. Era bonito, alegre, falante como um irlandês! Acho que fui eu que o raptei! Não creio que ele tivesse a intenção de me raptar. Mas eu era rebelde, voluntariosa e estava loucamente apaixonada! – balançou a cabeça. – Não durou muito... Bastaram as primeiras 24 horas para que eu me desiludisse. Ele bebia, era grosseiro e bruto. Quando minha família apareceu e me levou de volta, dei graças a Deus. Nunca mais quis nada com ele.

– Sua família sabia que a senhora se casara com ele?

– Não.

– A senhora não contou?

– Não achava que estivesse casada.

– Como foi que tudo aconteceu?

– Nós nos casamos em Ballygowland, mas quando meus pais apareceram, Micky me disse que o casamento tinha sido uma farsa. Ele e os amigos tinham combinado a coisa toda, foi o que ele contou. A essa altura, já me parecia que algo assim era justamente o tipo de coisa que eu poderia esperar dele. Se ele queria o dinheiro que minha família ofereceu, ou se receava ter infringido a lei ao se casar comigo quando eu era ainda menor, não sei. De qualquer forma, nem por um momento duvidei do que ele me havia dito. Na ocasião, não duvidei.

– E mais tarde?

Bess parecia perdida em recordações.

– Só mesmo... ah, muitos anos depois, quando eu já conhecia um pouco melhor a vida e as questões legais, foi então que subitamente me ocorreu que havia a possibilidade de que eu estivesse mesmo casada com Michael Gorman!

– Para dizer a verdade, quando a senhora se casou com lorde Coniston, cometeu bigamia.

– E quando casei com Sedgwick, e depois quando casei com aquele norte-americano, Ridgeway Becker – olhou para o inspetor-chefe e riu, parecendo sinceramente divertir-se. E depois disse:

– Quanta bigamia! É o cúmulo do ridículo.

– Nunca pensou em se divorciar?

Ela deu de ombros.

– Tudo me parecia um sonho idiota. Para que mexer no que está enterrado? Contei a Johnnie, é claro – sua voz tornou-se mais suave e terna ao pronunciar esse nome.

– E o que foi que ele disse?

– Não se importou. Nem Johnnie nem eu éramos muito respeitadores da lei.

– Bigamia acarreta certas penalidades, lady Sedgwick.

Ela encarou-o e riu.

– Quem é que iria preocupar-se com algo que acontecera na Irlanda, não sei quantos anos antes? Tudo estava liquidado. Micky pegara o dinheiro e sumira. O senhor não compreende? Parecia tratar-se apenas de um incidente bobo. Um incidente que eu queria esquecer. Eu o pus de lado, assim como as coisas... o grande número de coisas... que não têm importância na vida.

– E então – continuou o inspetor-chefe, com voz tranquila –, num certo dia de novembro Michael Gorman apareceu e tentou chantageá-la.

– Tolice! Quem disse que ele fez isso?

Davy lentamente voltou-se para a senhora idosa que estava sentada em silêncio, quase sem se mover, em sua cadeira.

– A senhora – exclamou Bess Sedgwick, encarando Miss Marple. – O que a senhora sabe a esse respeito?

A voz de Bess era mais curiosa do que acusadora.

– As poltronas deste hotel têm encostos muito altos – disse Miss Marple. – São confortabilíssimas. Eu estava sentada numa dessas poltronas, em frente à lareira, na sala de correspondência, descansando um pouco antes de sair pela manhã. A senhora entrou para escrever uma carta. Imagino que não percebeu que havia mais alguém na sala. E assim... escutei sua conversa com o Sr. Gorman.

– Escutou?

– Naturalmente – respondeu Miss Marple. – Por que não? Estávamos numa sala pública. Quando a senhora levantou a janela e chamou o homem que estava do lado de fora, eu não fazia a menor ideia de que fossem travar uma conversa particular.

Bess fitou Miss Marple durante um momento, depois admitiu com um vagaroso movimento da cabeça.

– Correto – ela disse. – Sim, compreendo. Mas ainda assim, a senhora interpretou mal o que escutou. Micky não chegou a fazer-me chantagem. Pode ser que ele tenha pensado nisso, mas eu o avisei antes que tentasse! – Os lábios de Bess novamente se encresparam no sorriso largo e generoso que lhe tornava o rosto tão atraente. – Eu o assustei!

– Isso – Miss Marple concordou. – Creio que a senhora provavelmente o assustou. Ameaçou dar um tiro nele. A senhora conduziu o caso, se me permite observar, realmente muito bem.

Bess Sedgwick ergueu as sobrancelhas, um tanto surpresa.

– Mas eu não era a única pessoa que a escutava – continuou Miss Marple.

– Meu Deus! O hotel inteiro estava escutando?

– A outra poltrona estava ocupada.

– Por quem?

Miss Marple cerrou os lábios e lançou ao inspetor-chefe um olhar quase de súplica. "Se alguém tem de dizer-lhe, diga-lhe o senhor", dizia o olhar, "eu não posso..."

– Sua filha estava na outra poltrona – intrometeu-se o inspetor-chefe.

– Ah, não! – O grito irrompeu asperamente. – Ah, não! Elvira não! Sim, entendo... Ela deve ter pensado...

– Pensou tão seriamente no que ouvira que chegou a ir à Irlanda para descobrir a verdade. Não foi difícil descobrir.

Em voz baixa, Bess Sedgwick tornou a dizer:

– Ah, não! – E depois: – Pobre menina...! E mesmo agora, não me perguntou nada. Guardou tudo consigo. Se tivesse me perguntado, eu lhe teria explicado tudo, mostraria que não tinha a menor importância...

– Talvez ela não concordasse com a senhora nesse ponto – observou o inspetor-chefe. – É uma coisa engraçada, sabe – continuou ele com um jeito nostálgico, de uma conversa entre vizinhos, ou como o velho fazendeiro que discutisse problemas do gado e da terra –, depois de muitos anos de tentativas e erros, aprendi a desconfiar de um caso simples demais. Casos assim, em geral, são fáceis demais para serem verdade. E o crime daquela noite parecia exatamente isso, simples demais. A moça contou-me que alguém atirara nela e errara. O porteiro correu para tentar

187

salvá-la e levou a segunda bala. Podia perfeitamente ser verdade. Pode ser a maneira como a moça enxergara o caso. Mas na verdade, por trás das aparências, os fatos poderiam ter sido muito diferentes.

E continuou, em tom mais sério:

– A senhora disse agora mesmo, com grande veemência, lady Sedgwick, que não havia motivo para Ladislaus Malinowski atentar contra a vida de sua filha. Bem, eu concordo com a senhora, não creio que houvesse mesmo razão nenhuma. Ele é o tipo de homem que pode ter uma briga com uma mulher, puxar uma faca e dar-lhe uma facada. Mas não creio que fosse esconder-se numa área vazia e esperar calmamente para atirar numa mulher. Por outro lado, suponhamos que ele quisesse dar um tiro em *outra pessoa*. Gritos e tiros, mas o que aconteceu na verdade foi que *Michael Gorman* morreu. Imaginemos que fosse isso mesmo que ele queria que acontecesse. Malinowski planeja tudo cuidadosamente. Escolhe uma noite de nevoeiro, esconde-se na área e espera até que sua filha apareça na rua. Ele sabe que ela irá aparecer porque combinara tudo desse modo. Dá um tiro. Não aponta para a moça. Tem o maior cuidado em não permitir que a bala passe perto dela, mas a moça pensa naturalmente que é o alvo do tiro. Grita. O porteiro do hotel, escutando o tiro e o grito, vem correndo pela rua, *e então Malinowski atira na pessoa que pretendia atingir: Michael Gorman*.

– Não acredito em uma palavra do que o senhor está dizendo! Por que cargas-d'água Ladislaus iria querer matar Micky Gorman?

– Talvez um pequeno caso de chantagem – sugeriu o inspetor-chefe.

– O senhor quer dizer que Micky estava chantageando Ladislaus? Por quê?

– Talvez – lembrou Davy – por causa de coisas que se passam no hotel Bertram. Michael Gorman talvez tivesse descoberto uma porção de coisas.

– Coisas que se passam no hotel Bertram? O que quer dizer?

– Foi um golpe formidável – elogiou o inspetor-chefe. – Bem planejado, lindamente executado. Mas não há nada que dure para sempre. Miss Marple outro dia me perguntou o que havia de errado aqui. Bem, agora posso responder à pergunta. O hotel Bertram é, para todos os efeitos, o quartel-general de um dos maiores e mais bem-organizados sindicatos do crime dos últimos anos.

## 27

Todos permaneceram calados por alguns segundos. Então Miss Marple quebrou o silêncio:

– É muito interessante!

Bess Sedgwick virou-se para ela.

– A senhora não parece surpresa, Miss Marple.

– Não estou surpresa. Nem um pouco. Havia notado aqui alguns detalhes bastante curiosos que não se encaixavam muito bem. Era tudo perfeito demais para ser verdade, se é que a senhora me entende. É o que se costuma chamar nos círculos teatrais de um lindo espetáculo. Mas é um espetáculo, não é real. Diversos incidentes aparentemente insignificantes chamaram-me a atenção, como pessoas que julgavam reconhecer um amigo, um conhecido, e logo descobriam haver-se enganado.

– Essas coisas acontecem – comentou o inspetor-chefe –, só que aqui aconteciam com frequência excessiva. Não é verdade, Miss Marple?

– É sim – concordou ela. – Pessoas como Selina Hazy costumam cometer esses enganos. Mas muitas outras pessoas também se enganavam. E não se pode deixar de notar.

– Ela observa tudo – o inspetor-chefe explicou a Bess Sedgwick, como se Miss Marple fosse seu cachorrinho amestrado.

Bess Sedgwick voltou-se rapidamente para ele.

– O que o senhor quis dizer quando falou que este hotel era o quartel-general de um sindicato do crime? Porque eu achava que o hotel Bertram era o local mais respeitável do mundo.

– Naturalmente – concordou Davy. – Tinha de ser. Gastou-se muito dinheiro, tempo e energia, fazendo desse hotel exatamente o que é. O autêntico e o falsificado misturam-se aqui com grande talento: temos Henry, o magnífico ator-diretor, comandando o espetáculo; temos ainda Humfries, outro ator maravilhosamente convincente e que, embora na Inglaterra não tenha ficha alguma na polícia, no exterior andou metido com algumas atividades hoteleiras bastante questionáveis. O hotel dispõe de excelentes atores desempenhando

papéis diversos. Devo admitir que não posso deixar de sentir uma enorme admiração por toda essa produção, que aliás custou a este país uma fábula de dinheiro e tem dado dores de cabeça constantes, tanto ao DIC quanto à polícia das províncias. Toda vez que pensávamos estar chegando perto de algo, ou colocávamos o dedo num incidente especial... o tal incidente acabava não tendo nada a ver com coisa nenhuma. Mas nós continuamos o quebra-cabeça, um pedaço aqui, outro ali: uma garagem onde se guardava uma porção de placas de automóveis que poderiam ser transferidas instantaneamente para quaisquer carros; uma firma de caminhões de mudança, um caminhão de açougue, um caminhão de verduras, e até mesmo um par de caminhões postais falsificados; um piloto num carro de corridas, cobrindo distâncias enormes em um tempo incrivelmente curto e, no outro extremo do espectro, um velho clérigo sacolejando pela estrada em seu velho Morris-Oxford; um chalé onde mora um vendedor de hortaliças que presta primeiros socorros quando necessário e que mantém contato com um médico utilíssimo. Não preciso descrever tudo. As ramificações parecem não ter fim. E isso é só metade do fenômeno. Os visitantes estrangeiros que frequentam o Bertram são a outra metade. A maior parte vem dos Estados Unidos, ou da Comunidade Britânica: gente rica, acima de qualquer suspeita, que desembarca sua bagagem de luxo, que parece ser sempre a mesma, mas não é; turistas ricos que chegam à França e não se preocupam com a alfândega, porque esta não importuna turistas que trazem dinheiro para o país. E os mesmos turistas não se repetem com muita frequência. Não é bom ir com muita sede ao pote. Não será fácil provar ou juntar todos esses elementos, mas no fim tudo ficará esclarecido. Estamos começando bem. Os Cabots, por exemplo...

– O que tem os Cabots? – Bess perguntou de forma áspera.

– Lembra-se deles? Uns norte-americanos muito simpáticos. Simpaticíssimos. Estiveram aqui no ano passado e voltaram este ano. Mas não viriam uma terceira vez. Ninguém vem aqui mais de duas vezes na mesma jogada. Conseguimos prendê-los quando desembarcavam em Calais. Aquela mala-gabinete que levavam era muitíssimo bem-bolada. Continha 3 mil libras muito bem-escondidas, produto do assalto ao trem de Bedhampton. É claro que isso é apenas uma gota no oceano.

E continuou, impassível:

– Deixem-me dizer de novo: o hotel Bertram é o quartel-general disso tudo. A metade dos empregados está metida na tramoia. Certos hóspedes também estão envolvidos. Alguns deles são realmente quem dizem ser... outros não. Os verdadeiros Cabots, por exemplo, no momento estão no Iucatan. Há também a quadrilha da identificação. Tomemos como exemplo o juiz Ludgrove: um rosto familiar, nariz de batata e uma verruga. Facílimo de imitar. E também o cônego Pennyfather: um afável clérigo do interior, com uma grande cabeleira branca e um comportamento notoriamente distraído – seus maneirismos, seu jeito de espiar por cima dos óculos, tudo muito fácil de ser imitado por um bom ator caracterizado.

– Mas qual o propósito disso tudo? – indagou Bess.

– A senhora realmente quer saber? Não é óbvio? O juiz Ludgrove é visto perto do local onde um banco fora assaltado. Alguém o reconhece e menciona esse fato. Começamos a investigar. É tudo uma farsa. Ele estava em um local muito diferente na ocasião. Mas só depois de algum tempo é que fomos descobrir que todos esses enganos eram deliberados. Ninguém se preocupou em identificar o sósia do juiz, que nem se parece tanto assim com ele quando tira a maquilagem e para de representar o papel de juiz. Tudo isso tem causado muita confusão. Já tivemos um juiz do Supremo Tribunal, um arcediago, um almirante e um general de divisão, todos vistos perto da cena do crime.

Ele continuou:

– Depois do assalto ao trem de Bedhampton, pelo menos quatro veículos foram utilizados antes que o dinheiro chegasse a Londres: um carro de corridas dirigido por Malinowski, um falso caminhão Metal Box, um Daimler antigo com um suposto almirante na direção e um velho clérigo de cabeleira branca num Morris Oxford. Foi uma operação espetacular, incrivelmente bem-planejada. Mas então, um belo dia, a quadrilha teve um pouco de azar. Aquele velho clérigo biruta, o cônego Pennyfather, foi pegar o avião no dia errado, e não o deixaram embarcar. Ele saiu andando por Cromwell Road, foi ver um filme, voltou depois da meia-noite, subiu para o quarto que ocupava e do qual tinha a chave no bolso, abriu a porta e viu o que lhe pareceu ser ele próprio, sentado numa cadeira de frente para ele! A última coisa que a

quadrilha esperava era que o verdadeiro cônego Pennyfather, que deveria estar instalado em Lucerna, entrasse de repente no quarto! O sósia estava justamente se preparando para desempenhar seu papel em Bedhampton quando o cônego chegou. Não sabiam o que fazer, e então um dos membros do grupo agrediu o cônego. Humfries, suponho. Golpeou a cabeça do velho, deixando-o inconsciente. Creio que alguém zangou-se com isso. E muito. Depois de examinarem o velhote e decidirem que ele estava apenas desmaiado e que provavelmente despertaria mais tarde, resolveram levar o plano adiante. O falso cônego Pennyfather deixou o quarto, saiu do hotel e seguiu para o cenário das atividades, onde deveria desempenhar seu papel na operação. Não sei o que fizeram com o autêntico cônego Pennyfather, posso apenas supor. Creio que mais tarde ele foi levado num carro até o chalé do vendedor de hortaliças, em um local não muito distante do ponto onde o trem seria assaltado, e onde um médico poderia atender ao velho. Desse modo, se aparecessem notícias de que o cônego Pennyfather fora visto nas vizinhanças, tudo se encaixaria nos planos. Devem ter ficado extremamente preocupados, até que finalmente o cônego voltou a si, e eles descobriram que pelo menos três dias tinham sido apagados da sua memória.

– Se não fosse por isso, acha que o teriam matado? – indagou Miss Marple.

– Não – respondeu o inspetor-chefe. – Não creio que o matassem. Alguém não permitiria que isso acontecesse. Parece bastante claro que os líderes dessa quadrilha são contra os crimes de morte.

– Que coisa fantástica! – exclamou Bess Sedgwick. – Completamente fantástica! Não creio que o senhor tenha qualquer indício da ligação de Ladislaus Malinowski com toda essa confusão.

– Tenho provas mais do que suficientes contra Ladislaus Malinowski – respondeu Davy. – A senhora sabe que ele é descuidado. Ficou rondando por aqui, quando deveria ter ficado longe. A primeira vez que veio foi para encontrar-se com sua filha. Eles tinham combinado uma espécie de código.

– Tolice. Ela mesma disse ao senhor que não o conhecia.

– Pode ter me dito isso, mas não é verdade. Ela está apaixonada por ele. Quer que o rapaz se case com ela.

– Não acredito!

– A senhora não está em condições de saber – o inspetor-chefe ressaltou. – Malinowski não é o tipo de pessoa que conta todos os seus segredos, e a senhora não conhece a sua filha. A senhora mesma confessou. E ficou zangadíssima, não ficou, quando soube que Malinowski viera ao hotel Bertram?

– Por que me zangaria?

– *Porque a senhora é o cérebro do bando* – afirmou Davy. – A senhora e Henry. O lado financeiro era dirigido pelos irmãos Hoffman. Eles cuidavam de todas as transações com os bancos continentais, tratavam das contas e de coisas desse gênero, mas o chefe da quadrilha, a cabeça que dirigia e planejava todas as operações era a senhora, lady Sedgwick.

Bess olhou para o policial e riu.

– Nunca ouvi uma coisa tão ridícula!

– Não, não tem nada de ridículo. A senhora tem inteligência, coragem e ousadia. Já experimentou quase tudo; e achou que podia fazer uma experiência com o crime. Muito emocionante, muito arriscado. Não era o dinheiro que a atraía, quero crer, mas sim o divertimento. Mas a senhora não tolerava assassinatos nem violência desnecessária. Não permitia que houvesse mortes, nem assaltos brutais, apenas algumas pancadinhas leves na cabeça de certas pessoas, quando necessário. Sabe, a senhora é uma mulher interessantíssima. Um dos poucos grandes criminosos que me parece realmente interessante.

Houve silêncio por alguns minutos. Por fim, Bess Sedgwick se pôs de pé.

– Acho que o senhor está louco – e estendeu a mão para o telefone.

– Quer chamar seu advogado? É o melhor que tem a fazer, antes que fale demais.

Com um gesto violento ela recolocou o fone no gancho.

– Pensando bem, eu detesto advogados. Muito bem. Seja como Deus quiser. Sim, eu dirijo o espetáculo. E o senhor está certíssimo quando diz que era tudo muito divertido. Adorei cada minuto da aventura. Era divertidíssimo tirar dinheiro de bancos, trens, agências do correio e carros fortes. Era divertido planejar e decidir cada operação; extremamente divertido. Fui com muita sede ao pote? Foi isso que o senhor afirmou ainda agora, não foi? Creio que é verdade. Bem, valeu a pena o preço da entrada! Mas o senhor está enganado quando

diz que Ladislaus Malinowski atirou em Michael Gorman. Não foi ele. *Fui eu* – e soltou uma gargalhada repentina e entusiasmada. – Não importa o que ele fez, o que ameaçou fazer. Eu disse a ele que lhe daria um tiro... Miss Marple me ouviu... e dei mesmo um tiro nele. Fiz exatamente o que o senhor insinuou que Ladislaus fez. Escondi-me na área. Quando Elvira passou, dei um tiro para o alto, e quando ela gritou e Micky veio correndo pela rua, coloquei-o na minha mira e atirei! É claro que possuo as chaves de todas as entradas do hotel. Meti-me pela porta da área e subi para o meu quarto. Não me passou pela cabeça que vocês pudessem descobrir que a pistola era de Ladislaus, ou que viessem a suspeitar dele. Eu havia pegado a pistola do carro de Ladislaus, escondida dele. Mas, garanto ao senhor, não tive nenhuma intenção de jogar as suspeitas sobre ele.

E virou-se de forma rápida para Miss Marple.

– A senhora é testemunha da minha confissão, lembre-se: *eu matei Gorman.*

– Ou talvez a senhora esteja dizendo isso porque está apaixonada por Malinowski – sugeriu Davy.

– Não estou – a resposta veio ríspida. – Sou amiga dele, é só isso. Ah, sim, fomos amantes, quase por acaso, mas não estou apaixonada por ele. Em toda minha vida, amei apenas um homem: John Sedgwick – a voz suavizou-se ao pronunciar esse nome. – Mas Ladislaus é meu amigo. E não quero que ele seja incriminado pelo que não fez. *Eu matei Michael Gorman.* Já o confessei e Miss Marple me ouviu... E agora, meu caro inspetor-chefe Davy... – sua voz elevou-se com entusiasmo, e sua gargalhada vibrou no ar... – *Venha me pegar, se for capaz.*

Com um gesto do braço, quebrou a vidraça da janela com o telefone e, antes que o inspetor-chefe se pusesse de pé, já estava do lado de fora da janela e deslizava rapidamente ao longo da estreita cornija. Com surpreendente rapidez, e a despeito de sua corpulência, Davy correu para a outra janela e levantou o caixilho. Ao mesmo tempo soprava o apito que tirara do bolso.

Miss Marple, erguendo-se com um pouco mais de dificuldade, estava ao lado de Davy um momento depois. Juntos, alongaram o olhar pela fachada do hotel Bertram.

– Ela vai cair. Está subindo pelo cano de esgoto – exclamou Miss Marple. – Mas por que estará *subindo*?

– Vai para o telhado. É a única chance que tem, sabe disso. Deus do céu, olhe! Sobe como um gato. Parece uma mosca presa à parede. Como está se arriscando!

Miss Marple murmurou, os olhos semicerrados:

– Ela vai cair... Não vai conseguir...

Lady Sedgwick desapareceu. O inspetor-chefe recuou um pouco para dentro do quarto. Miss Marple perguntou:

– O senhor não quer ir e...

Davy balançou a cabeça:

– O que posso fazer? Não tenho condições físicas para persegui-la. Mas meus homens estão a postos, prontos para esta eventualidade. Eles sabem o que fazer. Dentro de poucos minutos saberemos o que houve... Se bem que eu não me admiraria se ela escapulisse bem diante do nariz deles! É uma mulher diferente, Miss Marple – e soltou um suspiro. – Uma dessas mulheres indomáveis. A cada geração aparecem algumas assim. Ninguém consegue domesticá-las, ninguém consegue fazer com que se conformem à sociedade e obedeçam à lei e à ordem. Seguem seu próprio caminho. Se são santas, vão tratar de leprosos ou coisa semelhante, e acabam martirizadas nas selvas. Se não prestam, cometem atrocidades das quais não se pode nem falar. E às vezes... são apenas indomáveis! Acho que teriam dado certo se tivessem nascido em outra época, num tempo em que cada um tinha que cuidar de si mesmo, um tempo em que todos tinham de lutar para se manterem vivos – riscos a todo momento, perigo em toda parte, e elas mesmas um perigo para os demais. Um mundo assim lhes serviria; ficariam à vontade nele. Este nosso não lhes serve.

– O senhor sabia o que ela ia fazer?

– Na verdade, não. Essa é uma das suas especialidades: os lances inesperados. Talvez tenha previsto tudo isso. Sabia o que estava por vir. E ficou sentada, olhando para nós, deixando a bola rolar... e pensando. Pensando e planejando. Espero... ah... – interrompeu-se ao ouvir o uivo estridente dos pneus, o súbito ronco do poderoso motor de corridas. Debruçou-se no peitoril.

– Ela conseguiu. Pegou o carro.

Ouviu-se mais um ranger agudo de pneus quando o carro dobrou a esquina sobre duas rodas, um ronco potente, e o belo monstro branco apareceu, cruzando a rua como um meteoro.

– Ela vai matar alguém – alertou Davy. – É capaz de matar uma porção de gente, mesmo que não se mate.

– Quem sabe... – sugeriu Miss Marple.

– Ela dirige muito bem, é claro. Dirige incrivelmente bem. Puxa, essa foi por um triz!

Ouviram o barulho do carro se afastando, o som da buzina, e depois o ruído diminuiu. Então ouviram gritos, berros, o ranger de freios, carros buzinando e parando e, por fim, um grande uivo de pneus e os disparos de um cano de descarga.

– Ela bateu – afirmou o inspetor-chefe.

E ficou parado, quieto, esperando com sua paciência característica. Miss Marple mantinha-se calada ao lado dele. Então, como num jogo de telefone sem fio, uma mensagem foi transmitida ao longo da rua. Um homem na calçada oposta olhou para o inspetor-chefe e fez alguns sinais rápidos com as mãos.

– Acabou – traduziu o inspetor-chefe com a expressão abatida. – Está morta. Foi de encontro às grades do parque a 190 quilômetros por hora. Ninguém mais se feriu; houve apenas algumas colisões menores. Dirigia maravilhosamente. Mas agora está morta – voltou-se para o interior do quarto e disse com ar solene: – Bem, primeiro contou a sua versão da história. A senhora a ouviu.

– Ouvi – respondeu Miss Marple. – Ouvi sim – fez uma pausa. – Evidentemente era mentira – ela concluiu pausadamente.

Davy encarou-a.

– A senhora então não acreditou nela, não foi?

– E o senhor acreditou?

– Não – respondeu o inspetor-chefe. – Não era a versão correta. Ela inventou aquilo esperando que se encaixasse na história, mas não era verdade. Não foi ela que atirou em Michael Gorman. Por acaso a senhora sabe quem foi?

– É claro que sei – afirmou ela. – A moça.

– Ah! E quando começou a pensar assim?

– Sempre suspeitei – assegurou Miss Marple.

– Eu também. Ela estava cheia de medo naquela noite. E as mentiras que contava não me convenciam. Mas a princípio não consegui descobrir o motivo.

– Isso também me deixou intrigada – confessou Miss Marple. –

Ela descobrira que a mãe cometera bigamia, mas será que uma moça, hoje em dia, comete um crime por causa disso? Não acredito! Suponho... que foi por causa do dinheiro, não?

– Sim, foi o dinheiro – concordou o inspetor-chefe. – O pai dela deixou-lhe uma fortuna colossal. Quando a Srta. Blake descobriu que a mãe era casada com Michael Gorman, compreendeu que o casamento com Coniston não era legal. Pensou que isso significaria que o dinheiro não seria seu, pois, apesar de ser filha dele, não era filha legítima. Estava enganada, sabe? Já lidamos com um caso parecido com esse. Depende dos termos do testamento. Coniston claramente deixou o dinheiro para a filha, citando-a nominalmente. Elvira iria receber o dinheiro de qualquer forma, mas não sabia disso. E não queria perder toda aquela fortuna.

– Por que faria tanta questão do dinheiro?

O inspetor-chefe disse, sombrio:

– Para comprar Ladislaus Malinowski. Ele só queria casar-se com ela pelo dinheiro. Se não fosse pelo dinheiro, não se casaria. E ela sabia disso. Mas queria ficar com o camarada sob quaisquer condições. Estava perdidamente apaixonada por ele.

– Eu sei – afirmou Miss Marple. E explicou: – Vi isso no rosto dela naquele dia em Battersea Park...

– Ela sabia que, se herdasse o dinheiro, ficaria com ele; caso contrário, acabaria por perdê-lo – continuou Davy. – E por isso planejou um assassinato a sangue-frio. É claro que não precisou esconder-se. Não havia ninguém na área. Ficou de pé, junto à grade, deu um tiro e gritou; quando Michael Gorman chegou correndo pela rua, atirou nele à queima-roupa. Depois continuou a gritar. Na maior calma. Não tinha intenção de incriminar Ladislaus. Pegou a pistola dele porque era a única arma que podia conseguir com facilidade; jamais sonhou que ele pudesse tornar-se suspeito do crime ou que andasse pelos arredores naquela noite. Pensou que o crime seria atribuído a algum bandido que se aproveitara do nevoeiro. Sim, que frieza! Porém, naquela noite, mais tarde, teve medo! E a mãe teve medo por ela.

– E agora... o que o senhor vai fazer?

– Sei que ela foi a culpada – explicou o inspetor-chefe –, mas não tenho provas. Talvez ela se aproveite da sorte dos principiantes... Hoje em dia a lei de certo modo permite ao cão a primeira mordida... Um advogado experiente pode fazer um dramalhão de primeira: uma

moça, tão jovem, criada em circunstâncias infelizes... além disso, ela é bonita, a senhora sabe.

– É verdade – concordou Miss Marple. – Os filhos de Lúcifer quase sempre são belos. E, como sabemos, florescem como o loureiro verdejante.

– Mas, como eu disse, talvez nem haja um julgamento. Não há provas, a senhora mesma será chamada como testemunha – testemunha do que disse a mãe, testemunha da confissão do crime pela mãe.

– Eu sei. Ela fez questão de reiterar a confissão, não foi? Escolheu a morte para si, em troca da liberdade da filha.

– Foi como se me fizesse um último pedido...

A porta que dava para o quarto de dormir abriu-se e Elvira Blake entrou. Usava um vestido liso, azul-claro. Os cabelos louros lhe caíam pela face. Parecia um anjo de uma pintura italiana antiga. Olhou para Davy e Miss Marple, e disse:

– Ouvi o barulho de uma batida de carros, e gente gritando... Houve algum acidente?

– Lamento informá-la, Srta. Blake – disse o inspetor-chefe em tom formal.

Elvira deu um pequeno soluço.

– Não – era um protesto fraco, inseguro.

– Antes de tentar fugir – o inspetor-chefe continuou –, sua mãe confessou ter matado Michael Gorman.

– Então ela disse... que foi *ela*...

– Isso. Foi o que *ela disse*. Tem alguma coisa a acrescentar?

Elvira fitou o inspetor-chefe por algum tempo. Depois balançou a cabeça levemente.

– Não. Não tenho nada a acrescentar.

Deu meia-volta e saiu da sala.

– E agora? – Miss Marple perguntou – O senhor vai consentir que ela se safe assim?

Houve uma pausa. Em seguida, o inspetor-chefe baixou o punho, dando um murro em cima da mesa:

– Não – ele berrou. – Não, juro por Deus que não vou!

Miss Marple balançou a cabeça de forma lenta e sombria.

– Que Deus tenha piedade da sua alma – ela rogou.

*fim*

# Enquanto houver luz

(conto)

# Enquanto houver luz

O Ford chocalhava pelos sulcos do caminho, e o abrasador sol africano projetava-se implacavelmente. Em um dos lados daquilo a que chamavam de estrada espraiava-se uma fileira ininterrupta de árvores e arbustos, subindo e descendo em delicadas linhas onduladas que se estendiam tão longe quanto os olhos podiam alcançar, um colorido amarelo-esverdeado intenso, provocando um efeito geral langoroso e estranhamente calmo. Poucos pássaros quebravam o torpor do silêncio. Uma vez uma cobra ziguezagueou pela estrada em frente ao carro, escapando com sinuosa facilidade aos esforços do motorista para destruí-la. Uma vez um nativo irrompeu da moita, ereto e digno; atrás dele, uma mulher com uma criança fortemente presa às suas amplas costas e um completo equipamento doméstico, incluindo uma frigideira, magnificamente equilibrada em sua cabeça.

Todas essas coisas George Crozier não deixara de mostrar à sua mulher, que lhe respondia com uma monossilábica falta de interesse que o irritava.

– Pensando naquele sujeito – deduziu ele, zangado. Era assim que ele evitava aludir, em sua mente, ao primeiro marido de Deirdre Crozier, morto no primeiro ano da guerra. Morto, ademais, na campanha contra os alemães na África Ocidental.

Era natural que ela o fizesse, talvez – ele lançou-lhe um olhar furtivo, um olhar para sua beleza, para a maciez rosa e branca de seu rosto, para as linhas arredondadas de seu perfil –, talvez bem mais arredondadas do que o haviam sido naqueles longínquos dias, quando ela havia passivamente permitido que ele se tornasse seu noivo e, então, naquele primeiro pavor emocionado da guerra, o havia posto de lado e feito um casamento de guerra com aquele garoto magro e queimado de sol que a amava: Tim Nugent.

Bem, o sujeito estava morto – galantemente morto – e ele, George Crozier, havia casado com a jovem com quem sempre sonhara casar. Ela o amava, também; como poderia deixar de amá-lo se ele estava sempre pronto para satisfazer todos os seus desejos e também possuía o dinheiro para fazê-lo? Ele refletia, com alguma complacência, a respeito do último presente que lhe dera, em Kimberley, onde, devido à sua amizade com alguns diretores da De Beers, lhe fora possível comprar um diamante que, pelos meios comuns, jamais chegaria ao mercado, uma pedra que não era marcante em termos de tamanho, mas com uma nuança exótica e peculiar, rara, âmbar-escuro, quase ouro velho, um diamante como não se encontraria em cem anos. E a expressão de seus olhos quando o deu para ela! As mulheres são todas iguais quando se trata de diamantes.

A necessidade de segurar-se com ambas as mãos, a fim de evitar ser cuspido do carro, trouxe George Crozier de volta à realidade. Ele gritou, possivelmente pela décima quarta vez, com a perdoável irritação de um homem que possui dois Rolls-Royce e que havia exercitado os animais de seu haras em estradas civilizadas:

– Meu Deus, que carro! Que estrada! – Ele prosseguiu, irritado: – Onde fica essa fazenda de tabaco? Há mais de uma hora que deixamos Bulawayo.

– Estamos perdidos na Rodésia – disse Deirdre calmamente, entre dois solavancos que a ergueram.

Mas o motorista de pele cor de café respondeu com boas notícias: o destino deles ficava logo após a curva seguinte da estrada.

O ADMINISTRADOR DA FAZENDA, o Sr. Walters, esperava na escada, para recebê-los com o toque de deferência devido à proeminência de George Crozier na Union Tobacco. Ele apresentou-lhes sua enteada, que acompanhou Deirdre ao longo do fresco e escuro saguão interno até o quarto de dormir, onde ela pôde retirar o véu que sempre usava, cuidando-se com esse escudo quando viajava de automóvel. Enquanto Deirdre desprendia os colchetes na sua habitual maneira graciosa e descansada, seus olhos correram ao redor da feiura caiada do quarto quase vazio. Não havia nenhum luxo ali, e Deirdre, que amava o conforto assim como um gato ama leite, tremeu um pouco. Na parede,

um texto se defrontava com ela. "Qual seria o lucro de um homem, se ele conquista o mundo todo e perde sua própria alma?", indagava o texto a todo mundo, e Deirdre, agradavelmente consciente de que a pergunta nada tinha a ver com ela, voltou-se para examinar sua tímida e bastante silenciosa guia. Ela notou, mas nem um pouco maliciosamente, os quadris largos e o inadequado vestido de algodão barato. E com um rebrilhar de tranquila aprovação, seus olhos pousaram na dispendiosa e singular simplicidade de seu traje de linho branco francês. Belas roupas, principalmente quando vestidas por ela, incitavam-lhe a alegria do artista.

Os dois homens estavam esperando por ela.

– Sra. Crozier, ficaria aborrecida em dar uma volta pelos arredores?

– De forma alguma. Jamais estive numa fábrica de tabaco.

Desceram as escadas ainda sob a quieta tarde rodesiana.

– Estas são as plantas criadas a partir de semente; nós as plantamos conforme as necessidades. Vocês podiam ver...

A voz do gerente zumbia, intercalada pelas perguntas bruscas de seu marido: produção, imposto do selo, problemas com os trabalhadores negros. Ela parou de ouvir.

Isto era a Rodésia, esta era a terra que Tim havia amado, onde ele e ela viveriam juntos depois que a guerra acabasse. Se ele não tivesse sido morto! Como sempre, a amargura da revolta aflorou nela ao pensar nisso. Dois meses apenas... Foi tudo o que tiveram. Dois meses de felicidade – se é que aquela mistura de êxtase e dor era felicidade. Seria o amor felicidade contínua? Será que um milhão de torturas não envolviam o coração amante? Ela vivera intensamente naquele curto espaço, porém conhecera a paz, a tranquilidade, a calma satisfação de sua vida atual? E pela primeira vez ela admitiu, meio a contragosto, que talvez tudo aquilo tivesse sido para melhor.

"Eu não teria gostado de viver aqui. Eu não teria sido capaz de fazer Tim feliz. Eu o teria desapontado. George me ama, e eu o estimo muito, e ele é muito, muito bom para mim. Ora, veja este diamante que ele comprou para mim outro dia." E pensando nisso seus cílios enlangueceram um pouco de puro prazer.

– Aqui é onde selecionamos as folhas. – Walters mostrava o caminho para um barracão baixo e comprido. Sobre o chão estavam enormes pilhas de folhas verdes e homens negros, vestidos de branco, agachados em torno delas, pegando-as ou rejeitando-as com dedos ágeis, agrupando-as conforme o tamanho e depois pendurando-as, presas por meio de agulhas primitivas, num longo fio. Trabalhavam com uma lentidão alegre, brincando entre si e exibindo os dentes brancos quando sorriam. – A seguir, lá adiante...

Cruzaram toda a extensão do barracão e retornaram à luz do dia, onde fileiras de folhas penduradas secavam ao sol. Deirdre inspirou delicadamente ante a discreta e imperceptível fragrância que inundava o ar.

Walters guiou-os até outros barracões onde o tabaco, tocado pelo sol, assumia uma pálida descoloração amarelada e prosseguia em seu tratamento. O local era sombrio, com as massas escuras oscilando acima, prontas para serem transformadas em pó ao menor toque. A fragrância era mais forte, quase dominadora, foi a impressão de Deirdre; subitamente, uma espécie de terror a subjugou, um medo que ela não sabia onde se originava e que a empurrou da ameaçadora e fragrante obscuridade para a luz do sol. Crozier notou sua palidez.

– Qual é o problema, querida? Não se sente bem? O sol, talvez. Não será melhor não vir conosco na visita às plantações?

Walters foi solícito. Era melhor que a Sra. Crozier retornasse para a casa e descansasse. Ele chamou um homem que estava por perto.

– Sr. Arden... Sra. Crozier. A Sra. Crozier sente-se um pouco cansada com o calor. Leve-a de volta para a casa.

A momentânea sensação de tontura havia passado. Deirdre caminhava ao lado de Arden. Até então, ela mal dera uma rápida olhada nele.

– Deirdre!

O coração dela disparou e depois se acalmou. Apenas uma pessoa pronunciaria seu nome assim, com a tênue ênfase na primeira sílaba que se assemelhava a uma carícia.

Ela voltou-se e olhou para o homem ao seu lado. Ele estava bronzeado, quase queimado pelo sol, manquejava e no lado do rosto próximo ao seu havia uma longa cicatriz que modificava sua expressão, mas ela o reconheceu.

– Tim!

No que lhe pareceu uma eternidade, ambos se entreolharam, emudecidos e trêmulos e, depois, sem saber o como ou o porquê, jogaram-se nos braços um do outro. O tempo retrocedeu. Passado algum tempo, separaram-se, e Deirdre, consciente da idiotice da pergunta, indagou:

– Então você não está morto?

– Não, eles devem ter me trocado por algum companheiro. Fui gravemente atingido na cabeça, mas consegui recuperar os sentidos e arrastar-me para os arbustos. Depois disso, não sei o que aconteceu durante meses e meses, porém uma tribo amiga cuidou de mim e, por fim, recuperei-me totalmente e tentei voltar à civilização. – Ele fez uma pausa. – Soube que você havia se casado há seis meses.

Deirdre bradou:

– Oh, Tim, compreenda, por favor, compreenda! Eu me sentia tão mal, a solidão... e a pobreza. Eu não me importava de ser pobre com você, mas quando me vi sozinha não tive nervos para suportar a sordidez de tudo aquilo.

– Está bem, Deirdre, eu compreendo. Sei que você sempre teve um ardoroso desejo de levar uma vida luxuosa. Eu a arrebatei uma vez dela. Mas da segunda vez, bem, meus nervos falharam. Eu estava totalmente quebrado, mal podia caminhar com uma muleta e, além disso, havia esta cicatriz.

Ela interrompeu-o apaixonadamente.

– Você acha que eu teria me importado com isso?

– Não, sei que não se importaria. Fui um tolo. Algumas mulheres se importam, você sabe. Eu resolvi que daria uma olhada em você. Se parecesse feliz, se eu achasse que você estava contente com Crozier... ora, então eu continuaria morto. Eu a vi. Você entrava em um enorme automóvel. Você usava peles de zibelina... coisas que eu jamais seria capaz de lhe dar, mesmo que trabalhasse dia e noite e... bem... você parecia bastante feliz. Eu não tinha a mesma força e coragem, a mesma crença em mim mesmo que eu tivera antes da guerra. Tudo o que via era alguém muito ferido e inútil, dificilmente capaz de ganhar o suficiente para mantê-la... e você estava tão linda, Deirdre, tal como uma

rainha entre as mulheres, tão merecedora de peles, joias e belas roupas e todos os mil e um luxos que Crozier pode lhe proporcionar. Isso... e... bem, a dor de vê-los juntos fez com que me decidisse. Todos acreditavam que eu estava morto. Eu continuaria morto.

– A dor! – repetiu Deirdre, a voz baixa.

– Bem, maldito seja tudo isso, Deirdre, mas machucou-me, doeu! Eu não a culpo. Não. Mas doeu.

Ambos ficaram em silêncio. Depois, Tim ergueu-lhe o rosto e beijou-o com renovada ternura.

– Mas agora tudo acabou, querida. A única coisa a decidir é como iremos contar tudo a Crozier.

– Oh! – Ela conteve-se abruptamente. – Não havia pensado nisso...

Calou-se quando Crozier e o gerente surgiram na curva da trilha. Com suave voltear de cabeça, ela sussurrou:

– Não faça nada agora. Deixe comigo. Preciso prepará-lo. Onde poderemos nos encontrar amanhã?

Nugent pensou.

– Poderei ir a Bulawayo. Que tal o café perto do Standard Bank? Às 15 horas ele está quase vazio.

Deirdre fez rápido sinal de assentimento antes de lhe dar as costas e reunir-se aos dois homens. Tim Nugent observou-a afastar-se com ligeiro franzir da testa. Alguma coisa em seu comportamento intrigou-o.

DEIRDRE ESTAVA muito silenciosa durante a viagem de volta, no carro. Abrigando-se sob a desculpa do "calor do sol", ela ponderava qual seria a atitude a tomar. Como lhe contaria? Como ele receberia a notícia? Uma estranha e crescente lassidão a dominava, e o poderoso desejo de adiar a revelação tanto quanto pudesse. Amanhã seria muito cedo. Haveria tempo suficiente antes das 15 horas.

O hotel era desconfortável. Os aposentos ficavam no pavimento térreo, voltado para o pátio interno. Deirdre passou a noite de pé, aspirando o ar cediço e lançando olhares de insatisfação para a mobília espalhafatosa. Sua mente voou para o tranquilo luxo de Monkton Court, entre os pinheirais do Surrey. Quando a criada por fim deixou-a

206

só, ela dirigiu-se lentamente para sua caixa de joias. Na palma da mão, o diamante dourado devolvia-lhe o brilho de seu olhar.

Com um gesto quase violento ela recolocou-o na caixa e bateu a tampa. Amanhã de manhã contaria a George.

Ela dormiu mal, abafada sob as pesadas dobras do mosquiteiro. A palpitante escuridão era pontuada pelo onipresente silvo que ela havia aprendido a temer. Deirdre despertou pálida e indisposta. Impossível começar um drama tão cedo!

Ela permaneceu no pequeno quarto, fechado durante toda a manhã, descansando. A hora do almoço provocou-lhe uma sensação de choque. Quando se sentaram, bebendo café, George Crozier sugeriu que fossem de carro até Matopos.

– Teremos muito tempo se sairmos agora.

Deirdre balançou a cabeça, queixando-se de dor de cabeça e disse para si mesma: "Isso ajeita tudo. Não posso apressar as coisas. Além disso, que diferença faz um dia a mais ou a menos? Explicarei a Tim."

Ela acenou, despedindo-se de Crozier, enquanto ele chocalhava no exaurido Ford. Depois, olhando o relógio, caminhou vagarosamente para o ponto de encontro.

O café estava deserto àquela hora. Sentaram-se a uma pequena mesa e pediram o inevitável chá que o sul da África bebe em todas as horas do dia e da noite. Nenhum deles disse uma só palavra até que a garçonete os servisse e saísse com rapidez por entre cortinas cor-de-rosa. Depois, Deirdre ergueu os olhos e sentiu-se sobressaltada ao defrontar-se com a intensa atenção dos olhos dele.

– Deirdre, você falou com ele?

Ela negou com a cabeça, umedecendo os lábios, procurando palavras que não vinham.

– Por que não?

– Não tive oportunidade; não houve tempo.

Até mesmo para ela as palavras soaram inconvincentes e duvidosas.

– Não é isso. Existe algo mais. Suspeitei disso ontem. Tenho certeza hoje. Deirdre, o que é?

Ela moveu a cabeça, taciturna.

– Existe uma razão pela qual você não quer deixar George Crozier, pela qual você não quer voltar para mim. Qual é?

Era verdade. Conforme ele dissera, ela sabia, sabia com súbita e aguda vergonha, sabia disso sem nenhuma possibilidade de dúvida. E, ainda assim, os olhos de Tim procuravam os dela.

– Você não o ama! Não pode amá-lo! Mas existe algo.

Ela pensou: "Em outra ocasião ele saberá! Oh, Deus, não o abandone!"

Subitamente, o rosto de Deirdre empalideceu.

– Deirdre... existe a possibilidade de ser um filho?

Num lampejo, ela percebeu a chance que ele lhe oferecia. Que saída maravilhosa! Vagarosamente, quase sem o perceber, ela curvou a cabeça.

Ela ouviu a respiração ofegante de Tim, depois a voz alta e firme.

– Isso... muda as coisas. Eu não sabia. Temos de encontrar um meio diferente. – Ele inclinou-se sobre a mesa e segurou as duas mãos dela entre as suas. – Deirdre, minha querida, jamais pense... nem em sonho, que você fez algo culposo. Não importa o que aconteça, lembre-se disso. Eu poderia tê-la reivindicado quando voltei para a Inglaterra. Tive medo; portanto, é a minha vez de fazer o que puder para colocar as coisas em seus devidos lugares. Entendeu? Seja lá o que aconteça, não se inquiete, querida. Você não tem culpa de nada.

Ele ergueu uma das mãos, depois a outra até os seus lábios. Depois ela se viu sozinha, olhando para o chá que não fora sequer tocado. E, com muita estranheza, via apenas uma coisa – um texto pomposamente enfeitado, que pendia da parede caiada. As palavras pareciam erguer-se, sendo atiradas contra ela. "Qual será o lucro de um homem..." Ela levantou-se, pagou o chá e saiu.

George Crozier, ao voltar, foi recebido com um pedido de que a esposa não fosse incomodada. Sua dor de cabeça, informou a criada, era muito forte.

Eram 9 horas do dia seguinte quando ele entrou no quarto dela, o rosto bastante sério. Deirdre estava sentada na cama. Ela parecia pálida e perturbada, porém os olhos brilhavam.

– George. Tenho algo para lhe dizer, algo bastante terrível...

Ele a interrompeu bruscamente.

– Então você soube. Eu temia que isso pudesse aborrecê-la.

– *Aborrecer-me?*

– Sim. Você conversou com o pobre rapaz no outro dia.

Ele viu que a mão de Deirdre subia até o coração, os olhos treme-luzindo; depois ela falou, numa voz rápida e baixa que, de alguma forma, o assustou.

– Não soube de nada. Diga-me logo.

– Eu pensei...

– *Diga-me!*

– Aqui, nos limites da fazenda. O sujeito se suicidou com um tiro. Gravemente ferido na guerra, nervos em frangalhos, suponho. Não existe outra razão para o que fez.

– Atirou em si mesmo... naquele barracão escuro onde o tabaco estava pendurado. – Ela falava com convicção, os olhos como os de uma sonâmbula, como se visse diante de si o flagrante negror e, nele, alguém tombado, revólver na mão.

– Ora, foi isso mesmo; foi naquele lugar em que você teve aquele estranho mal-estar. Que esquisito!

Deirdre não respondeu. Ela via outra imagem... a mesa com as peças para o chá, uma mulher curvando a cabeça e concordando com uma mentira.

– Bem, a guerra tem muito a ver com isso – declarou Crozier e estendeu a mão à procura de fósforos, acendendo o cachimbo com cuidadosas aspirações.

O grito de sua mulher o espantou.

– Ah! não, não! Não suporto esse cheiro!

Ele encarou-a com gentil surpresa.

– Minha querida, não precisa ficar nervosa. Afinal, você não poderá escapar do cheiro de tabaco. Você o encontrará em toda parte.

– Sim, em toda parte! – Ela sorriu, um sorriso entristecido e retorcido, murmurando algumas palavras que ele não captou, palavras que ela havia escolhido para o primeiro obituário de Tim Nugent. "Enquanto houver luz, eu me lembrarei e, na escuridão, não me esquecerei."

Seus olhos se arregalavam à medida que acompanhavam a ascendente espiral de fumaça e ela repetia, em voz baixa e monótona:

– Em toda parte, em toda parte.

## Comentário

"Enquanto houver luz" foi inicialmente publicado na *Novel Magazine*, em abril de 1924. Para aqueles familiarizados com as obras de Sir Alfred, lorde Tennyson, a verdadeira identidade de Arden não constituirá nenhuma surpresa. Tennyson era um dos poetas favoritos de Agatha Christie, assim como Yeats e T. S. Eliot. O *Enoch Arden*, de Tennyson, também inspirou o romance com Poirot, *Seguindo a correnteza* (1948). A trama de "Enquanto houver luz" foi utilizada mais tarde, com maior efeito, como parte de *O gigante* (1930), o primeiro dos seis romances escritos sob o pseudônimo de Mary Westmacott. Embora considerados por muitos de menor interesse se comparados à sua ficção policial, os romances assinados por Mary Westmacott são, em geral, vistos como fontes de comentários de alguns dos acontecimentos da vida pessoal de Agatha Christie, uma espécie de autobiografia paralela. Seja como for, eles forneceram a Agatha Christie uma importante válvula de escape do mundo das histórias de detetives. O mais interessante dentre os seis é habilmente intitulado *O retrato*, em inglês *Unfinished Portrait* (1934), que o segundo marido de Agatha Christie, o arqueólogo Max Mallowan, descreveu como sendo "uma fusão de pessoas reais e eventos imaginários (...) mais minuciosa que em qualquer outro retrato de Agatha Christie". O romance favorito de Agatha Christie foi o terceiro que assinou como Mary Westmacott, *A ausência* (1944), que ela descreveu em sua autobiografia como "o único livro que me satisfez inteiramente (...) eu o escrevi em três dias". Agatha Christie comentou: "O livro foi escrito com integridade, com sinceridade, foi escrito como eu queria escrever, e essa é a maior alegria e o maior orgulho que um autor pode sentir."

*fim*